# Les aventures de Charlotte

*Aux Éditions J'ai lu*

La voleuse de Whitechapel
*N° 12796*

EMILY

# LARKIN

SORTILÈGES AMOUREUX – 1

# Les aventures de Charlotte

*Traduit de l'anglais (États-Unis)*
*par Anne Busnel*

J'AI LU

J'AI LU POUR elle



*Titre original*
UNMASKING MISS APPLEBY

*C'est une vérité universellement connue :*
*les bonnes fées n'existent pas.*

# 1

*10 octobre 1805*
*Londres*

Les nuages embrumaient le disque de la lune quand Marcus Langford, neuvième comte de Cosgrove, descendit les marches du palais de Westminster.

— Excellent discours, Monsieur, le félicita Lionel, son secrétaire.

Marcus ne répondit pas. Il ne pensait pas à l'intervention qu'il venait de faire à la Chambre des lords, mais aux ricanements qui avaient retenti au moment où les parlementaires quittaient la salle et aux chuchotements qui l'avaient poursuivi jusque dans les couloirs.

*Cosgrove le Cocu.*

Il bouillait de rage.

— Nous rentrons à pied, intima-t-il en allongeant le pas.

Le vent glacé soufflait en bourrasques qui faisaient vaciller la flamme des torches, menaçaient d'emporter son chapeau et amenaient à ses narines les relents âcres de la Tamise.

Sa sacoche coincée sous le bras, Lionel trottinait derrière lui pour ne pas se laisser distancer.

— Avez-vous vu la tête de Hyde, Monsieur ? Il était presque violet, j'ai cru qu'il allait être victime d'une apoplexie en pleine séance ! Mais il a tenu le choc.

— Dommage, marmonna Marcus, avant d'ajouter en désignant les hauts arbres qui se dressaient sur leur gauche : Nous allons couper par St. James's Park.

À mesure qu'ils s'éloignaient des rues bruyantes, les odeurs fétides s'estompèrent, remplacées par le parfum de la terre humide et des feuilles mortes. Les graviers crissaient sous leurs semelles.

Un peu essoufflé, Lionel reprit :

— Vous avez raison, Monsieur. Il faut abolir la traite des nègres, mais pas l'esclavage lui-même. Il disparaîtra ensuite par voie de conséquence.

Marcus répondit d'un grognement. Il pliait et dépliait nerveusement les doigts. Il avait besoin de se défouler. Peut-être qu'une petite séance musclée chez Gentleman Jackson[1] l'aiderait à...

— Vous... Vous avez entendu ça ? bégaya Lionel en se retournant. Je crois que quelqu'un nous suit, Monsieur !

Marcus pivota, mais ne vit que des branches dénudées secouées par les rafales et le sol moucheté de taches claires par les rayons de lune.

— Il n'y a pers...

Il distingua un léger crissement de gravier.

Oui. Là-bas, à six mètres de distance au plus, dans un coin noyé d'ombre : trois hommes, aux visages dissimulés par des écharpes.

Un bruit de pas.

Son pouls s'accéléra d'un coup.

— Fuyez, Monsieur ! cria Lionel.

Marcus l'ignora et fit face aux agresseurs, les poings levés, la lèvre supérieure retroussée dans un rictus. Une bonne bagarre, c'était exactement ce qu'il lui fallait.

Les malandrins se ruèrent sur lui.

Marcus cueillit le plus proche d'un solide direct, puis l'envoya au sol d'un crochet du gauche.

Le deuxième l'attaqua d'un coup de poing hasardeux. Marcus l'agrippa par le poignet, lui tordit le bras et le fit basculer par-dessus son dos.

1. Célèbre boxeur anglais ayant ouvert une académie de boxe. *(N.d.T.)*

Dommage que Gentleman Jackson n'ait pas assisté à ça, il l'aurait félicité.

— Monsieur, courez ! dit Lionel d'une voix paniquée.

Marcus décocha un autre coup de poing qui atteignit le troisième larron en pleine bouche et lui ouvrit la lèvre. L'idée d'avoir fait couler le sang déclencha chez Marcus une jubilation féroce. Son rire résonna dans la nuit.

Le premier assaillant s'était remis debout tant bien que mal. Marcus lui envoya son poing dans l'abdomen, et le type s'écroula de nouveau avec un cri étouffé qui empestait le gin.

Du coin de l'œil, Marcus vit le deuxième ruffian se redresser en titubant. Lionel brandit sa sacoche et lui en assena un violent coup sur la tête.

Marcus reprit sa respiration en ravalant un rire. Il arracha ses gants déchirés. Il s'était rarement senti aussi vivant : l'air froid lui piquait la gorge, ses phalanges écorchées le brûlaient et le sang pulsait dans ses veines.

Il pivota vers le troisième lascar. Celui-ci esquiva son poing et se jeta sur lui pour l'agripper dans un corps-à-corps qui sentait la sueur aigre et la mauvaise bière.

Ils luttèrent un moment, muscles contre muscles, puis le type réussit à lui donner un violent coup de tête en plein front.

Marcus vit trente-six chandelles. Sa vision se brouilla. Au moment où il distinguait de nouveau les nuages qui défilaient dans le ciel et la silhouette décharnée des arbres, il reçut un coup de genou dans le ventre.

— Cosgrove le Cocu ! grinça le ruffian.

Marcus recula en chancelant, estomaqué.

*Il sait qui je suis ?*

L'homme s'élança de nouveau sur lui, les poings serrés.

Marcus para le premier coup. Le second l'atteignit à la tempe. Il décocha un uppercut à son adversaire, puis le saisit aux épaules avant de lui remonter son genou dans l'entrejambe. L'homme se plia en deux dans un cri sifflant. Marcus le repoussa, et il s'effondra.

Deux mètres plus loin, son complice vomissait à quatre pattes dans l'herbe.

Marcus inspira une grande goulée d'air glacé. Il sentit un filet de sang dégouliner sur son front et sa joue, perçut un goût métallique sur sa langue. Son euphorie retomba.

Ces hommes connaissaient son nom. Ils ne l'avaient pas attaqué par hasard.

Derrière lui, il y eut un craquement d'os brisé, suivi d'un cri de douleur intense.

Il fit volte-face.

Lionel était étalé sur le chemin aux pieds du troisième assaillant. Des papiers échappés de sa sacoche jonchaient le sol ou tourbillonnaient dans le vent tels de gros papillons de nuit.

Marcus chargea le ruffian en rugissant :

— Espèce de salopard !

Il l'agrippa par les cheveux et lui écrasa son poing sur la figure, encore et encore, jusqu'à ce que le type s'effondre au sol, inconscient.

Marcus tomba à genoux près de son secrétaire. Le sang lui coulait dans les yeux. Il secoua la tête, envoyant des gouttelettes tout autour de lui. L'angoisse fit fondre sa fureur.

— Lionel, êtes-vous blessé ? Lionel, répondez-moi !

# 2

*13 octobre 1805*
*Westcote Hall, Essex*

Charlotte Appleby posa son aiguille et agita ses doigts pour les dégourdir. Le mouchoir était presque terminé : elle avait brodé les initiales entremêlées de son oncle et, en dessous, une petite main rouge, symbole de son rang social.

Comme si oncle Neville se mouchait mieux en ayant sous les yeux la preuve qu'il était baronet ! ricana-t-elle intérieurement.

Sa nuque la picota soudain, comme si quelqu'un s'était déplacé sans bruit dans son dos.

Elle tourna vivement la tête.

Il n'y avait personne. L'angle du salon était vide.

Charlotte se frotta la nuque. La sensation persistait. Un courant d'air, voilà tout. Elle jeta un coup d'œil à sa tante et à sa cousine, assises devant la cheminée.

Les lèvres pincées, lady Westcote feuilletait un magazine dont elle regardait à peine les pages. Une assiette de prunes au sucre sur les genoux, Anthéa était en train de choisir la plus dodue.

Charlotte enfila un fil dans le chas de l'aiguille et s'attaqua à la bordure du mouchoir.

Lady Westcote abandonna sa lecture.

— Charity ?

— Oui, ma tante ? répondit Charlotte.

— Va me chercher mon châle en cachemire. Celui avec les franges roses.

Docile, Charlotte posa sa broderie et quitta le salon. « Garde ton calme », s'admonesta-t-elle en gravissant les marches du grand escalier en chêne. Mais la rancœur lui laissait un goût amer dans la bouche et, pour une fois, elle avait du mal à contenir sa colère.

Aujourd'hui, c'était son anniversaire. Vingt-cinq ans. Et au lieu de faire tout ce dont elle rêvait, elle était obligée de moisir à Westcote Hall.

Elle remonta ses lunettes sur son nez. Elle n'aurait pas dû se plaindre. Au moins avait-elle un toit sur sa tête et mangeait-elle à sa faim. Elle avait de la chance. Beaucoup ne pouvaient pas en dire autant.

Litton, la camériste de lady Westcote, était en train de préparer la tenue que sa maîtresse avait choisi de porter ce soir-là : une robe en soie puce, un turban couronné de plumes d'autruche, des mules en satin. Sous le parfum un peu écœurant de lady Westcote, on devinait l'odeur aigrelette de la transpiration.

— Litton, ma tante souhaite que je lui apporte son châle en cachemire avec les franges roses.

Sur un hochement de tête, Litton se tourna vers la pile de linge qu'elle venait de repasser.

Un instant, leurs deux silhouettes se reflétèrent dans la psyché : Litton vêtue d'une robe en fin lainage à la dernière mode, et Charlotte dans la vieille robe d'Anthéa reprise à la taille, à l'ourlet rallongé, aux manches trop courtes.

À côté de la servante, elle faisait triste figure.

*On dirait que c'est moi la domestique.*

— Voilà, Mademoiselle Charity.

— Merci.

Charlotte s'en retourna munie du châle.

« Je pourrais m'enfuir et devenir camériste », songea-t-elle. Au moins serait-elle payée pour sa peine. Et personne ne l'appellerait Charity.

À quoi sa vie ressemblerait-elle alors ? *Appleby, mon jupon est déchiré. Miséricorde, Appleby, mes cheveux sont tout frisottés ! Appliquez-vous la prochaine fois. Allez me chercher mon dentifrice, Appleby. Et dépêchez-vous un peu.*

Charlotte fit la grimace. Non, la condition de Litton n'était guère attrayante.

Elle descendit l'escalier, laissant glisser sous ses doigts le bois frais de la rampe en chêne. Parvenue sur le demi-palier, elle éprouva de nouveau cette sensation étrange de picotement sur la nuque.

Elle se tourna en se frottant le cou. La cage d'escalier était déserte. *Idiote*. Elle remonta ses lunettes sur son nez une fois de plus et, rapidement, gagna le salon.

— Voici votre châle, ma tante.

Lady Westcote s'empara du châle sans un mot de remerciement. Charlotte serra les dents. « Je suis reconnaissante à mon oncle et à ma tante de m'héberger, se rappela-t-elle. Re-con-nais-san-te. »

Elle s'assit dans le coin de la pièce et reprit son travail de broderie en s'efforçant de recouvrer sa sérénité.

— Dans cinq mois, je ferai mes débuts dans le monde. Oh, maman, j'ai tellement hâte ! s'exclama Anthéa en joignant les mains.

Charlotte se figea, l'aiguille entre les doigts. Elle dévisagea sa tante. *Et mes débuts à moi ? N'avez-vous pas fait une promesse à mon père sur son lit de mort ?*

— Je ferai bien mieux qu'Eliza, assura encore Anthéa. Je suis sûre de dénicher un mari pendant ma première saison.

— Ta sœur a fait un très beau mariage, objecta lady Westcote, qui drapait les plis du châle sur ses épaules. Tunbridge est riche. Et il a des relations haut placées.

Charlotte se retint de glousser. *Oui, et il est aussi replet qu'un cochon qu'on engraisse pour le réveillon !*

Anthéa affichait maintenant une mine boudeuse. Son regard dévia sur Charlotte.

— Même s'il me faut deux saisons, je ne finirai pas vieille fille.

Impassible, Charlotte ignora la pique. Anthéa détourna la tête en secouant ses anglaises.

Charlotte reporta son attention sur le mouchoir. Concentrée sur sa broderie, elle s'efforça de coudre des points aussi petits et égaux que possible en dépit de la voix de sa cousine qui bourdonnait à ses oreilles :

— Pour mon grand bal, je veux une robe en satin blanc couverte de gaze transparente brodée de perles. Et des escarpins blancs en satin avec des rubans.

Charlotte sentait de nouveau la colère enfler dans sa poitrine. Une émotion dangereuse, qui lui donnait envie de jeter son ouvrage par terre, de dire à ses parentes leurs quatre vérités et de sortir en claquant la porte.

En faisant cela, elle aurait pris le risque d'être chassée de Westcote Hall.

Elle planta l'aiguille dans le mouchoir. *Reconnaissante*. Grâce aux Westcote, elle était logée, nourrie, blanchie. Elle leur était re-con-nais-san-te.

— Charity, sers-moi du thé.

La pression dans sa poitrine s'accentua. « Je m'appelle Charlotte ! » avait-elle envie de crier.

— Tout de suite, Anthéa.

Sa cousine enroula une anglaise autour de son index potelé et reprit :

— Si j'épouse un duc, tu devras m'appeler « Votre Grâce ».

Charlotte se leva et s'approcha de la table basse. Elle versa le thé dans une tasse en imaginant qu'elle balançait la théière à travers la pièce pour la faire exploser contre le mur tendu de soie.

— Oui, Votre Grâce, répéta Anthéa avec un petit rire satisfait.

Charlotte regardait la porte. Elle aurait tant voulu s'échapper, rejoindre sa chambre et profiter de quelques heures de silence et d'intimité…

*Eh bien, c'est facile.*

— Voilà ton thé, Anthéa.

Elle déposa la tasse et la soucoupe près de sa cousine et, en se redressant, donna une pichenette contre l'anse. La tasse se renversa dans un tintement délicat et l'anse en porcelaine fragile se brisa. Le thé se répandit dans la soucoupe, déborda sur la table et dégoulina sur le tapis.

Anthéa eut un mouvement de recul pour protéger sa jupe.

— Regarde ce que tu as fait !

— Petite maladroite ! renchérit lady Westcote.

Elle se leva avec la grâce d'un morse. Charlotte lui fit face. Elle se sentait merveilleusement calme. *Punissez-moi, je vous en prie, ma tante.*

— Tu l'as cassée ! Une tasse de mon service Staffordshire !

Rouge de colère, lady Westcote leva la main. La gifle faillit faire tomber les lunettes de Charlotte.

— Monte dans ta chambre ! Je ne veux pas te revoir avant demain matin.

*Merci.*

Charlotte redressa ses lunettes. Elle avait la joue en feu, mais intérieurement elle jubilait.

— Et inutile de demander aux domestiques de te préparer un plateau. Tu te passeras de dîner, ça t'apprendra ! glapit lady Westcote.

— Oui, ma tante. Pardon, ma tante.

Charlotte fit la révérence et quitta le salon.

Elle referma la porte derrière elle et demeura un instant immobile dans le couloir. Elle se sentait légère comme si elle avait eu des ailes pour la porter.

Une soirée toute seule. Sans sa tante, ni son oncle, ni sa cousine.

Un sourire se dessina sur ses lèvres.

Une soirée entière toute seule.

Située près de la salle d'étude, la chambre de Charlotte était une pièce exiguë qui avait jadis servi à loger la gouvernante.

Charlotte referma la porte et s'imprégna du silence comme s'il passait à travers ses pores. Le tapis avait beau être élimé jusqu'à la corde et les meubles vieillots, elle était ici chez elle. Personne d'autre n'y mettait les pieds.

Elle porta la main à sa joue encore sensible. Elle ne regrettait pas du tout d'avoir cassé cette tasse. Pour un peu de silence et de solitude, cela en valait la peine.

Son reflet la regardait dans le miroir, sur le mur d'en face. Une fille aux cheveux et aux yeux bruns, ni jolie ni laide.

Elle se tira la langue. *Joyeux anniversaire !*

Elle se pelotonna sur le lit, entortillée dans une couverture, et savoura le silence qui régnait. Dehors, le ciel s'assombrissait déjà. Au bout d'un moment, elle se releva pour allumer une chandelle et fermer les volets.

L'horloge posée sur le manteau de la cheminée lui apprit que le dîner serait bientôt servi. Ignorant son estomac qui grondait, elle emporta la chandelle dans la salle d'étude.

Ici, elle avait fait classe aux fils Westcote jusqu'à leur entrée au collège de Rugby. Elle avait également été la préceptrice d'Eliza et d'Anthéa jusqu'à leur dix-septième anniversaire. Mais, depuis des mois, pas un mot n'avait été prononcé dans cette pièce que l'on ne se donnait plus la peine de chauffer ni d'aérer. Le froid et l'humidité avaient pénétré les murs et le plancher.

Au fond de la salle se trouvait un vieux pianoforte. Charlotte s'assit sur le tabouret et posa les mains sur les touches au contact frais et doux.

Elle imagina la partition, entendit la musique dans sa tête et joua les premières notes, tranquilles, mélodieuses. Son reliquat de colère s'évapora, et la joie fleurit en elle comme une rose qui ouvre sa corolle. Le monde extérieur s'estompa. Oublié, Westcote Hall. Oubliés, sa tante, son oncle et sa cousine.

Un frisson lui parcourut la nuque.

Ses mains se figèrent sur le clavier, et elle se tourna dans un petit sursaut.

Personne.

L'écho de la musique mourut, laissant place au silence. Charlotte retint son souffle, mais elle n'entendit rien. Nul craquement de plancher, nul bruit de pas furtifs.

*Ressaisis-toi !*

Elle plaqua plusieurs accords sur le clavier, entama un air enjoué qui invitait à la danse...

— Mademoiselle Charity ?

Charlotte tressaillit, et les fausses notes vibrèrent sur les cordes du piano.

Une domestique se tenait sur le seuil.

— Mme Heslop m'a demandé de vous apporter ça. C'est une tourte au gibier. Et aussi le journal qui était dans la cheminée de Monsieur.

Charlotte eut soudain les larmes aux yeux. Elle se leva, et ses pas résonnèrent sur le parquet.

— Oh, Lizzie... Vous remercierez bien Mme Heslop de ma part.

Les coins du journal étaient un peu brûlés. La tourte, enveloppée dans un torchon, était encore tiède et sentait délicieusement bon.

De retour dans sa chambre, Charlotte ôta ses chaussures et se mit au lit. Elle déplia le journal. Le bonheur se diffusait en elle. Quelle parfaite soirée : sa précieuse solitude, de la musique, et les attentions de la gentille gouvernante.

Elle mangea de bon appétit, se plongea dans la lecture du journal qui dépeignait si bien le monde foisonnant au-delà des murs de Westcote Hall : la guerre avec la France, les débats parlementaires, les procès criminels, les soirées du prince régent et de la haute société, les concerts, les expositions, les pièces de théâtre...

Son dîner englouti, elle poussa un soupir de contentement. C'était son plus bel anniversaire depuis la mort de son père. Cette pensée tempéra sa satisfaction. Se rembrunissant, elle laissa son regard courir sur la colonne des petites annonces.

*Famille distinguée du Hertfordshire cherche gouvernante compétente pour enseigner à deux jeunes filles la musique, la géographie et la littérature. Bonne connaissance du français indispensable.*

Charlotte relut l'annonce. Tout cela était dans ses cordes.

Son regard glissa jusqu'au bas de la page.

*Urgent, cherche jeune célibataire pour occuper le poste de secrétaire auprès d'un gentleman. Rigueur et méthode. Bon salaire.*

Ça aussi, c'était dans ses cordes. Ne s'était-elle pas occupée de la paperasse de son père de son vivant ? Et un secrétaire gagnait mieux sa vie qu'une gouvernante.

Le problème, c'était qu'elle n'était pas un homme.

Dépitée, elle reprit sa lecture.

*Cherche institutrice qualifiée pour enseigner la littérature, le français et la grammaire latine. Adressez vos candidatures à Mme Bolton, pensionnat pour jeunes filles de Basingstoke. Références exigées.*

Si elle réussissait à se faire engager dans une école, elle aurait des collègues qui pourraient éventuellement devenir ses amis.

Des amis.

Songeuse, elle se mit à fixer la chaise bancale placée dans l'angle de la chambre. *J'aimerais bien avoir une amie*. Quelqu'un à qui elle pourrait se confier, avec qui elle pourrait bavarder, rire…

Mais désirait-elle vraiment devenir institutrice ?

Cela ne pouvait pas être pire que vivre à Westcote Hall. Il y avait même gros à parier que ce serait bien mieux. Et, au moins, elle percevrait un salaire. Pourtant…

Elle reconnut la sensation insidieuse qui naissait dans sa poitrine : la peur.

Les Westcote étaient sa seule famille, désormais. Même s'ils ne la traitaient guère mieux qu'une domestique, ils lui avaient offert un toit, une vie stable, la sécurité. Si elle s'en allait, leur porte lui serait fermée à jamais. Son oncle avait été très clair à ce sujet.

Les yeux toujours rivés sur la chaise, Charlotte fronça les sourcils. Qu'est-ce qui était le plus important ? La famille ? La sécurité ?

Ou l'indépendance ?

*Si je pars, je risque de m'en mordre les doigts. Mais si je reste, n'aurai-je pas des regrets ?*

Comment le savoir ? Elle n'était pas devineresse.

Une femme était assise sur la chaise.

Un cri de stupeur se bloqua dans la gorge de Charlotte. Elle eut un sursaut de recul, et ses cheveux se hérissèrent sur sa nuque.

L'inconnue claqua des doigts. Aussitôt, un feu s'alluma dans la cheminée. Les flammes grandirent, se mirent à danser dans l'âtre étroit. Quatre bougies à la cire d'abeille apparurent sur le manteau.

— C'est bien mieux comme ça, déclara la femme en croisant ses longues mains pâles sur son giron.

Elle était vêtue d'une robe en velours cramoisi et dentelle dorée qui avait dû être à la mode des siècles plus tôt. Une fraise en dentelle blanche lui ceignait la gorge et remontait derrière sa tête. D'une pâleur extrême, elle avait des yeux noirs comme l'obsidienne, qui ne reflétaient pas la lumière des flammes mais semblaient l'avaler.

— Charlotte Christina Albinia Appleby, je présume ?

# 3

Charlotte était bouche bée. Son cœur tambourinait dans sa poitrine.

D'où sortait cette femme ? Comment avait-elle fait apparaître comme par magie un feu de cheminée et quatre bougies ?

— Charlotte Christina Albinia Appleby ? répéta l'inconnue.

Charlotte retrouva enfin sa voix et croassa :

— Qui êtes-vous ? Que faites-vous dans ma chambre ?

Les fins sourcils noirs se haussèrent dans une expression d'étonnement amusé.

— Ta mère ne t'a donc rien dit ?

— Ma mère est morte.

— Quelle négligence de sa part, remarqua l'inconnue avec un léger sourire.

— Qui êtes-vous ? répéta Charlotte.

— Mon nom ne te dira rien.

— Alors partez !

Charlotte jaillit hors du lit et, se dressant de toute sa taille, pointa l'index vers la porte.

— Je vous prie de quitter ma chambre, articula-t-elle d'une voix qui se voulait autoritaire.

La femme ne fit pas un geste. Un sourire moqueur se dessina sur ses lèvres.

— Es-tu bien sûre de le vouloir ? Je n'ai pas encore eu le temps de t'offrir ton cadeau.

— Quel cadeau ?

— Ton cadeau d'anniversaire.

Tout cela n'avait aucun sens.

— *Qui êtes-vous ?*

Le sourire de la femme s'élargit, découvrant d'étranges dents blanches aussi pointues que celles d'un chat.

Charlotte eut un mouvement de recul involontaire.

— Je suis ce qu'on appelle une fée.

Charlotte secoua la tête par réflexe. Les fées n'existaient pas. Pourtant, elle avait sous les yeux la preuve du contraire : ces prunelles noires et ces dents acérées n'étaient manifestement pas humaines.

Son malaise s'accentua. Elle bredouilla :

— Est-ce vous... qui m'avez épiée... toute la journée ?

Le sourire s'élargit un peu plus, et les dents parurent encore plus aiguisées.

— Que choisis-tu ? Le don de lévitation ? Le don de métamorphose ? Le don de téléportation ?

Éberluée, Charlotte pressa ses mains l'une contre l'autre.

— Pourquoi voulez-vous me faire un cadeau ?

— Parce que je t'en dois un.

— Vous m'en devez un ? À *moi* ?

— Une de tes aïeules m'a rendu service autrefois. En remerciement, elle a demandé que j'accorde un vœu à chacune de ses filles, et par la suite à toutes leurs descendantes.

La femme avait fait la grimace, comme si elle avait un goût acide dans la bouche.

Charlotte s'efforçait de trouver un sens à sa réponse.

— Vous avez fait un cadeau à ma mère ?

— Oui, le jour de son vingt-cinquième anniversaire.

De nouveau, Charlotte secoua la tête. *Non, impossible.* Mais les mots s'échappaient déjà de sa bouche :

— Qu'a-t-elle choisi ?

— La lévitation.

— Ma mère pouvait... voler ?

La femme ignora sa question. Elle se pencha et darda sur Charlotte son regard noir de prédateur en lui ordonnant :

— Choisis.

Charlotte réprima un mouvement de recul. Elle s'humecta les lèvres.

— Ai-je un peu de temps ?

— Jusqu'à minuit.

Le regard de Charlotte vola vers l'horloge.

— Pourquoi ce soir ? demanda-t-elle.

— Parce que les femmes de ta lignée se voient accorder un vœu le jour de leur vingt-cinquième anniversaire, répéta la femme avec impatience.

Le mot « lignée » interpella Charlotte.

— Y a-t-il d'autres lignées ?

— Cela ne te regarde pas. Choisis.

Un frisson de peur secoua Charlotte. Lentement, elle s'assit au bord du lit. Les pensées tournoyaient dans sa tête.

Un don magique.

Elle ne dépendrait plus de la charité de son oncle et de sa tante. Elle pourrait quitter Westcote Hall, serait libre de mener la vie qu'elle voulait.

Mais que choisir ? Pas le don de lévitation. Elle voulait quelque chose qui lui garantisse la liberté.

— Pouvez-vous me donner de l'argent ?

— De l'argent ? Non, ce n'est pas en mon pouvoir, fit la femme avec une moue dédaigneuse. Mais tu peux avoir le don de transformer tout ce que tu touches en or, si tu veux.

— Comme Midas ? Non !

La femme pinça la bouche. Une lueur malveillante faisait briller son regard. Le cœur de Charlotte s'emballa. *Elle cherche à me piéger, à m'offrir un don qui se révélera néfaste pour moi. Je dois bien réfléchir...*

— Quels sont les dons parmi lesquels je peux choisir ?

— Tu veux la liste entière ? Nous n'avons pas beaucoup de temps. Tu dois te dépêcher.

Charlotte remonta ses lunettes sur son nez. Elle essayait de ne pas trahir sa peur. La femme la brusquait pour lui faire commettre une erreur.

— Nous avons tout le temps, objecta-t-elle d'une voix plus ferme. Il reste plusieurs heures avant minuit. Parlez-moi des autres dons.

Le visage de la femme parut s'amincir, ses prunelles s'élargir pour engloutir davantage de lumière. D'une voix agacée, elle énuméra :

— Il y a la lévitation. La capacité à distinguer la vérité du mensonge. La téléportation. La vie éternelle...

— La téléportation ? Qu'est-ce que c'est ?

— La capacité de se matérialiser d'un lieu à un autre.

Charlotte médita cette information. *Je pourrais me matérialiser à Londres. Je pourrais*... Quoi d'autre ? Dévaliser une banque ? Elle secoua la tête.

— Poursuivez, je vous prie.

— Le contrôle du feu. La métamorphose...

— Qu'est-ce que c'est ?

— La capacité de changer de forme.

— Je pourrais devenir une autre personne ?

— Une autre personne ou un animal.

— De manière permanente ?

— Je peux faire en sorte que le sort soit permanent, si c'est ce que tu souhaites.

Les pâles paupières se fermèrent un instant, puis le regard sombre étincela. La femme s'était penchée en avant dans un mouvement presque imperceptible, tel un chien de chasse au pied de son maître qui hume le fumet de sa proie mais n'ose pas encore s'élancer.

— Et si je préfère que ce soit réversible ?

— Tu pourras user de ce don et reprendre ta forme initiale à volonté.

La lueur carnassière s'était éteinte dans ses yeux.

Charlotte baissa les yeux sur le journal ouvert à la page des petites annonces.

— Je pourrais... me transformer en homme ?

— Si tu le désires.

*Est-ce ce que je veux ? Devenir un homme, obtenir un emploi bien plus intéressant que ceux que l'on réserve aux femmes ?*

— Y a-t-il encore d'autres dons ?

— Le don de communiquer avec les animaux. La puissance physique. La télépathie. Celui-ci est un don puissant, remarqua la femme après une courte pause. À ta place, c'est celui que je prendrais.

Sa voix s'était adoucie, insidieuse, persuasive.

Charlotte secoua la tête.

Une expression haineuse passa sur les traits anguleux de l'inconnue.

Avec un soupir, elle enchaîna :

— L'invisibilité. Une ouïe surdéveloppée. Le pouvoir de voir dans le noir. Le pouvoir de trouver des choses. Le don de voir l'avenir…

— Stop, coupa Charlotte. Il faut que je réfléchisse.

Elle ferma les yeux. Que désirait-elle de toutes ses forces ?

La réponse était simple. Elle voulait trouver un emploi. Gagner sa vie et devenir indépendante. Ne plus jamais rien devoir aux Westcote.

L'invisibilité, la téléportation, la lévitation… Rien de tout cela ne pouvait l'aider. Ces pouvoirs étaient certes spectaculaires mais, à moins qu'elle ne se fasse embaucher dans un cirque, ils ne lui serviraient à rien de concret. Sauf à voler de l'argent au lieu d'en gagner de manière honnête.

Elle baissa la tête. Le texte de l'annonce lui sauta aux yeux. *Urgent, cherche jeune célibataire pour occuper le poste de secrétaire auprès d'un gentleman.*

Si elle optait pour le don de métamorphose, elle pourrait postuler à cet emploi – ou à tout autre qui lui conviendrait. Précepteur. Secrétaire. Maître d'école. Elle pourrait étudier à Oxford. Entrer dans les ordres. Devenir juriste, commerçant ou encore assistant d'un diplomate. Voyager dans le monde entier.

Elle pressa les doigts sur sa bouche. *Est-ce vraiment ce que je désire ? Devenir un homme ?*

Elle reporta son attention sur la femme, dont les yeux étaient plus noirs que jamais.

Sa main retomba.

— Dites-m'en plus sur le don de métamorphose, s'il vous plaît. Comment est-ce que cela fonctionne ?

— Il suffit de penser à la créature que tu veux devenir, de formuler un vœu et… ça marche.

— Et mes habits ?

— Le sort ne concerne pas les vêtements.

— Ah. Et pour redevenir moi-même ? Il suffit d'en faire le vœu également ?

— Oui.

— Puis-je le faire aussi souvent que je veux ?

— Oui.

— Et les formes non humaines ? Puis-je devenir un oiseau ou une mouche ? Un poisson qui nage dans la mer ?

— Tu peux te transformer en n'importe quel animal qui existe dans ce monde. Mais pas en une créature qui existe dans le nôtre. C'est interdit.

Quelles créatures peuplaient donc ce monde mystérieux ? Des griffons ? Des licornes ? Des basilics ?

Charlotte refoula ces pensées effrayantes pour demander :

— Y a-t-il du danger ?

La femme plissa les yeux sans répondre.

— Les dangers ? Quels sont-ils ? insista Charlotte.

Les paupières pâles voilèrent un instant le regard noir hostile. Charlotte sentit sa bouche s'assécher et ses bras se couvrir de chair de poule. Elle avait l'impression d'être enfermée dans une cage en compagnie d'un fauve en laisse qui se serait jeté sur elle pour la dévorer s'il l'avait pu.

Elle remonta ses lunettes, redressa les épaules. *Je ne me laisserai pas intimider ni induire en erreur.*

— Les dangers ? répéta-t-elle.

— Si tu te transformes alors que tu es enceinte, tu perdras le bébé.

Le sourire et la voix exprimaient autant de haine que de jubilation. Charlotte réprima un nouveau frisson. Elle réfléchissait. *Quelles sont les chances que je me marie et que j'aie des enfants ?*

— C'est l'unique danger ? Il n'y en a pas d'autres ?

— Non.

— Est-il possible que j'oublie qui je suis et que je reste sous ma forme animale ?

— Non ! siffla la femme, exaspérée. Seule ton apparence sera modifiée. À l'intérieur, tu resteras la même.

— Puis-je me métamorphoser sans l'avoir souhaité ? Si je suis fatiguée, distraite ou… pendant mon sommeil, par exemple ?

— On ne peut pas se métamorphoser à son insu. Et si tu meurs, tu reprendras ta forme initiale.

Charlotte hésitait. Avait-elle pensé à tout ?

— Est-il possible que quelqu'un me fasse changer de forme sans mon consentement ?

— Non.

Charlotte baissa les yeux sur le journal. Son cœur battait la chamade dans sa poitrine, et des émotions intenses la traversaient : terreur, excitation… Elle sentait le regard de la femme la transpercer, entendait les flammes crépiter dans l'âtre et le tic-tac de l'horloge qui égrenait les secondes.

Elle prit une profonde inspiration, puis releva la tête pour regarder la fée droit dans les yeux.

— Je choisis le don de métamorphose.

# 4

Dans la salle d'étude, les étagères contenaient des manuels de géométrie, d'algèbre, de géographie, des atlas, une collection de dictionnaires écornés – anglais, français, grec et latin –, ainsi que les six volumes de l'encyclopédie Swiffen.

Charlotte en choisit un au hasard avant de regagner sa chambre. Elle feuilleta rapidement les pages en regardant les gravures.

— Trop vieux, marmonna-t-elle face à une représentation de Ménélaüs[1], chenu et barbu.

Narcisse ? Trop jeune. Néron ? Trop laid.

Elle trouva le modèle parfait à la lettre O.

Orphée.

La gravure représentait un jeune homme au physique avenant qui, sous sa toge, paraissait en bonne forme physique. Son regard direct inspirait confiance. Il avait l'air sympathique, intelligent et surtout fiable. Quelqu'un qu'un employeur potentiel apprécierait d'emblée.

Charlotte alla tirer le verrou avant de se déshabiller. Elle plia ses habits avec soin. Ses paumes étaient moites, son cœur battait à tout rompre.

Elle posa l'encyclopédie sur la commode pour étudier de nouveau la gravure, prit une courte inspiration, relâcha son souffle, frotta ses mains l'une contre l'autre. Elle observa son reflet dans le miroir posé sur

1. Mathématicien et astronome grec (70-140 apr. J.-C.). *(N.d.T.)*

le meuble – une fille brune, seins nus –, puis reporta son attention sur le dessin et articula :

— Je veux ressembler à Orphée.

Un chatouillement parcourut ses membres, comme si des milliers d'insectes couraient sur sa peau. La sensation s'intensifia, la pénétra jusqu'aux os. Elle eut un moment de panique... puis la sensation disparut d'un coup.

Elle leva les yeux vers le miroir.

Un homme torse nu la regardait.

Sidérée, elle recula d'un pas.

Au prix d'un suprême effort de volonté, elle se ressaisit et s'obligea à soutenir le regard de l'homme.

*Ce sont mes yeux.*

Abasourdie, elle se toucha le visage, laissa glisser ses doigts sur ses joues et son menton carré...

Dans la glace, l'homme imitait ses gestes.

*C'est bien moi. Tout cela est réel !*

Elle avait pourtant encore du mal à y croire, partagée entre l'effarement et une excitation croissante.

Elle se pencha pour étudier intensément son reflet dans le miroir. Yeux noisette. Cheveux blonds bouclés. Dents blanches et régulières. Cou nerveux. Pomme d'Adam.

Elle se passa la main sur le torse. Comme c'était étrange de ne pas avoir de seins ! Et d'avoir cette courte toison blonde sur la poitrine.

Et sur le bas-ventre, aussi.

Avec appréhension, elle frôla l'étrange appendice qui pendait entre ses jambes.

C'était doux, tiède et flasque, comme un doigt sans os. Son sexe. Elle se souvint d'une bribe de conversation surprise entre plusieurs messieurs : « ... sûr qu'il a un tout petit bidule ! »

Charlotte souleva le bidule, palpa précautionneusement les testicules rebondis. Comment diable s'y prenait-on pour faire pipi ?

*Je finirai bien par trouver.*

Un rire lui monta dans la gorge.

Elle se désintéressa du bidule et, mains sur les hanches, s'examina dans la glace. M. Orphée était plutôt bel homme. Plus grand que Mlle Appleby, large d'épaules, robuste et musclé.

*C'est mon corps, maintenant. Mon visage.*

Et ce n'était pas tout. Le monde avait changé en même temps que son visage et son corps. Elle avait l'impression extraordinaire que ses propres limites avaient été repoussées. Elle en avait le vertige, comme si les lattes du parquet bougeaient sous ses pieds. On aurait dit que les murs de la pièce avaient reculé.

*Non, le monde n'a pas changé. C'est moi qui ne suis plus la même.*

En tant qu'homme, elle pouvait maintenant faire tout un tas de choses qui lui étaient impossibles avant. Aller où elle voulait sans que personne le lui interdise. Le vaste monde fourmillait de possibilités.

*Avant tout, il me faut des vêtements*. Des culottes, des chemises, un gilet, une redingote, et une paire de bottes.

Elle pouvait acheter tout cela sous sa forme féminine, pour peu qu'elle connaisse ses nouvelles mesures.

Comme elle fouillait sa boîte à ouvrage en quête de son mètre de couturière, une pensée la frappa.

Elle n'avait pas seulement besoin de vêtements. Il lui fallait aussi un nom.

*Comment vais-je m'appeler ?*

Tout en déroulant le mètre, elle réfléchit à la question. Charlotte Christina Albinia Appleby allait devenir…

Levant les yeux sur le miroir, elle croisa son regard noisette.

*Bonjour, Christopher Albin.*

# 5

*16 octobre 1805*
*Londres*

Marcus relut en diagonale la lettre de références. Son regard nota les mots clés – honnête, sobre, fort en calcul –, puis s'arrêta sur la signature apposée au bas de la lettre. *M. Charles Appleby, Esq.* [1].

Il reporta son attention sur le jeune homme assis en face de lui.

— Et vous dites que M. Appleby est décédé ?

— Oui, Monsieur.

Christopher Albin avait un visage ouvert et franc, le front large d'un intellectuel et de grands yeux noisette un peu enfantins.

— Quel âge avez-vous ?

— Vingt-cinq ans, Monsieur.

Marcus se frotta le visage. Depuis l'agression dans St. James's Park, il avait des croûtes sur le front et la joue. Il se sentait fatigué, et infiniment plus vieux qu'Albin, alors que six années seulement les séparaient.

— Et vous avez été le secrétaire de M. Appleby pendant cinq ans ?

— Oui, Monsieur. Jusqu'à sa mort.

---

1. Abréviation de *esquire* : titre de respect non officiel accordé aux membres de la gentry. *(N.d.T.)*

*Je puis vous assurer,* écrivait Charles Appleby, *que M. Albin m'a été d'une aide précieuse. Il est compétent, sérieux et travailleur.*

Mais il n'y avait aucun moyen de vérifier ses dires. Il fallait juger Albin sur sa bonne mine.

Marcus abandonna la lettre, plaça ses mains en pyramide devant sa bouche et se mit à étudier le jeune homme. Sa cravate était nouée n'importe comment, ce qui renforçait encore son côté juvénile.

— Que pensez-vous de la traite négrière, monsieur Albin ?

— Je suis contre, Monsieur.

Marcus eut un petit rire. Bonne réponse.

— Savez-vous vous battre ?

Albin cligna des yeux.

— Euh... me battre, Monsieur ? Eh bien, je pense, oui. Enfin, je n'ai jamais essayé. Pourquoi ?

Marcus ramena ses mains jointes sous son menton. *Est-ce que j'ai envie d'embaucher ce garçon ?* Ne valait-il pas mieux choisir quelqu'un de plus âgé, de plus aguerri, capable de se défendre physiquement ?

En dépit de sa jeunesse, Christopher Albin était grand et il avait une bonne carrure. En cas d'échauffourée, il serait moins vulnérable que le pauvre Lionel.

Avec un soupir, Marcus posa les mains à plat sur la table.

— Il se trouve que j'ai eu quelques ennuis dernièrement, monsieur Albin.

— Quel genre d'ennuis, Monsieur ?

— Des vitres cassées. Des pots de chambre vidés sur mon perron. Et j'ai été victime d'une agression dans St. James's Park la semaine passée. Ce n'était pas un hasard, les ruffians connaissaient mon nom.

Il entendait encore la respiration sifflante du pauvre Lionel. Son estomac se noua à ce souvenir.

— Mon secrétaire a été blessé. Actuellement, il est en convalescence dans mon domaine du Kent. Il souffre entre autres d'une vilaine fracture au bras droit, et je doute qu'il puisse écrire avant un bon moment.

En silence, Albin fixa du regard les ecchymoses encore fraîches sur le visage de Marcus.

— Et vous craignez que cela ne se reproduise, Monsieur ?

— Il y a un risque, oui.

Albin hocha la tête. Son front se plissa légèrement. Apparemment, ces informations lui donnaient matière à réflexion.

Marcus retint un soupir résigné. Les trois derniers candidats s'étaient désistés à ce stade de l'entretien. Albin allait certainement se défiler lui aussi. Comment l'en blâmer ?

Machinalement, il déplia ses doigts écorchés. Les croûtes le tiraillaient. *J'aurais dû écouter Lionel et fuir.*

— Pourquoi vous en veut-on, Monsieur ?

Marcus releva la tête.

— Je n'en sais rien. C'est peut-être une affaire politique. Ou bien personnelle.

Cet aveu lui mit un goût amer dans la bouche. Avait-il donc tant d'ennemis ?

— Une partie de votre mission consistera à m'aider à découvrir qui se cache derrière tout cela.

De nouveau, Albin hocha la tête, sans mot dire, mais ses sourcils clairs se froncèrent davantage. Il était en train de peser le pour et le contre. *Pourquoi prendrait-il de tels risques pour moi ?*

Enfin, le jeune homme chercha son regard.

— J'accepte le poste, Monsieur.

De surprise, Marcus demeura muet une seconde. Puis :

— C'est vrai, vous acceptez ? Vous ne le regretterez pas, je vous le promets.

Et, avec un large sourire, il se pencha pour serrer la main d'Albin.

Charlotte serra la main du comte et s'efforça d'y mettre une poigne virile.

Cosgrove se carra contre son dossier. Son sourire s'évanouit, et il reprit son expression soucieuse.

Charlotte le dévisageait.

Son patron. Il était grand et avait des traits durs, comme découpés à la serpe : mâchoire carrée, pommettes saillantes, nez droit et fort. Ses cheveux étaient d'un noir de jais, ses yeux gris anthracite. Il était fort séduisant en dépit des traces de violence sur son visage : coquard bleuâtre sur l'œil et coupures à peine cicatrisées sur le front et la joue droite.

Elle s'arracha à sa contemplation, se ressaisit. *Tu es un homme maintenant, et un homme ne s'intéresserait pas au physique de Cosgrove*.

— Commençons par la liste de mes ennemis, dit-il en poussant dans sa direction une feuille de papier, un encrier et une plume.

Charlotte approcha sa chaise du bureau, trempa la plume dans l'encre et attendit, la main au-dessus du feuillet.

L'espace d'un instant, elle eut l'impression dérangeante que ses doigts ne lui appartenaient pas. Trop épais, trop longs. Elle secoua imperceptiblement la tête pour chasser cette pensée idiote.

— Combien sont-ils, Monsieur ?

— Combien ? répéta Cosgrove avec un petit rire. Au moins cinq ou six, si je ne m'abuse.

Cinq ou six ? Charlotte se garda de trahir sa surprise.

— Quels sont leurs noms ?

— Lord Brashdon et sa clique. Sir Roderick Hyde. Et Keynes.

Ces noms étaient vaguement familiers à Charlotte. Était-il possible qu'oncle Neville ait mentionné ces personnes devant elle ?

— Des antiabolitionnistes ?

— En effet. Qui placent le profit avant la vie humaine, commenta Cosgrove avec une moue méprisante.

— Et vous êtes un abolitionniste.

C'était une constatation, pas une question.

— Oui.

Charlotte écrivit le premier nom, lord Brashdon, tout en fixant ses doigts. La sensation de bizarrerie se réveilla. Sa main était trop large, la plume trop fine. Sur le papier, les lettres se dessinaient avec maladresse. Son écriture ressemblait à celle d'un enfant qui apprend l'alphabet.

*N'y pense pas. Continue.*

Elle écrivit les deux autres noms sans regarder sa main. Sir Roderick Hyde. Keynes.

Voilà, c'était mieux.

Dans la marge, elle nota : « Ennemis politiques, anti-abolitionnistes. »

— Qui d'autre, Monsieur ?

— Mon héritier, Phillip Langford.

Il comptait son héritier au nombre de ses ennemis ? Diable. S'efforçant de rester impassible, Charlotte écrivit : « Phillip Langford, héritier. »

— Il y a aussi Gérald Monkwood, le frère de ma défunte épouse.

Charlotte releva la tête.

— Je suis veuf, ajouta Cosgrove avec raideur, comme si les mots lui encombraient la bouche. Et Monkwood me tient pour responsable de la mort de Lavinia.

— Toutes mes condoléances, Monsieur.

Cosgrove accueillit cette remarque d'un pincement de lèvres. Charlotte écrivit : « Gérald Monkwood, beau-frère. » Cosgrove avait-il été malheureux en ménage ? Que signifiait cette brève grimace ?

— Qui d'autre, Monsieur ?

Il garda le silence un moment, les yeux rivés sur ses mains éraflées, serra brièvement les poings avant de répondre :

— Sir Barnaby Ware.

— De qui s'agit-il ?

— C'était mon meilleur ami. Jusqu'à ce qu'il devienne l'amant de ma femme.

Deux plis d'amertume encadraient maintenant sa bouche.

Charlotte écrivit en silence : « Sir Barnaby Ware. Ex-ami. Amant. » Elle releva les yeux sur le comte. Il avait l'air d'un homme qui possédait tout : la fortune, un titre, un physique séduisant, un corps robuste. Un homme dans la force de l'âge qui menait la vie d'un privilégié ; une vie de rêve.

Mais cette vie était peut-être moins dorée qu'elle ne le semblait vue de l'extérieur.

Charlotte relut les six noms qu'elle venait d'inscrire sur le papier. Brashdon, Hyde et Keynes. Langford. Monkwood. Ware.

— Par qui voulez-vous commencer, Monsieur ?

— Monkwood. Demain.

— Parce qu'il vous semble le coupable le plus probable ?

— Parmi mes détracteurs, c'est celui qui s'est fait le plus entendre.

Avachi sur sa chaise, avec son œil au beurre noir et ses joues écorchées, Cosgrove avait l'air las, abattu. Un homme qui s'est bagarré une fois de trop…

Puis, comme pour infirmer cette impression, le comte se mit debout dans un mouvement énergique. Il se dirigea vers les étagères en acajou et ouvrit une porte vitrée.

— Vous m'aiderez également à rédiger mes discours. Je les écris moi-même, mais vous les relirez.

— Des discours, Monsieur ?

— Ceux que je prononce à la Chambre des lords. Ils parlent de l'abolition de la traite des esclaves.

Oncle Neville avait toujours clamé que les abolitionnistes étaient des minables irresponsables qui essayaient de ruiner la nation.

— Ils jalousent notre fortune ! vitupérait-il, le visage empourpré par le cognac. Ils voudraient rabaisser tout le monde à leur propre médiocrité !

Cosgrove était tout sauf médiocre et miséreux. Charlotte jeta un regard autour d'elle. Le bureau était spacieux, le mobilier précieux : un épais tapis d'Aubusson, deux secrétaires en bois marqueté aux pieds en cabriole, deux fauteuils club en cuir, des rayonnages sur chaque mur, des rideaux de brocart...

Elle reporta son attention sur Cosgrove. Ses habits avaient cette élégance sobre que seuls savaient créer les meilleurs tailleurs.

Non, il n'avait décidément rien de médiocre.

— Nous avons perdu le dernier vote, mais bon sang... nous gagnerons le prochain !

Charlotte n'en doutait pas. La détermination inscrite sur son visage et audible dans sa voix était de celles qui remportaient les guerres. Agamemnon devait être dans cet état d'esprit implacable lorsqu'il était arrivé au pied des murailles de Troie.

Cosgrove se tourna pour lui tendre une liasse de documents rédigés à la main. Derrière lui, le cadre de la fenêtre donnait un aperçu de Grosvenor Square que le crépuscule envahissait peu à peu.

— Tenez.

— De quoi s'agit-il, Monsieur ? s'enquit Charlotte, qui se leva pour saisir les papiers.

— De mes trois derniers discours. Ah, et ceci aussi, ajouta-t-il en lui donnant un livre. C'est un essai sur l'esclavage.

— En êtes-vous l'auteur ?

— Non. Emportez tout cela chez vous et prenez-en connaissance. Cela vous aidera à mieux maîtriser le sujet, conclut-il en refermant la porte vitrée.

Charlotte lut les trois discours blottie dans son lit, sous les couvertures qui sentaient légèrement l'humidité.

Elle avait mis le collier et la broche en jais de sa mère en gage au mont-de-piété de Halstead, mais le voyage à Londres et la garde-robe de Christopher Albin avaient absorbé la plupart de ses économies. Il lui était resté à peine de quoi payer quelques nuitées dans une pension de famille miteuse.

*Mais dès que j'aurai perçu ma première paye, j'aurai les moyens de m'offrir une chambre avec cheminée.*

L'excitation monta en elle. À présent, elle traçait sa voie dans le monde. Elle était indépendante, elle gagnait de l'argent.

Charlotte observa la chambre tout en agitant ses orteils engourdis par le froid. La pièce était à peine plus grande qu'un placard. Il n'y avait pas de tapis sur le plancher, et la fenêtre était fissurée. Des auréoles de moisissure s'arrondissaient sur les murs. Le linge de lit empestait l'oignon frit et la bougie au suif. Le matelas en crin était tout bosselé. Pourtant, elle préférait mille fois ce taudis à la chambre qu'elle occupait à Westcote Hall. Elle ne serait pas retournée à son ancienne vie pour un empire.

Son sentiment d'euphorie s'accentua, comme si un serpent agitait ses anneaux dans son ventre. Elle n'était plus Charlotte Appleby. Elle avait un nouveau visage, un nouveau corps, un nouveau nom. Et une carrière à laquelle aucune femme n'aurait pu prétendre. Elle n'était pas une gouvernante ou une institutrice chichement payée, elle était le secrétaire d'un comte !

Le visage de lord Cosgrove lui revint en mémoire : ses traits sculptés, ses yeux gris, ses écorchures et meurtrissures. Sa voix grave résonna dans sa tête : « J'ai été victime d'une agression dans St. James's Park la semaine passée. Mon secrétaire a été blessé. » Elle avait peut-être pris un risque en acceptant de travailler pour lui, mais le salaire qu'il lui offrait était généreux. Elle n'aurait jamais imaginé gagner autant.

Au bout de quelques années à son service, elle aurait mis de côté une somme rondelette. Et si jamais elle se faisait agresser… Bah, elle pourrait toujours utiliser son pouvoir. Se transformer en oiseau et s'envoler à tire-d'aile.

Tout en grattant d'une main sa barbe naissante, elle attrapa le livre que Cosgrove lui avait prêté, un mince volume relié en cuir de veau. Sur la couverture, elle lut le titre : *Essai sur l'esclavage et le commerce d'êtres humains, en particulier les Africains,* par Thomas Clarkson, traduit d'une dissertation latine.

Elle entama la lecture. Les pages étaient écornées. Cosgrove avait souligné certains passages et griffonné de nombreuses annotations dans la marge.

Il était presque minuit quand elle termina. Après avoir refermé le livre, elle caressa la couverture, pensive. *Mieux maîtriser le sujet...* Certes, elle en savait un peu plus à présent. Mais le comte avait-il conscience de s'être immensément dévoilé en lui procurant tous ces documents ?

Les discours révélaient son personnage public : un homme éloquent, qui s'était fait le chantre de l'abolition de l'esclavage. Mais les notes inscrites dans l'essai de Clarkson étaient bien plus personnelles et intimes. Elles dressaient de lui un portrait non censuré. Chaque mot, chaque phrase soulignée donnait un aperçu de l'homme qu'il était. Ses pensées, ses opinions, ses valeurs, tout était étalé là.

*Il me plaît bien.*

Charlotte posa le livre sur la table de chevet et repoussa les couvertures. Elle attrapa le pot de chambre glissé sous le lit, eut un temps d'hésitation. Chaque fois qu'elle urinait avec son bidule, elle éclaboussait le plancher. Elle resta immobile quelques secondes, sa chemise retroussée sur le ventre, puis laissa retomber le vêtement et fit le vœu de retrouver sa forme initiale. Sa peau la picota aussitôt sur tout le corps, puis la sensation disparut.

Sa vision se brouilla.

Elle tâtonna pour trouver ses lunettes, les chaussa, et son environnement redevint net. La longue chemise de nuit tombait sur ses pieds et traînait par terre.

Elle se soulagea rapidement, avec le sentiment désagréable d'être en train de tricher. Si elle devait vivre dans la peau d'un homme, il fallait absolument qu'elle apprenne à manipuler son bidule.

Hélas, l'encyclopédie Swiffen ne contenait pas d'article à ce propos.

Pourquoi cet appendice était-il si dur le matin au réveil ? Et comment contrôler la chose ? Bien sûr, son don lui permettait de se débarrasser de cette rigidité gênante – il lui suffisait de le souhaiter pour que le bidule redevienne mou. Mais cela risquait-il de survenir en journée ? Elle n'avait jamais vu un homme se promener dans la rue avec un bidule dressé sous son pantalon. Par conséquent, il devait bien y avoir un moyen naturel de remédier à cet état.

À moins qu'il y n'ait un dysfonctionnement quelconque dans son corps masculin ?

Elle ne pouvait interroger personne à ce sujet. Il lui faudrait donc se renseigner dans des livres.

Mais pas ce soir.

Elle leva les yeux sur la gravure d'Orphée qu'elle avait punaisée au mur, se concentra sur son visage. Front large. Yeux écartés. Cheveux blonds bouclés.

*Avec des joues glabres et une bonne vue, ce serait mieux.*

Elle ôta ses lunettes, ferma les yeux et souhaita retourner dans le corps de Christopher Albin.

Picotements...

Lorsqu'elle rouvrit les yeux, la chemise de nuit était de nouveau à sa taille, et elle pouvait voir nettement ses grands pieds glissés dans d'épaisses chaussettes de laine.

Elle se toucha le visage. Les pommettes et la mâchoire appartenaient à Christopher. La barbe naissante avait disparu.

C'était fascinant d'être un homme, réfléchit-elle en grimpant sur le matelas défoncé. Les gens se montraient plus directs et soutenaient franchement son regard. Ils la traitaient avec un respect auquel elle n'était pas habituée, comme si elle avait un statut particulier.

Elle se pelotonna sous les couvertures et souffla la chandelle de suif. Une sorte d'euphorie la gagnait, pétillait dans ses veines comme des bulles de champagne. Elle était un homme. Elle était autonome. Elle avait un métier.

*Je suis si contente d'avoir choisi cette voie !*

# 6

*17 octobre 1805*
*Londres*

— C'est ici qu'habite Monkwood, indiqua Cosgrove.

Charlotte suivit la direction de son regard. Un ciel gris et maussade couronnait Hanover Square. Les résidences avaient un côté rigide dans leur uniformité. Leurs façades identiques semblaient se refléter d'un côté à l'autre de la place : mêmes rangées de fenêtres, mêmes toitures austères. Quelque part, la cloche d'une église sonnait 15 heures.

— Que désirez-vous que je fasse, Monsieur ?

— Observez-le. Essayez de deviner s'il ment.

Ils traversèrent la place d'un pas vif en direction du domicile de Monkwood et gravirent les marches du perron. Le comte souleva le heurtoir. Charlotte résista à l'envie d'ôter ses gants pour essuyer ses paumes moites. *Comment savoir si Monkwood dit la vérité ou non ? Et si je me trompais ?*

Derrière eux, une voiture traversa la place en roulant dans les flaques d'eau.

La porte s'ouvrit. Un majordome au visage fermé se tenait sur le seuil.

— Bonjour, Sprott. Monkwood est-il disponible ? s'enquit le comte.

— Je vais me renseigner, milord.

Pendant qu'ils patientaient dans le hall, Charlotte étudia leur environnement. Les consoles à plateau de marbre et dorures, le grand miroir, les vases en porcelaine de Sèvres bleu et or proclamaient que Monkwood était riche.

Le majordome revint.

— M. Monkwood va vous recevoir, milord.

On les conduisit dans la bibliothèque, qui présentait les mêmes caractères d'opulence que le hall. Gérald Monkwood était assis près de la cheminée en marbre sculpté, ornée de nymphes et de feuilles d'acanthe dorées. Monkwood cultivait la même élégance sophistiquée. Ses cheveux blonds bouclés étaient soigneusement pommadés. Les broderies bleues, vertes et violettes de son gilet évoquaient le plumage d'un paon. Une grosse émeraude ornait sa cravate au nœud compliqué, et ses bottes militaires à pompons dorés luisaient de mille feux.

Charlotte s'immobilisa un pas derrière Cosgrove.

Un long silence s'ensuivit, seulement troublé par le cliquètement discret de la porte que le majordome refermait.

Puis Monkwood prit la parole :

— Bonjour, Cosgrove.

Son regard glissa rapidement sur Charlotte avant de revenir sur le comte. Il se leva de son fauteuil, avec une lenteur qui était une insulte en soi.

Monkwood avait cinq bons centimètres de moins que Cosgrove et pesait quinze kilos de plus. Son nœud de cravate en jabot, son col amidonné, ses épaulettes et sa veste cintrée à la taille lui donnaient un air vaguement efféminé.

« Un Cupidon dodu », songea Charlotte en observant son visage joufflu et sa bouche épaisse au pli boudeur.

— Bonjour, Monkwood, répondit Cosgrove en inclinant la tête.

Monkwood ne leur proposa pas de s'asseoir. Il pivota vers Charlotte, une question dans les yeux.

— Et voici M. Albin, mon nouveau secrétaire.

— Ah. En effet, j'ai entendu dire que votre secrétaire habituel avait été victime d'un malheureux accident.

Un léger sourire aux lèvres, Monkwood regardait les écorchures sur le front du comte.

— Il ne s'agissait pas d'un accident, mais d'une agression.

— Vraiment ? fit Monkwood avec un petit ricanement.

— Est-ce à vous que je dois cette attaque ?

Pendant une seconde, Monkwood ne réagit pas et demeura raide comme une statue de cire, son rictus figé sur les lèvres.

Puis il éclata de rire.

— Pardon ? Vous pensez que c'est *moi* qui vous ai agressé ?

— Non, mais vous auriez pu engager des hommes pour le faire. Ainsi que pour briser mes vitres et déposer de la merde sur mon perron.

Le ton de Cosgrove était neutre, aussi dépourvu de chaleur que d'animosité.

— De la merde sur votre perron ? répéta Monkwood. Mais c'est vraiment… répugnant !

— Êtes-vous responsable de tout cela ?

— Moi ? Enfin… franchement !

Les yeux écarquillés, Monkwood avait posé la main sur son cœur, comme un acteur feignant la surprise.

— Pourquoi aurais-je fait ça ?

Monkwood laissa retomber sa main. Cette fois, son ton était ouvertement hostile.

— Vous savez bien pourquoi.

— Vous ne méritiez pas Lavinia.

— Êtes-vous responsable ? s'obstina Cosgrove.

— Elle n'aurait jamais dû vous épouser. Vous ne l'avez jamais appréciée à sa juste valeur. C'était un ange !

— Un ange adultère.

Sous l'effet de la fureur, Monkwood s'empourpra. Ses narines palpitèrent et sa lèvre supérieure se retroussa sur ses dents. En un instant, il fut métamorphosé. Le Cupidon efféminé s'était transformé en féroce Cerbère.

Le poing levé, il avança vers Cosgrove.

Le cœur de Charlotte s'emballa dans sa poitrine. *Il va lui sauter dessus !* Elle fit un pas en avant et se retrouva épaule contre épaule avec le comte.

Monkwood lui jeta à peine un regard. Toute son attention était focalisée sur Cosgrove.

— C'est de votre faute si elle est morte ! Vous l'avez réduite au désespoir !

— Lavinia est seule responsable de ce qui lui est arrivé.

Sur ces mots, Cosgrove se détourna avec dédain avant de lancer :

— Venez, Albin.

Charlotte obtempéra mais, au moment de sortir, elle jeta un dernier regard à Monkwood. Dans son visage poupin, ses yeux bleus luisaient de haine.

*Il déteste Cosgrove. Il voudrait le voir mort.*

Ils marchèrent si vite sur le chemin du retour que Charlotte était tout essoufflée en arrivant à Grosvenor Square.

Elle glissa un rapide coup d'œil à Cosgrove. Sa colère silencieuse était aussi effrayante que la rage tonitruante de Monkwood. Elle changeait sa physionomie, accentuait les angles de son visage.

Fellowes, le majordome, ne fit aucun commentaire et se borna à débarrasser son maître de son chapeau et de ses gants.

Cosgrove enfila le couloir qui menait à son bureau, Charlotte sur ses talons.

Un feu flambait dans la cheminée sur son lit de braises rougeoyantes. Cosgrove alla se planter devant l'âtre et riva sur les flammes un regard absent.

Charlotte referma doucement la porte, sans oser prendre la parole.

Une minute s'écoula, ponctuée par le tic-tac de l'horloge en ébène et or posée sur le manteau de la cheminée. Enfin, Cosgrove lui fit face. Son expression s'était adoucie. Il semblait fatigué.

Après s'être assis dans le fauteuil en cuir, il demanda :

— Alors ? Quel est votre sentiment ?

— J'aurais tendance à le soupçonner pour les vitres cassées et la merde, Monsieur.

Une dame n'aurait jamais parlé d'excréments, pourtant le mot lui était venu facilement dans la peau d'Albin.

— En revanche, je ne suis pas sûr qu'il soit à l'origine de l'agression. Il a paru indigné par vos accusations.

Cosgrove hocha la tête.

— Je suis assez d'accord.

Il se releva, s'approcha de la desserte sur laquelle s'alignaient plusieurs carafes en cristal.

— Que préférez-vous ? Cognac ? Whisky ? Madère ?

— Euh... cognac, répondit Charlotte au hasard.

Il y eut un glougloutement, puis Cosgrove se tourna, un verre dans chaque main.

— Tenez.

— Merci, Monsieur.

Il alla se rasseoir et désigna à Charlotte le fauteuil jumeau. Elle s'y installa puis, imitant le comte, prit son verre en coupe entre ses mains jointes.

— Ma femme s'est suicidée, déclara-t-il.

Charlotte ouvrit bêtement la bouche et s'empressa de la refermer. Que dire après une telle révélation ?

Par chance, Cosgrove ne semblait pas attendre de réaction particulière de sa part. Les sourcils froncés, il fixait les flammes. Charlotte en profita pour le dévisager. Le comte n'avait pas l'air d'un homme capable de pousser sa femme au suicide. En cet instant, il paraissait d'humeur morose, mais les fines ridules au coin de ses paupières laissaient deviner un caractère habituellement plus joyeux.

Il tourna enfin la tête pour la regarder.

— Suivez mon conseil, Albin. N'épousez jamais une beauté.

Le cœur de Charlotte manqua un battement. Pas à cause de ce qu'il venait de dire, mais à cause de l'acuité de ses yeux gris.

— Bien, Monsieur, répondit-elle par réflexe, avant même que son cerveau enregistre le sens de ses paroles.

*Quoi ? Comment ?*

Cosgrove eut un petit rire devant sa mine perplexe.

— Ma femme m'a épousé pour mon titre et ma fortune. Sa beauté en échange des privilèges. J'ai été assez naïf pour croire qu'il s'agissait d'un mariage d'amour.

— Oh. Je suis... désolé, Monsieur.

Cosgrove rejeta sa compassion d'un haussement d'épaules. Son verre de cognac serré entre les mains, il étendit ses longues jambes en direction du feu. Charlotte l'imita.

— J'ai bien retenu la leçon, croyez-moi, Albin. Et je ne commettrai plus jamais la même erreur.

— Je comprends, Monsieur.

Cosgrove fit tourner le cognac au fond de son verre avant d'en humer le parfum. Charlotte fit de même. L'arôme corsé de l'alcool lui piqua les narines et la fit larmoyer. Elle cligna des yeux.

Cosgrove reprit :

— Monkwood a raison sur un point : Lavinia ressemblait à un ange. Cheveux blonds, yeux pervenche. Mais elle avait le cœur d'une putain. Voilà qui était ma femme.

Il avala le contenu de son verre d'une seule lampée, puis se leva pour se resservir.

Profitant de ce qu'il avait le dos tourné, Charlotte goûta prudemment une petite gorgée de cognac. Le liquide lui brûla la langue et lui mit le gosier en feu.

— Lavinia ne voulait pas vraiment mourir, poursuivit Cosgrove en revenant s'asseoir. Le médecin légiste a conclu à un accident.

— Monsieur... vous n'êtes pas obligé... de me raconter tout...

— Il faut bien que vous sachiez ce qui s'est passé si vous voulez m'aider à découvrir qui a commandité cette attaque.

— Ah. Oui, d'accord, fit Charlotte, confuse.

Il ne s'agissait pas d'une confession intime, mais d'une simple présentation des faits.

Après s'être confortablement carré dans le fauteuil, Cosgrove poursuivit :

— Lavinia a grandi sous la tutelle de son frère. Il l'adorait, vous avez pu vous en rendre compte. Il lui passait tous ses caprices. Durant notre première année de mariage, j'ai été aussi indulgent que lui, jusqu'au jour où j'ai compris qu'elle me manipulait.

Devant l'air dérouté de Charlotte, il se montra plus explicite :

— Le sexe. Elle s'en servait pour obtenir ce qu'elle voulait.

— Ah…

Charlotte sentit ses joues s'enflammer. Elle s'empressa de boire une gorgée de cognac et faillit s'étrangler.

— Elle s'est mise à piquer des colères. Je n'ai pas cédé, et nous nous sommes retrouvés dans une impasse. Alors elle a menacé de se suicider. Les premières fois, j'ai vraiment cru qu'elle avait voulu attenter à ses jours et je lui ai accordé ce qu'elle réclamait. J'ai mis du temps à comprendre que tout cela n'était que de la manipulation.

— Les premières fois ?

— Il y a eu cinq tentatives, si ma mémoire est bonne. Six, si l'on compte la fois où elle ne s'est pas loupée.

Le silence retomba, s'éternisa. Dix secondes. Vingt. Une minute.

Le comte était plongé dans ses souvenirs.

Finalement, il s'étira et se frotta le front comme s'il avait la migraine à force de froncer les sourcils.

— La plupart du temps, nous nous disputions à propos d'argent. Je lui versais une rente trimestrielle de mille guinées, mais elle en voulait toujours plus.

Charlotte ne put s'empêcher d'écarquiller les yeux. Mille guinées par trimestre ? Quatre mille par an ? Elle-même aurait pu vivre à l'aise le reste de sa vie avec une telle somme !

— Mais, peu de temps avant sa mort, j'ai découvert qu'elle me trompait avec Barnaby. Je lui ai dit que je voulais divorcer. Lavinia est montée sur le belvédère du toit et est passée par-dessus la balustrade en menaçant de se jeter dans le vide.

Un divorce. Cosgrove avait dû être bouleversé par cet adultère pour prendre une décision aussi lourde de conséquences. Quand on songeait au scandale qui en aurait découlé...

— La pierre sur laquelle elle se tenait s'est descellée. Elle est tombée. Elle a essayé de se rattraper à la rambarde, mais sa main a glissé. L'expression de son visage à cet instant...

La voix de Cosgrove n'était plus si factuelle. Elle trahissait une émotion palpable.

Peut-être avait-il cessé d'aimer sa femme, mais l'on voyait bien que sa mort l'avait profondément affecté.

Charlotte but une gorgée de cognac qui, cette fois, passa mieux.

Cosgrove chercha son regard.

— Ma femme n'avait pas l'intention de se tuer. C'était juste une manœuvre pour m'apitoyer. Et on peut dire qu'elle a échoué... de manière spectaculaire, conclut-il avec un sourire triste.

Charlotte étudiait son visage, les petites rides au coin de ses yeux, son demi-sourire. À quoi ressemblait-il avant son mariage ?

*Heureux. Bien plus heureux.*

— Je suis navré, Monsieur.

— Vous comprenez pourquoi ma femme est morte ? Et pourquoi Monkwood me hait ? Pourquoi il est très possible qu'il soit derrière cette agression ?

— Oui, Monsieur. Il a un mobile pour chercher à vous tuer.

Cosgrove s'étrangla avec son cognac. Pris d'une quinte de toux, il mit un moment à reprendre son souffle.

— Que dites-vous ? *Me tuer ?* Non, il était juste question d'une rossée...

— S'il adorait sa sœur et s'il vous croit responsable de sa mort... pourquoi pas ? À l'idée de vous savoir vivant alors qu'elle est dans la tombe, il doit enrager.

Elle se remémorait le visage haineux de Monkwood, son regard flamboyant de rage.

— Je n'y avais pas pensé. Merci, Albin.

Le ton sec la fit sourire.

— De rien, Monsieur.

Un sourire flotta dans les yeux du comte.

Charlotte retint soudain son souffle. Cosgrove était incroyablement séduisant. Vite, elle but une gorgée de cognac pour masquer son trouble. La sensation de brûlure se répandit jusque dans son ventre.

— Ces actes de vandalisme... Quand ont-ils commencé ? demanda-t-elle.

Cosgrove reprit son sérieux.

— Il y a six mois environ.

— Et quand votre femme est-elle décédée ?

— L'année dernière, le 28 octobre.

Presque un an plus tôt. Charlotte fronça les sourcils.

— Alors... ces actes malveillants ne sont peut-être pas liés à sa mort.

— Non, peut-être pas, reconnut Cosgrove, pensif.

— Avez-vous tenu un calendrier ? Noté la date chaque fois que des vitres ont été brisées ou que des... étrons ont été déposés sur votre seuil ?

— Non. Mais nous retrouverons les factures du vitrier dans les livres de comptes.

Voyant Cosgrove ébaucher un mouvement, Charlotte le devança et se leva d'un bond.

— Je vais les chercher, Monsieur.

Était-ce l'effet du cognac ? Elle était soudain très consciente de la proximité du comte, de sa virilité et de son pouvoir de séduction. Elle n'avait pas fait attention à tout cela cet après-midi, quand ils étaient assis face à face dans le bureau et qu'il lui expliquait comment gérer les registres de ses domaines, sa correspondance, ses rendez-vous et ses discours.

Elle sélectionna les registres les plus récents concernant la résidence londonienne et les rapporta près de la cheminée, oubliant volontairement sur l'étagère son verre et ce dangereux cognac qui lui montait à la tête.

# 7

Le premier bris de vitre avait eu lieu en avril ; le dernier la semaine précédente. En général, trois ou quatre carreaux avaient été visés, mais le 15 mai – jour de l'anniversaire du comte – douze fenêtres avaient été vandalisées.

Charlotte nota soigneusement en face de chaque date le nombre de fenêtres cassées, puis effectua la somme au bas de la colonne. Le total était effrayant.

— Quelqu'un vous en veut beaucoup, Monsieur.

— Je sais, répondit-il, renfrogné.

— Quand avez-vous été agressé dans St. James's Park ?

— La semaine dernière. Le 10.

Charlotte nota la date.

— Et cette histoire d'étrons ?

— Cela a commencé le 15 mai.

— Le jour de votre anniversaire.

— En effet. C'était le cadeau le plus singulier qu'on m'ait jamais offert.

— Et les autres fois ? Ces... euh... *cadeaux* correspondaient-ils aux nuits où des fenêtres étaient brisées ?

— Parfois. Je ne sais plus. Je n'étais pas toujours à Londres quand cela survenait.

— Votre gouvernante pourrait-elle nous donner cette précision ?

— Sans doute.

Le comte tira le cordon de la cloche. Un valet se présenta dans la foulée.

— Demandez à Mme Maby de venir, lui dit Cosgrove. Et prévenez Guillaume que M. Albin et moi dînerons d'ici une heure.

— Bien, Monsieur.

Le valet s'inclina dans une courbette avant de se retirer.

Cosgrove se tourna vers Charlotte et annonça :

— Après dîner, nous irons rendre visite à mon héritier.

Charlotte avait déjeuné avec le comte un peu plus tôt, mais il faisait alors grand jour et l'ambiance du dîner était différente. Les rideaux étaient tirés, et les chandelles donnaient un caractère bien plus intime à leur repas.

Charlotte goûta son escalope de veau, puis une gorgée de vin rouge. Un grand cru capiteux et velouté, qui se buvait comme du petit lait. « Il ne faut pas que j'exagère », se dit-elle en s'obligeant à reposer son verre.

— Quels sont vos liens de parenté avec votre héritier, Monsieur ?

— Phillip ? C'est le fils de mon cousin.

— Et pourquoi le soupçonnez-vous d'être à l'origine de votre agression ?

— Parce qu'il m'a dit qu'il voudrait me voir mort.

— *Quoi ?*

— Il voudrait me voir mort, répéta le comte, qui se cala contre son dossier, son verre à la main. Il me l'a dit en face, ici même. Il y a moins d'un an.

Il leva son verre comme s'il portait un toast, avant de boire une gorgée.

— Mais pourquoi ?

— Parce que je lui ai signifié que je ne paierais plus ses dettes.

— Êtes-vous son tuteur ?

— Non, Dieu merci ! Ses oncles maternels ont eu ce plaisir jusqu'à sa majorité.

— Il est majeur, donc. Mais pourquoi vous demande-t-il de régler ses dettes ?

— Parce qu'il est mon héritier. À moins que je ne me remarie, il héritera du titre, de mes domaines, de cette maison, bref, de tout ce que je possède. C'est l'unique raison qui me poussera à me remarier, sachez-le. Je refuse que cet ivrogne dépensier et veule devienne le prochain comte de Cosgrove.

Il abandonna son verre. Charlotte posa ses couverts sur son assiette et s'étonna :

— Est-ce à ce point ?

— Phillip était encore dans ses langes quand mon cousin est mort. Sa mère l'a atrocement gâté et surprotégé. Elle lui passait tout, et cela l'a rendu insupportable. L'année dernière, il a abandonné ses études à Oxford, et depuis, il n'a fait parler de lui que par ses abus de boisson, ses dettes de jeu et ses débauches.

Cosgrove récupéra son verre et le vida d'une traite avant de se resservir. Il proposa la carafe à Charlotte, qui refusa d'un signe de tête.

— La première fois que Phillip a eu des déboires financiers, il a réclamé mon aide. Je lui ai accordé un prêt. Après tout, c'est un membre de la famille. Mais Edmund n'aurait pas aimé l'homme qu'est devenu son fils.

Le regard préoccupé, il faisait tourner son verre entre ses doigts.

— C'est exactement ce que j'ai dit à Phillip quand il est revenu me demander de l'argent. Je pensais que cela le ferait réfléchir, qu'il essaierait de s'amender. J'étais bien naïf.

— Personnellement, cela m'aurait fait réfléchir, Monsieur.

Aux yeux de Charlotte, l'estime de son père avait toujours beaucoup compté.

Le comte haussa les épaules.

— Peut-être, mais vous n'êtes pas Phillip. Et, contrairement à lui, vous avez connu votre père.

Charlotte acquiesça en silence. Elle plia sa serviette et la posa près de son assiette.

— Le jour où il vous a dit qu'il aimerait vous voir mort… vous rappelez-vous la date exacte ?

— Non. C'était en mars, je crois. Peu de temps après ce vote que nous avons perdu. Je n'étais pas de très bonne humeur. Je l'ai traité de parasite et… personne n'aime ça.

— C'est ce que vous lui avez dit ?

— Oui. Et aussi que, plutôt que de quémander de l'argent, il devrait se prendre en main et se comporter en homme. C'était sans doute maladroit de ma part.

Cosgrove reposa son verre sans y avoir touché, avant de reprendre :

— S'il n'y prend garde, il attrapera la chaude-pisse. Je m'étonne que cela ne lui soit pas déjà arrivé.

— Je… Je vous demande pardon ?

— La chaude-pisse. La chtouille.

Charlotte secoua la tête pour marquer son incompréhension.

— Vous ne connaissez pas cette expression ?

— Non, Monsieur.

— Je vous parle d'une maladie vénérienne.

— Oh…

Les joues de Charlotte s'embrasèrent. Cosgrove réprima un sourire. Il était trop bien élevé pour se moquer d'elle ouvertement.

Charlotte eut quelque peine à surmonter son embarras.

— Hum… et donc M. Langford est… Il… Il…

— Pour résumer, Phillip aime la bamboche. Et il n'est pas très prudent quand il part en goguette.

*Bamboche. Goguette*. Encore des termes qui ne lui étaient pas familiers. Néanmoins, elle pouvait en deviner la signification.

Charlotte baissa les yeux sur ses couverts posés côte à côte dans l'assiette. Le blason des Cosgrove était gravé dans l'argent. Elle déplaça le couteau de quelques millimètres pour qu'il soit bien parallèle à la fourchette, avant de relever la tête.

— Donc M. Langford est porté sur les femmes ?

— On peut même dire que c'est une vraie drogue pour lui. Avez-vous terminé votre repas, Albin ?

Charlotte hocha la tête. Cosgrove posa les mains à plat sur la table et se leva.

— Bien, alors allons voir Phillip. Si je ne m'abuse, nous le trouverons dans un lupanar.

Charlotte avait déjà entendu ce mot. Le comte voulait parler d'une maison de tolérance, où des prostituées vendaient leurs charmes.

Le cœur serré d'appréhension, elle se leva lentement.

Cosgrove se dirigeait déjà vers la porte.

« Tu as choisi cette vie, se rappela-t-elle. C'est ce que tu voulais : exercer un métier d'homme. »

Redressant les épaules, elle suivit le comte.

Le valet de Phillip Langford leur indiqua le nom de l'établissement que son maître fréquentait depuis quelque temps.

— C'est le moment de parfaire votre éducation, jeune homme, dit Cosgrove à Charlotte alors qu'ils regagnaient la rue.

Il héla un fiacre et donna l'adresse au cocher.

— Est-ce que nous allons à Covent Garden ? s'enquit-elle alors qu'ils s'installaient à bord du véhicule.

— Non, dans un quartier bien pire.

— Mais... ne vaudrait-il pas mieux attendre demain matin... que M. Langford ne soit pas... occupé ?

— Demain matin, il sera trop soûl pour comprendre deux mots de suite.

— Mais justement... s'il a l'esprit embrumé, il ne pourra pas mentir, insista-t-elle.

La peur lui donnait des maux d'estomac. Elle regrettait d'avoir tant mangé au dîner.

Cosgrove gloussa.

— Allons, un peu de courage, jeune homme ! N'ayez crainte, je ne laisserai pas les filles de Mme Henshaw vous débaucher.

Soulagée que la pénombre dissimule ses joues écarlates, Charlotte rétorqua avec raideur :

— Je n'ai pas peur des prostituées, Monsieur.

# 8

Marcus leva les yeux vers la façade vétuste de l'établissement dirigé par Mme Henshaw. Une torche glissée dans un support en ferronnerie illuminait le perron aux marches fissurées.

— Vous êtes prêt, Albin ?

Son secrétaire déglutit bruyamment.

— Oui, Monsieur.

— Bravo.

Marcus cogna du poing contre le battant de bois vermoulu.

— Êtes-vous déjà venu ici, Monsieur ? demanda Albin à voix basse.

Marcus eut un petit sursaut. Mais, à la mine candide de son secrétaire, il comprit que l'insulte n'était pas intentionnelle.

— Je vais faire semblant de ne pas avoir entendu, répondit-il.

Albin rougit.

— Oh... pardonnez-moi, Monsieur, je ne voulais pas...

La porte qui s'ouvrait coupa court à ses excuses embarrassées. Des rires gras leur parvinrent, et leurs narines furent assaillies par des relents de transpiration mêlés à l'odeur du gin bon marché.

L'un des sbires de Mme Henshaw apparut sur le seuil. Ses larges épaules passaient à peine le cadre de la porte. Il jaugea Marcus, nota ses habits de qualité et, sans un mot, s'effaça pour lui livrer passage.

Ils entrèrent dans le vestibule qui se prolongeait par un grand salon. Marcus s'avança d'un pas nonchalant et, cherchant son héritier, scruta l'assemblée : prostituées légèrement vêtues et leurs clients, issus en majorité des couches populaires – dockers, charbonniers, coursiers. Mais il y avait aussi un soldat en uniforme rouge, qui était en train de gravir l'escalier en compagnie d'une fille. Et dans l'angle au fond de la pièce, deux gandins en redingote noire et culottes tabac lutinaient une blonde débraillée.

L'atmosphère surchauffée oppressait et laissait un goût aigre dans la bouche.

Albin, qui suivait Marcus, demanda d'une voix plus aiguë qu'à l'accoutumée :

— Voyez-vous M. Langford, Monsieur ?

— Non, mais il est peut-être à l'étage, répondit Marcus en désignant l'escalier au pied duquel se tenait un autre sbire.

— À l'étage ? Mais alors il va falloir...

— Monter, oui.

Marcus se fraya un chemin dans la cohue. Ses semelles claquaient à chaque pas sur le plancher collant souillé d'éclaboussures d'alcool.

Une femme s'approcha et glissa son bras sous le sien.

— Qu'est-ce qui t'ferait plaisir, mon joli ?

Elle était jeune, pas plus de dix-huit ans, et son corsage béant exposait sa poitrine généreuse. En dépit de sa silhouette épanouie, il n'y avait rien de séduisant chez elle. Sa peau crasseuse était marquée d'hématomes et elle empestait le gin.

— J'fais tout, t'as juste à demander, précisa-t-elle en frottant ses seins nus sur le lainage de sa redingote bleu marine.

En même temps, sa main se referma sur ses parties intimes.

Marcus la repoussa.

— Non, merci.

Il reprit son chemin, suivi d'Albin qui lui marchait presque sur les talons. Pour un peu, il se serait agrippé à sa manche.

Le vigile planté devant l'escalier semblait avoir passé du temps sur un ring de boxe. Son nez bosselé était complètement de travers.

Marcus fit miroiter une pièce d'un shilling entre ses doigts.

— Je cherche Phillip Langford. Vingt-deux ans, brun, de l'embonpoint…

— Là-haut, répondit le type en tendant la main pour empocher le shilling. La chambre du fond.

— Merci. Venez, Albin.

Comme Marcus posait le pied sur la première marche, le vigile prévint :

— Hé, on veut pas de grabuge ici, m'sieur.

— Du grabuge ? *Nous ?* fit Marcus avec un sourire acide.

L'homme haussa les épaules et le laissa passer.

À l'étage, le palier s'ouvrait sur un couloir. Toutes les portes étaient fermées. Ici aussi, l'air était chargé d'odeurs de gin et de sueur. On entendait des gloussements féminins et le bruit régulier d'une tête de lit qui heurtait un mur.

Marcus s'engagea dans le couloir et s'arrêta au bout, hésitant entre la porte de droite et la porte de gauche.

— Laquelle à votre avis, Albin ?

— Monsieur, êtes-vous sûr que nous…

— Vous n'envisagez pas de donner votre démission, n'est-ce pas ?

— Non, bien sûr ! Mais si votre héritier est… occupé…

— Eh bien, nous interromprons ses ébats.

— N'est-ce pas terriblement…

— Grossier ? Certes. Mais peut-être va-t-il vous inviter à participer. J'ai entendu dire qu'il aimait les parties à plusieurs.

Il éclata de rire devant la mine déconfite de son secrétaire.

— Alors, droite ou gauche ?

— Eh bien... droite.

Marcus toqua à la porte, puis l'ouvrit sans attendre qu'on l'y invite. Un gros postérieur apparut dans son champ de vision.

Le client prenait la prostituée par-derrière. Ses coups de boutoir faisaient trembloter ses grosses fesses pâles qui évoquaient du fromage blanc. Ces deux-là étaient tellement à leur affaire qu'ils ne remarquèrent même pas que quelqu'un venait d'entrer.

Marcus s'avança pour voir s'il s'agissait de Phillip. La couleur de cheveux et la corpulence correspondaient, mais...

Le type tourna la tête. Non, ce n'était pas Phillip.

L'homme se figea, et sa bouche s'arrondit de surprise.

— Je vous demande pardon, au temps pour moi, dit Marcus avec une courbette.

Il referma le battant, puis se tourna en souriant vers Albin.

— Mauvais choix, jeune homme.

Bouche bée, son secrétaire avait l'air aussi sidéré que l'homme qu'ils venaient de déranger.

Marcus entra dans la chambre de gauche sans se donner la peine de frapper.

Trois personnes se trouvaient dans la pièce. L'une d'elles était effectivement Phillip. Nu comme un ver sur le lit défoncé, il s'appuyait des épaules au montant, les jambes écartées pour faciliter la tâche à la prostituée dont la bouche s'activait sur son membre. Son attention focalisée sur les seins de la deuxième fille qu'il malaxait à pleines mains, il ne s'aperçut même pas que quelqu'un était entré.

Marcus jeta un coup d'œil à Albin. Le jeune secrétaire semblait tétanisé, sous le choc.

— Entrez donc, venez faire la connaissance de mon héritier, lui dit Marcus.

Phillip tourna la tête.

— Qu... Quoi ? bégaya-t-il.

— Mesdames, veuillez nous excuser, j'aimerais m'entretenir avec votre client. Pouvez-vous attendre dehors ?

Marcus pêcha dans sa poche deux pièces d'un shilling. La femme agenouillée entre les jambes de Phillip se redressa. À la vue du shilling, elle se remit debout aussitôt. Sa compagne se dégagea des mains de Phillip et se dirigea vers la porte sans prendre la peine de se couvrir les seins.

— Merci, mesdames, leur dit aimablement Marcus en leur distribuant à chacune une pièce. Ce ne sera pas long, je vous le promets.

Il attendit qu'elles soient sorties, referma la porte, puis se tourna vers son héritier qui avait encore une demi-érection.

— Qu'est-ce que vous fichez là ? aboya Phillip. J'ai payé ces filles, vous ne pouvez pas les renvoyer !

— Je suis venu vous parler.

— De quoi ?

— J'ai été victime d'une agression la semaine dernière, à St. James's Park.

— Oui, je suis au courant, ricana Phillip.

— Avez-vous engagé des hommes pour m'attaquer ?

— Moi ? Non, mais... je regrette de ne pas en avoir eu l'idée. Vous avez un coquard, remarqua encore Phillip avec un gloussement.

Marcus se pencha, menaçant.

— Et les vitres cassées ? La merde ? C'était vous ?

— La merde ? Quelle merde ?

— Les étrons déposés sur mon perron.

— Des étrons sur votre... Oh, merde ! Merde !

Hilare, Phillip se renversa sur le lit, bras écartés, son gros ventre saillant, sans se soucier de cacher sa nudité. Son sexe à présent flasque reposait sur les poils sombres de son bas-ventre.

— Des seaux de merde chez Cosgrove le Cocu !

Il s'étranglait de rire. Marcus le saisit rudement à l'épaule.

— C'était vous, oui ou non ?

Le regard vitreux, Phillip semblait avoir du mal à faire le point sur son visage.

— Moi... qui quoi ?

— Vous qui avez mis ces étrons sur mon paillasson ?

De nouveau, Phillip s'esclaffa. Son rire s'acheva en une crise de hoquet.

— C'était vous ?

— Lâchez-moi !

— Répondez, gronda Marcus.

— Non, ce n'était pas moi, dit Phillip entre deux hoquets. Mais c'est bien fait pour vous.

Marcus le lâcha et se redressa.

L'air dégoûté, Albin fixait Phillip.

— Allons-nous-en, lui dit Marcus.

Albin fit aussitôt volte-face, trouva à tâtons la poignée de la porte et s'enfuit dans le couloir où attendaient les deux prostituées.

— Merci de votre patience, mesdames, leur lança Marcus.

Il alla rejoindre son secrétaire sur le palier. Livide, celui-ci semblait sur le point de vomir.

— Alors, qu'avez-vous pensé de mon héritier ? s'enquit Marcus.

— Je... Je ne l'aime pas, Monsieur, bredouilla Albin.

— Eh bien, moi non plus.

Marcus tira sur ses manchettes et redescendit l'escalier.

Dans le salon du rez-de-chaussée, ils furent avalés par la cohue. Charlotte serra les poings pour s'interdire d'attraper la manche du comte. « Je suis un homme, je dois me comporter comme tel », ne cessait-elle de se rappeler.

Les dents serrées, le regard rivé sur les omoplates de Cosgrove, elle le suivit aveuglément. D'ici une minute, ils sortiraient, s'échapperaient de ce bouge bruyant qui puait la sueur rance et la crasse...

Quelqu'un l'attrapa par le bras.

— Où vas-tu si vite, mon petit chéri ?

C'était la prostituée qui s'était frottée à Cosgrove un peu plus tôt. Son corsage grand ouvert dévoilait ses seins aussi gros que des pastèques. Sa bouche et ses aréoles étaient fardées de rouge.

— J'm'appelle Sal. Je peux te faire tout ce que tu veux, beau gosse.

— Non, merci, répliqua Charlotte qui essayait de dégager son bras.

— J'te promets, je fais tout. Tu n'as qu'à demander.

De sa main libre, elle lui empoigna le sexe à travers le pantalon. Charlotte ravala un cri d'indignation. Elle se dégagea d'un mouvement brusque, trébucha, faillit s'étaler.

— Laissez-moi tranquille !

Redressant les épaules, elle s'efforça de reprendre contenance et ajouta :

— Merci, madame, mais non.

Puis elle s'éloigna vivement et chercha Cosgrove dans la foule qui la cernait de toutes parts. En vain. La panique la gagna. S'il l'avait abandonnée ici...

« Contrôle-toi », s'ordonna-t-elle. Elle n'était pas une femme seule au milieu d'une foule d'ivrognes et de prostituées, elle était Christopher Albin. Un homme. Elle ne courait aucun danger.

Elle inspira un bon coup et se dirigea vers la sortie. Son regard glissa sur les visages masculins mal rasés, rougeauds et moites, sur les figures des prostituées maquillées de couleurs criardes...

*Le voilà !*

On ne pouvait se tromper sur la haute stature, la carrure, les cheveux bruns sous l'élégant haut-de-forme.

Cosgrove était déjà dans le vestibule. *Ne me laissez pas ici, Monsieur !* Charlotte se précipita, joua des coudes, piétinant quelques pieds sur son passage.

Elle rejoignit le comte au moment où celui-ci s'apprêtait à sortir.

— Ah, vous êtes là, Albin. Vous pouvez rester si vous le souhaitez. Quoique je vous le déconseille.

Il plaisantait, elle le voyait aux petites rides qui s'étoilaient au coin de ses yeux, mais elle était bien incapable de badiner de la sorte. Elle avait les nerfs à vif et tremblait.

— Non, je n'en ai aucune envie, Monsieur.

Le vigile leur ouvrit la porte. Marcus le remercia d'un signe de tête, aussi poliment que s'il avait quitté une réception dans un quartier huppé de Londres.

Charlotte dévala les marches du perron et enjamba le caniveau.

Dans l'air froid de la nuit, bienvenu après l'atmosphère surchauffée du bordel, sa respiration formait de petits nuages vaporeux.

Son tremblement s'apaisa à mesure qu'ils s'éloignaient dans la rue. *J'ai tenu bon.* Elle était entrée dans un lupanar, avait été tripotée par une prostituée, avait vu des gens en pleine débauche… et elle ne s'était pas trahie.

— Alors, quel est votre sentiment ? s'enquit Cosgrove.

— Je crois que votre héritier n'a rien à voir avec l'agression, Monsieur.

— C'est aussi mon impression.

— Mais il vous déteste.

— C'est réciproque.

Ils bifurquèrent dans une ruelle.

— Et les vitres brisées ? La merde ?

— Non, ce n'est pas lui. Même si ça le fait bien rire.

— En effet. Je lui ai peut-être donné des idées. Ça ne m'étonnerait pas qu'il dépose quelques bouses sur mon paillasson ce soir.

Charlotte s'efforça de ne pas être déstabilisée par la verdeur de son langage. *Il me prend pour un homme. Il ne parlerait jamais comme ça à une femme.*

Et que répondrait un homme ?

— Je crois qu'il sera bien trop soûl pour ça, Monsieur.

— Je l'espère, en tout cas.

Ils se rangèrent sur le côté pour laisser passer un fiacre.

— Allons-nous le rayer de la liste des suspects, Monsieur ?

— Non, mais désormais son nom vient en dernier.

Ils cheminèrent en silence pendant un moment, puis Cosgrove eut un petit rire étouffé.

— Dans la première chambre… La tête qu'a faite ce type quand nous sommes entrés !

Charlotte se remémora la scène à contrecœur. L'homme sidéré, ses grosses fesses blanches… Cosgrove trouvait-il vraiment cela drôle ?

Apparemment, puisque son rire redoublait.

Pourquoi diable les hommes s'amusaient-ils de ce genre de chose ?

Elle émit un petit rire forcé et peu convaincant pendant que Cosgrove, plié en deux, s'arrêtait pour s'appuyer de la main au mur le plus proche. Ses éclats de rire résonnaient dans toute la rue.

Dansant d'un pied sur l'autre, Charlotte attendit qu'il se calme.

Pour sa part, elle avait été écœurée. Si c'était cela, le sexe, elle était bien contente d'être encore vierge ! C'était si laid, si grotesque…

Elle jeta un coup d'œil dans la rue. Hormis un chien qui trottait en diagonale, l'endroit était désert.

Au moment où Cosgrove se redressait enfin, essuyant ses yeux larmoyants, un bruit de pas retentit derrière eux. Charlotte fit un pas de côté pour laisser passer la personne.

Un coup sur l'épaule la fit tomber à genoux.

— Attention ! cria Cosgrove.

Un poing surgi de nulle part vola vers le visage de Charlotte.

# 9

Charlotte se baissa vivement dans un cri étouffé. À quatre pattes, elle crapahuta jusqu'à ce que sa tête heurte le mur. Son chapeau tomba par terre.

Pendant un instant terrifiant, elle eut l'impression qu'une douzaine d'agresseurs les attaquaient, immenses silhouettes sans visage. Puis elle parvint à distinguer trois hommes dans l'obscurité : le comte et deux inconnus, qui se bagarraient au milieu de la rue.

Quelqu'un s'écroula au sol, puis se remit debout en jurant.

Recroquevillée contre le mur, Charlotte essayait de se faire toute petite. Son instinct lui dictait de s'enfuir à toutes jambes, de se cacher…

Un cri de douleur résonna dans la rue.

Était-ce le comte ? Était-il blessé ? Ces types étaient-ils en train de le tuer ?

Elle se releva tant bien que mal. Son cœur tambourinait, ses battements anarchiques – *boum boum boum !* – l'étourdissant, étouffant les autres bruits qui retentissaient autour d'elle : grognements, jurons, raclement des semelles sur les pavés.

Serrant les poings, elle s'élança sans vraiment pouvoir discerner l'ennemi. Laquelle de ces silhouettes était celle du comte ?

Puis elle repéra un homme vêtu d'une veste en laine grossière, dont le visage était en partie dissimulé par une écharpe.

Elle le frappa de toutes ses forces au niveau de la tempe.

L'homme fit volte-face.

« Cours ! » cria une voix dans sa tête.

Charlotte ignora la voix et se jeta sur l'homme, le martela à coups de poing et de pied, sans réfléchir, avec une sauvagerie primaire, galvanisée par le rugissement dans ses oreilles et les pulsations de son sang dans ses veines.

Les coups pleuvaient, pleuvaient... et l'homme finit par reculer en titubant. Puis, tournant les talons, il s'enfuit sans demander son reste.

Quelqu'un agrippa le bras de Charlotte. Elle pivota, les poings levés.

C'était le comte, qui para aisément le premier coup.

— Hé, du calme ! Ils sont partis.

Haletante, le corps parcouru de frissons, Charlotte baissa les bras.

La rue était déserte.

Cosgrove lui donna une claque sur l'épaule.

— Bravo, mon vieux. Nous les avons mis en déroute.

Charlotte l'entendit à peine. Elle ne parvenait pas à reprendre son souffle. Maintenant que le danger était passé, son cœur battait encore plus vite et plus fort.

*N'oublie pas, tu es Christopher Albin. Fais comme si ce n'était pas grave.*

— Est-ce que... ce sont les types... qui vous ont déjà attaqué dans St. James's Park, Monsieur ?

— Non. C'étaient juste des voyous ordinaires.

Son tremblement empira. À présent, tout son corps était secoué de soubresauts. Un goût de bile lui envahissait la bouche. Elle serra les dents. Elle ne devait pas vomir. Un homme avait l'habitude de ce genre d'échauffourée. Il ne fallait pas en faire grand cas. Peut-être même devait-elle en rire ?

Elle chercha son chapeau du regard. Il gisait au pied du mur. Les jambes flageolantes, elle alla le récupérer, le posa sur sa tête. Puis elle rejoignit Cosgrove et tenta un petit rire qui sortit de sa gorge dans une sorte de couinement ridicule.

— Il paraît que les rues de Londres ne sont pas sûres, Monsieur.

— C'est le moins qu'on puisse dire, opina Cosgrove, avant d'enchaîner : Allons, venez. Rentrons. J'ai besoin d'un remontant.

Ce ne fut qu'une fois chez le comte, alors que tout danger était écarté, que Charlotte s'avisa qu'elle aurait pu se métamorphoser au moment de l'attaque.

Elle aurait pu se transformer en lion. Un rugissement, et les fripouilles auraient pris leurs jambes à leur cou.

« Peu importe », se dit-elle en tendant son chapeau au majordome. Ils avaient réussi à faire fuir leurs assaillants, et cela seul comptait. Elle n'avait pas eu à employer la magie. Et elle n'avait pas perdu son travail.

Mais si leurs agresseurs avaient été au nombre de cinq ou six ? Ils auraient pu être blessés… voire tués.

C'était une chose de décider de ne pas utiliser son don, c'en était une autre de l'oublier alors qu'il aurait pu lui être utile.

Préoccupée, elle suivit Cosgrove dans le bureau.

— Votre première bagarre, Albin.

— Oui, Monsieur.

— Vous vous en êtes très bien sorti.

*Vous ne m'avez pas vue recroquevillée contre le mur !* Ses mains tremblaient encore légèrement. Elle les cacha derrière son dos.

— Cognac ? proposa Cosgrove qui se dirigeait vers la desserte.

Charlotte hésita. L'alcool stopperait peut-être le tremblement. Oncle Neville n'affirmait-il pas que le cognac soignait tous les maux ?

— Volontiers, Monsieur.

Cosgrove remplit deux verres et revint vers elle pour lui en tendre un.

Cette fois, Charlotte oublia toute prudence. Elle avala une grosse gorgée. Le cognac lui brûla la langue, puis la chaleur de l'alcool se diffusa agréablement dans sa gorge et son estomac.

— Toutefois, Albin, si vous me pardonnez cette petite critique... vous devriez prendre des cours de boxe.

— Ah bon ? Pourquoi, Monsieur ?

Charlotte but une autre gorgée. Son corps se réchauffait peu à peu.

Cosgrove la regardait d'un air incrédule.

— Pourquoi ? Mais parce que vous vous y prenez comme un manche !

Charlotte se mordit la lèvre. Elle but encore un peu de cognac. Oncle Neville avait raison, cela soignait tout. Ses mains ne tremblaient plus et sa nausée s'estompait.

— Montrez-moi un peu votre technique, dit Cosgrove.

Docile, elle posa son verre, leva les poings.

Cosgrove secoua la tête.

— Non, non... surtout pas !

Il posa lui aussi son verre, s'approcha et saisit le poing de Charlotte.

— Il ne faut jamais mettre le pouce à l'intérieur. Vous risquez une fracture.

Il lui déplia les doigts, les remit dans la bonne position.

— Voilà, comme ça. Le pouce par-dessus l'index.

— Oh...

Le contact de sa grande main puissante la troubla. Elle sentit ses joues s'enflammer.

Cosgrove alla récupérer son verre.

— Votre père ne vous a pas appris à vous battre ?

Elle secoua la tête, prit le temps de choisir ses mots avant de répondre. Elle n'avait pas envie de lui mentir.

— Mon père était un intellectuel. Il ne s'intéressait pas aux sports violents.

— Mais vous vous êtes sûrement battu avec vos frères ? Ou avec vos amis ?

— Je suis fils unique et... notre maison était plutôt isolée, à des kilomètres du village le plus proche.

— Mais à l'école...

— Ce sont mes parents qui me donnaient des cours.

Cosgrove garda le silence un moment. La soupçonnait-il de mentir ? Pourtant, elle n'avait dit que la vérité.

Non. Ce n'était pas des soupçons qu'elle lisait dans son regard, c'était... de la pitié.

— D'accord. Je vais vous donner un cours.

— Co... Comment, Monsieur ?

— Une leçon de boxe.

— Tout... Tout de suite ?

— Oui, pourquoi pas ?

Charlotte déglutit avec difficulté.

Cosgrove s'approchait, les poings levés. Elle l'imita, prenant garde cette fois à laisser ses pouces libres.

Cosgrove lui présenta sa paume droite, à hauteur d'épaule.

— Frappez ma main.

— Mais... je ne veux pas vous faire mal.

Il eut un sourire amusé.

— Ne vous inquiétez pas pour moi. Je pratique la boxe depuis des années. Lequel de nous deux est le plus en danger, à votre avis ?

Charlotte s'empourpra de nouveau. Il se moquait d'elle - gentiment, mais quand même. Serrant les poings, elle fixa sa main, donna un petit coup de poing dans sa paume.

— Plus fort.

— Mais...

— Plus fort.

Charlotte gonfla ses poumons et frappa de toute sa force. La paume de Cosgrove absorba le choc sans problème.

— Encore. Mais cette fois verrouillez votre épaule.

Charlotte obtempéra.

— C'est mieux. Encore.

Elle obéit.

— Parfait. Maintenant, essayez de l'autre main.

Charlotte s'exécuta de la main gauche et décocha un coup maladroit.

— Plus fort... Encore... Encore...

Charlotte commençait à se sentir plus à l'aise. Au bout d'un moment, Cosgrove hocha la tête.

— Bien. Maintenant, les deux ensemble. Un direct du gauche, un crochet du droit. Comme ça, regardez...

Il lui fit la démonstration, puis l'invita à essayer. Concentrée, Charlotte fronça les sourcils. *Direct du gauche, crochet du droit*. Christopher Albin pesait plus lourd et avait plus de force musculaire que Charlotte Appleby.

— Excellent ! la félicita Cosgrove en contrant ses coups.

Elle sourit.

— Encore.

Gauche, droite. Gauche, droite.

— Maintenant, bougez vos pieds. Ne restez pas sur place, vous devenez une cible.

Charlotte était à bout de souffle quand la leçon prit fin. Tous deux avaient fini par ôter leur veste et leur cravate.

Cosgrove lui assena une claque amicale sur l'épaule.

— Parfait, vous êtes un champion !

— Merci, Monsieur, dit-elle, toute fière.

— J'ai un sac de sable dans la cave. Vous pouvez vous en servir pour vous entraîner, si vous voulez. Et nous irons chez Jackson pour qu'il vous donne des cours.

— Jackson ?

— Gentleman Jackson. Vous avez sûrement entendu parler de lui ?

Elle secoua la tête. Cosgrove, qui avait récupéré son verre, précisa avec un sourire amusé :

— Jackson a battu Mendoza en 95 et remporté le titre de champion d'Angleterre.

— Je vivais à la campagne, dit Charlotte en guise d'excuse.

— Non, mon cher, vous étiez *enterré* à la campagne. Un jour, je vous emmènerai voir un match avec Cribb.

Son verre en main, il alla s'asseoir devant la cheminée. Charlotte l'imita en tout point, croisa les jambes, prit son verre en coupe dans ses mains. Elle n'osa pas lui demander qui était Cribb, mais Cosgrove dut le deviner, car il précisa :

— Cribb s'entraîne pour affronter Jackson.

— Ah.

— Mon Dieu, que vais-je faire de vous, Albin ? murmura-t-il en riant.

— Désolé, Monsieur.

— Oh, ne vous excusez pas.

Son sourire était étonnamment chaleureux.

Il avait un visage austère, anguleux, mais quand il souriait il devenait l'homme le plus séduisant du monde.

Elle avala une gorgée de cognac.

S'il se montrait aussi amical avec elle, c'est qu'ils avaient uni leurs forces pour faire fuir les voyous. Ces quelques secondes chaotiques avaient changé leur relation du tout au tout.

*Nous sommes presque amis, maintenant*.

— Et ça ne vous ferait pas de mal d'apprendre quelques parades de lutte, ajouta-t-il.

Le cœur de Charlotte manqua un battement. Les lutteurs s'affrontaient torse nu, non ? Ils se battaient corps à corps...

— Ce ne sera pas nécessaire, Monsieur.

— Bien sûr que si. Il est toujours bon de connaître quelques prises. Cela m'a sauvé la vie la semaine dernière.

Machinalement, il passa son pouce sur l'ecchymose qui bleuissait sa tempe droite.

— Que sont devenus vos agresseurs ? demanda Charlotte.

— Bah, ils ont disparu dans la nature. Je n'ai pas vraiment fait attention, Lionel était sérieusement blessé.

C'est justement pourquoi vous devez apprendre à vous défendre, mon jeune ami.

Il la regardait d'un air autoritaire.

— Oui, Monsieur.

— Il vous faudrait peut-être une canne-épée en attendant d'être un peu plus aguerri.

— Une canne-épée ? Oh non, Monsieur ! Je risquerais de tuer quelqu'un.

— Mieux vaut l'agresseur que vous, non ?

Il se releva, se dirigea vers la desserte.

— Un autre cognac ?

Charlotte refusa d'un signe de tête. Une douce chaleur rayonnait dans sa poitrine. La tête commençait à lui tourner.

— Il est temps que je rentre, dit-elle.

Elle se leva, récupéra sa cravate qu'elle enroula autour de son cou et fixa avec un nœud approximatif.

Cosgrove fit la grimace.

— Vous avez aussi besoin de leçons de style. Donnez-moi ça.

— Mais...

— Passez-moi ça.

Il tendit la main dans un geste impérieux. Charlotte dénoua la cravate chiffonnée et la lui donna. Il la déplia d'un geste sec, s'approcha et lui glissa la cravate autour du cou.

— Levez la tête.

Elle obéit.

— Ne bougez pas.

Ses doigts lui frôlèrent la gorge, et un frisson brûlant la parcourut. Elle était atrocement consciente de sa proximité, de la chaleur qui irradiait de son corps, du triangle de peau visible dans l'échancrure de sa chemise et de son haleine parfumée au cognac.

— Vous n'obtiendrez jamais un résultat élégant avec une cravate aussi froissée, commenta-t-il en exécutant un nœud solide. Mais au moins, comme ça, elle tiendra bien en place.

Il avait une si belle bouche...

Que ressentirait-elle s'il l'embrassait ?

Charlotte perçut une brusque chaleur dans son bas-ventre et son bidule tressaillit. Ô Seigneur ! Allait-il se mettre au garde-à-vous, comme chaque matin au réveil ? Cosgrove risquait de le voir…

— Voilà, fit le comte en reculant d'un pas pour juger du résultat. C'est bien mieux.

— Merci, Monsieur.

Charlotte se détourna à la hâte. Tout en attrapant sa redingote, elle jeta un coup d'œil à son pantalon. Ouf, rien n'était visible.

Elle enfila sa veste.

— Je vous donnerai une vraie leçon de style demain, déclara Cosgrove en retournant s'asseoir près de la cheminée.

— Ce n'est vraiment pas…

— On juge un gentleman à sa mise, Albin. Vous en avez conscience, n'est-ce pas ? Et, pardonnez encore ma franchise, mais vos nœuds de cravate ne ressemblent à rien.

Il étendit ses longues jambes. Son visage était sérieux, presque solennel, mais à la lueur qui dansait dans ses yeux, elle devina qu'il la taquinait.

Elle rougit. Pas par embarras, mais parce qu'elle était encore plus consciente de sa présence.

— Allez, fichez-moi le camp. Vous vous en êtes très bien tiré ce soir, Albin, conclut le comte en saisissant son verre.

Charlotte quitta le bureau et trouva refuge dans la fraîcheur du couloir plongé dans la pénombre.

Elle porta les mains à ses joues brûlantes. « Vous vous en êtes très bien tiré », l'avait félicitée Cosgrove. Comme un père satisfait des progrès de son rejeton.

*Mais ce n'est pas mon père.*

Il n'avait que six ans de plus qu'elle.

Et elle le trouvait bien trop séduisant.

# 10

*18 octobre 1805*
*Londres*

Le comte était sorti faire une promenade à cheval quand Charlotte se présenta à Grosvenor Square le lendemain matin.

Un valet l'escorta dans le bureau, lui apporta du thé et des crêpes chaudes avant de la laisser travailler.

Charlotte mangea de bon appétit tout en examinant les factures. Puis, buvant son thé à petites gorgées, elle vérifia les comptes et inscrivit les totaux au bas des colonnes.

Une profonde satisfaction l'habitait. *Regardez-moi ! Je suis secrétaire. Je gagne ma vie !*

La plume dans sa main, le registre ouvert sur le bureau, les habits de Christopher Albin, la cravate qu'elle avait nouée avec tant d'application ce matin... Tout cela faisait désormais partie de sa nouvelle vie. *Je suis un homme. Je gagne ma vie. Je ne dépends de personne !*

Mais un homme se serait-il assis de cette façon, les genoux pudiquement serrés ? Les messieurs n'étaient-ils pas plus décontractés et nonchalants ?

Charlotte changea de position en s'efforçant d'occuper plus d'espace, décala ses genoux et ses coudes, planta ses pieds dans le sol, bien séparés.

Elle se servit une autre tasse de thé et se lança dans un nouveau calcul.

Un homme aurait-il fredonné en travaillant ?

Elle se concentra sur les comptes du Dorset. La facture de charbon, de graisse de baleine, de bougies... Mais son esprit se mit bientôt à divaguer et une image revint la hanter : Phillip Langford, dans la chambre du bordel éclairée à la bougie.

Que diable faisait la femme agenouillée entre ses jambes ?

*Oublie ça.*

Mais cette vision continuait à perturber son travail.

Pouvait-elle interroger Cosgrove à ce propos ?

Tout en tapotant la plume contre son menton, elle se remémora les conversations qu'elle avait eues avec le comte. Il lui avait toujours parlé sans détour, y compris à propos de sexe. Les hommes en discutaient sûrement sans embarras entre eux. Alors... oui, si l'occasion se présentait, elle essaierait de se renseigner, décida-t-elle.

Elle reprit ses calculs, additionna les sommes dépensées pour la réfection des toitures des cottages, pour les gages des gens de maison, pour l'approvisionnement en poivre, sucre et thé indien.

Il était midi passé quand le comte entra dans le bureau.

— Bonjour, Albin.

— Bonjour, Monsieur. Je vous ai rapporté vos discours et l'essai que vous m'aviez prêté, annonça Charlotte en se levant.

— Vous les avez lus ?

— Deux fois.

— Très bien.

Cosgrove jeta un coup d'œil à sa montre.

— J'aimerais m'entretenir avec Brashdon aujourd'hui. Avez-vous déjeuné ?

— Oui, Monsieur.

— Bien, alors allons-y.

Charlotte referma le registre avant de suivre le comte dans le hall. Elle enfonça son chapeau sur son crâne, attrapa ses gants.

Dehors, le ciel gris semblait peser sur les toits. Charlotte frissonna en enfilant ses gants. Derrière ses grilles en fer forgé, le petit parc au centre de Grosvenor Square ressemblait un peu à un cimetière, avec ses arbres aux branches nues et ses parterres alignés semblables à des tombes.

— Pouvez-vous m'en dire plus à propos de lord Brashdon ? demanda-t-elle alors qu'ils traversaient la place.

— Il est riche comme Crésus. L'argent est le seul dieu qu'il idolâtre, même s'il se prétend chrétien.

Ils bifurquèrent dans Charles Street, une rue étroite dans laquelle les bourrasques s'engouffraient en sifflant.

— Et Hyde ? Keynes ? demanda encore Charlotte.

— Ils sont du même bois. Gouvernés par leur cupidité et leur égoïsme. Mais Brashdon est le pire des trois. Il s'est rendu aux Caraïbes, il a vu l'esclavage de ses propres yeux.

— Pas les deux autres ?

— Non. Keynes et Hyde possèdent des propriétés là-bas, mais ils n'y ont jamais mis les pieds.

— Et vous, Monsieur ?

— Oui, je m'y suis rendu, admit-il d'un ton plus dur.

Charlotte se mordit la lèvre. « Ne pose plus de questions », s'enjoignit-elle.

Ils marchèrent en silence jusqu'à Berkeley Square. L'endroit était aussi lugubre que Grosvenor Square. Les hautes résidences collées les unes aux autres paraissaient se rapprocher pour lutter contre le froid.

— Mon grand-père a acheté une plantation dans les Caraïbes, reprit Cosgrove d'une voix neutre. C'était il y a presque cinquante ans. Mon père m'a envoyé là-bas quand je suis sorti d'Oxford.

Charlotte lui jeta un coup d'œil. Oserait-elle poser une question ? Son expression, sérieuse mais ouverte, l'y encouragea.

— Y avait-il des esclaves sur cette plantation ?

— Oh oui !

Ils venaient de s'engager dans Berkeley Street. Charlotte courbait le dos contre le froid. Elle regrettait de ne pas avoir mis un pardessus et une écharpe. *Dès que je toucherai ma paie, j'achèterai d'autres habits pour Christopher Albin.*

— Mon père était comme Brashdon. Il ne trouvait rien à redire à l'esclavage, tant que cela rapportait à notre famille.

Ils s'immobilisèrent sur le trottoir pour laisser passer un attelage.

— J'ai vu des femmes se faire fouetter jusqu'à ce qu'elles ne puissent plus tenir debout, des hommes être brûlés vifs en punition de crimes qu'ils n'avaient sans doute pas commis.

Le comte s'était rembruni. Ses narines palpitaient.

— L'esclavage est immoral. Les Africains sont des êtres humains et on les traite moins bien que des animaux.

— Je suis d'accord avec vous, Monsieur.

Cosgrove reprit sa marche, le claquement de ses semelles ponctuant ses paroles.

— J'étais décidé à vendre la plantation à la mort de mon père. Mais quand j'ai hérité du titre il y a cinq ans, j'ai compris que ce n'était pas la bonne solution. Quelqu'un d'autre l'aurait achetée et aurait continué à utiliser des esclaves.

— Qu'avez-vous fait ?

— J'ai gardé la plantation et j'ai affranchi les esclaves. Ça n'a pas été aussi simple que ça en a l'air. Les démêlés avec les autorités, la rédaction des actes d'affranchissement, les frais… Mais j'y suis finalement parvenu. Et, quoi que cela m'ait coûté, cela en valait la peine.

Ils traversèrent Piccadilly d'un bon pas. Charlotte devait faire un effort pour ne pas se laisser distancer. Cosgrove enjamba un tas de crottin fumant avant de poursuivre :

— Une fois les esclaves libérés, je les ai engagés contre salaire. Le meilleur de mes régisseurs, un homme de confiance, m'avait accompagné aux Caraïbes. Il est resté là-bas pour gérer la plantation. À mon retour à Londres, j'ai rejoint Wilberforce, Grenville et Fox qui militent pour l'abolition de l'esclavage. Et croyez-moi, Albin, nous réussirons. *Nous réussirons*.

— Je n'en doute pas, Monsieur.

La détermination de Cosgrove était impressionnante. Charlotte se demanda d'où il tirait une telle assurance, une telle foi en sa victoire. De son titre et de sa fortune ? Ou du fait qu'il était né homme ?

— Monsieur, que ferez-vous quand la traite négrière aura été abolie ? reprit-elle alors qu'ils atteignaient St. James's Street,

— Que voulez-vous dire ?

— Comment occuperez-vous votre temps ?

Il haussa les épaules.

— Je n'ai pas d'obligations particulières.

Charlotte n'arrivait pas à l'imaginer se prélassant dans une vie d'oisiveté. Il n'était pas comme son oncle Neville, qui n'avait pas de prétentions intellectuelles et ne se creusait la cervelle que pour choisir le prochain gilet qu'il porterait ou le vin qu'il boirait au dîner. Cosgrove était bien plus intelligent. Sans défis à relever, il sombrerait dans l'ennui.

Néanmoins, un humble secrétaire ne pouvait pas faire ce genre de remarque à son employeur.

Cosgrove s'arrêta brusquement.

— Bon, crachez le morceau, Albin.

— Pardon, Monsieur ?

Cosgrove eut un geste agacé qui signifiait : « Parlez ! »

Charlotte hésita, puis demanda tout à trac :

— Ne risquez-vous pas de vous ennuyer si vous n'avez plus aucune lutte à mener ?

— Vous craignez que je ne m'ennuie ?

Une lueur amusée s'était allumée dans le regard du comte.

— Euh... oui, Monsieur.

— Vous avez sans doute raison. Mais nous n'en sommes pas là. Chaque chose en son temps, Albin.

Il se remit en route. Charlotte demeurait sceptique. Certes, ce n'était pas pour demain, mais un jour cette cause triompherait. C'était inévitable, avec un tel homme à sa tête.

*Moi aussi, je pourrais avoir le même aplomb.*

Elle savait ce qu'elle voulait : être indépendante. Et elle avait franchi la première étape qui menait à l'autonomie. Elle avait un métier.

« Je suis invincible, moi aussi », se dit-elle en redressant la tête.

Cosgrove s'arrêta deux pâtés de maisons plus loin et désigna un hôtel particulier de l'autre côté de la rue.

— Il y a des chances que nous les trouvions tous les trois ici. Si c'est le cas, je veux que vous focalisiez votre attention sur Brashdon. Ne vous laissez pas distraire par Hyde.

— Pourquoi Brashdon, Monsieur ?

— Parce que c'est le plus malin et donc le plus dangereux. Hyde est juste une grande gueule.

Cosgrove attendit qu'une voiture passe pour traverser la chaussée. Ils gravirent les marches d'un perron.

— À quoi ressemble lord Brashdon ? s'enquit Charlotte.

— Il a un physique tout à fait banal. Mais Hyde est chauve et Keynes sourit toujours d'une oreille à l'autre. Vous n'aurez pas de mal à les différencier.

Un majordome vint leur ouvrir et s'inclina.

— Bonjour, lord Cosgrove.

— Lord Brashdon est-il ici ?

— Oui, milord.

— Parfait. J'aimerais le voir, dit le comte en lui tendant son chapeau et sa canne.

Charlotte ôta son chapeau et le tendit au domestique, qui l'inspecta de la tête aux pieds d'un œil inquisiteur.

— À qui ai-je l'honneur, Monsieur ?

— C'est mon secrétaire, répondit Cosgrove d'un ton agacé.

L'homme accepta le chapeau de Charlotte.

Des odeurs de cire et de camphre flottaient dans l'air. Le parfum de la réserve et de la respectabilité. Le lambris de bois sombre avait une belle patine, comme si des siècles de tradition en avaient pénétré chaque fibre.

— Êtes-vous membre de ce club ? demanda Charlotte à voix basse.

— Oui, mais je préfère le *Brooks*. C'est moins conservateur. Mon père venait souvent ici, ajouta-t-il, tandis que son regard glissait sur les peintures à l'huile austères accrochées au mur et sur les vases en argent alignés sur le manteau de la cheminée.

Le majordome les précéda dans un couloir, puis frappa à la porte d'un salon privé.

— Lord Cosgrove, annonça-t-il avant de s'effacer.

Trois hommes étaient attablés devant les restes du déjeuner. Les assiettes avaient été poussées de côté, les serviettes abandonnées.

— Bonjour, messieurs, les salua Cosgrove.

Il y eut un long silence.

Charlotte referma la porte avant de reporter son attention sur les trois convives. Sir Roderick Hyde était sûrement le type chauve au visage massif qui ressemblait un peu à un bouledogue et qui, à la vue du comte, avait reposé brutalement son verre de vin.

— Lord Cosgrove... Que nous vaut le plaisir ? s'enquit son voisin avec un sourire de façade qui ne réchauffa pas son regard.

Celui-ci devait être Keynes.

Charlotte se concentra sur le troisième homme. Plus âgé que les deux autres, il avait un visage en lame de couteau et une petite bouche pincée. Ses cheveux grisonnants et son teint blafard lui donnaient un air fantomatique.

— J'ai une petite question à vous poser, messieurs.

— Vraiment ? C'est intrigant. Nous sommes tout ouïe, ricana Keynes.

— Avez-vous engagé des ruffians pour m'agresser dans St. James's Park ?

— Quoi ? aboya lord Brashdon.

Charlotte ne put s'empêcher de jeter un coup d'œil à sir Roderick, qui s'était levé à moitié, le visage rouge de colère.

— Comment osez-vous…

Elle s'obligea à rester concentrée sur Brashdon. Carré contre son dossier, celui-ci se tapotait la lèvre supérieure pour mieux cacher le petit sourire sarcastique qui était né sur ses lèvres.

— Je devrais vous demander raison pour cette offense ! s'emporta sir Roderick.

— Voyons, messieurs, gardons notre calme, intervint Keynes.

Brashdon tourna la tête, comme s'il avait perçu le regard de Charlotte. Son sourire s'évanouit. Il laissa retomber sa main, et son visage se figea dans une expression rigide.

Incapable de soutenir son regard hostile, Charlotte baissa les yeux.

— Je ne vais pas me laisser insulter sans rien dire ! grommela Hyde, les poings posés sur la table.

— Il y a visiblement méprise, dit Keynes d'un ton raisonnable.

Brashdon fixait toujours Charlotte. Mal à l'aise, elle changea de position. Un homme aurait-il regardé Brashdon droit dans les yeux sans broncher ? Aurait-il pris la mouche ? Ou bien…

— Soyez sûr que nous n'avons rien à voir avec cette agression, milord, reprit Keynes d'un ton conciliant.

— Fichez le camp, grommela Hyde, avant de marmonner quelque chose dans sa barbe.

Charlotte crut distinguer le mot « cocu ».

— Je vous demande pardon ?

Le comte avait parlé à mi-voix, mais Charlotte perçut aussitôt la montée de tension. Un frisson la parcourut. Hyde avait réagi de manière tonitruante, mais le calme de Cosgrove était bien plus menaçant.

Hyde s'en rendit compte et se garda bien de répondre.

Keynes se leva avec un rire gêné.

— En ce qui me concerne, je n'ai rien entendu. Et si vous n'avez pas d'autre question à nous poser, milord, nous n'allons pas vous retenir plus...

— Mais si, sir Roderick a manifestement quelque chose à dire, coupa le comte, sardonique.

Une flamme de défi brillait dans son regard. Hyde devint encore plus rouge. Son visage se boursoufla.

Cosgrove ne bougeait toujours pas. L'horloge égrenait les secondes, et l'on eût dit que même les vieux portraits à l'huile sur le mur retenaient leur souffle.

Dix secondes. Vingt. Trente...

Le comte s'inclina dans une courbette pleine de mépris.

— Au revoir, messieurs.

Il tourna les talons.

Charlotte s'empressa de le suivre.

Alors qu'elle refermait la porte, elle jeta un dernier regard à la tablée. Keynes était toujours debout, un sourire crispé aux lèvres. Hyde s'était rassis, rouge de rage et d'humiliation.

Quant à Brashdon, sa bouche mince était tellement pincée qu'elle avait presque disparu dans son visage.

Et son regard venimeux était braqué sur le dos du comte.

# 11

— Eh bien ? Qu'avez-vous pensé de Brashdon ? demanda Cosgrove alors qu'ils marchaient dans la rue.

— Il vous hait, Monsieur.

— Ils me détestent tous. Ils craignent pour leur fortune si jamais la traite des nègres est abolie. Mais qu'avez-vous remarqué en particulier ? Pour ma part, j'étais plutôt concentré sur Hyde.

— Brashdon rigolait en douce, Monsieur.

— Vraiment ? Pensez-vous qu'il soit à l'origine de l'agression ?

— Je n'en sais rien. Il a paru étonné, mais manifestement vos malheurs lui faisaient plaisir. Puis il m'a surpris en train de l'observer et… Pardon, mais j'ai détourné les yeux, Monsieur.

Elle s'attendait à se faire remonter les bretelles, mais le comte se contenta d'émettre un vague grognement. Il n'avait pas vraiment l'air fâché.

— Monsieur… espériez-vous que Hyde vous défierait en duel ?

— Oui.

— Il a peur de vous.

— Je sais.

Au bout de la rue, un gamin en guenilles balayait le crottin sur la chaussée. Le comte traversa et lui lança une piécette au passage.

Charlotte rumina sa curiosité alors qu'ils revenaient sur leurs pas. Piccadilly, Berkeley Street, Berkeley Square…

Comme ils tournaient dans Mount Street, elle demanda :

— Vous êtes-vous déjà battu en duel ?

— Non.

— Alors pourquoi Hyde a-t-il peur de vous ?

— Parce que je suis bon bretteur et encore meilleur tireur.

Il ne fanfaronnait pas, il se contentait d'énoncer un fait.

— Meilleur que Hyde ?

— Oui.

Ils venaient de déboucher sur Grosvenor Square.

Le comte s'arrêta brusquement, la mine sombre, les yeux rivés sur la façade de sa résidence.

Charlotte eut beau regarder, elle ne voyait rien d'anormal. Le perron était propre, les belles fenêtres à guillotine intactes.

— Qu'y a-t-il, Monsieur ?

— Je n'ai pas envie de me retrouver sans le sou, Albin. J'aime ma maison et mes domaines.

Surprise par la dureté de sa voix, elle le considéra sans comprendre.

— Mais je renoncerais aisément à tout cela pour vivre dans un taudis plutôt que d'employer des esclaves.

Même s'il s'était exprimé à mi-voix, sans emphase particulière, elle ne douta pas une seconde de sa sincérité. Ne sachant que répondre, elle hocha la tête.

Cosgrove se ressaisit, traversa la place d'un pas vif et gravit rapidement les marches du perron.

Le bruit de leurs pas résonna sur les dalles en marbre du grand hall.

— Oubliez les comptes pour le moment, lui dit-il. Nous allons rendre visite à Barnaby. Je vous retrouve d'ici un quart d'heure. Vous pouvez m'attendre dans la bibliothèque.

Fellowes escorta Charlotte dans la bibliothèque. Contrairement au majordome de Monkwood, il était souriant et affable.

Charlotte le remercia.

Autant la bibliothèque de Monkwood était tape-à-l'œil, autant celle de Cosgrove était sobre, tournée vers le confort. On y trouvait de profonds fauteuils en cuir et des tapis turcs. Un gros globe terrestre trônait sur une table. Charlotte l'effleura de la main pour le faire tourner sur son axe, regarda défiler les continents.

Le secrétaire du comte serait-il appelé à voyager avec son employeur ? Aux Caraïbes, peut-être ?

*As-tu vraiment envie de voir des esclaves se faire fouetter ?*

Avec une grimace, elle se détourna. Une porte entrouverte attira son attention. Elle traversa la pièce sur l'épais tapis qui étouffait le bruit de ses pas pour aller jeter un coup d'œil de ce côté...

Marcus pénétra dans la bibliothèque.

— Albin, je...

Il s'interrompit en entendant les notes de musique qui s'échappaient du salon de musique adjacent.

Soudain, il eut l'impression que le monde basculait.

Lavinia était en vie ! Elle était dans le salon, en train de jouer du piano !

Il se reprit dans un brusque sursaut, traversa la bibliothèque et s'immobilisa sur le seuil du salon de musique.

Albin était assis au piano. Ses mains se déplaçaient sur le clavier avec grâce et maîtrise. Le regard rivé à la partition posée sur le lutrin, il ne s'était pas rendu compte que Marcus l'observait.

Ce dernier s'appuya au chambranle pour l'écouter. Il connaissait ce morceau, que Lavinia jouait de temps en temps et interprétait d'ailleurs assez joliment. Mais ce qu'il entendait aujourd'hui n'était pas *joli*. La musique emplissait la pièce, vibrante, vivante, passionnée.

Le silence se fit brusquement.

Albin s'était relevé, les joues écarlates.

— Je suis désolé, Monsieur, j'aurais dû vous demander la permission...

— Pas du tout. Jouez aussi souvent que vous en avez envie.

À cet instant, un valet se présenta sur le seuil.

— Milord, votre voiture est avancée.

— Parfait. Venez, Albin, allons-y.

— Oui, Monsieur.

Ils rejoignirent le hall. Alors qu'ils récupéraient leurs gants et leurs chapeaux, Albin demanda :

— Où vit sir Barnaby ?

— Dans le Surrey.

Albin sursauta.

— Le Surrey ? Mais...

— Ne vous inquiétez pas, nous allons passer chez vous avant de quitter Londres, coupa Marcus, avant de préciser à son majordome : Ah, Fellowes, je vais m'absenter, mais pas plus de deux jours a priori.

— Entendu, milord.

La berline attendait devant la maison. Le blason des Cosgrove étincelait sur la portière. Marcus prit une profonde inspiration. *Le Surrey*. Il détestait le Surrey et tous les souvenirs que cet endroit réveillait chez lui.

Il s'obligea à descendre les marches du perron.

— Où habitez-vous ? demanda-t-il à Albin.

— Euh... Montock Street, Monsieur.

Marcus donna l'adresse au cocher, puis ils montèrent en voiture. La berline dansa sur ses suspensions quand les valets sautèrent sur le strapontin, puis le véhicule s'ébranla.

Ils allaient dans le Surrey. Là où Barnaby l'avait trahi. Là où Lavinia avait trouvé la mort...

— Votre valet ne vient pas, Monsieur ?

Marcus s'arracha à ses pensées pour répondre à Albin :

— Non. Nous ne passerons qu'une ou deux nuits là-bas. Leggatt se croit indispensable, mais je suis tout à fait capable de me débrouiller seul... contrairement à d'autres, conclut-il en regardant ostensiblement la cravate chiffonnée d'Albin.

Son secrétaire porta la main à son cou.

— N'y touchez pas, ce sera pire.

— Ah. Pardon, Monsieur.

Albin posa docilement les mains sur ses genoux. Il avait l'air si penaud que Marcus ne put s'empêcher de rire.

— Mon Dieu, Albin, mais que vais-je faire de vous ?

— Euh… vous n'avez pas à vous soucier de moi, Monsieur.

Il avait raison, pourtant Marcus ne pouvait s'empêcher de jouer les protecteurs envers le jeune homme. Pourquoi diable ?

Il retourna la question dans sa tête tandis que la berline traversait Mayfair, puis s'engageait dans le dédale de ruelles étroites qui jouxtait la Tamise.

En dépit de ses vingt-cinq ans, Albin était aussi candide qu'un bébé qui venait de naître. Il avait besoin que quelqu'un veille sur lui jusqu'à ce qu'il se soit un peu épaissi le cuir. Un ami, quelqu'un de son âge. Ne connaissait-il donc personne à Londres ?

*Suis-je la seule personne de son entourage qui puisse le conseiller ?*

La voiture s'immobilisa et, quelques secondes plus tard, la portière s'ouvrit.

— Montock Street, milord, annonça le laquais en livrée.

— J'en ai pour cinq minutes, assura Albin avant de sauter sur le trottoir.

Marcus descendit de voiture pour jeter un coup d'œil au quartier.

Avec ses immeubles délabrés et disparates, Montock Street ne payait pas de mine. Sur les façades, les volets se décrochaient. Le caniveau était jonché de détritus.

Pourquoi Albin logeait-il dans un environnement aussi minable ? se demanda-t-il, perplexe.

Il traversa la chaussée en évitant les flaques de boue et entra dans le bâtiment qui empestait l'oignon, le suif et l'urine.

La chambre d'Albin était au milieu du couloir. Marcus resta sur le seuil et jeta un coup d'œil à l'intérieur.

La pièce était à peine plus grande qu'un placard. Il n'y avait pas de tapis, et la fenêtre était cassée. Des auréoles de moisissure s'étalaient sur le plafond et les murs.

Agenouillé près du petit lit, Albin était en train de ranger une chemise dans un petit sac de voyage. Il tourna la tête, aperçut Marcus.

— Oh... je ne pensais pas que vous... Ne préférez-vous pas attendre dans la voiture, Monsieur ?

Marcus examinait la chambre. Il remarqua la peinture à la chaux qui cloquait, les lattes de parquet cassées, la couverture élimée et le matelas défoncé. Sur le tabouret coincé entre le lit et le mur étaient posés une paire de lunettes et un bout de chandelle. Il n'y avait pas de meuble de rangement. Les vêtements d'Albin étaient empilés sur une chaise bancale. Plusieurs pitons enfoncés dans le mur à coups de marteau faisaient office de patères. Albin y avait accroché une chemise, une cravate froissée et une paire de bas pour les faire sécher.

Il n'y avait pas de cheminée.

*Comment diantre fait-il pour se chauffer ?*

*Je lui ai dit que je préférerais vivre dans un taudis plutôt que de faire trimer des esclaves. Mais lui vit vraiment dans un taudis !*

— Albin... pourquoi avez-vous loué une chambre dans ce quartier ? demanda-t-il brusquement.

— Le loyer est abordable. Je ne peux pas prétendre à autre chose, Monsieur.

— Voilà de quoi y remédier.

Marcus sortit de sa poche une petite liasse de billets. Il en prit deux et les tendit à Albin.

Celui-ci ramena les mains dans son dos.

— Non, Monsieur ! Je ne les ai pas gagnés...

— Considérez cela comme une avance sur votre salaire. Vous le noterez sur le registre à notre retour.

Albin hésita, puis accepta les billets.

— Merci, Monsieur.

— Et prenez toutes vos affaires. Vous dormirez à Grosvenor Square le temps de trouver à vous reloger dans de meilleures conditions.

La pensée qu'Albin vive dans cette chambrette crasseuse le révoltait.

— À Gro... Chez vous, Monsieur ? Mais je ne peux pas !

— Bien sûr que si. Vous n'avez quand même pas envie de rester dans ce bouge ?

Albin ouvrit la bouche, puis la referma dans la foulée. « Arrête de le materner », se gourmanda Marcus, avant d'ajouter d'un ton bref :

— Lionel avait trouvé un logement tout à fait convenable dans Chandlers Street. Il reste peut-être des chambres disponibles là-bas.

— Bonne idée, Monsieur. Merci.

— Dépêchez-vous, à présent. J'aimerais atteindre Hazelbrook avant la tombée de la nuit.

— Oui, Monsieur.

Albin attrapa une valise sous le lit et commença à y entasser ses vêtements.

Une illustration punaisée au mur attira l'attention de Marcus. Il s'en approcha pour mieux la regarder. Il s'agissait d'une page arrachée à un livre, une gravure représentant un jeune homme vêtu d'une toge qui tenait une lyre. L'œuvre était intitulée *Orphée*.

Marcus se pencha pour l'examiner de plus près.

— Bon sang... quelle ressemblance extraordinaire ! s'exclama-t-il.

— Quoi donc ? Oh !

Albin se releva d'un bond et arracha le papier du mur pour en faire une boule.

— Ce n'est rien du tout, Monsieur.

— Puis-je le voir ? dit Marcus en tendant la main.

À contrecœur, Albin lui tendit le dessin.

Marcus défroissa le papier avant de l'étudier de nouveau. Ce n'était pas une vague ressemblance. Albin était le portrait craché d'Orphée ! La forme du visage, le modelé de la mâchoire et des pommettes, le nez, ces yeux écartés…

— Extraordinaire, répéta-t-il. D'où vient cette illustration ?

— De l'encyclopédie Swiffen.

Les doigts d'Albin bougeaient tout seuls, comme s'il mourait d'envie de lui arracher la gravure mais n'osait passer à l'acte.

Ignorant son secrétaire, Marcus fixait le dessin. Sidérant. Même l'implantation des cheveux et le mouvement des boucles sur le front étaient les mêmes. On aurait juré qu'Albin avait servi de modèle à l'artiste. Mais l'encyclopédie Swiffen avait été publiée un demi-siècle plus tôt.

— C'est incroyable, dit-il en se décidant à rendre l'illustration à Albin.

Le jeune homme posa la page dans sa valise. Puis il alla décrocher les vêtements qui séchaient sur les patères, les ajouta par-dessus, rabattit le couvercle et boucla les sangles.

— Prêt ?

— Oui, Monsieur.

Marcus se baissa pour attraper le petit sac de voyage.

— Monsieur… vous n'allez pas porter ça ! Vous êtes comte ! se récria Albin, l'air horrifié.

— Cela ne m'empêche pas de porter un bagage.

— Mais…

Sans l'écouter, Marcus retourna dans le couloir malodorant. Albin le suivit en portant la lourde valise et Marcus l'entendit ahaner dans son dos.

# 12

Marcus regardait par la fenêtre le ciel qui s'assombrissait derrière les bosquets d'ifs et de buis.

Ils venaient de dépasser le village de Betchworth. Encore une lieue, et ils arriveraient à Hazelbrook Hall. L'endroit où Lavinia avait détruit leur mariage, pulvérisé une vieille amitié et finalement réussi à mettre fin à sa vie.

La sensation familière se réveilla, comme un étau qui se serait refermé sur sa poitrine. Il aurait voulu cogner au plafond de la berline et ordonner au cocher de faire demi-tour pour rentrer sur-le-champ à Londres.

Il tourna la tête pour jeter un coup d'œil à Albin. Son secrétaire ne prêtait aucune attention au paysage. Le front plissé, il semblait plongé dans de sombres pensées.

— Qu'est-ce qui vous inquiète tant, jeune homme ?

— Pardon ? Oh... euh... je me rappelais hier soir... chez Mme Henshaw.

— Oui. Eh bien ?

Marcus étendit les jambes et se renversa contre le dossier en nouant les mains derrière sa nuque. La suite promettait d'être amusante.

Albin hésita, puis, prenant une profonde inspiration, se jeta à l'eau :

— Monsieur... que faisait donc cette femme à M. Langford ?

Marcus eut l'impression que les rouages de son cerveau se bloquaient d'un coup.

— Quoi ? s'exclama-t-il.

— La femme agenouillée entre ses jambes. Que faisait-elle ?

Marcus baissa les bras et se redressa sur la banquette.

— Eh bien... euh... elle lui taillait une pipe.

— Une pipe ?

— Elle jouait avec son chibre.

— Elle jouait avec quoi ?

— Sa biroute.

Devant la mine interloquée du jeune homme, il finit par désigner son entrejambe.

— Son membre viril, quoi !

— Oh...

Les joues d'Albin se colorèrent.

— Je vous demande pardon, Monsieur. C'est la première fois que j'entends ces termes.

Marcus se mordit l'intérieur de la joue pour s'empêcher de rire.

— Il existe plein de mots pour désigner cet organe, reconnut-il.

— Vraiment ? Lesquels ?

Les yeux d'Albin brillaient de curiosité.

À cet instant, la voiture qui avait ralenti s'immobilisa et des voix retentirent au-dehors. Ils avaient atteint le dernier poste de péage avant Hazelbrook.

Marcus feignit de s'intéresser aux échanges entre le gardien et le cocher, pendant que la question d'Albin tournait dans sa tête.

Il aurait pu l'ignorer, mais c'était lui qui l'avait suscitée. *C'est ta faute, tu lui as demandé à quoi il pensait*.

La voiture s'ébranla de nouveau, et Marcus tourna la tête vers son secrétaire.

— Vous voulez d'autres synonymes ? Voyons... il y a la verge et le pénis, bien sûr. La bite. Le phallus. Le gourdin. Le braquemart...

Il se creusa les méninges avant d'ajouter :

— Le coq hardi, le bonheur des dames.

Albin hochait la tête, la mine sérieuse. Ses lèvres remuaient en silence, comme s'il répétait les mots pour mieux les mémoriser.

— Et lequel utilisez-vous, Monsieur ?

*Zut. J'aurais dû ignorer la question.*

— La bite, répondit Marcus d'un ton qui se voulait naturel.

Albin hocha la tête.

Marcus se tourna vers la fenêtre pour signaler que le sujet était clos, mais Albin ne comptait visiblement pas en rester là.

— Vous dites qu'elle lui « taillait une pipe ». Je ne vois pas bien le rapport. Personne ne fumait dans cette chambre.

Cette fois, Marcus ne put retenir l'énorme rire qui lui montait dans la gorge. Albin rougit violemment. Non seulement ses joues, mais son front, son cou, et même ses oreilles s'empourprèrent.

Une bonne minute s'écoula avant que Marcus ne parvienne à se calmer.

— Je vous prie de m'excuser, dit-il en tirant un mouchoir de sa poche pour essuyer ses yeux larmoyants. C'était grossier de ma part.

Les pommettes toutes roses, Albin secoua la tête sans mot dire.

— Pour répondre à votre question… c'est une expression. En réalité, elle était en train… de… de…

Son hilarité s'évapora. Miséricorde, comment expliquer cela ?

Il plia son mouchoir, le remit dans sa poche, se racla la gorge.

— Elle se servait de sa bouche et de sa langue pour lui donner un orgasme.

— Ah.

Vu son expression égarée, Albin n'avait pas la moindre idée de ce dont il s'agissait.

— Albin… Vous n'avez jamais couché avec une femme ?

Le jeune homme secoua la tête.

Marcus digéra l'information. Vingt-cinq printemps et toujours puceau ?

Dans la foulée, il faillit dire : « Nous allons remédier à cela », mais il se retint. Il était possible qu'Albin soit encore vierge par choix. Peut-être désirait-il arriver au soir de son mariage aussi pur que sa future épouse.

À cette pensée, il réprima une grimace.

— Hum... Albin... à mon humble avis, il vaut mieux qu'un homme ait un minimum d'expérience sur le plan sexuel avant de se marier.

— Pourquoi ?

— Sinon la nuit de noces risque d'être pénible pour sa femme.

— Pourquoi ?

Marcus tira sur sa cravate qui, tout à coup, l'étranglait.

— Parce qu'en général, une femme a mal lorsqu'elle perd sa virginité. Un homme expérimenté saura faire preuve de douceur et s'arranger pour qu'elle y prenne quand même un peu de plaisir.

Lors de leur nuit de noces, Lavinia avait gémi et versé un torrent de larmes dans ses bras, mais très vite il avait su éveiller sa passion et elle s'était donnée à lui avec une fougue innocente qui l'avait rendu encore plus amoureux.

Sauf si... elle avait simulé tout cela comme le reste.

*Si ça se trouve, je n'étais pas un amant doué et attentionné, elle était juste bonne comédienne.*

Albin semblait préoccupé.

— Je ne savais pas que c'était douloureux pour les femmes. Mais... seulement la première fois, si j'ai bien compris ? Par la suite c'est agréable ?

— Euh... pas forcément. Les femmes n'y prennent pas systématiquement du plaisir, sauf si l'homme s'y connaît un minimum et s'emploie à satisfaire sa partenaire.

— Que voulez-vous dire ?

— Bien sûr, avec une prostituée personne ne s'embête à...

Marcus s'interrompit, tirailla de nouveau sur sa cravate avant de reprendre :

— Avec une prostituée, on paie pour recevoir du plaisir, pas pour en donner. Mais un homme digne de ce nom ne fera jamais de mal à une femme, prostituée ou pas.

— Alors les hommes mariés essaient de donner du plaisir à leurs épouses ?

Marcus haussa les épaules.

— Cela dépend de leur couple.

— Comment ça ?

— Si le mari est amoureux de sa femme, oui, il voudra lui donner du plaisir.

— Mais pas s'il s'agit d'un mariage de raison ?

Une fois encore, Marcus haussa les épaules.

— Un homme intelligent se donnera la peine de satisfaire son épouse s'il veut une vie maritale apaisée.

Durant les premiers temps de leur mariage, Lavinia recevait ses hommages avec enthousiasme et il s'était cru l'homme le plus heureux du monde.

— Pourquoi ?

— Parce que le sexe procure un plaisir physique intense.

— Pour les hommes ? Et pour les femmes aussi ?

— Si l'homme est suffisamment doué, je crois que oui, les deux peuvent en retirer un immense plaisir. Voilà pourquoi je vous conseille d'acquérir un peu d'expérience dans ce domaine, du moins si vous envisagez de vous marier un jour.

*Sinon votre nuit de noces risque d'être un terrible fiasco.*

— Acquérir de l'expérience... Vous voulez dire... avec une prostituée ? demanda Albin avec une grimace dégoûtée.

— Oui, mais pas dans un bordel comme celui de Mme Henshaw. Dans un établissement respectable avec des filles propres et en bonne santé.

— C'est ce que vous avez fait ?

Marcus était partagé entre l'amusement et l'irritation. Il aurait dû rétorquer que cela ne le regardait pas. Mais Albin avait l'air si intéressé…

— Oui. Mais ces femmes-là ne sont pas à la portée de votre bourse, mon jeune ami. Elles font payer très cher leurs services.

Après cette petite rebuffade, Albin retomba dans le silence en rougissant.

Marcus reporta son attention sur le paysage. Il faisait presque nuit. Il se sentit gagné par une vague d'amertume. Toutes les femmes avec lesquelles il avait couché s'étaient données à lui par intérêt : les courtisanes raffinées qui avaient égayé sa couche avant son mariage, puis la femme qui, croyait-il, l'avait épousé par amour.

— Dites-moi, Monsieur, est-ce qu'une bonne épouse taille des pipes à son…

Marcus se retourna dans un sursaut.

— Non ! Seigneur, non. Ne demandez jamais ça à votre femme !

Sa véhémence déstabilisa Albin.

— Mais pourquoi ?

— Parce qu'une femme respectable ne fait pas ça.

— Ah.

— Si l'on veut ce genre de service, on paie une prostituée, ou bien on le demande à sa maîtresse. Mais jamais à son épouse.

Sérieux comme un pape, Albin hocha la tête.

— D'accord. Merci, Monsieur.

— De rien.

Marcus tourna la tête vers la fenêtre. Dehors, l'obscurité était en train d'engloutir les arbres.

— Ainsi vous me conseillez d'aller au bordel pour prendre… une leçon ?

— Non ! Tout simplement pour découvrir les joies du sexe. Puis, quand vous serez suffisamment déniaisé, vous demanderez à une fille de vous montrer ce qui plaît aux femmes.

— Je vois.

— Bien.

La ligne d'horizon se confondait maintenant avec le ciel. Une pensée frappa soudain Marcus. Albin était incroyablement naïf...

— Albin, ne faites jamais un cunnilingus à une prostituée ! Même si elle vous dit que les femmes adorent ça.

— Un cunni-quoi ?

Marcus soupira.

— Cela signifie... lécher une femme.

— Comment ça, la lécher ?

Marcus toussota et, à son grand dépit, se sentit rougir.

— Lécher son sexe.

Albin sursauta et fit la grimace.

— De ce que je sais, les femmes apprécient beaucoup cette pratique, insista Marcus, sur la défensive malgré lui.

— Vous croyez ?

— Mais oui.

— Est-ce qu'un époux...

Albin s'interrompit en voyant Marcus secouer la tête.

— Non. Bien sûr. Ce ne serait pas respectable ?

— Absolument pas, confirma Marcus.

— Pardonnez-moi, Monsieur, mais... si on ne doit pas faire ça avec sa femme, et si on ne doit pas le faire non plus avec une prostituée... avec qui le fait-on ?

— Avec sa maîtresse. Enfin, si on en a envie. Du moment qu'elle n'est pas malade.

— Est-ce qu'il vous est arrivé de...

— Ça suffit maintenant. Nous arrivons.

À son grand soulagement, la voiture venait de s'immobiliser devant le grand portail.

# 13

*19 octobre 1805*
*Hazelbrook, Surrey*

Marcus descendit le grand escalier de marbre. Son humeur s'assombrissait à chaque marche. *C'est comme quand on se fait arracher une dent. Il faut agir le plus vite possible.*

Il serra les doigts sur sa cravache, et ses semelles claquèrent sur le dallage du hall. Bientôt, il serait face à Barnaby, pour la première fois depuis la mort de Lavinia.

— Où est M. Albin ? demanda-t-il au valet de faction.

— Dans la grande galerie, milord.

— Merci.

Il trouva Albin non pas en train d'admirer les paysages hollandais ou italiens, mais planté devant le portrait de Lavinia. Marcus serra les dents. Pâris devait faire cette tête-là le jour où il avait posé les yeux sur Hélène de Troie. *Et moi aussi je devais avoir l'air aussi benêt quand j'ai vu Lavinia pour la première fois.*

Albin se rendit compte de sa présence.

— Oh, bonjour, Monsieur.

Puis, reculant d'un pas, il reporta son attention sur le tableau qui représentait Lavinia dans toute sa splendeur : chevelure dorée, yeux pervenche.

— Était-elle vraiment aussi belle dans la réalité, Monsieur ?

— Oui.

— On dirait un ange...

— En effet.

Sir Thomas Lawrence avait parfaitement saisi la beauté délicate de Lavinia et la douceur de son expression ; cette douceur aussi trompeuse que sa beauté, qui avait conquis le cœur de Marcus au premier regard. À compter de cet instant, il n'avait rêvé que de la chérir et de la protéger.

Mais la douceur de Lavinia n'allait pas plus loin que sa peau satinée fraîche comme un pétale de rose.

Il fit claquer la cravache contre sa cuisse et tourna les talons.

— Allons-y.

L'humeur de Marcus ne s'améliora pas quand ils eurent quitté la maison. Ici, tout lui rappelait Lavinia. Il s'était promené avec elle dans le parc et autour du lac bordé de roseaux, grisé par ce qu'il prenait pour une chance incroyable. *C'est ma femme !* Ils avaient pique-niqué dans la gloriette grecque, au bout de la propriété. Et, en l'embrassant à l'ombre du portique, il s'était cru l'homme le plus chanceux au monde.

*Quel imbécile j'étais.*

Il se détourna du paysage verdoyant et vallonné.

— Nous irons à cheval, annonça-t-il.

— À... À cheval ? bégaya Albin.

— Vous savez monter, n'est-ce pas ?

— Oui, bien sûr. C'est juste que... cela fait longtemps.

Avec un grognement agacé, Marcus prit la direction des écuries. Ses bottes crissaient sur les graviers de l'allée.

— Dépêchez-vous, je suis pressé.

Ce n'était pas vrai. Il n'avait aucune envie de rendre visite à Barnaby. De voir son visage. De lui parler.

« C'est comme arracher une dent. Plus c'est rapide, mieux c'est », se répéta-t-il.

Leur arrivée dans les écuries déclencha une certaine agitation. On leur prépara deux montures. Marcus se mit en selle, ajusta son assiette. Il vit Albin glisser sa botte dans l'étrier gauche et, cramponné au pommeau, se hisser maladroitement pour tenter de faire passer sa jambe droite par-dessus la croupe.

Il manqua son coup et retomba lourdement sur le sol.

Il fit une autre tentative, mais prit tant d'élan qu'il faillit basculer de l'autre côté. De justesse, il parvint à rétablir son équilibre.

Marcus retint un ricanement. Un marin ivre s'y serait mieux pris.

— Vous préférez prendre la voiture ?

— Non, non, Monsieur.

Avec un haussement d'épaules, Marcus pressa les flancs de sa monture et sortit des écuries au petit trot, sans un regard en arrière.

N'entendant aucun bruit de chute dans son dos, il partit du principe qu'Albin avait réussi à se maintenir en selle.

Il s'engagea dans l'allée circulaire et, parvenu au bosquet d'arbres qui bordait la propriété, stoppa son cheval pour attendre son secrétaire.

Celui-ci était agrippé aux rênes comme si sa vie en dépendait.

— Vous savez sauter les obstacles ?

— Euh... pas trop, Monsieur.

Au moins, il était honnête.

Marcus choisit l'itinéraire le plus facile, qui évitait de franchir la rivière et la haute haie d'ifs qui séparait son domaine de celui de Barnaby.

Un vent âpre soufflait dans les bois, où les arbres dressaient vers le ciel leurs branches squelettiques semblables à des doigts tordus. Le tapis de feuilles mortes sous les sabots des chevaux ressemblait à une peau qui pelait par lambeaux.

Plus ils avançaient, plus l'angoisse nouait le ventre de Marcus.

Ici, le vieux chêne d'où il était tombé enfant. Il s'était cassé la clavicule et s'était à moitié assommé. Barnaby avait couru chercher de l'aide, aussi vite que pouvaient le porter ses petites jambes.

Là, le ruisseau dans lequel ils avaient construit un barrage à l'aide de rochers et de branchages. Ils étaient ressortis de l'opération sales comme des gorets.

Et là, la petite clairière où poussaient les jacinthes. Où il avait embrassé Lavinia. Où peut-être Barnaby l'avait embrassée, lui aussi.

Dans son ventre, le nœud d'angoisse se resserra, comme si un poing se refermait sur ses entrailles.

Ils sortirent des bois. Un peu plus loin, on apercevait Mead Hall, sa façade en pierre grise et ses hautes cheminées. Marcus arrêta sa monture. La nausée l'assaillait. Il serra les dents.

— Est-ce ici que vit sir Barnaby, Monsieur ?

— Oui.

La jument, percevant la tension qui habitait Marcus, secoua la tête, banda ses muscles. Elle avait envie de galoper. Marcus la retint.

La colère l'envahit et dissipa sa nausée alors qu'ils traversaient le dernier champ. Barnaby et lui avaient été amis d'enfance. Ils avaient étudié ensemble sur les bancs d'Eton, puis à Oxford, sans jamais se quitter d'une semelle, comme des frères.

*Puis il a couché avec ma femme.*

Sa colère fermentait à gros bouillons lorsqu'ils entrèrent dans la cour de l'écurie. Marcus mit pied à terre, puis revint vers l'entrée sans même s'assurer qu'Albin le suivait. D'un geste brusque, il sonna au carillon.

Albin le rejoignit, légèrement essoufflé.

La porte s'ouvrit.

— Bonjour, lord Cosgrove, le salua le majordome, visiblement surpris de le découvrir là.

— Bonjour, Yardley.

Il devait prendre sur lui pour rester poli, ne pas forcer le passage en poussant le domestique.

— Sir Barnaby est-il visible ?

— Oui, milord.

Marcus traversa le grand hall dallé sans prêter attention aux tapisseries murales, aux deux haches croisées qui surplombaient l'accès au couloir, aux armoiries exposées dans l'escalier.

— La salle à manger ? Le bureau ?

Le majordome hésita. Pendant plus de vingt ans, Marcus avait déboulé dans cette demeure sans se faire annoncer, au mépris de tout protocole.

— Dans le bureau, milord.

— Merci, Yardley.

Marcus passa sous les deux haches croisées, et Albin lui emboîta le pas.

Il frappa un coup à la porte du bureau et entra sans attendre la réponse. La rage lui rongeait le cœur.

Dès qu'il franchit le seuil, le temps parut inverser son cours. Combien de fois était-il entré dans cette pièce ? Combien de fois avait-il trouvé Barnaby assis à ce même bureau, au milieu d'une tonne de papiers éparpillés, avec en arrière-plan le tableau de la bataille d'Azincourt grâce à laquelle les Ware avaient obtenu leur titre de noblesse ?

À son entrée, Barnaby releva la tête.

Son visage était si familier – les boucles auburn, les taches de rousseur, les yeux noisette – que Marcus se sentit curieusement déstabilisé, comme si les événements de l'année précédente, la trahison de Barnaby et la mort de Lavinia, n'avaient jamais eu lieu ; comme s'il allait saluer son ami d'un ton jovial, comme avant.

Barnaby semblait tout aussi déconcerté. L'espace d'une seconde, un sourire avait illuminé son visage… pour s'effacer dans la foulée. Un silence pesant s'installa.

Barnaby posa sa plume et écarta la feuille de papier sur laquelle il était en train d'écrire. Ses gestes étaient saccadés, comme ceux d'une marionnette en bois.

— Marcus. Bonjour.

Sans répondre, Marcus serra les poings, furieux contre lui-même. Il avait bien failli lui rendre son sourire, par réflexe. Comme au temps de leur vieille amitié.

— As-tu envoyé des hommes de main m'attaquer ? lança-t-il tout à trac.

Barnaby se raidit.

— De quoi parles-tu ?

Marcus s'approcha du bureau.

— On m'a agressé la semaine dernière à Londres. As-tu quelque chose à voir là-dedans ?

Barnaby se leva et repoussa sa chaise d'un geste si violent que le dossier heurta le mur. Dans son dos, le tableau trembla et parut, l'espace d'un instant, rendre vie aux chevaliers, aux oriflammes et aux destriers.

Il contourna le bureau.

— Non, absolument pas. Va au diable, Marcus ! Comment oses-tu m'accuser d'une chose pareille ?

— Et pourquoi pas ? Tu as bien couché avec ma femme !

Barnaby rejeta la tête en arrière comme s'il venait de recevoir une gifle.

— Je suppose que tu n'es pas non plus à l'origine des actes de vandalisme perpétrés chez moi ? grinça encore Marcus.

Il n'arrivait pas à retenir ses sarcasmes. Il avait envie de blesser Barnaby aussi profondément qu'il avait lui-même été blessé.

— Bien sûr que non !

Marcus le crut. D'instinct, il avait foi en Barnaby. Mais il lui avait fait confiance jadis, et Barnaby l'avait quand même trahi.

Sa lèvre supérieure se retroussa dans une mimique dédaigneuse.

— Dois-je te croire sur parole ? Nous savons tous deux quel cas tu fais de l'honneur.

La colère s'inscrivit sur les traits de Barnaby. Il explosa :

— Bon sang, Marcus ! Elle est venue me voir en pleurs, en me disant que tu la traitais avec cruauté, que tu la battais...

— Que je la *battais* ?

Marcus en perdit le souffle. Incrédule, il demeura bouche bée, réduit au silence par la fureur insensée qui s'emparait de lui.

Il dut déglutir avant de recouvrer l'usage de la parole.

— Et tu l'as crue ? Je n'ai jamais levé la main sur elle. Pas une fois !

Il tourna les talons dans une brusque volte-face, manquant renverser Albin sur son passage. Il avait oublié jusqu'à l'existence de son secrétaire.

— Marcus, s'il te plaît, reste...

La voix de Barnaby l'arrêta. Il demeura figé un instant, tremblant, rigide, puis, lentement, se tourna pour lui faire face.

Il connaissait Barnaby presque aussi bien qu'il se connaissait lui-même, était capable de déceler son humeur d'un seul coup d'œil, de deviner s'il s'ennuyait, s'il était amusé ou en colère.

Et, en ce moment même, ce n'était pas de la colère qu'il lisait sur ses traits.

*Il se hait autant que je le hais.*

— Je te demande pardon, Marcus. Je regrette tant... Si je pouvais effacer le passé... cet après-midi-là... je le ferais sans hésiter !

Barnaby avait levé les mains dans un geste suppliant.

La colère de Marcus fondit, se changea en une tristesse pesante. Comment reprocher à Barnaby d'avoir succombé à cette beauté perfide et manipulatrice ? N'était-il pas tombé dans le piège lui aussi ?

Et les conséquences avaient été tout aussi désastreuses.

— Je t'en prie, Marcus, ne pouvons-nous pas... N'est-il pas possible de...

Marcus savait bien ce que Barnaby allait lui demander : « Ne pouvons-nous prendre un nouveau départ ? Redevenir amis comme avant ? »

— Non.

Les traits de Barnaby s'affaissèrent ; les rides au coin de sa bouche et de ses yeux s'accusèrent.

— Je te pardonne, s'entendit dire Marcus, stupéfait par ses propres paroles. Mais je ne te fais plus confiance.

Barnaby hocha lentement la tête.

— Je te souhaite une bonne journée, dit encore Marcus, avant de se diriger vers la porte, Albin sur ses talons.

Il sortit par une porte latérale pour regagner plus rapidement les écuries. La fureur qui l'avait porté jusqu'à Mead Hall avait fondu. Sans mot dire, il se remit en selle et s'éloigna au trot.

Il quitta la route, traversa une enfilade de champs en jachère, sautant par-dessus les haies et les ruisseaux. Ce ne fut que quand il se retrouva au milieu du troisième champ qu'il se souvint d'Albin.

Il stoppa sa monture, la fit pivoter.

Son secrétaire n'était qu'à une dizaine de mètres derrière lui.

— Désolé, j'avais oublié que vous n'étiez pas très...

Mais Albin souriait.

— Ce n'est pas grave, Monsieur. C'est très amusant, finalement.

Amusant ? Marcus ricana. Il se sentait infiniment plus vieux qu'Albin.

Il lança sa monture dans un galop souple et regarda Albin sauter la haie suivante, avec une certaine maîtrise, sinon avec panache.

Ils franchirent la rivière à gué et s'enfoncèrent dans les bois, puis gravirent un petit coteau. Parvenus au sommet, ils contemplèrent Mead Hall, niché au creux de la vallée, sa façade grise cernée par les arbres. Marcus se sentait tout aussi gris, épuisé, vidé de son énergie, presque aussi faible qu'un vieillard. Une douleur sourde, faite de tristesse et de regrets, lui étreignait la poitrine.

— Ce n'est pas Barnaby qui a fait le coup, murmura-t-il.

— Non, Monsieur.

Albin gigota sur sa selle avant de demander timidement :

— Mais... pourquoi ne l'avez-vous pas défié en duel quand vous avez découvert... qu'il vous avait trahi ?

— Parce que je l'aurais tué. Et cela aurait signé la fin de ma carrière politique.

Pourtant, à l'époque, il avait bel et bien eu l'envie féroce de tuer Barnaby. Mais cette envie s'était aujourd'hui évaporée.

À la place, il ne restait que le vide et la souffrance.

Ils rentrèrent en silence à travers bois, sur un tapis de feuilles mortes qui étouffait le claquement des sabots. Lorsqu'ils émergèrent du couvert des arbres, la cloche de l'église du village sonnait 11 heures. La façade majestueuse de Hazelbrook se dressait de l'autre côté du lac.

Marcus stoppa sa jument pour observer un instant le manoir.

Si celui-ci avait pu marcher, il se serait sans doute pavané comme le prince de Galles en personne, aurait soulevé sa jupe de marbre pour descendre jusqu'au lac se mirer à sa surface, se rengorgeant, très fier de ses hautes colonnes blanches, de ses fenêtres étincelantes et du belvédère à balustrade qui le couronnait telle une tiare délicate.

— Votre femme était là-haut quand elle est tombée ?

— Oui.

Le cœur de Marcus se serra à ce souvenir. Il revit le visage de Lavinia juste avant la chute, l'horreur inscrite sur ses traits lorsqu'elle avait compris qu'elle allait tomber, sa bouche ouverte sur un cri, son bras désespérément tendu vers la balustrade. Il crut entendre de nouveau son hurlement plein de terreur et de rage…

— Et ça, qu'est-ce que c'est, Monsieur ?

Marcus s'arracha à ses sombres réminiscences et regarda l'endroit vers lequel Albin pointait l'index.

— Ah. C'est la serre. L'une des plus belles d'Angleterre. C'est ma mère qui l'a fait construire.

La vue du bâtiment lui fit froncer les sourcils. Quelle vision absurde, ce pavillon à tourelles de style oriental perché sur une colline du Surrey !

— Monsieur… vous aimez Hazelbrook ?

Marcus laissa échapper un rire qui masquait sa gêne. Ce garçon était beaucoup trop perspicace.

— Non. Et si j'en avais le droit, je le vendrais.

— Ah. Je comprends. Il fait partie des biens inaliénables ?

— Non, mais ma mère a proclamé que cette serre était un cadeau qu'elle faisait à ses descendants. À mes enfants et à leurs futurs enfants.

*Eh oui, je suis coincé avec ce maudit manoir.*

Brusquement, il demanda :

— Êtes-vous d'attaque pour rester encore quelques heures en selle ? Je vais vous faire visiter le domaine et vous présenter mon régisseur. Il se peut qu'à l'avenir vous deviez revenir ici dans le cadre de votre travail.

*Et si cela ne tient qu'à moi, vous viendrez seul.*

# 14

Ils longèrent la frontière du domaine, firent un tour au village, passèrent devant les cottages des métayers et visitèrent les terres agricoles en compagnie du régisseur.

Quand ils eurent fini, le soir tombait sur la campagne et le ciel se parait de stries roses sur l'horizon.

Marcus poussa un soupir de soulagement. Il ne lui restait plus qu'une chose à montrer à Albin.

Il mit pied à terre. Son secrétaire l'imita et s'en tira de manière honorable. Il s'améliorait.

Devant eux se dressait la serre, avec ses fines tourelles et sa coupole en verre. Des silhouettes se déplaçaient à l'intérieur : les jardiniers qui achevaient leur journée de travail.

Marcus toqua à la verrière et agita la main. Un jardinier s'empressa de sortir pour voir ce qu'il voulait.

— Oui, milord ?

— Vous vous appelez Noake, c'est bien ça ? Veuillez ramener les chevaux aux écuries, s'il vous plaît. Et demandez à Mme Kerr de nous faire préparer un bain. Nous serons de retour au manoir d'ici une demi-heure.

Il reporta son attention sur Albin, qui contemplait la serre d'un air impressionné.

— C'est du marbre, Monsieur ?

— Du bois, corrigea Marcus en cognant du poing contre un montant. Peint pour imiter la pierre. Venez, entrons avant qu'il ne fasse trop sombre.

Ils pénétrèrent sous la verrière où l'atmosphère chaude et humide les enveloppa, envahissant leur nez et leur bouche. Marcus retint sa respiration un instant, puis se força à inspirer. Une odeur capiteuse d'humus et de végétaux en décomposition lui assaillit les narines.

Il réprima une grimace. Cela lui rappelait les salles de bal bondées, quand les membres de la bonne société s'entassaient dans un lieu trop exigu pour tant de monde et que chaque bouffée d'air charriait un bouquet d'odeurs, dont certaines n'avaient rien d'agréable.

Il jeta un coup d'œil à Albin.

Ce dernier écarquillait les yeux, émerveillé.

Marcus essaya de voir la serre à travers le regard de son secrétaire. On ne pouvait que s'extasier devant cette jungle de plantes et de fleurs posées sur le magnifique carrelage bleu et blanc.

— Les carreaux viennent de Constantinople, précisa-t-il en indiquant le sol du bout de sa botte.

Albin referma la bouche, baissa les yeux sur le sol, puis les leva vers la coupole.

— C'est... immense, Monsieur !

*Et le coût du chauffage est énorme, lui aussi.* Albin s'en rendrait bientôt compte quand il mettrait le nez dans les registres de Hazelbrook.

— La serre a une superficie de plus d'une acre.

Marcus s'avança en suivant le lit du ruisseau artificiel qui coulait sur des carreaux de faïence bleue. Albin lambinait, se dévissait le cou pour regarder partout, contempler les brassées de jonquilles, les lys exotiques, les orchidées fragiles...

Marcus s'immobilisa sous la coupole. C'était ici, près de la fontaine dont l'eau chantait doucement, qu'il avait demandé Lavinia en mariage. Ici qu'elle lui avait accordé sa main. Ici qu'il avait déclaré qu'elle faisait de lui l'homme le plus heureux du monde.

*Quel imbécile !*

— Alors, qu'en pensez-vous ? Cela vous plaît ?

— Comment ne pas aimer un tel endroit, Monsieur ?

Marcus haussa les épaules et ajouta :

— Il y a une mare à nénuphars au fond de la serre. Nous ouvrons les portes au public deux fois par an.

Il prit les devants pour montrer le chemin, dépassa la petite grotte artificielle tapissée de fougères, descendit l'escalier étroit flanqué de deux cascades gracieuses et s'immobilisa enfin devant la mare aux nénuphars.

— J'imagine que beaucoup de gens se déplacent pour admirer ce lieu ?

— En effet.

Ici, l'exubérance de la nature n'était qu'une apparence. Chaque plante était placée à l'endroit voulu, arrosée et taillée avec le plus grand soin.

Le regard de Marcus s'arrêta sur la fontaine, enchâssée dans une débauche d'orchidées et de fougères luxuriantes. Les trois Grâces en marbre tenaient dans leurs bras déliés des urnes d'où ruisselait une eau limpide.

Plus loin, derrière un parterre de crocus, se trouvait le banc où sa mère aimait boire une tasse de thé en fin d'après-midi. Elle était morte depuis sept ans, mais son souvenir restait vivace dans la mémoire de Marcus : sa posture rigide, les lignes strictes de sa toilette, sa bouche pincée.

Les mots qui évoquaient sa mère dans son esprit – réserve, distance, froideur – semblaient n'avoir aucun rapport avec ce lieu. Dans cet environnement moite, on ne pouvait s'empêcher de transpirer. La serre était vivante ; elle pourrissait en fleurissant et fleurissait en pourrissant.

Marcus se détourna. *Comme je la connaissais peu ! Elle ne m'a jamais permis de l'approcher.*

— Y a-t-il des orangers, Monsieur ?

— Non. Ni aucun autre arbre fruitier. Ma mère ne les trouvait pas assez majestueux. Vous n'êtes pas de cet avis ?

— Ce n'est pas à moi de juger ses choix, Monsieur.

— Il y a une orangerie et plusieurs serres dans mon domaine du Kent. Hors saison, les fruits que nous mangeons proviennent de là-bas.

Il préférait de loin les serres du Kent à cette serre monumentale, véritable ode à la futilité. Les serres du Kent nourrissaient des centaines de bouches. Ici, les plantes n'avaient qu'une raison d'être, la même que le manoir : épater la galerie.

L'arche en treillage surchargée de jasmin attira son regard. Il avait cueilli une grappe de ces fleurs pour Lavinia, l'avait fixée dans sa chevelure dorée. Riant, elle s'était mise sur la pointe des pieds pour l'embrasser. Ils étaient rentrés et avaient fait l'amour, en plein après-midi, alors que dehors le soleil brillait de tous ses rayons.

Avait-elle vraiment envie de lui ce jour-là ? Ou avait-elle fait semblant ?

« Bien sûr qu'elle faisait semblant ! ricana une voix cynique dans sa tête. Elle voulait juste t'amadouer. Tu ne te souviens pas ? Après, elle t'a réclamé un diadème en diamants et saphirs, et tu le lui as offert. »

Marcus se détourna brusquement de la mare. Il percevait, sous le parfum du jasmin et des jonquilles, une forte odeur de végétaux en décomposition.

— Venez, Albin.

Il rebroussa chemin, retrouva l'air frais du dehors, s'en emplit les poumons d'une profonde inspiration.

Dans la lumière du soleil couchant, les centaines de carreaux de verre prenaient des reflets rose pâle. La serre ressemblait à un magnifique château de conte de fées.

Il lui tourna le dos.

Il coupa par la pelouse, gravit deux à deux les marches du perron. Les souvenirs se bousculaient dans sa tête : la main tiède de Lavinia glissée dans la sienne, le parfum du jasmin dans ses cheveux, son sourire mutin, son regard levé vers la fenêtre de l'étage. *Faites-moi l'amour, Marcus.*

Il s'engouffra dans la bibliothèque plongée dans la pénombre. La fraîcheur du lieu et l'odeur des reliures en cuir et du vieux papier étaient agréables. Mais, ici aussi, il avait des tas de souvenirs.

Étendue sur le divan, Lavinia l'avait imploré de lui acheter une voiture neuve capitonnée de soie bleu pâle. Et plus tard, alors que leur relation s'était déjà détériorée, elle lui avait hurlé dessus du seuil de la porte, en l'insultant comme une harengère.

— Monsieur ?

Se rendant compte qu'il s'était figé au milieu de la pièce, Marcus se ressaisit.

— Montez dans votre chambre, Albin. Mme Kerr a dû vous faire préparer un bain. Nous dînerons d'ici une heure.

Après le dîner, ils s'installèrent dans la bibliothèque. Le comte leur servit deux bonnes rasades de porto, puis s'assit dans un fauteuil pour lire le journal.

De son côté, Charlotte feuilletait *La Gazette*. Elle tomba sur la rubrique des petites annonces et les souvenirs défilèrent : sa chambre à Westcote Hall, l'étrange femme jaillie de nulle part, sa robe démodée, ses dents pointues, ses yeux noirs luisant d'une lueur mauvaise.

Avec un petit frisson, elle abandonna le journal, avala une gorgée de porto et étira ses jambes en direction du feu. Après toutes ces heures passées en selle, ses muscles endoloris protestaient.

Elle avait bien chaud et sentait le sommeil la gagner, l'étourdir. Le fauteuil lui semblait flotter quelques centimètres au-dessus du sol. Avait-on ce genre d'impression quand on avait trop bu ?

Les souvenirs affluaient de nouveau à sa mémoire, tournoyaient, comme entraînés par un tourbillon. Les yeux noirs. Les dents acérées. La robe rouge sang. Les détails de cette soirée lui revenaient comme dans un rêve fantastique et lui paraissaient maintenant grotesques. Pourtant, tout cela s'était bel et bien produit. Elle était devenue un homme. Elle gagnait sa vie.

Son regard dévia sur le comte.

Il avait posé son journal et s'était affaissé dans son fauteuil, une jambe calée sur l'accoudoir, la cravate relâchée, son verre de porto à la main. Charlotte ne voyait que son profil bien découpé et sa pommette saillante. Son cœur fit un petit bond étrange dans sa poitrine et se mit à battre plus vite. Cosgrove n'était pas beau à proprement parler, néanmoins il avait un visage fascinant, incroyablement séduisant. Ces yeux gris anthracite...

Elle détourna les yeux vers les flammes du feu. Comment la comtesse avait-elle pu lui préférer sir Barnaby ? C'était un mystère. Peut-être avait-elle besoin qu'un homme l'adule. Peut-être s'était-elle tournée vers Barnaby parce que le comte n'était plus si perméable à ses charmes.

Ou peut-être avait-elle juste voulu blesser son mari en se donnant à son meilleur ami et en saccageant leur relation. Si tel avait été son but, elle avait réussi sur toute la ligne. Ce matin, Charlotte avait vu combien les deux hommes souffraient de leur amitié brisée, combien leur émotion était intense.

— Vous êtes bien sombre, mon jeune ami, remarqua le comte en se levant pour aller jeter une bûche dans le feu. Ne me dites pas que vous pensez toujours à Mme Henshaw ?

— Pardon ? Oh non, Monsieur. Je pensais à...

*Vous.*

Charlotte sentit ses joues s'enflammer. Son visage, sa gorge, et même son cuir chevelu la brûlaient.

— ... à quelqu'un, acheva-t-elle gauchement, avant de poser son verre de porto.

*Il faut que j'arrête de boire.*

— Vous êtes amoureux ? s'enquit Cosgrove en haussant les sourcils.

— Oh... non, Monsieur !

Charlotte secoua vigoureusement la tête, mais son patron n'eut l'air qu'à moitié convaincu.

— Encore un petit conseil. Ne confondez pas le désir et l'amour. Voulez-vous un autre verre ?

— Non, merci.

— La passion embrouille le cerveau, reprit Cosgrove en se resservant. Elle fait prendre de mauvaises décisions. Si cela vous démange, soulagez-vous avec une prostituée en bonne santé, mais n'allez pas croire que vous êtes amoureux.

— Si cela me démange... Vous voulez parler de... de sexe ?

— Bien sûr. Ce que vous avez de mieux à faire, c'est de perdre votre virginité avec quelqu'un qui s'y connaît. Grattez-vous où ça vous démange, et cela ira mieux.

Charlotte but une gorgée de porto. Perdre sa virginité avec quelqu'un qui s'y connaissait... Elle ravala un rire. Jamais il n'aurait dit cela à une femme !

— Merci, Monsieur. J'y réfléchirai.

— N'oubliez pas de vous protéger, ajouta Cosgrove en étouffant un bâillement.

— Me protéger ?

— Oui, avec une capote.

— Une capote ?

— Un tube fabriqué avec des boyaux de mouton séchés que vous enfilez sur votre sexe.

Charlotte essaya d'imaginer le bidule de Christopher Albin enveloppé dans du boyau de mouton... et réprima une grimace de dégoût.

— Contre quoi cela protège-t-il, Monsieur ?

— La vérole. Et les grossesses.

— Oh...

Charlotte resta silencieuse un moment, avant de murmurer :

— Ça ne doit pas être très agréable.

— C'est toujours mieux que d'attraper une maladie ou de semer des bâtards dans tous les lits. Bien sûr, les prostituées utilisent en général des éponges pour ne pas tomber enceintes, mais cela ne vous empêchera pas d'attraper la chtouille.

— Des éponges ?

Charlotte eut beau réfléchir, elle ne voyait pas du tout comment cela pouvait fonctionner.

— Comment une éponge peut-elle empêcher une femme de tomber enceinte ?

Cosgrove lui jeta un regard narquois.

— Si je vous disais qu'elle la mange ?

— Vraiment ? Je ne vois pas comment...

Cosgrove éclata de rire.

Charlotte s'empourpra de plus belle.

— Pardonnez-moi. Je n'ai pas pu résister à la tentation, dit-il lorsqu'il eut repris son sérieux.

Le cœur de Charlotte battait de manière anarchique. *Ce sourire. Et ces yeux...*

— Elle insère l'éponge en elle, pour empêcher le sperme d'atteindre son utérus, expliqua Cosgrove.

Le sperme. Encore un mot que Charlotte ne connaissait pas. Mais elle devinait qu'il voulait parler de la semence d'un homme.

Cosgrove bâilla de nouveau. Il relâcha davantage sa cravate, se passa la main dans les cheveux, puis se renversa contre son dossier, les yeux mi-clos.

Légèrement ébouriffé, il était encore plus séduisant. Charlotte ressentit un élan protecteur. *Il devrait aller se coucher.*

Son imagination s'envola. Si elle avait été sa femme, elle se serait levée pour lui caresser le front et le gronder doucement : « Vous êtes fatigué, il est temps d'aller au lit. »

Elle posa son verre. Elle avait décidément trop bu.

— Pardonnez-moi, Monsieur. Si vous le permettez, je vais me retirer pour la nuit.

Il était plus de 3 heures du matin quand Charlotte se réveilla en sursaut.

*Il se passe quelque chose.*

D'un geste vif, elle tira la courtine.

Silence. Obscurité.

Pendant un long moment, elle demeura immobile, tendant l'oreille. N'entendait-elle pas des bruits de pas ? Des cris ?

Elle se leva, tâtonna le long du mur jusqu'à trouver la porte. Doucement, elle l'ouvrit.

Silence. Obscurité.

Désorientée, elle s'appuya contre le chambranle. Avait-elle rêvé ? Était-elle encore sous l'effet de l'alcool ?

Non. Cette fois, elle distingua nettement un bruit de pas rapides. Quelqu'un courait. Un halo lumineux oscilla sur le mur, grandit. Une lanterne. Soudain, le comte apparut au détour du couloir, les cheveux hirsutes, la mâchoire assombrie de barbe. Il semblait s'être arraché au lit pour enfiler ses habits de la veille à la hâte. La lueur de la lanterne jetait des ombres effilées sur son visage.

— Que se passe-t-il, Monsieur ?

— La serre est en feu.

Il passa devant elle sans s'arrêter et courut à l'autre bout du couloir.

# 15

La serre tout entière s'était embrasée. Des flammes gigantesques dansaient dans le ciel et se reflétaient sur les vitres. Des hommes couraient, s'interpellaient, lançaient des seaux d'eau, semblables à de dérisoires fourmis face à l'immense fournaise.

Tout autour du brasier, l'air nocturne était brûlant. On entendait le rugissement de l'incendie et le bruit des carreaux qui explosaient les uns après les autres sous l'effet de la chaleur.

Quelqu'un agrippa violemment Charlotte par le bras et faillit la faire tomber.

— Reculez !

C'était le comte. Il la serrait si fort qu'il lui faisait mal. Il la tira en arrière et se tourna pour crier à ses employés :

— Reculez ! Reculez tous !

Dans le chaos général, il fallut plusieurs minutes pour que tout le monde obtempère. Un des jardiniers, qui pleurait presque, refusait de lâcher son seau.

— Ça ne vaut pas la peine que vous perdiez la vie, mon vieux. Reculez ! lui cria Cosgrove.

Tout le monde se regroupa à distance du feu, les jardiniers, les garçons d'écurie et les gens de maison. Certains étaient en chemise de nuit, d'autres à demi vêtus. Le rougeoiement des flammes se reflétait sur les visages graves dans un silence de mort, comme si tous ces gens assistaient à des funérailles.

Cosgrove revint aux côtés de Charlotte.

— On ne peut rien sauver.

— Non, Monsieur. Pensez-vous que le manoir et les bois...

— Il n'y a pas de danger, sauf si le vent forcit.

Le dernier mot fut couvert par le grondement assourdissant de la coupole qui s'effondrait, dans une pluie de tessons et de débris de bois.

— Comment était chauffée la serre ? demanda encore Charlotte.

— Par des poêles.

Un des employés qui se tenait non loin intervint :

— Ce n'étaient pas les poêles, milord. Le feu a pris à l'extérieur du bâtiment.

— En êtes-vous sûr, Cray ?

— Certain. Il y a eu plusieurs départs de feu le long des cloisons.

— C'est un incendie criminel, alors ?

— Sans le moindre doute, milord.

Cosgrove se rembrunit. Une de ses joues était illuminée par les flammes, l'autre noyée dans l'ombre.

— Barnaby, articula-t-il d'une voix sourde.

— Peut-être pas, objecta Charlotte. Ce pourrait aussi être... un des autres, acheva-t-elle en glissant un regard circonspect en direction de Cray.

Cosgrove réfléchit un instant, avant de se détourner avec brusquerie.

— Où est Sugden ? Sugden ! Avez-vous toujours cette chienne ? Celle qui était capable de renifler un lapin à l'autre bout du comté ?

— Elle est morte, milord, répondit un homme qui devait être palefrenier. Mais j'ai gardé un petit de sa dernière portée.

— Allez le chercher et voyons s'il peut relever une piste.

On alla récupérer l'animal, mais celui-ci était encore un chiot qui, ravi de voir Cosgrove, lui sauta dessus pour lui lécher les mains. Il ne parut pas comprendre les ordres de son maître et se recroquevilla de peur quand on voulut l'approcher des flammes.

— Ça ne sert à rien. Désolé, milord, dit Sugden.

— Ce n'est pas votre faute.

Le comte s'en alla donner des instructions aux autres employés, demandant aux uns de surveiller l'incendie et aux autres de fouiller les bois.

Les hommes s'éparpillèrent pour aller s'habiller plus chaudement et récupérer des lanternes. Charlotte les observa en se mordillant la lèvre.

Un chien avait bien plus de chance de renifler une piste que n'importe quel homme.

Elle s'éloigna de l'incendie et, une fois dans l'ombre, contourna la maison pour rejoindre la façade. Ici, face au lac, tout était calme et silencieux.

Sous la terrasse qui surplombait le jardin, elle trouva ce qu'elle cherchait : un endroit où se cacher, juste derrière les bosquets ornementaux. Il y avait même une urne vide où elle pouvait dissimuler ses vêtements.

Elle se dévêtit rapidement. Son souffle formait de petites nuées de vapeur visibles au clair de lune. Les gravillons pointus sous ses pieds nus lui faisaient penser à de petits glaçons.

Frissonnante, elle se mit à danser d'un pied sur l'autre. Elle n'avait jamais essayé de se transformer en animal. Et si la métamorphose se passait mal ? Si...

Si elle réfléchissait trop, elle n'oserait pas le faire.

Elle ferma résolument les yeux.

— Je veux devenir Bess, murmura-t-elle en imaginant la chienne de son père.

Des fourmillements parcoururent son corps, telle une légion d'insectes courant sur sa peau, puis disparurent.

Charlotte rouvrit les yeux.

Tout d'abord, elle fut totalement désorientée. Était-ce encore la nuit ? Les couleurs avaient changé, et les buissons autour d'elle semblaient gigantesques.

Elle inspira par le nez et un flot d'odeurs l'assaillit : la fumée âcre, l'herbe, la terre, les feuilles mortes, les relents d'un cadavre animal en décomposition non loin, sans doute une souris...

Elle eut un haut-le-cœur.

Fermant les yeux, elle s'aplatit sur les graviers, s'ancra dans le sol.

Peu à peu, les odeurs se firent moins entêtantes, et sa nausée disparut. Son cœur battait rapidement dans sa poitrine, et elle haletait.

Elle se releva en entendant un bruit de pas tout proche, capta un mouvement du côté des bois. Deux jardiniers avançaient, lanterne en main. Elle se tapit de nouveau par terre. Des sons retentissaient un peu partout. Des cris. Le craquement des flammes. Du verre brisé. Le hululement d'une chouette. Le crissement des insectes nocturnes. Et d'autres encore se mêlaient dans une indescriptible cacophonie : des gens se déplaçaient sous le couvert des arbres, couraient sur la pelouse, faisant craquer les brins d'herbe gelés sous leurs semelles.

Puis elle distingua une voix en particulier, celle du comte sans le moindre doute, au timbre grave, à l'intonation impérieuse.

Charlotte se leva d'un bond et s'ébroua. Ce mouvement ébranla bizarrement son nouveau corps, trop long, trop petit. Elle sortit des buissons en posant ses pattes avec précaution sur le sol. Droite, gauche, droite, gauche. Sa démarche était pataude et, au bout de quelques pas, elle s'emmêla les pattes et s'étala par terre.

Saisie par le froid, elle se tétanisa sur le gravier glacé. Des voix humaines criaient dans les bois. Dans le ciel, le disque plein de la lune était presque aussi lumineux que le soleil. Que se passait-il ? Les chiens étaient plutôt agiles sur leurs pattes.

Mais elle n'était pas un chien. Elle était une femme dans un corps de chien.

*Je vais y arriver.*

Elle renifla l'air, se remit sur ses pattes et fixa son regard sur un point distant. *Ne pense pas à tes quatre pattes, contente-toi d'avancer.*

Elle rejoignit son objectif sans trébucher. Il lui fallut quelques secondes pour comprendre que la sensation bizarre dans son arrière-train était due à sa queue qui fouettait l'air.

Elle retourna près de la serre en feu, ses pattes avançant maintenant à un rythme naturel. Elle accéléra l'allure, se mit à trottiner sur les graviers.

Deux hommes étaient plantés là, à regarder les flammes. Les autres s'étaient dispersés.

L'incendie était différent vu par les yeux d'un chien. L'intensité du feu avait diminué, mais les flammes avaient une couleur inhabituelle. Les nuances rouge et orange intenses avaient disparu.

Dans un déplacement furtif, Charlotte contourna la serre en prenant soin de rester dans les zones d'ombre. Des dizaines d'odeurs différentes se superposaient. Le bois brûlé et la végétation calcinée. Des relents de crottin de cheval et d'humus qui provenaient certainement des palefreniers et des jardiniers. L'odeur de lord Cosgrove, subtile mais distincte. Et une odeur qu'elle identifia à sa grande surprise comme celle de Christopher Albin.

Il y en avait bien d'autres encore – celle de la terre humide qui se mêlait à de multiples arômes de fleurs –, ainsi qu'une odeur incongrue et cependant familière...

De la graisse de baleine.

Quelqu'un s'en était servi pour mettre le feu.

Elle s'éloigna de l'incendie en décrivant une large trajectoire circulaire, tâchant de repérer sur le sol l'odeur de graisse de baleine.

Oui, ici. Légère, mais présente. Et encore un peu plus loin dans l'allée.

Charlotte allongea sa foulée. Elle courait aussi vite qu'un homme. Plus vite. Aussi vite qu'un cheval. C'était grisant. Ses muscles se bandaient et s'étiraient, le sol gelé défilait sous ses pattes.

Son odorat la guida vers le grand portail. De là, l'odeur se perdait dans les bois. Deux chevaux avaient été cachés là, sous les arbres, comme en attestait un petit tas de crottin encore fumant. Les hommes de Cosgrove ne l'avaient pas encore découvert. Allaient-ils le remarquer ou passeraient-ils devant sans le voir ?

Les deux chevaux étaient repartis à travers bois en longeant un haut bosquet d'ifs. Puis ils avaient pris la direction de l'est sur la route.

Charlotte suivit leur piste en forçant l'allure. Elle filait sur la route et perdit le fil du temps. Au bout d'une vingtaine de minutes, ou peut-être une demi-heure, après avoir dépassé le manoir de sir Barnaby et ses hautes cheminées, puis des corps de ferme et des cottages, elle ralentit et reprit un trottinement régulier.

La pleine lune illuminait le ciel et faisait luire les bornes blanches placées à intervalles réguliers sur le bas-côté. Était-ce la cinquième, la sixième qu'elle venait de dépasser ? Ou la septième ?

L'odeur des chevaux, des hommes et de la graisse de baleine se fit soudain plus forte. *Je les rattrape…*

Charlotte aperçut un village au loin, sentit de la fumée, entendit des voix et le claquement de sabots sur la route.

Prudente, elle ralentit encore et distingua une lumière : il y avait une auberge un peu plus loin. Un palefrenier était en train d'emmener les deux montures. Quatre autres chevaux attelés à une berline étaient sur le départ. Un postillon s'était juché sur l'un des deux chevaux de tête, un autre sur celui qui le suivait.

La truffe de Charlotte lui apprit que les deux individus qui se tenaient près de la portière avaient mis le feu à la serre. L'un comme l'autre sentaient la transpiration, la fumée, la graisse de baleine, la sueur des chevaux, le cuir et la laine, pourtant chacun avait un fumet distinct. Le premier était aigrelet, l'autre plus douceâtre.

Elle s'immobilisa. Elle ne pouvait pas se lancer à la poursuite d'une berline.

La lanterne illumina le visage des deux individus au moment où ils montaient en voiture. Charlotte se concentra farouchement pour mémoriser leurs traits mais, à travers ses yeux de chien, ils lui parurent fort banals. Elle n'était même pas capable de distinguer la couleur de leurs cheveux.

La portière claqua, la voiture s'ébranla et s'éloigna sur la route.

Charlotte s'assit sur son arrière-train, la langue pendante.

L'aubergiste rentra dans l'établissement avec sa lanterne, referma la porte et tira le verrou. Des bruits s'échappaient des écuries, mais devant l'auberge tout était désormais silencieux et obscur.

Charlotte alla plonger son museau dans l'eau d'un abreuvoir pour se désaltérer avec avidité. Sa grosse langue la gênait ; elle avala de travers et se mit à tousser.

Un laquais sortit de l'écurie, la remarqua et lui jeta une pierre.

— Fiche-moi le camp, toi !

Sous les rayons de lune, la route s'étirait sans fin. Courir était impensable. Charlotte avait à peine la force de trottiner.

Lorsqu'elle parvint en vue du manoir de sir Barnaby, elle fit une pause et se coucha au bord de la route, pantelante, les pattes tremblantes.

*Il faut que je me repose.*

Elle ferma les yeux et, épuisée, s'affaissa sur la chaussée. Ç'aurait été si facile de rester là, de dormir un peu...

Une chouette hulula. Charlotte rouvrit les yeux dans un tressaillement, puis se remit en route.

Aux abords des bois qui faisaient partie du domaine de Hazelbrook, elle quitta la route pour longer la haie d'ifs.

L'obscurité régnait sous les arbres. Un épais tapis de feuilles mortes amortissait ses foulées. Elle entendit le ruissellement de l'eau – la rivière qu'elle avait franchie à gué le matin même avec lord Cosgrove. La soif la lança dans une course lasse et maladroite. Elle sauta dans l'eau et s'y allongea, trop fatiguée pour tenir sur ses pattes.

— On n'a rien vu qui ressemble à une piste, milord.

Marcus leva sa lanterne pour jeter un coup d'œil aux alentours. Les bois étaient plongés dans le noir. Tous ces efforts étaient peine perdue. Il valait mieux retourner aux écuries, seller une monture et chevaucher jusque chez Barnaby pour lui demander raison.

Il détecta un mouvement parmi la végétation et pivota.

Un chien venait de sortir des fourrés et s'approchait lentement, la langue pendante.

— À qui est cette bête ?

— Je ne sais pas, je ne l'ai jamais vue, milord.

Le chien s'immobilisa devant Marcus et leva vers lui ses yeux bruns qui reflétaient la lumière de la lanterne. Il avait le poil court, brun foncé, un long museau et des pattes fines.

Marcus s'approcha. Le chien ne s'enfuit pas, ne grogna pas non plus, se contentant de rester sur place, haletant.

Marcus se pencha pour caresser son pelage mouillé et sentit son corps trembler sous ses doigts.

— Tu es épuisé, mon brave.

Le chien poussa un gros soupir, comme s'il avait compris et confirmait ce que Marcus venait de dire. Il se frotta contre sa jambe, puis retourna du côté des bois. Marcus le vit disparaître entre les arbres. Étrange. On aurait dit que l'animal venait de lui dire au revoir.

Il interpella le jardinier :

— Dites aux autres d'arrêter les recherches. Nous ne trouverons rien tant qu'il fera nuit.

— Bien, milord.

Marcus fit un petit tour dans les bois afin de répéter cette consigne aux employés qui fouillaient encore les parages, puis il escalada le petit coteau boisé.

À quoi bon chercher alors qu'il savait pertinemment qui avait allumé cet incendie ?

Sa fureur grandissait à chaque pas, aussi virulente que celle qui l'avait submergé quand il avait appris que Lavinia le trompait. Comment Barnaby avait-il osé ? Son ami de toujours, son presque frère ?

Il déboucha à découvert sous la lune, se tourna et aperçut au loin le rougeoiement de l'incendie dans la nuit.

À cet instant, une voix l'appela :

— Lord Cosgrove ! Milord !

— Ici ! répondit-il en soulevant sa lanterne.

Des pas précipités se firent entendre et un homme apparut.

C'était Albin, tout essoufflé.

— Qu'y a-t-il ?

— Je... Je les ai suivis, Monsieur.

— Quoi ?

Soudain tout excité, Marcus le pressa :

— Qui ? Dites-le-moi, vite !

Albin se courba en deux, les mains posées sur ses genoux, pour reprendre sa respiration.

— Deux hommes, Monsieur. Ils avaient caché leurs chevaux dans les bois. J'ignore leur identité.

— Vous avez poursuivi deux types *à cheval* ? s'exclama Marcus, incrédule.

— Oui, Monsieur.

Albin s'assit par terre. Ses cheveux humides de transpiration étaient plaqués sur son front.

— Ils n'avaient pas eu le temps d'aller bien loin et... j'ai voulu voir où ils se rendaient.

— Alors ? fit Marcus en s'agenouillant près de lui. Mead Hall ?

— Non, Monsieur. Ils ont rejoint le village.

— Betchworth ?

— Je ne sais pas, Monsieur. Le village qui se trouve un peu plus loin que Mead Hall.

— À l'est ? C'est le bourg de Tewkes Hollow. Mais... ne me dites pas que vous avez couru jusqu'à là-bas ! C'est impossible !

— Je vous jure que c'est vrai, Monsieur.

Marcus posa une main sur l'épaule de son secrétaire.

— Je ne doute pas de votre parole, mais... Seigneur, cela fait plus de trois lieues !

Pas étonnant que le jeune homme soit épuisé !

— Ils sont montés dans une berline qu'ils ont prise à l'auberge du village. Ils sont partis juste au moment où j'arrivais.

— Quelle direction ont-ils prise ?

— Je ne sais pas, Monsieur. Mais j'ai pensé que vous aimeriez interroger l'aubergiste vous-même.

— Bon sang, oui ! Venez, enchaîna Marcus en se relevant. Allons-y tout de suite !

Il remit Albin sur pied, mais il ne lui fallut que quelques secondes pour comprendre que le jeune homme n'irait nulle part ce soir. Secoué de frissons, il était près de s'effondrer.

Marcus passa un bras autour de ses épaules pour l'aider à revenir vers la maison.

— Qu'est-ce qui vous tente le plus ? demanda-t-il un peu plus tard, alors qu'il le soutenait pour gravir les marches du perron. Un lit ou à manger ?

— J'ai soif, Monsieur.

Le hall d'entrée était éclairé de bougies. Marcus donna rapidement quelques consignes à sa gouvernante :

— Madame Kerr, apportez-moi des couvertures pour M. Albin, un pichet de bière et une assiette de nourriture chaude. Et faites attiser le feu dans la bibliothèque.

Quelques instants plus tard, Albin était installé devant la cheminée. Marcus se tourna vers son majordome, qui avait les joues assombries de barbe et semblait légèrement hagard.

— Gough, envoyez quelqu'un aux écuries. Je veux qu'on me selle un cheval tout de suite !

# 16

À son retour de Tewkes Hollow, Marcus trouva Albin endormi dans le fauteuil, emmitouflé dans les couvertures. Les vestiges d'un repas roboratif et le pichet vide étaient abandonnés sur la table voisine.

Dans l'âtre de la cheminée, une bonne flambée réchauffait l'atmosphère. Les cheveux d'Albin avaient séché et bouclaient sur son front.

— Je vois que vous avez bien pris soin de lui, madame Kerr, approuva Marcus en se débarrassant de ses gants.

— Oh, milord, la serre...

— Ce ne sont pas des gens du coin qui y ont mis le feu. M. Albin a découvert une piste qui nous emmène vers Londres. Je quitterai Hazelbrook dès que ma voiture sera prête.

Il jeta un coup d'œil à sa montre. Bon sang, il était déjà 7 heures. Et son estomac grondait.

— Veuillez m'apporter un pichet de bière. Et préparez un panier de pique-nique pour le voyage. Du pain et du fromage, cela suffira.

— Je peux quand même faire mieux que cela, rétorqua la gouvernante, qui s'en alla dans un froufrou de jupons.

Marcus avisa son majordome.

— Gough, veillez à ce que ma valise soit bouclée et descendue dans le hall.

— Je m'en charge personnellement, milord.

Marcus frotta son menton râpeux. Il n'avait pas le temps de se raser.

— Debout, jeune homme ! dit-il en s'approchant du fauteuil.

Albin dormait si profondément qu'il dut lui donner une petite secousse. L'espace d'un instant, son secrétaire parut désorienté, et une expression alarmée passa sur son visage. Puis il cligna des yeux et se battit un moment avec les couvertures pour s'en extirper.

— Je pars pour Londres d'ici un quart d'heure, annonça Marcus. Vous pouvez rester ici si vous le souhaitez et me rejoindre plus tard avec la diligence...

— Les deux suspects, Monsieur ?

— Ils ont pris la route de Londres.

Albin se leva en titubant légèrement.

— Je viens avec vous, Monsieur.

Marcus lui pressa brièvement l'épaule avant de préciser :

— Gough est à l'étage, il vous aidera à faire votre valise.

Puis il sortit et, sifflotant entre ses dents, considéra les ruines fumantes de la serre.

Une dizaine d'hommes regardaient les dernières flammes consumer les brandons. Marcus fit signe au régisseur et au jardinier en chef de le rejoindre.

— Ceux qui ont fait ça n'étaient pas du coin, ils venaient de Londres, annonça-t-il. Je suis sur le départ. Il faudra enlever tous les débris dès que la chaleur sera retombée. Ne laissez rien d'autre que la terre nue, je veux que tout soit rasé et nettoyé.

— Allez-vous faire reconstruire la serre, milord ?

— Non.

Marcus remarqua la lueur anxieuse dans le regard du jardinier et ajouta :

— Soyez tranquilles, personne ici ne sera licencié. Il y aura du travail pour tous, et si ce n'est pas ici, ce sera sur un autre de mes domaines. Vous avez ma parole.

Peu de temps après, alors que la voiture s'ébranlait pour remonter l'allée de gravillons, Albin lui posa la même question :

— Allez-vous reconstruire la serre, Monsieur ?

— Non. Je vais vendre Hazelbrook.

Maintenant que la serre était détruite, il n'avait plus d'obligation morale envers la mémoire de sa mère.

— Ce manoir a connu un destin bien malheureux, murmura Albin qui tentait visiblement de lui dire qu'il comprenait sa réaction.

— Oui. Et pas seulement à cause de l'accident qui a coûté la vie à ma femme. Mon grand-père l'avait acquis grâce aux profits générés par la sueur des esclaves dans sa plantation des Caraïbes.

Marcus ouvrit le panier que Mme Kerr leur avait fourni et prit une tourte à la viande enveloppée dans une serviette.

— La serre aussi a été financée par l'esclavage, précisa-t-il.

Le ravissant carrelage bleu et blanc importé de Constantinople, chaque carreau de la verrière, chaque plante exotique, chaque statue et chaque fontaine, tout cela avait été payé grâce au labeur des esclaves trimant sous le soleil des tropiques.

Tout en mangeant sa tourte, Marcus réfléchit. Il allait vendre Hazelbrook et acheter une autre plantation dont il affranchirait les esclaves. Ainsi l'argent retournerait à ceux qui l'avaient gagné par leur travail.

Albin étouffa un bâillement.

— Qu'avez-vous découvert au village, Monsieur ?

— Les deux types sont arrivés hier dans une voiture de louage. Ils ont pris des chevaux à l'auberge et sont sortis deux fois. La première dans l'après-midi, la seconde vers minuit. Ils avaient demandé que leur voiture soit prête à regagner Londres dans la nuit, sans préciser l'heure. Il s'avère qu'ils sont repartis vers 5 heures du matin. Ils ont payé une grosse somme, par conséquent l'aubergiste ne leur a pas posé de questions.

Hochant la tête, Albin réprima un autre bâillement.

— La voiture de louage provenait d'une auberge, *Le Taureau Furieux*, située à Londres. Avec un peu de chance, on nous indiquera là-bas comment les retrouver.

— Connaissez-vous leur identité, Monsieur ?

— Ils ont dit s'appeler Smith. Un faux nom, à l'évidence.

Albin retomba dans le silence et Marcus termina sa tourte. Lorsqu'il eut fini, son secrétaire s'était endormi.

Marcus le recouvrit d'une couverture avant de s'installer confortablement dans son coin. Sifflotant doucement, il fouilla dans le panier. Il en avait fini avec Hazelbrook et, d'ici quelques heures, il saurait qui était à l'origine de cet incendie criminel. Et peut-être aussi des actes de vandalisme et de l'agression dont il avait été victime.

Il prit une deuxième tourte, dans laquelle il mordit à belles dents. Dehors, l'aurore illuminait l'horizon de rayures roses et dorées.

Ils arrivèrent au *Taureau Furieux* à midi. Albin dormait si profondément que Marcus n'eut pas le cœur de le réveiller. Il descendit de voiture, traversa la cour, porté par une impatience grandissante.

Il régnait là un intense tohu-bohu : clameurs des palefreniers, claquements de sabots, crissements de roues, pleurs de bébé. Marcus contourna une pile de bagages et évita deux postillons qui se disputaient avec un hobereau au visage rougeaud.

La salle commune était bondée et bruyante. Marcus s'immobilisa sur le seuil et scruta les visages. Les deux hommes qu'il cherchait se trouvaient-ils encore ici ? Dans cette salle ? Ou dans les chambres à l'étage ?

Il arrêta un serveur qui apportait des assiettes de viande rôtie.

— La voiture de louage qui est arrivée de Tewkes Hollow ce matin... Savez-vous où je peux trouver les passagers ?

Le serveur haussa les épaules et poursuivit son chemin.

Marcus se mit en quête de l'aubergiste. Il finit par le trouver et réitéra sa question.

À l'instar du serveur, l'aubergiste ne jeta qu'un vague coup d'œil à ce type mal rasé et mal peigné. Marcus portait encore les vêtements enfilés à la hâte en pleine nuit et qui sentaient maintenant le bois calciné. Il n'avait ni gilet ni cravate.

Le dédain de l'aubergiste lui fit serrer les dents. *Je suis comte, je ne suis pas un vagabond !* Réprimant l'envie de se passer la main dans les cheveux, il récupéra une pièce d'une guinée dans sa poche.

— Dites-moi où je peux trouver ces deux hommes.

L'aubergiste changea aussitôt d'attitude et se montra plus coopératif.

La voiture était arrivée une demi-heure plus tôt. Les passagers étaient repartis dans la foulée, sans prendre le temps de déjeuner ni d'étancher leur soif. C'était la première fois qu'il les voyait, oui. Ils n'avaient rien de particulier et, non, il n'aurait pas su les décrire. Il ne se rappelait pas leur nom, mais l'avait noté dans son registre. Voyons, c'était... ah oui, Smith.

— Puis-je dire un mot aux postillons ?

— Joseph est rentré dormir chez lui, mais Samuel est peut-être encore dans les parages.

— J'aimerais lui parler.

L'aubergiste empocha la pièce d'or et l'accompagna dans l'écurie.

Le postillon bavardait avec un palefrenier appuyé sur son manche à balai, tout en buvant une chope de bière. À la vue de l'aubergiste, le palefrenier se redressa vivement et se remit à balayer le sol jonché de brins de paille.

— Samuel, viens ici ! appela l'aubergiste.

Le postillon vida sa chope et obtempéra.

— Réponds aux questions de ce monsieur, puis va te coucher.

Sur ces mots, l'aubergiste récupéra la chope et s'en alla après avoir jeté un regard torve au palefrenier.

Le postillon le regarda s'éloigner et souffla dédaigneusement par le nez.

— Quel rabat-joie, celui-là !

Marcus sortit une demi-couronne de sa poche.

— Je voudrais que vous me parliez des deux passagers que vous avez emmenés à Tewkes Hollow.

— Oui, eh bien ?

— Comment s'appelaient-ils ?

— Smith.

— À quoi ressemblaient-ils ?

Le postillon se gratta la tête. Sous ses cheveux roux, il avait un visage buriné par les intempéries.

— Ma foi... ils étaient grands, comme vous.

Marcus attendit, mais le postillon ne semblait pas avoir d'autres détails à lui donner.

— C'est tout ? Vous ne vous souvenez de rien d'autre ?

L'homme haussa les épaules.

— Ils n'avaient rien de particulier, m'sieur. Je sais même pas si je les reconnaîtrais.

S'exhortant à la patience, Marcus demanda encore :

— C'était la première fois que vous les croisiez ?

— Je crois bien, oui.

— Votre patron m'a dit qu'ils ne s'étaient pas arrêtés pour déjeuner. Vous confirmez ?

— Oui. Ils sont partis tout de suite. Ils avaient l'air pressés.

— Avez-vous surpris une de leurs conversations ? Aujourd'hui ou hier ?

— J'ai voyagé sur le cheval de tête, m'sieur. J'ai pas entendu un mot de ce qu'ils racontaient.

L'homme jeta un regard de regret à la demi-couronne, comme s'il s'attendait à la voir retourner dans la poche de Marcus.

— Et votre collègue Joseph ?

— Ma foi... j'en sais rien, m'sieur.

— Savez-vous où je peux le trouver ?

— Il a une bonne amie, mais je sais pas où elle habite.

— Quand doit-il revenir ? s'enquit Marcus, qui commençait à perdre patience.

— Nous avons une course prévue à Watford à 17 heures.

— Bien. Alors je reviendrai cet après-midi.

Marcus lui donna la pièce.

— Merci, m'sieur.

Le postillon porta la main à sa casquette et s'éloigna en direction de la salle commune.

Marcus retourna vers la rue. Son excitation était retombée. Une demi-heure. Il avait loupé ces types d'une demi-heure seulement.

Il aurait voulu crier sa frustration, passer ses nerfs sur la vieille dame qui lui coupait involontairement la route ou sur le valet qui s'empressait de lui ouvrir la portière.

Il prit une profonde inspiration pour se calmer, puis monta en voiture.

Albin dormait toujours dans l'habitacle.

Marcus réveilla son secrétaire quand la voiture arriva à Grosvenor Square. Albin se redressa, la mine ensommeillée, et jeta un coup d'œil par la fenêtre.

— Ne devions-nous pas passer au *Taureau Furieux*, Monsieur ?

— Nous l'avons fait.

Le jeune homme perçut aussitôt son dépit.

— Vous n'avez rien appris ?

— Non. Ils étaient déjà partis. J'ai discuté avec l'aubergiste et avec l'un des postillons. J'y retournerai cet après-midi pour interroger son collègue et...

Marcus s'interrompit dans un brusque grondement de colère. Il ouvrit la portière au moment où la voiture s'immobilisait devant la façade de sa résidence et sauta sur le trottoir.

Huit fenêtres avaient des carreaux cassés. Deux ouvriers étaient en train de les remplacer.

Sur la place, les rafales de vent soulevaient des tourbillons de feuilles mortes.

Albin le rejoignit.

— L'incendie cette nuit, et aujourd'hui les fenêtres... Croyez-vous que ce soit une coïncidence, Monsieur ?

— Et il y avait de la merde sur le perron ! s'exclama Marcus, furieux.

On voyait que les marches encore humides avaient été nettoyées récemment. Une forte odeur de savon flottait dans l'air.

Une rage impuissante gonfla la poitrine de Marcus. Il avait envie de ramasser un pavé et de le balancer lui-même dans une fenêtre.

La porte s'ouvrit, et le majordome vint à leur rencontre en se tordant les mains.

— Oh, milord… vous êtes déjà là ! J'espérais que les vitriers auraient le temps de…

— Aucune importance, Fellowes, coupa Marcus avec un sourire crispé. À quelle heure est-ce arrivé ?

— Entre 2 et 3 heures du matin, milord. Le veilleur de nuit est venu frapper à la porte de service pour nous alerter. Et sur les marches… hum…

— Oui, j'ai vu.

Marcus pivota vers la voiture. Le cocher et les deux laquais étaient couverts de poussière, fatigués. Le cocher avait une trace de boue en travers du sourcil.

— Merci des efforts que vous avez fournis à Hazelbrook cette nuit. Vous pouvez prendre votre journée, leur dit-il.

La voiture s'ébranla et prit la direction de la cour arrière. D'ici quelques minutes, la nouvelle de l'incendie de la serre se répandrait parmi le personnel.

— M. Albin séjournera ici pendant quelques jours, Fellowes. Vous l'installerez dans la chambre bleue.

— Bien, milord.

Marcus gravit les marches humides. Fellowes referma la porte, et l'odeur de savon s'estompa. Marcus ne sentit plus que l'odeur de la cire d'abeille, de sa propre transpiration et de la fumée incrustée dans ses vêtements.

— Demandez à Mme Maby de nous faire préparer deux bains.

— Oui, milord.

— Je vais me coucher, dit Marcus à Albin, et je vous conseille d'en faire autant. Si vous souhaitez m'accompagner, sachez que je retournerai à l'auberge vers 16 heures.

# 17

Joseph Timms, le second postillon, faisait penser à un jeune coq arrogant. La mine fiérote, il flirtait avec une femme de chambre dans la cour arrière de l'auberge quand Marcus et Albin arrivèrent, mais à leur vue il abandonna cette activité.

— Sam m'a dit que vous me cherchiez pour me poser des questions, dit-il, une lueur de convoitise dans les yeux.

Marcus tira une demi-couronne de sa poche.

— C'est à propos des passagers que vous avez emmenés à Tewkes Hollow. Tout ce que vous pourrez me dire sur eux m'intéresse.

Joseph fit preuve de bonne volonté. Hélas, il n'avait pas grand-chose à dire : il n'avait jamais vu les deux hommes auparavant et doutait de pouvoir les reconnaître s'il venait à les recroiser.

— Non, ils n'ont rien de singulier, m'sieur.

— Quel âge ont-ils ?

— Bah... ils sont plus vieux que lui, dit Joseph en désignant Albin. Mais plus jeunes que vous, m'sieur.

— Grands ? Petits ?

— Grands comme vous, mais moins minces.

— Et ils ont prétendu s'appeler Smith ?

— Oui, m'sieur.

— Les avez-vous entendus s'appeler par d'autres noms ?

— Non, m'sieur.

— Que s'est-il passé à votre retour à Londres ?
— Rien de particulier, m'sieur. Ils ont réglé la note et ils sont partis.
Joseph tendit la main vers la demi-couronne.
Marcus refusa de la lui donner.
— Vous n'avez surpris aucune conversation entre eux ? Pas un mot ?
Joseph haussa les épaules.
— L'un d'eux a voulu s'arrêter pour boire un verre de gin. Pour fêter leur succès, qu'il a dit. Mais l'autre a refusé en disant que quelqu'un les attendait et qu'ils devaient se dépêcher.
L'intérêt de Marcus s'éveilla.
— Ont-ils prononcé un nom ? Monkwood ? Brashdon ?
— Non, m'sieur.
— Langford ?
Joseph secoua la tête.
— Hyde ? Keynes ?
— Non, m'sieur. Rien de tout ça. Ils n'ont pas cité de nom, mais ils ont dit quelque chose comme « milord » ou « Sa Seigneurie ». Non, attendez... Je me souviens maintenant, c'était « l'autre rupin ».
De nouveau, il tendit la main vers la pièce.
— L'autre rupin ? répéta Marcus. Et vous ne vous rappelez rien d'autre ? Un détail, un événement ?
— L'un d'eux a dit qu'il avait besoin de pisser quand on est arrivés à Clapham, répliqua Joseph avec un sourire insolent.
Albin intervint :
— À votre retour à Londres, ont-ils quitté l'auberge à pied ou ont-ils pris un fiacre ?
— Comment voulez-vous que je le sache ?
— Quelqu'un ici pourrait nous renseigner à ce sujet ?
— Ça m'étonnerait. Il y avait beaucoup d'agitation ce matin.
Marcus lui donna enfin la pièce.
— Tenez, merci.
Comme le postillon se détournait après avoir empoché la demi-couronne, Albin demanda encore :

— Avaient-ils un accent particulier ? Étaient-ils de Londres ?

— Oui. Whitechapel, à mon avis.

Sur ces mots, l'homme s'éloigna en sifflotant.

— Nous pourrions interroger des conducteurs de fiacre, suggéra Albin. Peut-être que l'un d'eux se souviendra...

— Savez-vous combien il y a de fiacres à Londres ? Des centaines !

Marcus donna un coup de pied dans une pierre qui valsa en travers de la cour. Leur piste s'arrêtait là. Il avait envie de crier de rage comme un gamin frustré.

Albin secoua la tête d'un air piteux.

— Si seulement j'avais couru plus vite... Si j'avais mieux vu leur visage...

— L'aubergiste de Tewkes Hollow n'a pas su me les décrire, et il a eu amplement le temps de les voir. Ces types n'ont apparemment aucun signe distinctif.

Ils se décidèrent à quitter les lieux.

Les cloches de l'église sonnaient pour appeler les fidèles aux vêpres quand ils atteignirent Grosvenor Square. Mais Marcus n'avait aucune envie d'aller à la messe. Il avait envie d'aller chez Gentleman Jackson pour frapper quelque chose.

Malheureusement, on était dimanche et le club de sport était fermé.

Entre-temps, les carreaux brisés avaient été remplacés, mais cette vision ne lui rendit pas sa bonne humeur. Renfrogné, il gravit les marches du perron. Albin traînait derrière lui, et Marcus remarqua alors que son secrétaire boitait légèrement.

— Vous avez des crampes ?

— Un peu...

— Allez prendre un bain chaud. C'est un ordre !

— Bien, Monsieur.

Marcus enfila le couloir, dépassa le bureau et la bibliothèque, puis dévala l'escalier qui menait à la cave. Son sac de frappe y était suspendu. Il ôta sa redingote et son gilet, arracha sa cravate, retroussa ses manches et commença à se défouler.

Ils dînèrent ensemble à la longue table en acajou, dans la salle à manger. La colère du comte était retombée. Il mangeait en silence, le front barré d'un pli soucieux.

Charlotte attendit que les valets se soient retirés après avoir servi le plat principal pour se risquer à remarquer :

— Au moins, nous savons que ce n'était pas sir Barnaby.

Cosgrove leva le nez de son assiette et marmonna :

— La date d'aujourd'hui doit avoir une importance, mais pour le moment je ne vois pas de lien.

Il repiqua du nez dans son assiette. Tout en mangeant, Charlotte réfléchissait. *Je peux retourner ce soir au* Taureau Furieux. *Si les deux types sont partis à pied, je pourrai peut-être suivre leur piste. À l'odeur.*

Elle releva la tête.

— Les casseurs de vitres... Ont-ils toujours sévi la nuit ?

— Oui, entre 1 heure et 4 heures du matin, de mémoire.

Cosgrove repoussa son assiette et se renversa contre son dossier.

— Suggérez-vous que nous montions la garde pour les prendre sur le fait ? J'en ai déjà eu l'idée, figurez-vous. En septembre dernier, nous nous sommes relayés la nuit, plusieurs domestiques et moi-même. Nous avons bien aperçu un type, mais il était plus rapide que l'éclair. Il a disparu... comme ça ! dit-il en claquant des doigts. Et si vous pensez être véloce à la course, sachez que l'un de mes palefreniers est aussi un champion et qu'il n'a jamais pu le rattraper.

— À quoi ressemblait-il ?

— Il faisait trop sombre pour distinguer ses traits.

Charlotte posa ses couverts.

— Et si je n'essayais pas de le rattraper ? Si je me contentais de le suivre, pour voir où il se réfugie ?

Cosgrove but une gorgée de vin avant de répondre :

— Je pense qu'il vous sèmerait. Mais tentez le coup si le cœur vous en dit. Rudkin vous accompagnera. C'est lui, le champion de course.

Charlotte chercha comment décliner poliment la proposition. Elle prit le temps d'aligner son couteau et sa fourchette en parallèle sur l'assiette.

— J'aurai moins de risques de me faire repérer si je suis seul, Monsieur.

— Sans doute, mais à deux on se défend mieux en cas de problèmes. Rudkin viendra avec vous. Mais attendez demain soir. Aujourd'hui, vous n'êtes pas vraiment en état.

Charlotte baissa la tête. Quand le comte la regardait comme ça, avec autant de gentillesse dans le regard…

— Vous croyez que c'est une perte de temps, Monsieur ?

— En effet, admit-il avec un sourire. Mais si vous me prouvez le contraire, j'en serai ravi.

Charlotte tira le verrou sur la porte de sa chambre et se dévêtit avant d'aller s'asseoir sur le lit. Elle ferma les yeux.

*Je voudrais être un moineau.*

La sensation désormais familière lui picota la peau, la pénétra jusqu'aux os.

Elle rouvrit les yeux. Un précipice s'ouvrait devant elle. Le lit était terriblement haut.

Elle eut un mouvement de recul, voulut se cramponner des deux mains… et ouvrit ses ailes.

Gagnée par la panique, elle ferma les yeux, lutta contre l'envie de retrouver sa forme initiale. Elle inspira profondément. Une fois, deux fois. Attendit que son cœur batte un peu moins fort et moins vite dans sa poitrine. Inspira de nouveau. Puis se décida à rouvrir les yeux.

La chambre ressemblait à une immense caverne. Les meubles étaient énormes. Les courtines du lit la cernaient telles des falaises vertigineuses et le plafond était aussi haut que le ciel.

Son cœur s'emballa de nouveau. C'était horrible d'être aussi petite… et d'avoir des ailes à la place des bras !

*Non, pour un moineau c'est normal.*

Elle resta immobile quelques secondes, cherchant son point d'équilibre dans ce nouveau corps : le bec qui prolongeait sa tête, les ailes, la queue... Peu à peu, elle s'habitua et les battements de son cœur s'apaisèrent.

*Je suis un oiseau !*

Prudemment, elle battit des ailes. Un petit mouvement, pour ne pas décoller du lit, juste de quoi se sentir en apesanteur l'espace d'un instant.

C'était si étrange !

Elle replia ses ailes, risqua un coup d'œil en direction du sol. Il était si loin... Se jeter dans le vide ne semblait pas une très bonne idée.

*Courage. Les oiseaux font ça tout le temps.*

Elle prit une inspiration, écarta résolument ses ailes. *Un. Deux. Trois !*

Elle sauta.

Sous l'effet de la terreur, son cœur parut s'arrêter net... puis ses ailes se soulevèrent et elle traversa la chambre dans un vol plané, aussi légère qu'une feuille emportée par le vent.

*Je vole !*

La commode immense, tout en angles pointus, se précipitait vers elle. Charlotte infléchit sa trajectoire, perdit de l'altitude. Le sol approchait à toute vitesse. Elle cria, et un pépiement terrorisé s'échappa de son gosier.

Elle battit frénétiquement des ailes et vit le sol s'éloigner.

Elle remontait.

Il lui fallut recommencer deux fois ce circuit hasardeux avant de commencer à se sentir à l'aise. Bientôt, elle put se diriger sans effort d'un battement d'ailes ou d'un mouvement de queue.

À présent, son cœur battait normalement.

*Tu vois, ce n'est pas si difficile.*

Charlotte s'entraîna pendant une heure. Elle décollait du lit, se posait sur le sol, sur la commode ou sur la cantonnière au-dessus de la fenêtre. Sautillait sur l'appui.

Escaladait les courtines de ses pattes griffues. Voletait entre les colonnes du lit. Faisait des vols planés, des pirouettes, des figures en huit...

Lorsqu'elle se sentit suffisamment sûre d'elle, elle atterrit sur le lit, secoua son plumage et se retransforma en Christopher Albin.

Elle enfila sa chemise de nuit et quitta la chambre en emportant la chandelle et une couverture.

La maison silencieuse était plongée dans la pénombre. Lord Cosgrove et les domestiques dormaient.

Sur la pointe des pieds, elle gagna le salon, s'approcha de la fenêtre pour soulever un coin du rideau. Au milieu de la place, elle aperçut le square entouré de ses grilles en fer forgé. Il n'y avait personne.

Elle s'installa sur le sofa, s'emmitoufla dans la couverture, puis souffla la chandelle.

Un fracas de verre brisé la réveilla en sursaut. Une bourrasque de vent froid s'engouffra dans la pièce, puis le même bruit retentit une deuxième, et une troisième fois.

Charlotte repoussa la couverture et courut à la fenêtre la plus proche. Des tessons de verre crissèrent sous ses pantoufles. Elle écarta légèrement le rideau. Une silhouette sombre se dressait sur la place. Elle vit l'homme lever le bras, entendit le carreau se briser dans la pièce voisine.

En un tournemain, elle se déshabilla, puis cacha sa chemise de nuit et sa robe de chambre sous les coussins du sofa. Pendant ce temps, d'autres pierres firent voler en éclats d'autres vitres. Charlotte poussa ses pantoufles et la couverture sous le sofa.

Métamorphosée en moineau, elle alla se poser sur l'appui de la fenêtre et jeta un coup d'œil au-dehors.

L'homme continuait à jeter des pierres. Dans les étages de la maison, on commençait à s'agiter.

La porte d'entrée s'ouvrit et la lumière du hall inonda les marches du perron. Quelqu'un poussa un cri indigné.

# 18

L'homme avait disparu dans une cour arrière, derrière les résidences de Grosvenor Square. Charlotte s'envola dans cette direction. Ses yeux de moineau avaient du mal à distinguer les formes dans la nuit. Où était-il ?

Là !

Le dos courbé, il courait comme un dératé dans une venelle.

Charlotte le suivit en s'efforçant de ne pas le perdre de vue. *J'aurais dû me changer en chouette.* Où était-il passé ? Il avait encore disparu...

Ici !

L'homme venait de déboucher dans une rue plus large. Il fila à toute allure le long des immeubles, puis tourna dans une ruelle perpendiculaire.

À bout de forces, Charlotte se posa.

*Je veux être Bess.*

Autour d'elle, la nuit changea. Sa vision devint plus nette. L'homme avait disparu, mais elle l'entendait courir et percevait son odeur caractéristique : sueur, bière, oignons frits.

Elle se lança à sa poursuite.

Au bout de quelques minutes, l'homme ralentit un peu pour se déplacer à petites foulées rapides. Il suivait un itinéraire tortueux, privilégiant les ruelles obscures, les cours arrière, les places désertes. Jamais il n'hésitait, jamais il ne se perdait.

Ils avaient pris la direction de l'est, laissant derrière eux les maisons endormies, les boutiques fermées, les églises silencieuses et les tavernes bruyantes.

De temps en temps, Charlotte apercevait une voiture et quelques piétons. Elle croisa un veilleur de nuit qui effectuait sa tournée. Petit à petit, les rues devenaient plus sales. Des odeurs qu'elle avait du mal à identifier imprégnaient l'air.

Tout à coup, il y eut plus de monde autour d'elle. Des fêtards qui rentraient chez eux en titubant. Des prostituées qui attendaient le client sous les portes cochères, dans les vapeurs de gin. Charlotte entrevit même un couple en pleine action dans une venelle sombre.

Finalement, le fuyard s'autorisa à marcher. Il lança un regard par-dessus son épaule, puis entra dans une taverne.

La lanterne éclaira son visage au moment où il franchissait le seuil.

Haletante, Charlotte s'efforça d'ancrer son image dans sa mémoire. Figure mince, cheveux ternes plaqués sur le front. Jeune. Les joues couvertes d'un fin duvet.

Puis elle observa son environnement afin de noter les détails, les caniveaux qui débordaient d'ordures, les flaques d'eau croupie, les rats qui grouillaient un peu partout.

Soudain, la porte de la taverne se rouvrit, libérant une bouffée d'air fétide et un vacarme qui la fit tressaillir.

Un homme sortit. S'appuyant d'une main au mur, il urina, puis retourna dans la taverne en chancelant.

Charlotte hésitait. Devait-elle attendre que le fugitif ressorte ?

Au bout de quelques minutes, la porte s'ouvrit de nouveau et vomit un flot de clients débraillés et passablement avinés. L'un d'eux vomit bruyamment dans le caniveau. Les autres semblaient se disputer. Ils se poussaient, montraient les poings.

Tout à coup, quelque chose étincela au clair de lune : la lame d'un couteau.

Charlotte s'enfuit à toute vitesse. Derrière elle, quelqu'un hurlait. Un cri bestial et rageur.

Une domestique navrée informa Charlotte que le petit déjeuner serait servi dans le salon situé sur l'arrière de la maison car les fenêtres de la salle à manger avaient été cassées.

Charlotte la remercia et rejoignit le rez-de-chaussée.

Lord Cosgrove était déjà attablé devant un bifteck et des œufs pochés. Il leva le nez de son journal.

— Ah. Bonjour, Albin.

— Bonjour, Monsieur.

Charlotte alla se servir. L'odeur des plats disposés sur la desserte la fit saliver. Elle dédaigna les harengs, préférant empiler sur son assiette saucisses, œufs et bacon frit. Christopher Albin avait décidément bien plus d'appétit que Charlotte Appleby.

Puis elle alla s'asseoir face à son employeur.

Ils mangèrent en silence. Pendant que le comte lisait son journal, Charlotte retournait les événements de la nuit dans sa tête. Une fois rassasiée, elle posa ses couverts bien parallèles sur l'assiette, puis toussota.

— Monsieur… quelqu'un est venu casser des carreaux cette nuit.

— J'avais remarqué, répliqua le comte d'un ton sec.

— Et… euh… j'ai suivi l'individu.

Pendant plusieurs secondes, Cosgrove l'observa derrière son journal, avant de plier celui-ci sur la table.

— Je vous avais dit de ne pas agir seul.

— Je sais, Monsieur, mais… le tapage m'a réveillé. J'ai aperçu l'homme sur la place et… je n'ai pas pu m'empêcher de le suivre.

Cosgrove se pinça l'arête du nez. Il semblait ne pas trop savoir comment réagir. Dans la pièce, on n'entendait plus que le tic-tac de l'horloge.

Charlotte retenait son souffle.

Cosgrove laissa retomber sa main. Il prit sa tasse, se carra contre son dossier.

— Où s'est-il rendu ?

Charlotte relâcha son souffle.

— Je ne sais pas au juste, Monsieur. Je ne connaissais pas le quartier. C'était à l'est de la ville.

— À quelle distance d'ici ?

— Nous avons couru presque une heure.

— *Une heure ?*

— Oui, Monsieur.

— Pas étonnant que vous ayez un si bon coup de fourchette ! Bon, maintenant racontez-moi.

Charlotte lui fit le récit de la poursuite et termina par le portrait du criminel.

— Il ne vous a pas vu ?

— Non, Monsieur. Je suis resté en retrait.

C'était la vérité, pourtant elle avait l'impression de mentir. Gênée, elle se mit à jouer avec ses couverts.

— Dans quelle taverne est-il entré ?

— Je n'ai pas pu lire l'enseigne, il faisait trop sombre.

— Et vous, vous n'êtes pas entré ?

— Non, l'endroit avait l'air... plutôt louche.

De nouveau, elle avait l'impression désagréable de mentir. Elle prit le petit couteau à beurre, l'aligna à côté de ses couverts sur la nappe.

— Au moins, vous avez observé un minimum de prudence.

Sans mot dire, Charlotte aligna le couteau à poisson avec les autres couverts.

Cosgrove réfléchissait.

— Vous dites que vous avez couru environ une heure ? Avez-vous senti des tanneries, par hasard ?

— Oh... c'était donc cela, l'odeur !

— Miséricorde... je crois bien que vous avez échoué à Whitechapel.

Ce nom ne signifiait rien pour Charlotte. Elle esquissa une moue en signe d'ignorance.

— Whitechapel !

Cette fois, il avait crié. Elle sursauta sur sa chaise.

— Vous vous rendez compte qu'en ce moment même vous pourriez être allongé dans le caniveau, la gorge tranchée ?

Charlotte se mordit la lèvre. Les yeux baissés, elle contempla l'alignement parfait des couverts. Elle saisit la salière en argent, la posa à côté du couteau à poisson, puis attrapa le moulin à poivre...

— Arrêtez !

Charlotte tressaillit de nouveau. Elle risqua un coup d'œil en direction du comte, et son regard farouche la transperça.

— Je vous interdis, vous m'entendez, de remettre les pieds là-bas seul ! C'est bien compris ?

Cosgrove poussa un long soupir. Sa colère disparut d'un coup, comme la flamme d'une bougie qu'on souffle.

— Seriez-vous capable de retrouver l'endroit sur une carte ? demanda-t-il.

— Vous n'allez pas vous rendre là-bas, n'est-ce pas ?

Elle gardait un souvenir vivace des ivrognes qui s'étaient bagarrés à la sortie de la taverne. Certes, Cosgrove s'entraînait régulièrement à la boxe, mais que valaient des poings contre un couteau ?

Cosgrove haussa les sourcils.

— Vous n'allez pas refuser de m'indiquer le chemin, quand même ?

— C'est dangereux, vous l'avez dit vous-même.

— Je prendrai deux valets avec moi, si cela peut apaiser vos craintes, dit-il avec un sourire sarcastique.

— Mais, Monsieur... vous ne passerez jamais inaperçu dans un tel quartier. Si vous posez des questions, tout le monde se souviendra de vous et celui qui a brisé vos fenêtres ne tardera pas à l'apprendre. Et, dans la foulée, il mettra au courant son commanditaire.

Le sourire de Cosgrove s'évanouit.

Charlotte insista :

— Pour l'instant, nous avons un léger avantage. Mais nous le perdrons si vous vous rendez dans cette taverne.

Cosgrove fronça les sourcils et, pensif, se pinça la lèvre inférieure entre le pouce et l'index.

— Vous n'avez pas tort, concéda-t-il au bout d'un moment. Mais je veux tout de même savoir où se trouve cette taverne. Attendez-moi ici.

Il se leva et revint quelques minutes plus tard avec une carte. D'un geste, il écarta sur la nappe les couverts alignés les uns à côté des autres.

— Montrez-moi.

— Où sommes-nous ?

— Ici, dit-il en désignant du doigt un point de la carte.

Tandis qu'il se penchait sur son épaule, Charlotte retraça l'itinéraire qu'elle avait suivi, terriblement consciente de la proximité du comte, de la chaleur de son corps et de la légère odeur de savon qui se dégageait de sa peau.

— High Holborn, Cornhill, Leadenhall Street, Rosemary Lane... Mais il ne faut pas y aller, Monsieur. Vous me le promettez ?

— Albin, vous vous rappelez que c'est moi qui vous paie, n'est-ce pas ?

Son haleine lui chatouillait l'oreille. Les yeux rivés sur la carte, Charlotte ne répondit pas.

Cosgrove laissa échapper un petit rire, et son souffle souleva une mèche de ses cheveux.

— La taverne est située dans cette rue, Monsieur : Cripple Lane. Mais... ça ne nous aide pas beaucoup.

Le comte se redressa et s'approcha de la fenêtre. Songeur, il se mit à fixer les dépendances de la cour arrière.

— Je peux engager quelqu'un pour traîner du côté de la taverne. Un type de Whitechapel, qui se fondra dans le décor, murmura-t-il.

— Où allez-vous trouver quelqu'un comme ça ?

— Bonne question. Gentleman Jackson pourra peut-être me recommander quelqu'un.

Il se tourna vers elle. Son regard gris l'enveloppa et, soudain, un sourire naquit sur ses lèvres. Il secoua la tête.

— Albin, si vous restez sous mon toit, je me dois d'insister : il faut vraiment que vous appreniez à nouer correctement votre cravate.

— Vraiment, Monsieur ? Ça... Ça ne convient pas ?

— Un singe de cirque ferait mieux ! Allons, venez. Vous allez prendre une petite leçon.

# 19

La chambre du comte était une pièce spacieuse, décorée dans des tons marron et or. Son valet était en train de plier la chemise de nuit de son maître.

— Leggatt, pouvez-vous nous sortir une dizaine de cravates, s'il vous plaît ?

— Tout de suite, milord.

Le valet se retira dans le dressing mitoyen.

Cosgrove dénoua sa cravate et la jeta sur le lit.

— Enlevez-moi cette chose, dit-il en montrant la cravate de Charlotte.

Cette dernière regardait le lit immense, presque aussi large que long entre ses colonnes d'acajou chantournées qui supportaient le dais et les courtines de velours brun tissé de fils d'or. Son regard glissa sur la coiffeuse où étaient alignés brosses et peignes en argent, puis elle pivota dans un petit sursaut et entreprit de dénouer sa cravate.

Le valet ressortit du dressing avec plusieurs cravates bien amidonnées posées sur son avant-bras.

— Mettez ça sur la chaise, Leggatt.

Le domestique déposa chaque cravate sur le dossier avec une attention qui frisait la tendresse.

Cosgrove se planta devant la psyché.

— Allons, venez par ici.

Charlotte obéit.

Le comte lui prit sa cravate en mousseline et la jeta par terre. Pendant un instant, il la dévisagea entre ses paupières plissées, puis il sélectionna deux cravates parmi celles qui reposaient sur le dossier de la chaise et lui en tendit une.

— Voyons, quelque chose de simple... Un nœud de tonneau, par exemple. Regardez bien et imitez-moi. Vous la faites glisser sur votre col, comme ça... de façon que l'extrémité droite soit plus longue que la gauche...

Charlotte reproduisait ses gestes.

— Faites une boucle, puis repassez le bout par-dessus. Non, pas comme ça...

Il lui prit les mains pour les guider et lui montrer le mouvement correct.

— Vous voyez ?

— Oui...

Charlotte avait les joues en feu.

— Recommencez. Bien, maintenant tirez sur le bout gauche... oui, comme ça. Et serrez. Non, regardez ce que vous faites dans le miroir. Le nœud doit rester bien horizontal.

Charlotte s'approcha de la psyché et se battit pour caler le nœud sur sa pomme d'Adam.

— Comme ça, Monsieur ?

Cosgrove s'approcha de nouveau, tira sur le nœud, le rectifia. Ses doigts frôlaient le menton de Charlotte. Soudain, elle sentit son bidule frémir sous son pantalon. Cette sensation l'affola. Il n'allait quand même pas devenir tout dur en un moment pareil ?

« Je veux que mon bidule reste mou ! » souhaita-t-elle, paniquée.

À son grand soulagement, la magie fonctionna.

Cosgrove recula d'un pas pour l'examiner, puis secoua la tête.

— Non.

— Je devrais peut-être acheter un col tout simple à nouer ?

— Non, seuls les vicaires de campagne en portent. Regardez-moi et essayez encore.

Charlotte s'échina sur le nœud de tonneau pendant une demi-heure, les doigts gourds, le visage moite.

Ils n'étaient pas seuls dans la chambre – le valet faisait du rangement dans son coin –, et pourtant c'était incroyablement intime d'être aux côtés de Cosgrove devant la psyché dans laquelle se reflétait le lit. Elle avait une conscience aiguë de sa proximité, de son odeur fraîche, du timbre de sa voix. Elle avait des fourmis dans le menton et dans les doigts quand il la touchait, et son bidule n'arrêtait pas de réagir.

« Je veux qu'il reste mou, je veux qu'il reste mou ! » ne cessait-elle de scander dans sa tête.

Elle fit une dernière tentative avant de se regarder dans le miroir. Avait-elle réussi, cette fois ?

— Voilà, Monsieur.

Il l'étudia avec attention.

Tout à coup, elle eut envie de lui caresser le visage pour sentir le grain de sa peau. Cette envie – non, ce *besoin* – intense la choqua et son bidule tressaillit.

Elle serra les poings et dut de nouveau avoir recours à la magie pour apaiser son corps.

— Qu'en pensez-vous, Leggatt ?

Le valet, qui ordonnait les objets posés sur la coiffeuse, inclina la tête et pinça les lèvres avant de livrer son verdict :

— C'est acceptable, milord.

Cosgrove sourit.

— Savourez ce rare compliment, Albin.

— C'est vrai ? J'ai réussi ? fit Charlotte en portant la main à sa cravate.

— Ne touchez plus à rien !

Cosgrove lui avait saisi le poignet. Elle pria : « Mou. Mou. Tout mou ! »

Le comte alla récupérer une autre cravate sur le dossier de la chaise et la noua rapidement autour de son propre cou.

— Et voici le nœud en cascade, annonça-t-il.

Il pivota vers le miroir, apporta une infime modification au nœud, ajusta ses manchettes, puis se dirigea vers la porte.

— Venez, Albin.

Charlotte le suivit hors de la chambre. Dans la fraîcheur du couloir, elle pressa ses paumes contre ses joues, comme si elle pouvait forcer le sang à quitter son visage par la seule pression de ses mains.

Il fallait absolument qu'elle domine son trouble. Rougir à tout bout de champ était déjà pénible, mais surtout elle devait absolument maîtriser les réactions de son bidule !

Elle venait d'apprendre quelque chose : le sexe d'un homme devenait rigide en cas d'excitation.

L'image de Phillip Langford dans la chambre du bordel lui revint en mémoire.

*Mon bidule durcit parce que je suis émoustillée quand lord Cosgrove me touche.*

C'était une catastrophe.

Aujourd'hui, le comte avait mis ses rougissements sur le compte de la timidité. Mais demain ? S'il remarquait qu'elle se troublait chaque fois qu'il l'approchait... pire, s'il se rendait compte que son bidule se dressait... il comprendrait qu'elle était attirée par lui.

*Il me licenciera sur-le-champ.*

Elle devait absolument éradiquer ces émotions intempestives. « Grattez-vous où ça vous démange », lui avait-il conseillé. Mais comment faire ?

— Monsieur... vous m'avez dit que votre dernier secrétaire avait un logement non loin ?

— Oui, dans Chandlers Street. À trois minutes de marche d'ici.

— Pourriez-vous m'en donner l'adresse exacte ?

— Vous avez hâte de partir ?

— Je suis votre employé, Monsieur. Pas votre invité.

— Comme vous voudrez. C'est au numéro douze, si ma mémoire est bonne.

— Merci, Monsieur.

Charlotte était déterminée. Plus tôt elle quitterait cette maison, moins elle courrait le risque de se trahir.

Le comte insista pour l'accompagner – « Ma présence vous sera utile, jeune homme. » Il avait raison.

La logeuse, Mme Stitchbury, fut flattée de recevoir la visite d'un comte. Elle se laissa convaincre de louer son meilleur appartement, plus spacieux, plus ensoleillé et plus calme que celui du pauvre Lionel, pour le même loyer.

Le comte la remercia de son plus charmant sourire, et Mme Stitchbury devint cramoisie de contentement.

« Voilà à quoi je ressemble quand il me touche », songea Charlotte.

— Je peux emménager dès aujourd'hui, Monsieur.

— Demain suffira. Cela donnera le temps à Mme Stitchbury de préparer l'appartement.

— Bien sûr, milord, confirma la logeuse. Je vais demander aux bonnes de retourner le matelas et d'aérer le linge de lit. Et...

— Merci, madame Stitchbury.

Le comte s'inclina dans une élégante courbette. Mme Stitchbury rosit et plongea dans une profonde révérence, comme si elle était en présence d'une altesse royale. Cosgrove réprima un sourire, mais il avait retrouvé un visage impassible quand la logeuse se redressa.

Sur le chemin du retour, il lança :

— Alors, ne vous avais-je pas dit que ma présence vous serait utile ?

— Monsieur... vous n'avez pas arrêté de la flatter !

— Moi ? Albin, vous me peinez ! se récria Cosgrove, l'air innocent, la main sur le cœur.

Charlotte se trouva à court de mots. *Comment suis-je censée garder mon sang-froid quand il me regarde comme ça, avec ses yeux gris pétillants de malice ?*

— Lionel m'avait prévenu que Mme Stitchbury était une sotte prétentieuse. Exactement le genre de personne à se montrer obséquieuse si un comte lui rend visite.

Lorsqu'ils débouchèrent sur Grosvenor Square, toute trace d'humour disparut de son visage et, en l'espace d'une seconde, il parut vieillir de dix ans.

Charlotte suivit la direction de son regard.

La résidence avait l'air mélancolique avec ses vitres brisées qui laissaient des trous béants dans la façade.

— Il a cassé moins de fenêtres hier soir, remarqua Charlotte.

Cosgrove répondit d'un grognement.

Ils traversèrent la place. Charlotte dissimula un bâillement derrière sa main alors qu'ils gravissaient les marches du perron.

— Fatigué ? demanda Cosgrove. Ça ne m'étonne pas. Prenez le reste de la journée.

— Oh non, Monsieur. Vous me payez pour travailler, pas pour dormir. D'ailleurs, vous m'aviez interdit de suivre le vandale s'il recommençait.

— Et c'est maintenant que vous vous en souvenez ?

Penaude, Charlotte ravala un nouveau bâillement, mais le comte s'en aperçut.

— Au lit ! C'est un ordre, dit-il d'un ton sans réplique.

# 20

Charlotte regagna la chambre bleue. Au lieu de se mettre au lit, elle se dévêtit, ouvrit légèrement la croisée et se métamorphosa en oiseau. Non pas en moineau cette fois, mais en pigeon.

Cosgrove lui avait interdit de retourner à Whitechapel, mais elle ne lui avait rien promis. *Et puis, je n'y vais pas en tant que Christopher Albin, j'y vais sous la forme d'un pigeon.*

Elle suivit l'itinéraire emprunté la veille. Les toits de Londres défilaient sous ses ailes. Arrivée dans une ruelle proche de Cripple Lane, elle se posa et se changea en chien.

La puanteur était encore pire que dans son souvenir.

Elle s'aventura devant la taverne, renifla le sol. Sa truffe lui indiqua que trois hommes avaient été blessés là la veille, comme le lui confirma la tache sombre assaillie de mouches – à travers ses yeux de chien, elle ne voyait pas la couleur rouge, qui lui paraissait vaguement brune.

L'odeur du sang était forte, mais... oui, elle détectait aussi celle de l'homme qu'elle avait pisté la veille. Le briseur de vitres.

Elle suivit sa trace, tourna à l'angle de la rue et se retrouva dans une artère scindée en son milieu par un caniveau.

Des femmes étaient assises sur les perrons. Certaines allaitaient leurs nourrissons, d'autres buvaient du gin à la bouteille. Des hommes mal rasés, en groupes de deux ou trois, observaient les passants.

Charlotte trottinait. Un frisson lui parcourut l'échine, et elle comprit que son poil s'était hérissé. Un homme lui cracha dessus et voulut lui décocher un coup de pied, qui, heureusement, la manqua.

Elle accéléra l'allure, les oreilles pointées pour déceler le moindre danger. *Je peux toujours me changer en lion en cas de force majeure. Ou en une bête plus grosse encore. Un ours. Avec des griffes de dix centimètres.*

Trois rues plus loin, l'odeur de l'homme s'arrêtait devant une porte en bois brut. Charlotte renifla le seuil. Ici, l'odeur était particulièrement forte, comme si l'homme était passé par là des centaines de fois. Il devait habiter là.

Puis une autre odeur capta son attention. Son cœur se mit à palpiter. Un des deux types de Tewkes Hollow était venu là récemment !

Suivant cette nouvelle piste, elle remonta la rue, tourna vers l'ouest, dépassa deux pâtés de maisons, puis bifurqua vers le nord. Elle était de plus en plus excitée. Lord Cosgrove serait fou de joie si jamais...

Soudain, elle pila net.

Un chien lui barrait le passage. Énorme, le poil hérissé.

Charlotte remua la queue pour tenter de l'amadouer. Le molosse grogna, et ses babines se retroussèrent sur des crocs acérés.

Charlotte s'aplatit et recula lentement. *Tu vois, inutile de se battre, je m'en vais...*

Le molosse avança, les muscles bandés.

La queue entre les pattes, Charlotte s'enfuit par où elle était venue. Elle redescendit la rue et se jeta dans la première ruelle venue.

C'était une impasse, qui se terminait par un mur de briques.

Elle fit volte-face pour affronter le molosse. Son cœur battait à tout rompre. « Un ours ! cria une voix dans sa tête. Change-toi en ours ! »

La métamorphose s'opéra si vite qu'elle eut l'impression que les os lui jaillissaient du corps. Un instant, elle était un chien tremblant de peur et, la seconde d'après, elle était un grizzly.

Elle entendit l'aboiement étranglé qui s'échappait de la gorge du molosse, le crissement de ses griffes sur les pavés crasseux de la ruelle, puis... le silence.

Charlotte regarda autour d'elle. À présent, la rue lui semblait bien plus étroite. *Non, c'est moi qui suis plus grosse*.

Elle se transforma de nouveau en chien. Une odeur bizarre, forte et musquée, imprégnait l'air. Celle de l'ours. Elle retourna dans la rue principale, jeta un coup d'œil des deux côtés. Le molosse avait disparu.

Elle reprit la direction du nord, suivant l'odeur qui se précisait, devenait plus forte. À un moment donné s'y mêla celle du deuxième homme entrevu à Tewkes Hollow.

Les rues étaient maintenant plus animées. Des attelages passaient sur la chaussée entre les files de piétons. Des vendeurs ambulants proposaient leurs marchandises dans des paniers, sur des étals, des charrettes. Ils interpellaient le chaland, insultaient Charlotte quand elle passait devant eux, lui lançaient des pierres.

Plus loin, la piste se divisait : l'une partait vers le nord, l'autre vers l'ouest, la troisième vers l'entrée d'une taverne.

Charlotte alla renifler le seuil. L'odeur des deux types de Tewkes Hollow était bien présente. Haletante, elle s'assit.

La piste se poursuivait au-delà de la taverne, comme un fil invisible qui l'aurait certainement conduite à leur domicile. Elle hésitait pourtant à la suivre. Ces rues n'étaient décidément pas sûres pour un chien.

*Je continue ou je reviens plus tard* ?

S'arrêter maintenant ressemblait à un aveu d'échec. Ces types habitaient peut-être à quelques dizaines de mètres de là...

*Oui, ou bien à une lieue.* Et elle avait encore un bon bout de chemin à faire pour rentrer à Grosvenor Square en volant.

Elle leva les yeux vers l'enseigne de la taverne : *Le Cochon qui siffle.*

La porte s'ouvrit à cet instant. Une femme vêtue d'un tablier sale apparut et lança le contenu d'un seau dans le caniveau.

— Fiche-moi le camp, sale bête ! cria-t-elle.

Charlotte s'enfuit.

Plus tard. Elle reviendrait plus tard sous la forme d'un homme et poserait des questions.

De retour chez le comte, Charlotte se mit au lit. Elle bâilla si fort que sa mâchoire craqua, s'endormit sur-le-champ et ne se réveilla qu'en fin d'après-midi. Presque 17 heures ! Lord Cosgrove allait la prendre pour la pire feignante de tout l'Empire !

Mais, lorsqu'elle descendit vêtue des habits d'Albin, sa cravate bien nouée autour du cou, elle découvrit que le comte était absent.

Elle alla voir dans son bureau s'il lui avait laissé du travail, mais ne trouva rien.

*Il m'a donné mon après-midi.*

— Voulez-vous du thé, monsieur Albin ? lui proposa le valet.

— Volontiers. Dans le salon de musique, s'il vous plaît.

Elle était au beau milieu d'une sonate et le thé avait refroidi dans la théière quand le majordome entra dans le salon, l'air perturbé.

Charlotte cessa de jouer.

— Qu'y a-t-il, Fellowes ?

— M. Langford est ici. Il a dit qu'il allait attendre le comte dans son bureau. Je lui ai suggéré la bibliothèque, mais il a refusé.

Charlotte se leva aussitôt.

— J'ai du travail à faire dans le bureau.

— Merci, monsieur Albin, dit le majordome, visiblement soulagé.

Charlotte retourna dans le bureau et découvrit Phillip Langford en train de farfouiller dans un tiroir.

— Puis-je vous aider, Monsieur ? s'enquit-elle d'un ton sec.

Langford sursauta et referma vivement le tiroir.

— Non. Allez-vous-en.

— Pardon, mais lord Cosgrove m'a demandé de vérifier les comptes.

Charlotte alla chercher un registre sur l'étagère et le laissa tomber sur le plateau du bureau dans un claquement sonore. Puis elle recula la chaise pour s'installer, obligeant Langford à se décaler.

— Vous n'aurez qu'à le faire plus tard, pesta-t-il.

— Lord Cosgrove a insisté pour que je termine aujourd'hui.

Langford désigna le petit secrétaire en acajou.

— Alors prenez l'autre bureau ! C'est bien le vôtre, non ? Celui qui vous sert à faire vos petits calculs minables ?

Il sentait l'alcool.

— Lord Cosgrove me permet d'utiliser son bureau en son absence.

— J'étais là le premier !

Il ressemblait tant à un gamin capricieux que Charlotte dut réprimer un sourire. Langford s'en aperçut.

— Je vous interdis de ricaner ! Vous n'êtes qu'un vulgaire domestique.

Charlotte ne releva pas l'insulte. Elle ouvrit le registre et fit courir son index le long d'une colonne comme si elle compulsait les chiffres.

Du coin de l'œil, elle vit Langford serrer les poings.

— Je n'ai jamais vu pareille insolence ! brailla-t-il. Puisque vous êtes là, dites-moi dans quel tiroir Cosgrove range son argent liquide. Il me faut cinq cents guinées.

Charlotte tourna une page du registre et répondit d'une voix polie, quoique teintée d'ennui :

— Je vous suggère d'attendre le retour de lord Cosgrove.

Langford tendit la main vers un tiroir. D'un geste vif, Charlotte plaqua sa main dessus.

— Je vous ai dit d'attendre.

— Comment osez-vous ? Je suis l'héritier du comte. Il ne ferait aucune difficulté pour me donner cet argent.

*J'en doute fort.*

— Je vous ordonne d'ouvrir ce tiroir !

Charlotte le regarda sans ciller, comme si elle était sourde. Langford repoussa sa main et tira si fort sur la poignée que le tiroir jaillit de son logement et tomba par terre. Le contenu s'éparpilla sur le tapis.

Charlotte se leva d'un bond, les poings serrés – veillant à laisser ses pouces libres, comme le comte le lui avait appris.

— Voyons, les garçons, ne vous battez pas.

C'était la voix de Cosgrove.

Debout sur le pas de la porte, il avait toujours ses gants et son chapeau.

Rougissante, Charlotte laissa retomber ses mains.

Langford pivota en chancelant légèrement.

— Il me faut de l'argent, Cosgrove.

— Vraiment ? Combien ? fit le comte en ôtant son chapeau.

Le ton était désinvolte, mais il n'y avait rien de bienveillant dans son expression. Il était en colère, même s'il se contenait.

— Cinq cents guinées. Une paille pour vous !

Une paille ? C'était plus que Charlotte ne gagnerait en deux ans. Elle eut beaucoup de mal à ne pas trahir son indignation.

Le comte vint déposer son chapeau sur le bureau.

— Vous vous rappelez ce que je vous ai dit la dernière fois que vous êtes venu me demander de l'argent, Phillip ?

Langford s'empourpra.

— Oui, j'ai l'impression que vous vous en souvenez, murmura Cosgrove en retirant un gant. Eh bien, ma réponse est toujours la même.

— Soyez maudit ! Que représentent cinq cents guinées pour vous ? Vous êtes riche comme Crésus !

— Peut-être. Pour autant, je ne financerai pas vos débauches.

Le visage de Langford enfla sous l'effet de la fureur. Il se tourna vers la vitrine la plus proche et envoya son poing dans la porte en verre, qui vola en éclats.

— Cocu ! éructa-t-il.

Cosgrove ne réagit ni à l'insulte ni à la détérioration de son mobilier. Il semblait calme et détaché.

— J'espère que vous allez crever ! lança encore Langford avant de se précipiter vers la porte.

Un long silence retomba après son départ. Cosgrove croisa le regard de Charlotte et esquissa un sourire empreint de lassitude. Puis il remarqua d'un ton sardonique :

— Il est vraiment temps que je me remarie et que j'aie des enfants, ne serait-ce que pour empêcher cet imbécile de me succéder. Ce serait horrible, pas vrai ?

Charlotte ne répondit pas. Le sujet, à son avis, ne se prêtait pas à la plaisanterie.

Cosgrove parut se ressaisir et maîtriser sa colère. Son visage devint moins anguleux, son regard perdit sa dureté.

À pas lents, il contourna le bureau, s'arrêta devant le tiroir qui gisait sur le sol.

— Vous avez défendu mon bien bec et ongles, Albin.

— Il fouillait dans vos affaires, Monsieur !

Charlotte s'agenouilla et entreprit de ramasser les objets épars sur le tapis.

— Dans ce cas, je vous remercie d'être intervenu.

Le comte se baissa pour récupérer le tiroir et le remit en place avant d'ajouter :

— En tout cas, sachez que mon argent est sous clé – j'ai appris à le mettre hors de portée de Lavinia. Ce qui me fait penser... Il faut que je vous donne la clé.

— À... À moi, Monsieur ?

— Vous aurez sans doute à effectuer des règlements de temps en temps. Fellowes et Mme Maby ont quelques liquidités, mais certaines dépenses excèdent leurs possibilités.

Puis, désignant le registre posé sur le bureau, il demanda :

— Qu'est-ce que c'est que ça ? Ne vous ai-je pas donné votre après-midi ?

— C'était juste un prétexte, Monsieur. Je ne voulais pas laisser M. Langford seul ici.

— En effet, cela n'aurait pas été prudent.

Elle rangea dans le tiroir les objets qu'elle venait de ramasser : un pot de cire à cacheter, du papier brouillon, deux encriers et une poignée de plumes neuves.

De son côté, le comte alla remettre le registre à sa place sur l'étagère. Puis il sortit une petite clé de sa poche et la tendit à Charlotte.

— Tenez, prenez ça.

Charlotte accepta la clé, encore tiède de la chaleur du comte.

— Vous n'en aurez pas besoin, Monsieur ?

— J'en ai une autre à l'étage.

Cosgrove s'approcha d'un grand meuble en acajou, en ouvrit la porte et tapota l'un des tiroirs.

— Elle ouvre celui-ci.

— Mais êtes-vous sûr…

— Vous n'avez pas l'intention de me dévaliser, Albin ?

— Oh non, Monsieur !

Souriant, il reprit ses gants et son chapeau et, ce faisant, baissa les yeux sur les débris de verre épars sur le tapis.

— Il va encore falloir appeler le vitrier, soupira-t-il avant de s'en aller.

Charlotte demeura immobile, la clé tiède au creux de la main. Le besoin physique de toucher Cosgrove devenait si fort qu'il en était presque douloureux. Elle ferma les yeux. *Je dois absolument contrôler ça, sinon je vais tout perdre*.

# 21

*22 octobre 1805*
*Londres*

Charlotte posa sa plume et agita ses doigts engourdis. Les muscles de sa poitrine, de ses épaules et de ses bras étaient courbatus depuis qu'elle avait survolé la ville.

Elle jeta un coup d'œil à lord Cosgrove.

Une semaine plus tôt, il lui avait proposé ce poste et, à la vue de ses égratignures et ecchymoses, elle avait failli refuser.

Aujourd'hui, son visage était guéri, et elle savait qu'elle avait fait le bon choix. Pour rien au monde elle n'aurait voulu être ailleurs.

Elle l'observa un moment à la dérobée, notant tous les détails – le tracé nerveux de sa plume tandis qu'il rédigeait son prochain discours, son front plissé par l'effort de concentration, ses sourcils sombres. Ses doigts se crispèrent. Elle mourait d'envie de le toucher. Cela déclenchait une sensation lancinante, viscérale, dans sa poitrine et sa gorge.

*Grattez-vous où ça vous démange.*

Elle s'obligea à détourner les yeux et porta son attention sur le cadran de l'horloge et la petite aiguille qui suivait son chemin.

— Monsieur ? Il est 15 heures.

Le comte écrivit encore quelques mots, les relut, puis les biffa d'un trait de plume.

— Monsieur ? reprit Charlotte d'une voix plus forte. Vous allez être en retard chez Gentleman Jackson.

Cosgrove releva la tête en clignant des yeux.

— Ah, merci, Albin.

Pendant qu'il rassemblait ses notes, Charlotte se mit à triturer sa plume.

— Monsieur... j'ai fini de vérifier les comptes du Dorset. Puis-je emporter mes affaires dans l'appartement de Chandlers Street ?

— Hein ? Ah oui, bien sûr. Vous commencerez les comptes du Somerset à votre retour.

Vingt minutes plus tard, après avoir déposé sa valise et son sac de voyage chez Mme Stitchbury, Charlotte héla un fiacre.

— Au *Cochon qui siffle*, dans Aldgate High Street, indiqua-t-elle au cocher.

Elle se sentait soudain très téméraire.

La nervosité la gagna à mesure que le fiacre traversait la ville. Elle marmonna à voix basse ce qu'elle comptait dire, comme le comte quand il répétait un discours. Le fiacre venait de s'engager dans Aldgate High Street lorsqu'elle se rendit compte que les Smith risquaient de la reconnaître dans la peau du secrétaire de lord Cosgrove. Qui sait s'ils n'avaient pas surveillé la maison, s'ils ne l'avaient pas vu sortir en compagnie du comte ?

Une bouffée de panique l'envahit. Puis elle se rappela le sortilège et pensa : « Je veux avoir des cheveux bruns et raides. Et une grosse tête. »

Les picotements familiers parcoururent son cuir chevelu, ses joues, son menton.

Le fiacre s'immobilisa devant la taverne.

« Je peux le faire », se dit-elle en prenant une profonde inspiration.

Elle rabattit le bord de son chapeau sur son visage pour éviter que le cocher remarque son changement d'apparence. Mais l'homme ne s'intéressait qu'aux pièces qu'elle venait de sortir de sa poche.

— Veuillez m'attendre ici, s'il vous plaît. J'en ai pour dix minutes tout au plus.

À l'intérieur de l'établissement régnait une atmosphère confinée qui prenait à la gorge.

Charlotte respirait par petits à-coups. Sa vision s'acclimata lentement à la faible luminosité. Elle se trouvait dans une salle commune aux poutres apparentes et au plancher nu. Une dizaine d'hommes étaient installés là, occupés à vider des chopes. Elle scruta leurs visages. Aucun ne ressemblait aux deux types de Tewkes Hollow.

Un client remarqua sa présence et donna un coup de coude à son compagnon, qui se tourna pour la fixer. Charlotte résista à l'envie de se toucher le visage. Avait-elle bien l'allure d'un homme ordinaire ?

Mais c'était sa tenue qui avait attiré l'attention des deux hommes : ses bottes bien cirées et son nœud de cravate sophistiqué.

*Je suis trop bien habillée*.

Elle respira un petit coup par le nez avant de se diriger vers le comptoir.

— Qu'est-ce que j'vous sers ?

C'était la même femme vêtue du même tablier crasseux qui lui avait crié dessus la veille. Les coutures de sa robe délavée paraissaient sur le point de se déchirer.

Charlotte retira son chapeau et s'inclina dans une courbette.

— Bonsoir, madame.

La femme gloussa.

— *Madame* ? Vous entendez ça, vous autres ? Prenez-en de la graine !

Un client lui répondit d'une boutade que Charlotte ne comprit pas vraiment. De gros rires s'élevèrent et le visage joufflu de la femme s'empourpra.

— Faites pas attention, m'sieur. Ce sont rien que des malotrus. Qu'est-ce que j'peux faire pour vous ?

Charlotte sortit un shilling de sa poche, le fit glisser sur le comptoir tout en gardant l'index dessus.

— J'espérais que vous pourriez m'aider, madame.

— Ah oui ? À quel sujet ?

— Je cherche deux hommes qui, je le pense, sont des clients réguliers de votre établissement. Grands, forte carrure, un peu plus âgés que moi.

La femme renifla.

— C'est un peu vague. Dit comme ça, ça pourrait être n'importe qui.

— Peut-être sont-ils connus sous le nom de Smith.

— Smith ? répéta la taulière en plissant les paupières.

— Ce nom vous dit quelque chose ?

— P't-être ben que oui, p't-être ben que non. Qu'est-ce que vous leur voulez ?

Elle attrapa un chiffon dans la poche de son tablier et entreprit de nettoyer le comptoir.

— Mon patron a du travail pour eux. Quelqu'un les lui a chaudement recommandés.

— Vous voulez les embaucher ? Y s'pourrait bien que ce soit Abel et Jeremiah Smith. Ils viennent souvent boire un coup ici.

— Sont-ils ici ce soir ? demanda Charlotte en jetant un coup d'œil par-dessus son épaule.

— Non, pas ce soir.

— Pouvez-vous me les décrire ?

La femme haussa les épaules.

— Grands et costauds. À part ça… y'a pas grand-chose à dire.

— Dans quelle branche sont-ils ?

— Abel et Jeremiah ? Ma foi, ils font tout ce qu'on leur demande, du moment que ça rapporte. Ils sont pas vraiment regardants.

La femme eut un petit rire.

— Savez-vous s'ils acceptent de travailler en dehors de Londres ?

— Je sais qu'ils étaient pas en ville avant-hier. Ils étaient occupés ailleurs.

*Oui, et je sais bien où : à Hazelbrook.*

Charlotte s'efforça de ne pas trahir son excitation. Elle abandonna le shilling sur le comptoir, et la femme s'en empara d'un geste avide.

— Puis-je leur laisser un mot par votre entremise, madame ? Si vous avez une plume et du papier...

— Abel et Jeremiah savent pas lire. Dites-moi ce que vous voulez, et j'ferai passer le message.

Charlotte se pencha et reprit à voix basse, pour sous-entendre que tout cela n'était pas vraiment légal :

— Pourriez-vous, s'il vous plaît, leur dire que quelqu'un voudrait acheter leurs services ? Mon patron pense qu'ils sont qualifiés pour ce travail. Et, bien sûr, ils seront généreusement rétribués.

— J'leur dirai, soyez tranquille.

La femme rangea son chiffon dans sa poche.

— S'ils sont intéressés, ils peuvent me joindre...

Charlotte hésita. Elle ne voulait pas donner sa véritable adresse aux Smith.

— En fait, je repasserai demain pour connaître leur réponse.

— Comme vous voudrez, m'sieur.

— Quel est votre nom, madame ?

— Sally Westrup. *Madame* Sally Westrup, précisa-t-elle en gloussant.

— Merci beaucoup, madame Westrup.

Charlotte s'inclina de nouveau avec respect.

— Merci à vous, monsieur, répondit la taulière en rougissant de plaisir.

Pour un peu, Charlotte aurait sautillé sur la banquette du fiacre comme un gamin surexcité. *J'ai réussi !* Elle connaissait maintenant le nom complet des deux individus : Abel et Jeremiah Smith.

Elle était fière d'elle. Dans la peau de Christopher Albin, elle s'enhardissait, prenait confiance. Jamais Charlotte Appleby n'aurait osé s'aventurer seule dans une taverne comme *Le Cochon qui siffle*. Albin, lui, en avait eu le courage, et il y avait recueilli de précieuses informations.

Une bulle de bonheur gonfla dans sa poitrine tandis qu'elle imaginait la réaction de lord Cosgrove quand elle lui annoncerait...

Soudain, son euphorie retomba d'un coup.

Qu'allait-elle lui dire au juste ? Elle ne voulait pas lui mentir, mais elle ne pouvait pas non plus lui dire la vérité.

*Je vais lui avouer que je lui ai désobéi. Que je suis retournée à Whitechapel et que j'ai posé des questions qui m'ont amenée au* Cochon qui siffle.

Il serait furieux, mais elle ne craignait pas sa colère. Il n'allait pas la gifler comme sa tante Westcote. Ni lui crier dessus et l'envoyer au lit en la privant de dîner.

Charlotte renvoya le fiacre au niveau de Duke Street et poursuivit à pied jusqu'à Grosvenor Square.

En sifflotant, elle gravit les marches du perron et salua le majordome d'un sourire en enlevant son chapeau.

— Bonsoir, Fellowes. Le comte est-il rentré ?

Le majordome lui jeta un regard hautain.

— Et qui dois-je annoncer, monsieur ?

Charlotte lui jeta un regard ahuri.

— Comment ?

Puis elle surprit son reflet dans le miroir du vestibule. Cheveux bruns et raides. Grosse tête.

*Mon Dieu, je ne suis pas Christopher Albin !*

— Oh... je vous demande pardon, je... je me suis trompé de maison !

Elle enfonça son chapeau sur son crâne, rouvrit la porte et s'enfuit dans la rue.

Elle courut sans s'arrêter jusqu'à perdre la place de vue. Son cœur battait la chamade. Comment avait-elle pu oublier qu'elle avait changé d'apparence à Aldgate ?

Elle se remit dans la peau de Christopher Albin, si choquée que sa peau lui semblait gelée. Même ses poumons paraissaient paralysés et l'empêchaient de respirer librement.

*Quelle idiote !*

Le crépuscule tombait sur les toits, leur donnant la même couleur que le ciel. Un vent glacé balayait la rue. Les bras croisés, le dos courbé, Charlotte hésitait à retourner chez le comte. Fellowes risquait de remarquer qu'elle portait les mêmes habits que l'étrange inconnu qui venait de frapper à la porte. Mais elle était aussi censée s'occuper des comptes du Somerset...

Dansant d'un pied sur l'autre, elle frissonnait dans les bourrasques. Cosgrove devait être au club de boxe. Son loyal secrétaire, porteur de bonnes nouvelles, n'avait-il pas le droit de le rejoindre là-bas ?

Elle héla un fiacre :

— Chez Gentleman Jackson, s'il vous plaît.

Charlotte avait espéré profiter du temps de trajet pour se ressaisir. Hélas, le fiacre la déposa devant le club seulement trois minutes plus tard.

Elle descendit de voiture et regarda autour d'elle.

— Mais où...

— Là-bas, indiqua le cocher en montrant une entrée de l'autre côté de la rue.

— Merci.

Elle régla la course, puis traversa la chaussée en tiraillant sur sa cravate. Elle avait la gorge serrée. Nerveuse, elle frappa à la porte.

Au bout d'un moment, un domestique lymphatique vint lui ouvrir et annonça :

— Nous sommes fermés en hiver.

— Je suis le secrétaire de lord Cosgrove.

Avec un haussement d'épaules, le domestique s'effaça sur le seuil.

— Est-il ici ?

— Il s'entraîne avec le Gentleman.

— Hum... où dois-je...

— Là-bas.

Le domestique lui montra la direction du pouce, en réprimant un bâillement. Charlotte se retrouva devant une porte entrouverte, devant laquelle elle s'immobilisa. Elle entendait le craquement des lattes de plancher, le frottement des semelles et les ahans des lutteurs.

Elle hésita, prit une profonde inspiration – *Albin est tout excité, il apporte une bonne nouvelle.* Puis elle entra.

Elle se figea aussitôt et retint son souffle.

Les deux hommes étaient torse nu.

L'homme qui affrontait le comte devait être Gentleman Jackson, le champion d'Angleterre. Mais ce n'était pas lui que Charlotte regardait. Elle était comme hypnotisée par le comte.

Il ne ressemblait en rien à Phillip Langford, si rondouillard et flasque. Tel Héraclès, il avait un corps magnifique, à la fois mince et puissant, aux muscles noueux, aux membres fuselés.

Les deux adversaires se tournaient autour, sautillaient sur leurs pieds légers et se portaient des coups de leurs gants rembourrés. Cosgrove avait les cheveux humides. Un voile de transpiration luisait sur sa peau.

Chacun restait concentré sur l'autre, et ils n'avaient pas remarqué la présence de Charlotte.

Une ligne de poils bruns courait sur l'abdomen de Cosgrove et disparaissait sous la ceinture de son pantalon. Cette vision fit rougir Charlotte. C'était si intime, cette ligne de poils qui descendait vers son bas-ventre…

Cela éveillait chez elle un désir intense, presque douloureux.

Le sexe, qui lui avait paru une activité si grotesque chez Mme Henshaw, ne serait pas répugnant avec Cosgrove, elle le pressentait. Comme ce serait excitant d'explorer ce corps superbe, de découvrir la texture de sa peau ! Et ces poils qui ombraient son ventre, seraient-ils doux ? Rêches ?

Elle voyait ses muscles bandés, et sous la peau le dessin des omoplates, des côtes, la longue ligne des vertèbres…

*J'ai tellement envie de le toucher.*

Non, ce n'était pas une simple envie. C'était un besoin impérieux, incontrôlable.

Charlotte se rendit compte que son bidule s'était dressé et formait une bosse sous son pantalon. Horrifiée, elle activa sa magie et l'érection retomba. Une sueur froide l'inonda. Et si Cosgrove s'était retourné à cet instant ? S'il l'avait surprise dans cet état ?

Se gratter là où ça la démangeait. C'était bien joli, mais elle ne pouvait pas. Pas dans la peau de Christopher Albin, en tout cas. Et pas avec lord Cosgrove.

L'idée germa dans son cerveau en une fraction de seconde. *Je peux le faire dans mon propre corps. Celui de Charlotte Appleby.*

Elle ne vit pas le coup qui mit un terme au combat. Le comte recula dans un rire qui concédait sa défaite.

Un domestique dont Charlotte n'avait pas remarqué la présence s'avança pour détacher les gants de Cosgrove et lui tendre une serviette. Puis il se tourna pour aider le champion.

Cosgrove était en train de s'éponger le visage quand il aperçut Charlotte.

— Albin ? Mais que faites-vous là ?

Charlotte dut déglutir deux fois avant de retrouver sa voix.

— Je vous apporte une bonne nouvelle, Monsieur.

— Vraiment ? À quel sujet ?

— Les deux individus de Tewkes Hollow.

L'intérêt de Cosgrove s'éveilla aussitôt.

— Eh bien ?

Charlotte s'approcha. Elle jeta un coup d'œil du côté de Gentleman Jackson et du domestique, avant de chuchoter :

— Puis-je parler librement, Monsieur ?

— Non, vous avez raison.

La sueur ruisselait sur ses tempes. Il s'essuya d'un revers de main. Charlotte pouvait voir une veine palpiter au creux de sa gorge. Elle avait tellement envie de le toucher à cet endroit que ses mains bougèrent malgré elle.

Cosgrove lui posa la main sur l'épaule et se tourna vers le boxeur.

— Jackson, voici le jeune homme dont je vous ai parlé.

Il poussa légèrement Charlotte pour la faire avancer au centre de la salle.

Âgé d'une trentaine d'années, Gentleman Jackson n'avait aucun charme particulier, mais un torse incroyablement musclé. Il considéra Charlotte de la tête aux pieds, puis opina :

— On devrait pouvoir en faire quelque chose.

Charlotte ne songeait qu'à la main du comte posée sur son épaule. L'odeur musquée de sa transpiration avait sur elle un effet qui accentuait encore la sensation d'oppression dans sa poitrine et dans sa gorge.

Elle aurait voulu poser la joue contre la poitrine de Cosgrove. Respirer son parfum. Goûter sa peau.

Une chaleur insidieuse se répandait dans son bas-ventre. *Mou. Tout mou !*

— Il doit apprendre à se défendre, dit Cosgrove.

— Je peux lui donner des cours, acquiesça le Gentleman. Dès la semaine prochaine ?

— Merci infiniment, dit le comte en lâchant l'épaule de Charlotte.

— Oui... merci, monsieur, bredouilla-t-elle en inclinant le buste face au boxeur.

— Albin, attendez-moi, j'en ai pour un instant.

Cosgrove disparut dans le vestiaire.

Charlotte déambula dans la salle, observant les tableaux accrochés aux murs, les balances, les poids, les espaliers en bois.

*Grattez-vous là où ça vous démange.*

Oserait-elle ?

Elle s'arrêta devant le portrait d'un boxeur, sans vraiment le voir.

Charlotte Appleby n'existait plus. Elle n'avait pas à préserver sa réputation. Si elle perdait sa vertu, qui s'en soucierait ?

*Oserai-je ?*

Cosgrove n'avait pas fermé la porte du vestiaire. Elle glissa un coup d'œil par l'entrebâillement et l'aperçut en train de se sécher énergiquement les cheveux et le torse à l'aide d'une serviette. Une nouvelle bouffée de désir l'envahit.

Oserait-elle ? Ou pas ?

Cette attirance irrésistible grandissait un peu plus chaque jour. Si elle voulait rester son secrétaire, elle devait reprendre le contrôle. Elle n'avait pas le choix.

Cosgrove enfila sa chemise, boutonna son gilet. Il prit une minute pour nouer sa cravate devant le miroir, puis se passa les doigts dans les cheveux pour les peigner rapidement.

Charlotte l'observait, rongée de frustration. *Je vais devenir folle si je ne peux pas le toucher !*

Dans la foulée, elle prit sa décision.

Cosgrove enfila sa redingote et revint dans la salle de sport.

— Allons-y, ordonna-t-il.

# 22

La nuit était tombée. Le vent glacé qui balayait Old Bond Street cinglait la peau, comme pour annoncer une averse de grésil. Marcus allongea le pas, impatient de rentrer.

« Une bonne nouvelle », avait dit Albin. Quelle bonne nouvelle ? La question faisait des ricochets dans son cerveau.

Il pressa encore l'allure. Berkeley Square. Mount Street. Charles Street. Albin courait presque pour suivre le rythme. Les portes cochères s'ouvraient de chaque côté de la chaussée, telles des cavernes béantes. On apercevait au loin les lumières des lampadaires de Grosvenor Square. *Quelle bonne nouvelle ?*

Une silhouette sombre plongea soudain sur lui. Des mains le saisirent et le projetèrent au sol. L'impact lui coupa le souffle.

— Monsieur ! cria Albin.

L'instinct reprit le dessus. Dans un grondement rageur, Marcus se débattit à coups de pied et de poing pour se libérer de son assaillant.

Il détecta un mouvement autour de lui – un deuxième assaillant. Quelque chose siffla dans l'air et heurta les pavés tout près de sa tête. Des éclats de pierre le frappèrent au visage.

Il réussit à gonfler ses poumons et perçut l'odeur de son ennemi – sueur, bière –, qui réveilla le souvenir de l'attaque de St. James's Park.

Dans un rugissement, il parvint à se dégager, bondit sur ses pieds et agrippa l'homme. *Bon Dieu, cette fois tu ne t'en tireras pas comme ça !*

Ils luttèrent un moment au corps-à-corps.

Soudain, il entendit des cris et un bruit de course. Des lumières oscillaient dans la nuit un peu plus loin.

L'homme le repoussa violemment. Marcus perdit l'équilibre une fraction de seconde, mais cela suffit pour qu'il lâche prise et tombe à genoux.

Lorsqu'il se releva, le type avait filé.

Albin et le deuxième larron luttaient l'un contre l'autre. Au moment où Marcus allait se jeter sur l'individu, son pied dérapa sur un objet rond et il tomba en arrière, s'étala sur les pavés et resta un instant immobile, sonné.

Un palefrenier et un cocher arrivaient en courant avec des lanternes.

Marcus s'assit par terre.

— Bon Dieu de bois ! jura-t-il.

— Êtes-vous blessé, monsieur ?

Albin s'était agenouillé devant lui. Il était tout pâle et sa voix vibrait d'angoisse.

— Seul mon orgueil en a pris un coup, rétorqua Marcus en se relevant.

— Mais vous saignez...

— Ah bon ?

Marcus porta la main à son front et sentit un liquide chaud couler. Il se tourna vers les deux hommes.

— Vous nous avez sauvés. Merci, nous vous devons une fière chandelle.

— Des voyous... ici... à cette heure ! s'exclama le cocher, sidéré.

Marcus ramassa son chapeau, qui était tout écrasé. Albin se pencha également.

— Ils avaient une matraque, dit-il en montrant l'objet qu'il venait de récupérer par terre.

Marcus fouilla dans sa poche et donna une guinée en or à chacun des deux hommes.

— Merci d'être intervenus, dit-il encore.

— De rien, milord. Seigneur, mais dans quel monde vit-on !

L'obscurité enveloppa les deux hommes tandis qu'ils s'éloignaient avec leurs lanternes. Marcus essuya son front ensanglanté à l'aide de son mouchoir.

— Monsieur… cette matraque… Ils auraient pu vous tuer ! bégaya Albin.

— Mais non, voyons.

— Bien sûr que si !

— On ne me tue pas si aisément.

Marcus ne fanfaronnait plus autant cinq minutes plus tard, alors qu'il considérait son chapeau écrabouillé posé à côté de la matraque sur son bureau.

S'il avait reçu le coup en pleine tête…

— Ces hommes voulaient nous détrousser, Monsieur ?

— Je ne pense pas. Je suis presque certain qu'il s'agissait des gars qui m'ont agressé dans St. James's Park.

— Ils vous attendaient, alors ?

— Je vais chez Jackson deux ou trois fois par semaine et je rentre à pied, toujours par le même chemin, à la même heure.

Marcus saisit la matraque et remarqua les entailles à l'endroit où le bois avait heurté les pavés.

— C'est vous qui lui avez arraché cette arme, Albin ?

— Oui, Monsieur.

— Merci.

Son secrétaire ne parut pas l'entendre. Il se pencha en avant, les mains posées sur le bureau.

— Monsieur, hier M. Langford a souhaité votre mort, et ce soir on vous attaque. Croyez-vous que ce soit une coïncidence ?

Marcus soupesa la lourde matraque tout en réfléchissant à la question d'Albin.

— Et ne pensez-vous pas que s'il avait un besoin d'argent si pressant, c'était pour payer ceux qu'il a chargés d'incendier la serre ? insista le jeune secrétaire.

Marcus songea aux différents événements qui s'étaient produits : l'incendie, l'altercation avec Phillip, cette nouvelle agression…

— C'est possible, en effet, admit-il.

Mais Phillip le haïssait-il au point d'orchestrer son assassinat ?

*Non, bien sûr que non.*

Chassant ces interrogations, il reposa la matraque sur le bureau.

— Personne n'essaie de me tuer. Il ne s'agit que d'intimidation. Maintenant, parlez-moi de cette bonne nouvelle, Albin.

— Il faut d'abord soigner cette blessure, Monsieur.

— Puis-je vous rappeler que c'est moi qui donne les ordres ici, et pas vous ? remarqua Marcus, amusé.

— Vous saignez.

— Ce n'est qu'une égratignure.

Marcus s'approcha de la desserte, déboucha une carafe et remplit deux verres de cognac. Puis il revint près de la cheminée et désigna un fauteuil.

— Asseyez-vous et dites-moi tout.

Albin accepta le verre qu'il lui tendait et, après avoir pris une profonde inspiration, obéit.

— Cet après-midi, après avoir déposé mes affaires à Chandlers Street…

Il but une gorgée de cognac, avant de poursuivre :

— J'ai été approché par une dame qui disait vouloir vous communiquer une information. Le nom des hommes qui ont mis le feu à la serre.

— Hein ?

— Elle n'a pas voulu me le révéler, elle souhaite que vous la rencontriez en personne.

— Mais qui est-ce ? Comment s'appelle-t-elle ?

— Elle a refusé de me le dire, Monsieur.

— Pouvez-vous la décrire ?

Albin secoua la tête.

— Elle portait une voilette.

— Jeune ? Âgée ?

— Jeune.

— Que réclame-t-elle en échange de cette information ?

Albin avala une autre gorgée de cognac, s'étrangla et se mit à tousser.

— Elle n'a rien précisé à ce sujet, Monsieur.

— Où suis-je censé la rencontrer ? Ici ?

— Elle a dit... si vous étiez d'accord... qu'elle me tiendrait au courant du moment et du lieu.

— Elle ne veut pas venir chez moi ?

— Non, Monsieur.

— Et comment saura-t-elle si je suis d'accord pour la rencontrer ?

— Je dois lui laisser un message ce soir à mon appartement.

— Elle veut bien aller chez vous, mais pas chez moi ?

— C'est cela, Monsieur.

Marcus but à son tour une lampée de cognac tout en réfléchissant à ce qu'Albin venait de lui révéler. Il n'arrivait qu'à une seule conclusion possible :

— C'est un piège.

— Non, je ne pense pas. Elle semble vraiment vouloir vous aider. Je la crois sincère, Monsieur.

Marcus fit tourner le cognac dans son verre. Finalement, il haussa les épaules.

— Bon, très bien. Alors dites-lui que je la verrai ce soir à minuit.

— Ce... Ce soir ? Mais vous êtes blessé, Monsieur. Ne vaudrait-il pas mieux...

— Arrêtez de jouer les infirmières, Albin. Je vais très bien. Et maintenant, si vous voulez bien m'excuser...

Marcus avala le reste de son cognac avant de se lever. Il avait besoin d'un bon bain pour se débarrasser de toute cette sueur et de ce sang coagulé.

Marcus redescendit une heure plus tard et trouva le bureau désert.

Il se servit un autre verre de cognac et s'assit devant la matraque, qu'il retourna entre ses mains. Depuis six mois, il s'efforçait de comprendre qui était à l'origine des actes de vandalisme. Et, en trois jours, Albin avait découvert trois faits marquants. Les deux types de Tewkes Hollow. La piste qui conduisait à Cripple Lane. Et la mystérieuse femme voilée.

Marcus abandonna la matraque pour siroter son cognac. Il frémissait d'impatience. Les réponses étaient à portée de main. Bientôt, il saurait. Qui. Et pourquoi.

Un bruit de pas résonna dans le couloir. Albin pénétra dans le bureau et referma la porte.

— Alors ? Accepte-t-elle de me rencontrer ce soir ? s'enquit Marcus.

— À l'*Earnoch Hotel*, à 20 heures. La chambre sera réservée au nom de Brown.

Marcus sentit son sang circuler plus vite dans ses veines.

— Brown ? C'est son nom ?

Albin acquiesça d'un hochement de tête.

Peu après 19 heures, Charlotte, sous l'apparence de l'homme à grosse tête, franchit le seuil de l'*Earnoch Hotel*, situé dans une rue proche de Piccadilly. L'établissement, modeste, recevait des clients tranquilles qui avaient de petits moyens.

— J'ai réservé une chambre au nom de Brown.

L'hôtelier lui jeta à peine un regard et appela un employé :

— Fred, conduis M. Brown à la chambre 7.

— J'ai demandé qu'un bain soit préparé...

— L'eau est déjà chaude, monsieur. Ned vous montera les bidons.

Charlotte suivit le domestique dans l'escalier. Son cœur battait la chamade.

La chambre était sobrement meublée d'un lit, d'une table, de deux chaises et d'un meuble de toilette. Une baignoire sabot était dissimulée derrière un paravent.

Une fois la baignoire remplie, Charlotte ferma la porte à clé et se dévêtit de ses mains moites qui tremblaient sous l'effet de la nervosité.

*Je veux être moi. Charlotte.*

Picotements.

Sa vision se brouilla, les contours des meubles devinrent flous.

*Moi, avec une bonne vue.*

Tout rentra dans l'ordre.

Elle prit rapidement son bain, puis revêtit l'unique robe qu'elle avait apportée à Londres, la plus chic de sa garde-robe, qu'elle portait en général à l'église : une toilette de lainage bleu un peu passée, à col montant, ornée d'un petit volant au bas de la jupe.

Elle rangea ensuite les habits de Christopher Albin dans la valise, qu'elle cacha sous le lit. Puis elle alla se poster devant le miroir et retrouva son vrai visage : cheveux bruns, yeux marron, taches de rousseur.

Pour séduire lord Cosgrove, elle devait être jolie...

Elle ferma les yeux, s'imagina telle qu'elle aurait voulu être. Très différente de la défunte femme du comte. Avec des cheveux de jais. Des yeux verts. Une bouche rose sensuelle. Une peau claire sans la moindre tache de rousseur. Et des courbes voluptueuses, autant que sa robe le permettait.

Sa peau la picota.

Charlotte rouvrit les yeux. Une étrangère la dévisageait dans le miroir.

Perturbée, elle fixa son reflet. Cette chevelure brune lustrée, ces prunelles émeraude, cette peau ivoirine et ces lèvres charnues, cette poitrine qui gonflait son corsage... ce n'était pas elle. C'était un mensonge.

Mais elle était belle. Désirable.

Elle jeta un coup d'œil à l'horloge. Il ne restait plus qu'un quart d'heure avant l'arrivée de Cosgrove.

Charlotte se mit à arpenter la pièce en se tordant les mains. Ses poumons semblaient se ratatiner dans sa poitrine, et plus les minutes passaient, plus elle avait de mal à respirer.

Elle avait organisé cette rencontre. Alors pourquoi avait-elle si peur ?

Parce que la perspective de cette intimité la terrifiait. S'étendre nue à côté d'un homme... s'unir charnellement à lui...

Un bruit de pas résonna dans le couloir. Était-ce Cosgrove ? Si oui, il était en avance.

La panique l'envahit.

*Je ne peux pas faire ça !*

Les pas s'éloignèrent.

Soulagée, Charlotte alla se planter devant la glace en se tordant les mains de plus belle. Sa beauté aurait dû lui donner du courage. C'était un masque, une armure. L'intimité qu'elle redoutait tant serait aussi fausse que le visage qu'elle arborait en cet instant…

Mais rien à faire, cela ne la rassurait pas.

Cette rencontre était une mascarade, et lord Cosgrove ne méritait pas qu'on le trompe ainsi.

La honte l'envahit, lui laissant un goût amer dans la bouche.

Face à cette femme superbe, elle prit une décision : si elle couchait avec le comte, elle le ferait dans la peau de Charlotte. Sans faux-semblant. En mentant le moins possible.

Elle reprit son apparence habituelle, et son reflet devint flou. Elle rectifia sa vision, se regarda de nouveau. Charlotte Appleby. Une femme ordinaire.

*Il n'aura pas envie de moi.*

Elle pouvait toujours communiquer à lord Cosgrove le nom des Smith et ne rien demander en échange.

*Mais mon désir pour lui ne sera pas satisfait et ne fera qu'augmenter, jusqu'à ce qu'il s'en aperçoive et me licencie.*

Elle se tourna vers le lit.

Elle allait le séduire. Provoquer son désir. Dans la peau de Charlotte.

Décidée, elle noua ses cheveux bruns en un chignon tout simple.

Un bruit de pas s'éleva dans le couloir.

Charlotte pivota brusquement vers la porte. Quelque chose clochait avec son cœur. Il semblait battre dans sa gorge, trop vite, trop bruyamment.

Quelqu'un frappa.

# 23

Marcus toqua une deuxième fois. S'était-il trompé de chambre ? Ou d'horaire ? À moins que Mme Brown n'ait finalement décidé de…

Le battant pivota.

Marcus écarquilla les yeux.

La jeune femme qui se tenait sur le seuil ne ressemblait en rien à ce qu'il avait imaginé. Elle avait l'air d'une gouvernante, tout à fait banale avec son chignon et sa robe à la coupe pratique. Il ne lui manquait qu'une coiffe et une paire de lunettes pour incarner l'archétype de la vieille fille.

— Madame Brown ? demanda-t-il, persuadé de s'être trompé de chambre.

La femme recula pour l'inviter à entrer.

Marcus pénétra dans la pièce. Il se sentait en déséquilibre, comme si le plancher n'était pas tout à fait horizontal. Il s'était attendu à rencontrer une courtisane qui aurait appris sur l'oreiller des informations sensibles et aurait cherché à en tirer profit, pas à cette incarnation de la respectabilité.

— Madame Brown ? répéta-t-il, perplexe.

— Mademoiselle, corrigea-t-elle.

Elle ferma la porte avant de lui faire face. Elle avait le teint clair, semé de taches de rousseur.

— Ce n'est pas mon vrai nom, avoua-t-elle. Pardonnez-moi de vous dissimuler ma véritable identité, lord Cosgrove.

Marcus ôta son chapeau.

— Asseyez-vous, je vous en prie, reprit-elle en désignant les chaises.

— Après vous, mademoiselle.

Elle hésita, lissa les plis de sa jupe d'un geste nerveux, puis alla s'asseoir. Marcus l'imita. Il avait conscience de la présence embarrassante du lit dans un coin de la chambre et s'obligeait à ne pas quitter des yeux le visage de Mlle Brown. Cette chandelle et la pénombre qui enveloppait l'alcôve rendaient l'atmosphère bien trop intime. On aurait dit un rendez-vous galant, pas un entretien secret.

— Mon secrétaire m'a dit que vous souhaitiez me communiquer des informations ?

— En effet.

Mlle Brown saisit la petite poudrière en fer-blanc posée sur la table et la plaça parallèlement au bougeoir.

— Je sais qui a incendié votre serre.

— Comment avez-vous obtenu ce renseignement ?

— Je... Je ne veux pas vous le dire.

Sa franchise était la bienvenue. Pas de mensonges, pas de faux-semblants. Marcus opta lui aussi pour une honnêteté brutale :

— Et vous voulez quelque chose en échange ?

— Oui.

Ses joues avaient rosi. Elle déplaça la poudrière, avant de la réaligner avec le bougeoir.

— Effectivement, avant de vous révéler leurs noms, j'aimerais que vous fassiez quelque chose pour moi.

Son embarras, la modestie de sa tenue, cette chambre d'hôtel banale... tout cela laissait planer peu de doutes sur ce qui l'intéressait. Marcus glissa la main dans sa poche et en retira une liasse de billets.

Mlle Brown sursauta sur sa chaise.

— Oh non ! Je ne veux pas d'argent.

Marcus remit la liasse dans sa poche, puis croisa les mains sur la table.

— Que voulez-vous, alors ?

Mlle Brown rougit et se mordit la lèvre. Elle avait entrecroisé les doigts et ses articulations étaient toutes blanches.

— Répondez-moi, dit-il avec douceur.

Le silence se prolongea. Puis elle prit une profonde inspiration et lança :

— Je veux me débarrasser de ma virginité.

Marcus cligna des yeux. *Quoi ?*

Il ouvrit la bouche, la referma, à court de mots, dévisagea Mlle Brown. Non, elle ne pouvait pas avoir dit ça. Il avait mal compris.

Pourtant, ses paroles continuaient à résonner dans son esprit.

— Je vous demande pardon ?

— Je souhaite me débarrasser de ma virginité, répéta-t-elle en fixant les boutons de son gilet.

— Et vous voudriez que ce soit moi qui... qui...

Il n'acheva pas sa phrase. Il ne trouvait pas de formule polie pour dire : « ... que ce soit moi qui vous baise ? »

Elle croisa brièvement son regard, puis se remit à fixer ses boutons et balbutia :

— O... Oui.

Le cerveau de Marcus se braquait. Aucune femme respectable – et, à l'évidence, celle-ci n'était pas une catin – n'aurait voulu être déflorée en de telles circonstances. Alors pourquoi diantre lui adressait-elle cette requête saugrenue ?

— Vous voulez peut-être devenir... prostituée ?

— Non !

— Mais alors... pourquoi ?

— Parce que... j'aimerais faire cette expérience, répondit-elle avec un mélange d'embarras et de défi.

Sa sincérité ne faisait pas de doutes. Pourtant, Marcus ne put s'empêcher de secouer la tête.

Sa motivation était... la curiosité.

*Impossible. Je dois rêver !*

Cependant, cette femme était bien réelle, tout comme cette chambre, ce lit. Et elle lui adressait bel et bien cette requête improbable.

Il retrouva enfin sa voix :

— Je ne peux pas, voyons. Votre réputation...

— Ne vous souciez pas de ma réputation. Je n'ai pas l'intention de me marier, de toute façon.

Son ton résolu et son absence d'émotion le réduisirent au silence une fois de plus. Puis il argumenta :

— Et si vous tombiez enceinte ?

Elle déplaça la poudrière en fer-blanc de quelques millimètres, avant de répondre :

— J'ai pris mes précautions, je porte une éponge.

La méfiance de Marcus s'éveilla. Essayait-elle de se faire faire un enfant pour pouvoir ensuite lui soutirer de l'argent ?

— Pardon de ne pas vous croire sur parole, mademoiselle.

— Je vous assure que je ne risque pas de tomber enceinte. Je vous en donne ma parole.

Une fois encore, sa sincérité semblait totale.

Elle déplaça légèrement le bougeoir, puis aligna la poudrière. Les yeux baissés, elle murmura :

— Mais, bien sûr, si l'idée vous répugne... vous pouvez refuser.

Marcus la dévisagea plus attentivement. De la répugnance ? La jeune femme n'était pas aussi commune qu'il l'avait cru à première vue. Avec une robe un peu plus seyante et une coiffure un peu plus travaillée, elle aurait été... non pas belle, ni même jolie, mais assurément séduisante.

Consciente qu'il l'observait, elle reprit en rougissant :

— Si je vous déplais...

Il la fit taire d'un mouvement de tête. Ce qu'il éprouvait en cet instant n'était pas du dégoût, mais une intense curiosité.

Cela faisait longtemps qu'il n'avait pas couché avec une femme en y prenant vraiment plaisir. À la fin de son mariage, il supportait à peine de regarder Lavinia, sans parler de lui faire l'amour. Et, depuis qu'il était veuf, il avait rendu visite une fois à une courtisane, mais l'expérience s'était révélée décevante. Quoique fort belle et experte dans son domaine, elle n'avait pas réussi à lui faire oublier qu'elle se donnait à lui contre de l'argent et que ses baisers, ses gémissements, ses soupirs n'étaient qu'une mascarade.

Cette première visite avait aussi été la dernière.

S'il couchait avec Mlle Brown, en revanche... ce serait une expérience inédite. Elle n'était pas une professionnelle, ni l'épouse dont la beauté l'avait ébloui. Elle était une inconnue dont il ignorait jusqu'au nom.

*Je pourrais le faire, puis m'en aller et ne plus jamais la revoir.*

Sa curiosité s'accrut, et un début d'excitation monta en lui.

— Pourquoi moi ? demanda-t-il.

La question parut déstabiliser Mlle Brown. Elle fronça légèrement les sourcils et parut chercher ses mots.

— Parce que... vous êtes un homme d'honneur et que... vous êtes gentil. Je sais que je ne risque rien avec vous.

Lui, gentil ? D'où tenait-elle cette idée ?

Il ricana.

— La plupart des gens sont persuadés que c'est moi qui ai poussé ma femme au suicide.

— Ils se trompent.

Marcus plissa les paupières.

— Nous sommes-nous déjà rencontrés ? Travaillez-vous sur un de mes domaines ?

Peut-être était-elle femme de chambre. Les domestiques avaient été les premiers témoins de la détérioration de son mariage et des événements qui avaient conduit Lavinia à la mort.

— Non.

Incrédule, il secoua la tête.

— Vous m'avez donc choisi parce que vous me croyez gentil et honorable ?

— Et aussi... parce que je vous trouve séduisant.

Elle avait rougi.

— M'aviez-vous déjà vu quelque part ?

Elle hocha la tête.

— Où ?

— À Londres.

Réponse évasive. De plus en plus intrigué, Marcus se carra contre le dossier de sa chaise pour mieux étudier Mlle Brown, ses joues veloutées, le dessin délicat de ses oreilles, les mèches brunes qui bouclaient sur ses tempes. De nouveau, son désir s'éveilla. Son regard glissa sur la poitrine de la jeune femme. Quel corps se cachait sous cette robe ordinaire ? Elle devait être très différente de Lavinia.

— Très bien. J'accepte vos conditions, s'entendit-il déclarer à sa propre surprise.

— Oh... vraiment ? balbutia-t-elle.

Il retira ses gants, les posa sur la table. Il allait culbuter une inconnue. Ce serait parfait pour balayer le souvenir de sa défunte épouse.

Puis il se rendit compte que Mlle Brown arborait une expression pleine d'appréhension.

— Êtes-vous bien sûre de vous, mademoiselle ?

Très pâle, elle acquiesça d'un hochement de tête.

— Pardonnez-moi, mais vous avez l'air terrifiée.

— Parce que... c'est ma première fois. C'est un peu intimidant.

Ce fut son tour de rougir. Ses joues s'échauffèrent d'un coup. Partagé entre incrédulité et excitation, il n'avait pensé qu'à lui-même. Il avait oublié qu'elle n'avait jamais couché avec un homme.

Il ne devait pas songer uniquement à son propre plaisir. Il s'apprêtait à la déflorer, et elle lui faisait confiance.

Prenant la mesure de sa responsabilité, il faillit renoncer.

— Avez-vous conscience que c'est une expérience douloureuse pour une femme la première fois ?

— Oui.

— Vous attendez-vous à en retirer un minimum de plaisir ? Car je vous préviens, ce ne sera peut-être pas le cas.

— Je sais.

Marcus n'était pas totalement rassuré. Si cela se passait mal...

Mais c'était elle qui avait pris cette décision. C'était son choix, pas le sien. Il la débarrassait de son pucelage en échange d'une information.

Il se leva, un peu embarrassé. Après une seconde d'hésitation, elle l'imita. Elle était plus grande et moins gracile que Lavinia. À quoi ressemblerait-elle nue ? se demanda-t-il dans un regain de curiosité.

*Je n'arrive pas à croire que je vais faire ça !*

Tout en ôtant sa redingote, qu'il posa sur le dossier de la chaise, il essaya de se remémorer sa première relation sexuelle. Comment la courtisane s'y était-elle prise pour le mettre à l'aise ?

Tout d'abord, elle l'avait savamment aguiché en le déshabillant lentement, lui avait laissé entrevoir ses seins, ses fesses, et le triangle de boucles sombres sur son pubis. Puis elle l'avait caressé pour le porter au paroxysme du désir et, enfin, avait guidé son membre en elle, se laissant besogner dans un coït maladroit en poussant des soupirs passionnés.

Benêt qu'il était, il avait vraiment cru qu'elle y prenait plaisir.

Il s'assit pour ôter ses bottes. Il n'allait sûrement pas émoustiller Mlle Brown en lui faisant une séance d'effeuillage prolongée.

Les joues pâles, la mine déterminée, elle déboutonnait ses manches.

— On dirait qu'on s'apprête à vous mener à la potence, remarqua-t-il, un brin moqueur.

Il s'en voulut aussitôt. La plaisanterie était plutôt malvenue. Lui-même se sentait mal à l'aise.

Loin de s'offusquer, Mlle Brown répondit, une lueur amusée dans ses yeux caramel :

— Je vous promets que je ne me force pas tant que cela.

Il laissa échapper un rire bref, et son malaise se dissipa un peu. Au moins, elle avait le sens de l'humour.

La voyant s'attaquer aux agrafes de sa robe, il intervint :

— Laissez-moi faire.

— Oh, inutile, j'ai l'habitude de me passer de camériste.

Ignorant la rebuffade, Marcus vint se placer dans son dos. Sa robe était encore plus usée qu'il ne l'avait cru. Mlle Brown devait la porter depuis des années.

Il réfléchit tout en la dégrafant. Elle disait l'avoir croisé à Londres. Était-elle gouvernante dans une famille résidant à Grosvenor Square ?

C'était très intime de la dévêtir alors qu'il était lui-même en bras de chemise. Ses cheveux bruns lui chatouillaient les doigts. Les pans du corsage s'écartèrent, révélant sa camisole, puis son corset. Son propre corps commençait à réagir, et il sentit une brusque chaleur s'emparer de son bas-ventre.

Il fit sauter le dernier bouton et recula d'un pas.

— Merci, murmura-t-elle.

— De rien.

Il repassa derrière la table, enleva son gilet et sa chemise. Oui, aucun doute, le désir était là.

Mlle Brown laissa glisser sa robe à ses pieds dans un froufrou de tissu. Il lui jeta un bref coup d'œil, et son cœur se mit à battre plus vite.

— Voulez-vous que je délace votre corset ?

— Il se ferme sur le côté, j'y arriverai toute seule, répondit-elle poliment.

Marcus retira ses culottes et ses bas, qu'il empila sur la table. Il avait une conscience aiguë de la présence de Mlle Brown, de ses gestes tranquilles, de chaque vêtement qu'elle ôtait. À présent, il ne lui restait plus que sa camisole.

Quand il fut en sous-vêtement, il pivota vers elle.

Elle avait dénoué ses cheveux, qui tombaient en vagues douces sur ses épaules. À la lumière de la chandelle, sa peau claire luisait et ses yeux scintillaient. Cela lui donnait un air mystérieux qui la rendait presque belle.

L'ample camisole dissimulait encore les courbes de son corps, mais il percevait le mouvement de sa poitrine chaque fois qu'elle respirait et, sous l'ourlet, il voyait ses fines chevilles et ses pieds menus.

La scène avait quelque chose d'irréel : deux étrangers presque nus, dans la chambre plongée dans une quasi-pénombre, près du lit qui les attendait.

*Je ne connais même pas son vrai nom.*

Mlle Brown joignit les mains et entrecroisa les doigts dans un geste qui trahissait sa nervosité.

— Je... J'ai pris un bain avant votre arrivée.

Il remarqua alors la baignoire sabot en partie cachée derrière le paravent.

— Ah. Euh... merci.

Lors de sa nuit de noces, il avait apaisé les craintes de Lavinia par des baisers et des mots doux. Mais il ne se voyait pas faire ça avec Mlle Brown...

Il s'approcha, lui prit les mains pour les séparer.

— Détendez-vous.

Elle se figea un instant, comme transformée en statue à son contact, puis laissa échapper un petit rire nerveux.

— Facile à dire, milord.

Il lui adressa un sourire qui se voulait rassurant et l'entraîna gentiment vers le lit.

— Asseyez-vous.

Elle obéit, docile mais toujours raide, comme quelqu'un qui s'oblige à affronter une épreuve pénible.

— Écoutez, si vous n'en avez pas envie, rien ne vous force à...

— Si, j'en ai envie, coupa-t-elle avec véhémence. Je ne peux pas vous dire pourquoi, mais c'est important. *Très* important.

Marcus n'y comprenait rien. Il haussa les épaules et s'assit à côté d'elle.

— Bien, alors si cela doit se passer, autant faire en sorte que ce soit aussi agréable que possible, non ? Et plus vous serez tendue, plus ce sera difficile.

Il tenta une légère caresse en faisant glisser deux doigts à l'intérieur de son avant-bras. Sa peau était tiède, lisse, douce. Son cœur battit un peu plus fort. Voilà pourquoi il aimait tant le corps des femmes...

Il s'aventura à lui faire un compliment :

— Vous avez de très beaux cheveux.

Sa bouche frémit, et elle fronça très légèrement les sourcils. Elle ne répondit pas, mais il devina ses pensées aussi clairement que si elle les avait exprimées : « Vous n'êtes pas obligé de me mentir. »

— C'est la vérité, insista-t-il.

Il leva la main pour lui caresser la tête, laissant une longue mèche glisser entre ses doigts. Ses cheveux avaient la douceur de la soie. Comme ce serait bon de sentir sa chevelure l'effleurer, couler contre sa peau... À cette image, son sexe réagit aussitôt, et il eut envie de la faire basculer sur le lit, de lui ôter sa camisole.

Mais c'était trop tôt, elle n'était pas assez détendue.

Il caressa la peau délicate au creux de son poignet, la frôlant à peine. Il était le premier homme à la toucher, et cette pensée était étrangement excitante. Ses doigts remontèrent le long de son bras jusqu'à la courte manche bouffante. Trouvait-elle cela agréable ? Apparemment, car ses joues s'étaient empourprées.

Il poursuivit son exploration, lui caressa le cou, la nuque. À mesure que les minutes s'écoulaient, les joues de Mlle Brown rosirent de plus en plus, tandis que l'érection de Marcus tendait le tissu de son sous-vêtement.

Il était temps de la dénuder et de l'allonger sur le lit.

# 24

— Je vais enlever votre chemise maintenant, prévint-il en la frôlant.

Mlle Brown se raidit et pâlit. Était-ce la peur ? L'embarras ?

— Préférez-vous que je me mette entièrement nu d'abord ?

Elle rougit, acquiesça d'un imperceptible hochement de tête.

Marcus ôta son sous-vêtement.

Mlle Brown baissa les yeux sur son sexe dressé, puis chercha son regard, comme en quête de réconfort.

— Cela sera peut-être un peu douloureux. C'est souvent le cas la première fois.

Ses propres paroles le firent douter. N'était-il pas en train de commettre une erreur ?

Mlle Brown risqua un autre coup d'œil en direction de son membre. Ses traits exprimaient... de l'appréhension ? De la curiosité ? Les deux, peut-être.

D'un geste résolu, elle dénoua le lacet qui fermait le col de sa camisole et la fit passer par-dessus sa tête.

Son corps était tonique, épanoui. Le regard de Marcus s'attarda sur la rondeur des seins, le creux de la taille, le renflement des hanches, et enfin le triangle sombre à la jonction des cuisses. Les muscles de son abdomen se contractèrent dans un spasme délicieux.

Il s'éclaircit la voix, mais ne trouva rien à dire. Le désir lui obscurcissait l'esprit. À la lueur de la chandelle, la peau de la jeune femme était laiteuse, appétissante. Il mourait d'envie de la toucher, de soupeser ses seins, de glisser les mains autour de sa taille, d'empoigner ses fesses rondes...

*N'oublie pas qu'elle est vierge. Vas-y doucement. Essaie de rendre les choses aussi agréables que possible.*

Ramassant la camisole abandonnée sur le lit, il la déposa sur le dossier de la chaise. Puis il prit la main de la jeune femme, et ils s'assirent côte à côte sur le matelas.

De nouveau, il la caressa, fit remonter sa main le long de son bras, hypnotisé par la vision de ses mamelons rose sombre. Ses doigts suivirent le même chemin que quelques minutes plus tôt, mais cette fois sur sa peau nue : le cou, la nuque, la ligne de la clavicule, la naissance de la poitrine...

La tête tournée, Mlle Brown se mit à trembler.

— Regardez-moi, chuchota-t-il.

Elle obtempéra. La main de Marcus descendit sur sa hanche, s'aventura à l'intérieur de sa cuisse. Elle avait la peau si douce ! Plus douce que de la soie...

— Il est temps, ne croyez-vous pas ?

Elle hocha la tête.

Il tapota le centre du lit avec un sourire rassurant.

— Après vous.

Mlle Brown s'allongea sur le dos dans un mouvement emprunté qui manquait de grâce. Marcus s'étendit à son côté. Sa gêne s'était envolée. Il ne s'était pas senti aussi vivant depuis des mois. Son cœur palpitait, son sang pulsait dans ses veines.

La flamme de la chandelle jetait des reflets mouvants sur la chair de Mlle Brown, laissant dans l'ombre ses seins et son entrejambe. Il n'avait pas envisagé de l'embrasser, mais voilà qu'il se surprenait à poser sa bouche sur sa gorge, sur le relief de sa clavicule. Elle ne portait pas de parfum. Son odeur féminine et délicate agissait sur lui comme un aphrodisiaque et décuplait son désir.

Baissant la tête, il pressa ses lèvres contre un sein délicieusement moelleux et tiède, ferma les yeux.

Un soupir de plaisir lui échappa. Cela faisait si longtemps, si longtemps...

Doucement, il mordilla son mamelon. Elle tressaillit, et son tremblement s'accentua. Il recommença, et tous deux frissonnèrent à l'unisson. La main de Marcus glissa sur sa taille, sa hanche, puis s'égara entre ses cuisses.

Mlle Brown se crispa lorsqu'il inséra un doigt en elle.

— Détendez-vous.

Il introduisit un deuxième doigt pour vérifier qu'elle était prête, la trouva chaude, humide et... terriblement étroite.

Un peu effrayé, il retira sa main. Devait-il tout arrêter ? Elle avait demandé à être débarrassée de sa virginité, et il aurait voulu lui donner du plaisir, mais...

— J'ai peur de vous faire mal.

— Je sais.

Dans ses grands yeux caramel, il lisait l'incertitude, l'appréhension. Et une question : « Est-ce vraiment si douloureux ? », qui lui donnait presque envie de l'embrasser tendrement, de la couvrir de mots doux pour la rassurer.

Après une hésitation, il lui effleura la tempe de ses lèvres et dit :

— Je vais essayer d'être rapide.

Il se plaça entre ses cuisses et entra en elle.

Elle se raidit, laissa échapper un petit cri étranglé.

Marcus s'immobilisa et, les yeux clos, fit un effort pour se contrôler.

— Je suis désolé...

Il commença à se retirer, mais elle l'agrippa par le bras.

— Non !

Marcus rouvrit les yeux.

— Mais je vous fais mal...

— Ce n'est pas grave.

Si, c'était grave. Même s'il ne la connaissait pas, même si c'est elle qui l'avait demandé. Elle était toute crispée et grimaçait de douleur.

— Je vous en prie… n'arrêtez pas, supplia-t-elle.

Il capitula, s'enfonça davantage d'une ample poussée. Elle se mordit la lèvre, mais ne tenta pas de le repousser.

*Fais vite.*

Son corps trouva un rythme instinctif. Il l'envahissait, se retirait. Tête baissée, yeux clos, il respirait fort. Le plaisir déroulait sa spirale, l'emplissait, se faisait plus intense, presque douloureux.

Le contrôle lui échappa dans un instant suspendu entre souffrance et extase. Un cri rauque jaillit de sa gorge au moment où il répandait sa semence en elle. Les spasmes se prolongèrent dans un orgasme délicieux qui se termina par un long frisson.

Il n'avait pas éprouvé cette sensation d'assouvissement et de plénitude depuis une éternité. Tout son corps baignait dans une douce euphorie et une saine lassitude.

Peu à peu, il revint à la réalité, prit conscience du corps chaud étendu sous le sien, de ce cœur qui battait sous sa poitrine.

Immobile, elle ne cherchait pas à se dégager.

Son sentiment de satisfaction s'évapora, laissant place à la honte. *Je lui ai fait mal. Je ne lui ai pas donné de plaisir.*

Il roula sur le côté et s'assit sur le lit, mortifié, incapable de croiser son regard.

— Je suis désolé. J'ai bien vu que vous aviez très mal, dit-il, la gorgée nouée.

— Ne vous excusez pas, monsieur. Ce n'est pas important. Vous avez fait exactement ce que je vous ai demandé.

Elle s'était redressée, et il se retrouva captif de son regard brun.

— Vous saignez ?

— Pourquoi, je devrais ? s'étonna-t-elle.

Marcus alla chercher un mouchoir dans la poche de sa veste et le lui tendit. Tandis qu'elle se nettoyait, il entreprit de se rhabiller à gestes saccadés.

Lorsqu'il eut boutonné son gilet et enfilé ses bottes, Mlle Brown avait eu le temps de remettre sa camisole. Marcus se planta devant le miroir pour nouer sa cravate, produisant un nœud aussi mal fichu que ceux d'Albin. Il observa le reflet de Mlle Brown, qui avait relacé son corset et enfilait son jupon.

La voyant attraper sa robe, il s'approcha.

— Laissez-moi vous aider.

Elle rassembla sa chevelure et la fit passer par-dessus son épaule pour lui faciliter la tâche. Elle semblait plus détendue, maintenant. « C'est moi qui me sens mal, songea-t-il en se battant avec les boutons de la robe. J'ai couché avec cette femme. J'ai pris sa virginité. Je lui ai fait mal. »

— Jeremiah et Abel Smith, dit-elle.

— Quoi ?

De quoi parlait-elle ? Il lui fallut une seconde pour comprendre.

— Les types qui ont brûlé la serre ?

— Oui.

— Comment le savez-vous ?

— Je suis désolée, je ne peux pas vous le dire.

Jeremiah et Abel Smith. C'était un renseignement précieux qui lui permettrait peut-être de…

— Il est possible que les Smith acceptent de vous rencontrer dans la semaine.

— Hein ? s'exclama-t-il dans un sursaut.

— Je leur ai adressé un message pour leur donner l'espoir d'être engagés. S'ils acceptent de vous parler, je vous le ferai savoir. Cela vous intéresse, n'est-ce pas ?

— Bien sûr !

Marcus eut un sourire carnassier. Évidemment qu'il était intéressé. *Très* intéressé.

— J'espère obtenir leur réponse demain. Je passerai chez votre secrétaire à Chandlers Street, si vous voulez bien le libérer entre 14 et 16 heures.

— Vous ne voulez pas venir chez moi, à Grosvenor Square ?

— Non.

Son refus le conforta dans l'idée qu'elle travaillait dans une maison du quartier. Mais laquelle ?

Alors que Marcus fixait le dernier bouton, une mèche de cheveux bruns frôla ses doigts. Un flot de souvenirs l'assaillit : la douceur satinée de sa peau, la rondeur de ses seins et... son corps qui se tétanisait sous l'effet de la douleur. Image indélébile dans sa mémoire.

— Avez-vous toujours mal ?

— Un peu.

Il regarda le lit aux draps froissés sur lequel gisait son mouchoir chiffonné. De nouveau, la honte le submergea, lui serra la gorge et le ventre, écrasa ses poumons.

Il récupéra ses gants sur la table.

— M. Albin sera chez lui demain après-midi, dit-il sans la regarder.

Il avait trop honte.

Son chapeau à la main, il se dirigea vers la porte. Mlle Brown lui courut après sur ses pieds gainés de soie.

— Lord Cosgrove ?

— Oui ?

Il se tourna pour s'obliger à affronter son regard.

Elle lui parut soudain bien plus jeune et bien plus jolie qu'il ne l'avait pensé à l'origine, avec ses prunelles sombres, sa peau laiteuse et sa chevelure qui ruisselait dans son dos.

Alors qu'il ouvrait la bouche pour s'excuser une fois de plus, elle se hissa sur la pointe des pieds et déposa un baiser léger sur sa joue.

— Merci. Je vous suis infiniment reconnaissante.

— Euh... de rien, parvint-il à articuler.

Il trouva la poignée à tâtons, ouvrit la porte et s'échappa dans le couloir, dévala l'escalier, la main plaquée sur son chapeau pour l'empêcher de tomber.

Mais il ne pouvait pas fuir la honte. Elle lui collait aux basques.

Une fois dans la rue, il s'arrêta et toucha sa joue là où Mlle Brown l'avait embrassé. Sa peau le brûlait comme si elle l'avait marqué au fer rouge.

Marcus rentra à pied à Grosvenor Square comme un automate, laissant ses jambes le guider chez lui. Il rejouait dans sa tête sa rencontre avec Mlle Brown et, dans ce défilé de scènes embarrassantes, érotiques, honteuses, une image en particulier le hantait : son sursaut de douleur quand il l'avait pénétrée.

Personne ne pouvait simuler une telle réaction. Et c'était bien la preuve que Mlle Brown n'avait jamais couché avec un homme auparavant.

Marcus se remémora alors sa nuit de noces. Il se rappelait son angoisse à l'idée de blesser Lavinia. Elle avait poussé un petit cri quand il l'avait prise et avait versé quelques larmes, mais elle n'avait pas eu ce sursaut de tout son être. Bien sûr, chaque femme était différente, mais...

Il se figea sur le trottoir.

Était-il possible que Lavinia n'ait pas été vierge ?

Certes, elle lui avait montré son mouchoir taché de sang, mais elle était si manipulatrice et elle lui avait menti tant de fois par la suite...

— Monsieur ?

Marcus cligna des yeux et reprit conscience de son environnement : les hauts immeubles, les fenêtres aux volets fermés, les torches qui flambaient dans leurs supports en ferronnerie, et un balayeur qui le regardait d'un air perplexe.

Il pêcha une pièce dans sa poche et la lança à l'homme avant de traverser la rue, renfrogné.

Il avait décidément appris beaucoup de choses de Mlle Brown ce soir.

# 25

*23 octobre 1805*
*Grosvenor Square, Londres*

Charlotte vérifiait les comptes du Somerset quand elle entendit quelqu'un marcher dans le couloir. Elle reconnut le pas du comte et tressaillit.

*Respire. Fais comme si de rien n'était, comme s'il ne s'était rien passé hier soir.*

Mais comment l'oublier ?

Elle l'avait vu nu et excité, l'avait reçu en elle. Il allait sûrement le lire sur ses traits. Au premier regard, il devinerait…

Cosgrove entra dans le bureau.

Charlotte s'obligea à inspirer lentement. Qu'aurait dit Christopher Albin ?

— Bonjour, Monsieur. Comment s'est passée votre entrevue avec Mlle Brown ?

Sa voix lui parut fausse, trop haut perchée.

— Pardon ? Oh… très bien, très bien.

Cosgrove s'assit et entreprit de rassembler les documents épars sur son bureau, sans croiser le regard de Charlotte. Il avait légèrement rougi.

Elle scruta son visage – le front large, le nez fort, la mâchoire anguleuse –, s'attendant à éprouver cette langueur familière, cette envie irrépressible de le toucher…

Mais non. Rien.

La tension dans ses épaules s'atténua un peu.

— Que vous a-t-elle dit ? s'enquit-elle d'une voix plus naturelle.

— Les deux types qui ont mis le feu à la serre s'appellent Abel et Jeremiah Smith. Mlle Brown pense pouvoir arranger une entrevue avec eux.

— Excellent !

Cosgrove frotta son front comme s'il voulait le lisser, mais les plis soucieux demeurèrent ancrés entre ses sourcils.

— Elle va prendre contact avec vous cet après-midi. Vous devez rentrer chez vous entre 14 et 16 heures.

— Bien, Monsieur.

Charlotte joua un instant avec sa plume, avant de demander :

— Rien d'autre, Monsieur ?

Le nez dans ses papiers, Cosgrove grogna :

— Non.

« Grattez-vous où ça vous démange », avait dit le comte. Il avait eu raison. Leur étreinte l'avait guérie de son désir.

Lorsque Cosgrove se pencha sur son épaule pour lui expliquer une opération comptable qu'elle ne comprenait pas, quand sa main frôla la sienne par inadvertance, elle n'éprouva rien, ni langueur ni bouffée de chaleur. Ses pulsions avaient disparu, remplacées par le souvenir des émotions et sensations éprouvées la veille : la gêne, la douleur...

Infiniment soulagée, Charlotte se retenait de fredonner tout en additionnant les colonnes de chiffres. Elle se sentait légère, libérée d'un grand poids.

Peu avant 14 heures, elle referma le registre et annonça qu'elle rentrait chez elle. Cosgrove leva le nez du discours qu'il peaufinait et, maussade, se contenta de hocher la tête.

Charlotte faillit bondir par-dessus les marches du perron. *J'ai réussi ! Je me suis libérée de cette passion inepte !* Elle s'éloigna dans la rue en s'obligeant à marcher d'un pas mesuré, puis héla un fiacre.

— High Holborn Street, dit-elle au cocher. Pouvez-vous me recommander une auberge respectable là-bas ?

*Le Matelot Joyeux*, où le fiacre la déposa un quart d'heure plus tard, correspondait parfaitement aux attentes de Charlotte.

Elle régla la course et entra dans l'auberge afin de réserver un salon privé pour le lendemain. Cinq minutes plus tard, elle était de retour dans la rue. Elle rabattit son chapeau sur son visage et changea d'apparence – cheveux bruns et raides, grosse tête. Puis elle héla un autre fiacre :

— Au *Cochon qui siffle*, sur Aldgate.

Il y avait encore plus de monde que la veille dans la salle de l'auberge, et il y flottait le même fumet nauséabond. Rebutée par l'odeur, Charlotte marqua un temps d'hésitation sur le seuil. La nervosité la gagnait. Les Smith seraient-ils là ? Pourrait-elle leur parler ?

Elle se força à prendre une grande inspiration en dépit des relents aigres et s'avança vers le comptoir, que Mme Westrup était en train de nettoyer avec le même chiffon crasseux que la veille.

— Bonjour, madame. Avez-vous transmis mon message aux Smith ?

— Oui, m'sieur.

— Et donc ?

— Abel et Jeremiah veulent bien travailler pour votre patron.

— Ah, tant mieux. Sont-ils ici ? demanda encore Charlotte en faisant glisser sur le bar une pièce d'un shilling que Mme Westrup s'empressa d'empocher.

— Non, mais ils vont certainement venir ce soir, si vous voulez repasser.

Charlotte respira plus librement et sortit un autre shilling de sa poche.

— Malheureusement, je ne serai pas disponible. Disons demain à 15 heures, au *Matelot Joyeux* sur High Holborn Street. Pourrez-vous leur faire la commission ?

— *Au Matelot Joyeux*. D'accord.

— Mon patron viendra aussi. Il souhaite leur parler de vive voix de... de cette mission qu'il souhaite leur confier. La chambre sera réservée à son nom, M. Black. Dites aux Smith qu'ils seront dédommagés pour le temps passé même s'ils décident que ce travail ne les intéresse pas.

Charlotte attendit que Mme Westrup acquiesce pour lâcher son deuxième shilling, qui disparut aussitôt dans la poche du tablier. Elle avait toutes les peines du monde à contenir son excitation. Son plan prenait forme. *J'ai réussi ! Je suis aussi invincible que lord Cosgrove !*

Des pieds de chaise raclèrent le plancher. Un client s'était levé, un type trapu aux traits épais et à la barbe broussailleuse.

Il apostropha Charlotte :

— Vous partez si vite ? Alors que vous venez tout juste d'arriver ?

Le cœur de Charlotte se mit à battre la chamade.

— Sid, fiche-lui la paix ! glapit Mme Westrup derrière son comptoir.

— L'endroit est pas assez chic pour vous, c'est ça ? insista le type en faisant un pas en direction de Charlotte.

*Je peux me transformer en ours en cas de besoin*. En un clin d'œil, elle serait bien plus grande et plus forte que cet homme. Il s'enfuirait en hurlant.

Charlotte ôta son chapeau et s'inclina poliment.

— Pas du tout, monsieur. Je trouve au contraire que cet estaminet est fort accueillant.

— Me prenez pas de haut, grogna le barbu, la mine hostile.

Charlotte crispa ses mains moites sur son chapeau.

— Je vous assure que ce n'est pas le cas, monsieur. Je... J'ai à faire, sinon je serais volontiers resté.

S'il avançait encore, elle se changerait en ours.

*Mais Abel et Jeremiah en entendront parler. Tout Aldgate le saura. Et le rendez-vous de demain n'aura pas lieu.*

Elle ne devait pas se métamorphoser. Elle devait se battre.

La panique l'envahit.

L'homme se racla la gorge et cracha par terre.

— Je sais bien quand on se fiche de ma poire et j'aime pas ça !

Charlotte retrouva ses esprits. Elle prit une poignée de pièces dans sa poche, les jeta sur la table la plus proche et lança d'une voix sonore :

— Si ma conduite vous a offensé, je vous présente mes excuses. Tenez, j'offre une tournée générale !

Il y eut une seconde de silence, puis soudain les autres clients se levèrent en faisant grincer leurs chaises contre le plancher.

Dans le brouhaha général, Charlotte s'inclina devant l'homme qui lui avait cherché des noises.

— Au revoir, cher monsieur.

D'un pas rapide, elle se dirigea vers la porte. Dans son dos, une chaise se renversa. Parvenue sur le seuil, elle jeta un coup d'œil derrière elle. Les clients se bousculaient autour de la table pour se disputer le pactole.

Charlotte s'enfuit dans la rue. Au moment où la porte se refermait, elle entendit le fracas de la table qui venait de basculer.

Elle courut vers son fiacre qui l'attendait.

— Chandlers Street. Aussi vite que vous pouvez ! cria-t-elle au cocher.

Charlotte paya le cocher avec ses derniers shillings. Elle n'oublia pas de reprendre l'apparence d'Albin et, après toutes ces émotions, s'efforça de recouvrer son calme et son enthousiasme. Elle avait eu une belle frayeur, mais elle avait réussi à joindre les Smith et à organiser un rendez-vous avec Cosgrove pour le lendemain. Elle pouvait être fière d'elle.

— Alors ? lui demanda Cosgrove quand elle fit son entrée dans le bureau.

— Les Smith acceptent de vous voir demain. Ou plutôt de voir un certain M. Black et son secrétaire. À 15 heures, au *Matelot Joyeux* sur High Holborn Street.

— C'est ce que vous a dit Mlle Brown ?

— Euh... oui.

Il lâcha sa plume dans un geste irrité. Sa réaction déstabilisa Charlotte. Pourquoi ce mécontentement ?

— Il y a un problème, Monsieur ?

Nerveusement, Cosgrove rassembla les feuillets qui composaient son discours.

— J'avais espéré la revoir, lâcha-t-il enfin.

*Vraiment ?*

— Mais... pourquoi ?

— Je voulais lui parler.

Il tapait la liasse de papiers sur le bureau dans un mouvement saccadé.

Charlotte baissa les yeux sur son registre. Elle ne voulait plus coucher avec Cosgrove. Même si l'expérience avait été... intéressante... elle ne souhaitait pas la réitérer.

Mais peut-être désirait-il seulement *parler* avec Mlle Brown ?

Cosgrove était un gentleman. Jamais il ne tenterait de la prendre de force.

— Eh bien... il se trouve que Mlle Brown m'a dit qu'elle se rendrait à l'*Earnoch Hotel* ce soir. Au cas où vous auriez des questions à lui poser.

— Vraiment ?

— Oui, Monsieur. À 19 heures.

Ce n'était pas la même chambre, mais elle était en tout point identique : un lit, une table, deux chaises et un meuble de toilette.

Charlotte enfila sa robe, noua ses cheveux en chignon et s'assit pour attendre.

La nervosité l'envahit à mesure que les minutes passaient. Sous son apparence féminine, elle n'était pas à l'aise avec lord Cosgrove.

*J'aurais dû refuser de le revoir.*

Mais il avait manifesté le désir de lui parler.

À 19 heures précises, on frappa à la porte. Charlotte se leva, lissa ses jupes et alla ouvrir.

— Bonsoir, mademoiselle Brown.

Lord Cosgrove ôta son chapeau et s'inclina avant d'entrer dans la chambre.

Ils s'assirent face à face sans mot dire. Charlotte se sentait gauche, empruntée. L'aisance de Christopher Albin avait disparu.

Elle se décida enfin à parler :

— Votre secrétaire vous a prévenu, n'est-ce pas ? Les Smith sont d'accord pour vous rencontrer demain à 15 heures, au *Matelot Joyeux*, sur High Holborn Street. J'ai réservé un salon au nom de Black.

— Oui, je sais. Merci. Euh... attendez-vous une rémunération ?

Était-ce pour cette raison qu'il avait souhaité lui parler ?

— Non, pas du tout.

Le silence retomba. Le comte tripotait son chapeau posé sur la table. Charlotte glissa un regard en direction de l'horloge. Au bout de trente secondes, elle se leva.

— Merci d'être venu, lord Cosgrove. J'espère que votre entrevue avec les Smith vous donnera toute satisfaction.

Il ne bougea pas.

— Mademoiselle Brown... hier soir... ça n'a pas été vraiment agréable pour vous.

Agréable ? Non. Mais elle avait atteint son but. Elle était débarrassée des affres de la passion physique.

— Je vous l'ai dit, ce n'est pas grave, assura-t-elle. *Je vous suis infiniment reconnaissante.*

Il objecta :

— C'est grave pour moi. Je n'arrête pas d'y penser.

Un souvenir traversa la mémoire de Charlotte : la berline qui roulait, le crépuscule qui tombait, et le comte qui affirmait : « Un homme digne de ce nom ne fera jamais de mal à une femme. »

Elle comprit soudain pourquoi il semblait si affecté. Pour lui, c'était une question d'honneur.

— J'aimerais beaucoup... que vous me laissiez recommencer, dit-il.

Charlotte tressaillit. Recommencer ? Elle respectait Cosgrove, elle avait de l'admiration pour lui, mais... non, elle ne voulait pas renouveler cette pénible expérience.

— Ce n'est pas nécessaire, monsieur.

— Je vous ai fait mal…
— Je savais à quoi m'attendre.
— Mais… à ce point ?
— Eh bien… non, mais… Oh, peu importe !
Cosgrove triturait toujours son chapeau.
— Pardonnez-moi de poser la question, mais avez-vous l'intention d'avoir d'autres relations intimes à l'avenir ?
— Non.
— C'est bien ce que je pensais. C'est normal, vous avez été déçue. Mais vous ne devez pas rester sur cette mauvaise impression. Je vous en prie… permettez-moi de recommencer. Sans vous faire mal, cette fois.
— Cela vous chagrine donc tant que cela ? demanda-t-elle en essayant d'injecter une pointe d'humour dans sa voix.
— Oui !
Charlotte se mordit la lèvre. Elle avait honte, tout à coup. *Je me suis servie de lui… et c'est lui qui se sent coupable.*
Dans la chambre éclairée par les bougies, on n'entendait plus que le sifflement des braises dans l'âtre.
Enfin, Cosgrove reprit dans un soupir :
— Bien sûr, si l'idée de coucher avec moi vous horrifie, je n'insisterai pas.
Charlotte secoua la tête. Il ne s'agissait pas de cela. Mais, la veille, elle s'était sentie si embarrassée… Jamais elle n'avait vécu pareille épreuve. Cela avait été encore plus dur que de quitter Westcote Hall. Ou d'entrer chez Mme Henshaw. Ou de s'aventurer seule dans Whitechapel. Elle n'allait pas s'infliger cela une deuxième fois.
*Mais il m'a déjà vue nue. Est-ce que ce serait aussi gênant si nous recommencions ?*
Elle saisit la poudrière en fer blanc posée sur la table, la fit glisser à côté du bougeoir.
Elle s'était servie de lui. Ce n'était pas Cosgrove qui avait une dette envers elle, c'était elle qui en avait une envers lui.
Elle releva la tête pour le regarder dans les yeux.
— Bon… d'accord, dit-elle.

# 26

Le comte insista pour déboutonner sa robe.

— J'ai apporté un préservatif, dit-il. C'est un peu bizarre, mais cela vous protégera contre une grossesse.

Un préservatif ? Du boyau de mouton séché ? Charlotte réprima une grimace.

— C'est inutile, j'ai ce qu'il faut.

— Vous portez une éponge ?

— Oui.

Elle se mordit la langue. *Menteuse*. Mais le sortilège l'empêcherait de tomber enceinte.

Cosgrove défit le dernier bouton, puis se retrancha derrière la table.

Charlotte ôta sa robe et la plia avec soin pour éviter qu'elle se froisse. À côté, Cosgrove se déshabillait lui aussi. La gêne revenait, plus forte de seconde en seconde, et les signes étaient aussi pénibles que la veille : papillons dans l'estomac, joues brûlantes, frissons glacés. Avant, elle n'avait même pas idée qu'on pouvait éprouver du chaud et du froid en même temps !

Le visage en feu, elle délaça son corset. *Je n'ai pas envie de faire ça*.

— Vous ne trouvez pas que c'est très embarrassant de se déshabiller devant un étranger ?

— Si ! reconnut Charlotte avec un petit rire.

— C'est bien normal.

Elle risqua un regard dans sa direction. Il souriait. Lui aussi était mal à l'aise et tentait de détendre l'atmosphère.

Il était en sous-vêtements, et elle eut soudain la gorge serrée. Se rendait-il compte qu'il était superbe ? Épaules carrées, biceps saillants, cuisses puissantes…

Détournant les yeux, elle entreprit d'ôter les épingles qui maintenaient son chignon.

Cosgrove se matérialisa dans son dos. Pour un homme aussi grand, il se déplaçait avec la souplesse d'un chat. Charlotte devint maladroite. Fermant les yeux, elle tâcha de se concentrer sur les épingles.

— Puis-je vous toucher ?

Charlotte rouvrit les yeux. Son cœur s'emballa.

— Oui, souffla-t-elle.

Elle s'attendait qu'il prenne le relais avec les épingles, mais il s'approcha encore et l'encercla de ses bras, posant ses mains juste sous ses seins.

Charlotte s'immobilisa, les bras en l'air. Sa gorge était si serrée qu'elle n'arrivait plus à respirer. Même son cœur semblait paralysé. Les mains de Cosgrove la brûlaient à travers sa camisole. Elle sentait ses pouces frôler sa peau, sur le renflement extérieur de ses seins.

Son cœur se remit à battre à un rythme affolé, mais ses bras étaient toujours figés en l'air. Elle avait une conscience aiguë de son corps pressé contre le sien et de la chaleur qu'il dégageait.

Ses pouces remuèrent dans une caresse légère, puis ses paumes cueillirent ses seins. Elle perçut son souffle chaud sur sa nuque, juste avant que sa bouche ne se pose au creux de son épaule. Il la mordilla à cet endroit sensible, déclenchant une onde de chaleur dans son corps.

Charlotte ferma les yeux. Elle retrouva sa mobilité, retira les deux dernières épingles, libérant sa chevelure qui coula sur l'épaule de Cosgrove. Lorsqu'il goûta sa peau de la langue, elle se mit à trembler et renonça à toute pensée cohérente. Les épingles lui échappèrent des mains et tombèrent par terre.

Cosgrove s'écarta. Charlotte rouvrit les yeux. La tête lui tournait.

Il lui prit la main pour la guider vers le lit.

— Inutile de garder ça, dit-il en montrant sa camisole.

Il se baissa pour ôter son sous-vêtement, et son membre viril se redressa au-dessus du buisson de poils sombres. Charlotte retint son souffle. Autant Phillip Langford nu lui avait paru grotesque et répugnant, autant Cosgrove lui semblait magnifique. Un spasme délicieux lui contracta le ventre. Ce n'était pas la peur, c'était une sensation profonde, viscérale. *J'ai envie de lui*.

Elle se battit avec la camisole, réussit à la faire passer par-dessus sa tête et l'abandonna par terre.

La veille, sa nudité l'avait horriblement gênée. Mais, ce soir, ce n'était pas l'embarras qui faisait battre son cœur.

Cosgrove retira la courtepointe. Il laissa Charlotte s'allonger, puis s'étendit près d'elle. Elle perçut en même temps sur sa peau la chaleur de son corps et la fraîcheur des draps. Le monde se résumait maintenant au lit, à la flamme de la bougie et à Cosgrove.

Il fit courir ses mains sur elle, la caressant sans hâte, comme il l'avait fait la veille. Puis il taquina les pointes de ses seins de la langue, les mordilla. Tout près de le supplier de continuer, Charlotte réprima un gémissement de plaisir et s'agrippa aux draps.

Les mains du comte s'aventurèrent plus bas, sur son ventre, sa taille, ses hanches, embrasant son corps tout entier. Elle n'osait pas lui rendre ses caresses. Même nu, il restait comte et d'un rang social bien supérieur au sien.

Il fit remonter ses doigts à l'intérieur de sa cuisse, et elle frissonna.

Quand il introduisit son majeur en elle, le corps de Charlotte réagit d'instinct : ses hanches se cambrèrent pour l'inviter à la pénétrer plus profondément, et ses muscles internes se crispèrent.

Cosgrove émit un grognement de satisfaction.

— Vous n'avez pas mal ?

— Non, haleta-t-elle.

Il retira sa main, puis se plaça entre ses jambes. Son corps lourd recouvrit le sien. Il glissa une main entre eux, et elle sentit l'extrémité de son membre se poster à l'orée de son sexe.

Par réflexe, elle se raidit contre la douleur à venir.

Il s'enfonça de quelques centimètres seulement, le corps tremblant, comme s'il devait fournir un effort intense pour se retenir.

— Ça va ?

— Oui.

Il plongea en elle d'un profond coup de reins. Charlotte poussa un cri étouffé et s'agrippa au drap.

— Mal ?

— Non...

Ce soir, elle ne ressentait pas la présence de son sexe en elle comme une intrusion. Des ondes de plaisir parcouraient tout son corps. Il se retira lentement, s'enfonça de nouveau. Charlotte souleva le bassin pour venir à sa rencontre. Il glissa un bras sous sa taille pour la maintenir contre lui, et ils trouvèrent leur rythme.

L'urgence s'empara d'eux. La cadence des va-et-vient s'accéléra, et Charlotte sentit que son corps l'emportait vers quelque chose d'irrépressible. Elle ne savait pas ce que c'était, elle savait juste qu'elle en avait désespérément besoin...

La vague du plaisir déferla, plus intense que tout ce qu'elle avait connu jusqu'à ce jour. Dans un cri silencieux, elle se cramponna au bras de Cosgrove. Loin de s'arrêter, il intensifia ses mouvements, puis se cabra soudain dans une décharge voluptueuse au moment où il répandait sa semence en elle en longs jets brûlants.

Ensuite, ils retombèrent sur le lit, emmêlés, haletants.

Timidement, Charlotte posa une main dans le dos de Cosgrove. Sa peau était brûlante. Les battements désordonnés de son cœur se répercutaient dans sa paume. Une bouffée de tendresse enfla en elle, lui nouant la gorge et lui faisant monter les larmes aux yeux.

Enfin, il se redressa et demanda :

— Je vous en prie, dites-moi que c'était mieux cette fois ?

Charlotte hocha la tête. Elle craignait que sa voix ne chevrote si elle parlait.

Cosgrove déposa un baiser sur son front – ni un baiser guindé ni le baiser d'un amant épris, mais quelque chose entre les deux –, puis il se leva et, le corps luisant de transpiration, se dirigea vers la chaise où il avait empilé ses habits.

Il revint avec un mouchoir qu'il lui tendit.

— Merci.

Les doigts crispés sur le mouchoir, elle le regarda se rhabiller. Bas et culottes, chemise et gilet. Puis il chaussa ses bottes et enfila sa redingote.

— Vous ne vous habillez pas ? s'étonna-t-il.

— Je crois… que je vais prendre un bain.

Il hocha la tête, se passa la main dans les cheveux et jeta un regard vers la porte. Il pensait déjà à autre chose.

Charlotte se leva pour ramasser sa camisole et la plaqua sur sa poitrine pour dissimuler sa nudité.

— J'espère que tout se passera bien pour vous demain. Avec les Smith.

Le regard de Cosgrove revint sur elle, puis dériva sur le lit.

— Voulez-vous… que nous nous retrouvions ici demain soir ? Pour que je puisse vous raconter ce qui s'est passé ? proposa-t-il.

Le voulait-elle ?

Oui. Elle en avait terriblement envie.

Mais le *devait*-elle ?

Non. Ce n'était pas raisonnable.

— Oui, si cela ne vous dérange pas, acquiesça-t-elle.

Son sourire lui réchauffa le cœur. En cet instant, il ne pensait qu'à elle, pas aux Smith ni aux engagements qu'il avait pris.

— 19 heures ?

Elle hocha la tête.

Le comte ramassa son chapeau et s'inclina avec galanterie.

— Eh bien… bonne nuit, mademoiselle Brown.

La porte se referma sur sa haute silhouette.

Immobile près du lit, Charlotte fixait le battant.

*Je vous aime, monsieur.*

# 27

*24 octobre 1805*
*Grosvenor Square, Londres*

Dans la nuit, huit fenêtres furent brisées, et un seau d'excréments fut déversé sur les marches du perron.

Pourtant, la bonne humeur de Marcus n'en fut nullement entachée. Il travailla son discours en fredonnant. Ce matin, les mots lui venaient très facilement.

Quand l'horloge du hall sonna midi, il posa enfin sa plume. Son estomac criait famine. Il n'avait pas eu aussi faim depuis longtemps.

Il se rendit compte soudain qu'Albin était bien plus silencieux qu'à l'accoutumée.

— Tout va bien, mon jeune ami ? s'enquit-il en étirant ses bras au-dessus de sa tête.

— Très bien, Monsieur.

— Vous êtes anxieux au sujet de notre rendez-vous ?

Marcus, pour sa part, trépignait d'impatience. Dans trois heures, ils rencontreraient Abel et Jeremiah Smith et sauraient enfin qui les avait engagés.

— Comment comptez-vous procéder, Monsieur ? Ne pensez-vous pas que nous devrions emmener deux valets ?

— Des valets ? Mais pour quoi faire ?

Marcus baissa les bras. Les muscles de son corps étaient merveilleusement détendus. Ses pensées dérivèrent sur Mlle Brown. Leur étreinte de la veille lui avait procuré un plaisir indicible.

— Parce que les Smith sont deux, Monsieur.
— Nous aussi, nous sommes deux.
— Mais je ne sais pas me battre aussi bien que vous.
— Il n'y aura pas de bagarre. Je vais leur offrir de l'argent.
— Vous ne voulez donc pas les faire arrêter ?
— Pas aujourd'hui. Aujourd'hui, je veux juste le nom de leur commanditaire.
— Je pense que ce sont eux qui vous ont attaqué avant-hier. Ils auraient pu vous tuer. Il faut les envoyer en prison ! lança Albin avec véhémence.
— Nous obtiendrons plus d'informations en les appâtant avec de l'argent qu'en usant de violence ou en les faisant jeter derrière les barreaux.
— Mais…
— Et s'ils m'ont bel et bien agressé dans St. James's Park, je porterai plainte contre eux plus tard.
Les agresseurs avaient presque tué le pauvre Lionel. Ils méritaient amplement tout châtiment que le juge estimerait bon de leur infliger.
— Certes, mais ne serait-il pas plus prudent d'emmener des valets ? Juste au cas où ? Ils auront peut-être des matraques, insista Albin.
— En plein jour ? Non. Dites-moi, Albin, vous avez la frousse ?
Marcus s'amusa de voir le jeune secrétaire rougir.
— Je ne veux pas que vous soyez blessé, Monsieur.
— J'emporterai un pistolet.
— Et un valet ?
— Non.
— Mais…
— Argumentez-vous toujours autant avec vos employeurs, ou ai-je droit à un traitement de faveur ?
Écarlate, Albin baissa le nez sur son dossier.
— Je vous demande pardon, Monsieur.
Marcus se leva. Il avait faim, très faim. Il s'approcha du bureau d'Albin et posa sa main sur l'épaule du jeune homme.

— Je vais prendre deux pistolets. Un pour chaque Smith. Cela vous tranquillise-t-il ?

Ils prirent possession du salon réservé au *Matelot Joyeux* peu après 14 heures. Marcus balaya l'endroit du regard. Une table, quatre chaises, un fauteuil, un buffet. Il s'approcha de la fenêtre pour jeter un coup d'œil dans la rue.

— Y a-t-il une clé sur la porte ?

— Non, juste un verrou à l'intérieur.

Ce n'était pas idéal. Il aurait préféré avoir la clé. Mais s'ils tiraient le verrou, personne ne pourrait entrer, hormis l'aubergiste. Marcus haussa les épaules. Il faudrait s'en contenter.

— Descendez nous chercher quatre chopes de bière, Albin.

Pendant l'absence de son secrétaire, il déplaça les sièges à sa convenance, mit un des fauteuils près de la cheminée, le dossier côté porte, puis disposa deux chaises en face.

Il s'installa dans le fauteuil et, quand Albin revint, demanda :

— Pouvez-vous voir mon visage d'où vous êtes ?

— Non, Monsieur. Juste le haut de votre chapeau.

— Parfait.

Marcus se releva et étudia la pièce. Celle-ci paraissait confortable et accueillante, avec son feu de cheminée et les quatre chopes posées sur la table.

— Dès qu'ils seront entrés, tirez le verrou afin que personne ne vienne nous déranger. Proposez-leur de s'asseoir sur les chaises et offrez-leur une bière. Puis installez-vous à la table. Observez, mais ne dites rien.

— Vous avez les pistolets, Monsieur ?

— Oui.

— Êtes-vous sûr qu'ils sont chargés ?

— Oui.

Marcus prit place dans le fauteuil, croisa les jambes et joignit les mains sous son menton. Il avait hâte d'en avoir terminé, de *savoir* enfin.

De son côté, Albin arpentait le sol d'un pas nerveux en triturant ses manchettes, sa cravate et les boutons de son gilet. Toutes les deux minutes, il consultait sa montre de gousset.

— Asseyez-vous, finit par lui ordonner Marcus.

Albin s'exécuta en marmonnant une excuse. Au bout d'un moment, il commença à aligner les chopes sur le plateau de la table.

Marcus décida de l'ignorer. Il jeta un coup d'œil à sa montre. Presque 15 heures. Il toucha les billets glissés au fond de sa poche, tout en se demandant qui ces types allaient dénoncer. Phillip ? Monkwood ? Brashdon ?

On frappa à la porte.

Albin cessa de jouer avec les chopes et lança un regard à Marcus, qui esquissa un sourire carnassier.

— Faites-les entrer.

Charlotte essuya ses mains moites sur ses culottes et inspira un bon coup avant d'aller ouvrir la porte.

Deux grands costauds attendaient dans le couloir. Ils avaient rabattu leur chapeau sur leurs yeux, et le bas de leur visage était dissimulé par une écharpe.

Charlotte déglutit avec difficulté en voyant qu'ils portaient de larges manteaux informes. Dissimulaient-ils des matraques ou des couteaux là-dessous ?

— Monsieur Abel Smith et monsieur Jeremiah Smith ? Entrez, mon employeur va vous recevoir, dit-elle d'une voix un peu trop aiguë.

Les deux types pénétrèrent dans le salon. Charlotte perçut un relent de gin et de sueur aigre. Elle leur désigna les chaises placées près de la cheminée, puis referma la porte et tira le verrou.

— Puis-je vous proposer une bière, messieurs ?

— Pas de refus, acquiesça l'un d'eux.

Cosgrove était assis face à l'âtre dans une posture décontractée, les jambes croisées, une main sur le menton. Le bord de son chapeau masquait le haut de son visage.

Les Smith allèrent s'asseoir. Ils se déplaçaient à pas lents, avec méfiance, comme des bêtes sauvages. Lorsqu'ils dénouèrent leur écharpe, Charlotte scruta leurs traits. S'agissait-il bien des deux hommes qu'elle avait vus monter en voiture à la taverne de Tewkes Hollow ? Difficile de l'affirmer. Ces gars-là n'avaient rien de particulier. Leurs yeux, leur nez, leur front, leur mâchoire... tout chez eux était banal.

Elle saisit deux chopes de bière.

Le comte baissa la main qui dissimulait sa bouche et son menton.

— Messieurs, merci d'être venus, dit-il d'une voix courtoise. Lequel d'entre vous est Abel ?

— C'est moi, dit le type de gauche.

Soudain, il plissa les paupières et se releva d'un bond.

— Vous êtes Cosgrove !

Charlotte tressaillit, et un peu de bière dégoulina le long d'une chope.

— Oui, c'est moi, admit le comte, qui avait tiré quelques billets de sa poche. Permettez-moi de vous remercier d'avoir détruit ma serre. Je rêvais de le faire depuis fort longtemps. Aussi ai-je décidé de vous récompenser, ajouta-t-il en dépliant un billet.

Abel Smith se rassit. Il échangea un regard avec son frère.

— C'est vrai ?

— Mais oui. Et j'aimerais en plus vous offrir une rétribution en échange d'informations que vous détenez.

Sans se presser, Cosgrove déplia un deuxième billet.

— Quelles informations ?

— Oh, juste un nom. Je veux savoir qui vous a engagé pour incendier la serre.

Cosgrove déplia un troisième, puis un quatrième billet, qu'il pinça négligemment entre le pouce et l'index.

— Combien êtes-vous prêt à payer ? demanda Abel Smith.

— Combien voulez-vous ? rétorqua Cosgrove en souriant.

Les deux frères échangèrent encore un regard. Charlotte vit Jeremiah hausser les sourcils, l'air de dire : « Pourquoi pas ? »

Elle se souvint soudain des chopes qu'elle tenait.

— Vos bières, messieurs.

Elle leur tendit à chacun une chope. Au moment où elle se détournait, elle surprit un chuchotement : « … le faire tout de suite ou attendre… »

« Faire quoi ? » s'interrogea Charlotte en allant récupérer une troisième bière sur la table.

Abel Smith but une longue gorgée et s'essuya la bouche d'un revers de main.

— On va vous dire son nom, déclara Jeremiah.

— Quelle bonne nouvelle, dit Cosgrove en croisant les jambes.

En un éclair, les Smith passèrent à l'action.

Ils bondirent de leurs chaises. Jeremiah se jeta sur Cosgrove, tandis qu'Abel s'élançait sur Charlotte, bras écartés, faisant claquer les pans de son grand manteau.

Par réflexe, elle lui lança la chope qu'elle tenait. Celle-ci le heurta à l'épaule sans le ralentir. Il l'attrapa à bras-le-corps et la projeta au sol.

Le choc lui coupa le souffle. Elle essaya de le repousser, se démenant et lui donnant des coups de pied. Au moment où elle ouvrait la bouche pour crier, Abel lui envoya son genou dans le bas-ventre.

Charlotte se recroquevilla sous l'effet de la douleur. Un violent coup de poing l'atteignit à la tête, puis Abel se releva. La vision brouillée par les larmes, elle le vit pivoter vers la cheminée.

Cosgrove et Jeremiah roulaient sur le sol, chacun cherchant à prendre le dessus sur l'autre. Cosgrove grondait, sa lèvre retroussée révélant l'éclat de ses dents.

Charlotte entrevit le miroitement d'une lame de couteau dans la main de Jeremiah.

La terreur la submergea. La respiration laborieuse, elle réussit à se mettre à genoux.

Abel Smith glissa la main sous son manteau et en tira un poignard.

*Ils vont le tuer !*

Charlotte voulut crier pour alerter le comte, mais il n'y avait plus d'air dans ses poumons. S'agrippant au plateau de la table, elle réussit à se redresser.

Abel fit volte-face, et une expression meurtrière s'inscrivit sur ses traits.

« Un ours ! Un ours ! Un ours ! » cria une voix dans la tête de Charlotte.

La magie flamba en elle. Elle tomba à quatre pattes et eut l'impression que sa peau éclatait sous la poussée de son squelette qui grandissait, se disloquait.

Relevant son énorme tête, elle bouscula la table d'un coup d'épaule et chargea Abel Smith, la gueule ouverte dans un rugissement.

Chancelant, l'homme poussa un hurlement strident et recula, zébrant l'air de son couteau.

En pleine bagarre, Cosgrove et Jeremiah s'étaient figés par terre. Bouche bée, les yeux exorbités de stupeur, ils fixaient l'ours.

Charlotte huma l'odeur du sang. Celui de Cosgrove. La fureur la submergea. D'un coup de patte, elle envoya valser Abel Smith, qui décolla du sol et fut projeté contre le mur.

L'impact fit vibrer tous les murs de la pièce.

Charlotte se tourna ensuite vers Jeremiah. Ce dernier lâcha le comte et se releva d'un bond au moment où Charlotte envoyait un autre coup de patte. Ses longues griffes lacérèrent la joue du malfrat, qui recula jusque dans l'angle de la pièce et, acculé, brandit son couteau d'une main tremblante.

Charlotte percevait l'odeur de sa peur, aussi puissante que celle du sang qui ruisselait sur son visage. Elle entendait sa respiration sifflante entrecoupée de sanglots terrifiés.

*Je pourrais le tuer. Ce serait si facile !*

D'un coup de patte, elle lui arracha le couteau, qui alla retomber un peu plus loin sur le sol. Au craquement qui avait retenti, elle comprit qu'elle lui avait cassé le bras.

Dans un cri étranglé, il s'aplatit par terre et se recroquevilla sur lui-même, comme s'il tentait de disparaître entre les lattes du plancher.

Charlotte se tourna vers le comte. Était-il blessé ?

Cosgrove était accroupi derrière le fauteuil. Échevelé, la mine farouche, il pointait un pistolet dans sa direction. Horrifiée, Charlotte vit que sa cravate était pleine de sang.

Elle se changea aussitôt en Albin et s'exclama :

— Monsieur… votre gorge !

# 28

Marcus cligna des yeux.

*Je suis victime d'une hallucination.*

Son secrétaire accourut.

Il était complètement nu.

Marcus leva son pistolet.

Albin écarta l'arme d'un geste.

— Vous saignez, Monsieur !

— Ce n'est rien.

Il avait répondu d'une voix normale, alors que rien n'était normal. Bon sang, que venait-il de se passer ?

Albin tentait de lui enlever sa cravate.

— Laissez-moi voir...

— Je vous dis que ça va !

Marcus jeta un coup d'œil par-dessus l'épaule d'Albin. Jeremiah Smith était tapi dans le coin de la pièce et gémissait. Abel gisait sur le sol, à moitié assommé.

Albin lui donna une poussée pour l'obliger à s'asseoir dans le fauteuil et pressa la cravate roulée en boule contre sa gorge.

— Tenez ceci, Monsieur...

— Bon sang, je vous dis que...

Abel Smith se redressa et traversa la pièce dans une course pataude. Il s'y reprit à plusieurs fois pour tirer le verrou, ouvrit la porte à la volée et s'engouffra dans le couloir.

Son frère le suivit en titubant, son bras cassé replié contre sa poitrine, le visage en sang. La porte claqua.

— Merde !

Marcus poussa Albin hors de son chemin. Il enjamba la table renversée, courut ouvrir la porte.

Le couloir était désert.

Il s'élança, dévala l'escalier et déboucha dans la salle commune pleine de monde. Ici tout semblait normal, les clients buvaient et bavardaient comme si de rien n'était.

Marcus entendit un jappement et leva les yeux vers le palier.

Un chien au poil brun se tenait en haut des marches. Il aboya de nouveau en remuant la queue, puis disparut.

Marcus remonta à l'étage et aperçut le chien à l'autre bout du couloir. Il grattait à une porte. « Ici », semblait-il indiquer.

Marcus affermit sa prise sur la crosse du pistolet et alla ouvrir la porte. Il se retrouva face à une volée de marches en bois brut. Il les descendit quatre à quatre, parvint devant une autre porte qu'il ouvrit d'un violent coup d'épaule, puis émergea dans la cour arrière de l'auberge.

Le chien le dépassa, la truffe au ras du sol.

Marcus le suivit en courant, traversa la cour, puis longea une ruelle qui débouchait dans High Holborn Street.

Là, il vit des piétons, des marchands ambulants, des voitures... mais pas les Smith.

Le chien remonta encore sur une dizaine de mètres, huma l'air, tourna sur lui-même, puis s'assit en gémissant.

Marcus s'immobilisa.

Il savait que le chien était Albin, et il savait ce qu'Albin essayait de lui dire. La piste s'arrêtait là. Les Smith étaient montés dans une voiture, probablement un fiacre, et avaient pris la poudre d'escampette.

Il jura entre ses dents.

Puis il prit conscience de la vision qu'il devait offrir : les cheveux hirsutes, le regard fou, un pistolet en main.

Il battit en retraite dans la ruelle et retourna dans la cour de l'auberge. Maintenant qu'il ne courait plus, il pouvait voir sur le sol des éclaboussures écarlates. Le sang de Jeremiah Smith.

Il reprit l'escalier de service, ramena le chien dans le salon privé et tira le verrou. La table retournée gisait au milieu de la pièce, un de ses pieds cassé. Le fauteuil était renversé près de la cheminée. Des billets jonchaient le tapis, à côté d'un chapeau et d'une pile de vêtements en lambeaux.

— Albin...

Au son de sa voix, le chien tressaillit et remua la queue. Il recula de deux pas. Puis, en l'espace d'un battement de cœur, il redevint Albin.

Éberlué, Marcus secoua la tête, la main crispée sur la crosse du pistolet.

Albin déglutit avec nervosité, ce qui fit saillir sa pomme d'Adam. Il ramassa sa redingote déchirée et la plaqua maladroitement sur son bas-ventre pour dissimuler sa nudité.

— Monsieur...

— Que se passe-t-il, bon sang ?

— Je... euh...

Albin semblait chercher une explication crédible. Marcus aurait pu lui dire tout de suite qu'il n'y en avait pas. *Rien* ne pouvait expliquer ce dont il venait d'être témoin.

Le silence se prolongea. De plus en plus mal à l'aise, Albin dansait d'un pied sur l'autre. Finalement, il lâcha :

— Ils allaient vous tuer, Monsieur ! Il fallait bien que j'intervienne...

— *En vous transformant en ours ? En chien ?* Mais comment est-ce possible, bon Dieu ?

Albin recroquevilla ses orteils sur le plancher, comme s'il voulait s'enterrer pour disparaître.

— C'est difficile à expliquer, Monsieur. C'est... C'est en rapport avec ma mère.

— Ah bon ? Elle aussi se changeait en animal ? jeta Marcus, sarcastique.

— Euh… non. Elle pouvait voler.

Cette réponse absurde décupla la colère de Marcus. Il fourra le pistolet dans sa poche. Des esquilles de bois craquèrent sous ses semelles alors qu'il s'approchait du fauteuil pour ramasser les billets.

Timidement, Albin remarqua :

— Monsieur… vous saignez toujours.

Marcus baissa les yeux. Du sang maculait sa chemise et son gilet. Pas étonnant que les gens l'aient regardé avec de grands yeux dans la rue.

— Tenez.

D'un geste hésitant, Albin lui tendait sa propre cravate déchirée.

— Vous avez une plaie… au cou, bredouilla-t-il.

Soudain, Marcus eut honte de lui. Sa colère fondit. Il glissa les billets dans sa poche et accepta la cravate.

— Merci, Albin.

— Et… au niveau de la poitrine aussi.

— Vraiment ?

Albin avait raison. La lame du couteau avait lacéré le revers gauche de sa redingote, et en dessous son gilet et sa chemise. Marcus écarta les couches de tissu et découvrit une estafilade qui courait de sa clavicule à ses côtes. Elle passait juste en travers du cœur.

— Il a bien failli vous tuer, Monsieur.

— Je sais.

Marcus balaya du regard la pièce saccagée. Tout cela n'avait aucun sens. Pourquoi les Smith avaient-ils tenté de le tuer alors qu'il était en train de leur proposer une grosse somme d'argent en échange du nom de leur commanditaire ?

Quelqu'un frappa à la porte.

— Monsieur ? Monsieur Black ?

— Qui est là ? demanda Marcus.

— M. Nutley, l'aubergiste.

Marcus jeta un regard à Albin, aussi nu qu'au jour de sa naissance.

— Que voulez-vous ? demanda-t-il encore.

— On m'a signalé du tapage. Laissez-moi entrer, s'il vous plaît.

— Et merde, soupira Marcus. La moitié de Londres pense déjà que c'est moi qui ai poussé Lavinia au suicide, et maintenant on va croire que je suis de la jaquette !

— P... Pardon, Monsieur ?

— On va penser que nous sommes amants !

Et, une fois appréhendé, il ne resterait pas longtemps M. Black. Sa véritable identité serait révélée. Lord Cosgrove, le sodomite.

Tout Londres en ferait des gorges chaudes.

Albin comprit soudain et hocha vivement la tête.

— Ah... oui. Je... Je m'en vais tout de suite, Monsieur !

Il se précipita vers la fenêtre pour l'ouvrir. La seconde suivante, un moineau s'envolait à tire-d'aile dans le ciel londonien.

Marcus eut un hoquet et, d'instinct, recula d'un pas.

De nouveau, on frappa à la porte.

— Monsieur Black ?

— Un instant !

Marcus ramassa rapidement les habits et les bottes d'Albin avant de jeter le tout par la fenêtre. Il entendit une clé tourner dans la serrure et eut juste le temps de fermer la croisée.

La porte s'ouvrit et un homme apparut, un tablier noué autour de sa bedaine. Deux employés se tenaient derrière lui en renfort.

M. Nutley avisa la table brisée, le fauteuil renversé et la bière qui souillait le plancher. Son visage rougit et enfla sous le coup de la colère.

— Monsieur ! Je tiens un établissement respectable et...

— Je vous présente mes excuses, coupa Marcus en lui tendant un billet de cinq livres qu'il venait de tirer de sa poche. Ceci devrait vous dédommager amplement.

L'homme écarquilla les yeux et son indignation retomba aussitôt. Il saisit le billet entre le pouce et l'index.

— Oui, monsieur, cela suffira. Merci.

Marcus chercha son chapeau du regard. Là-bas, par terre. Il alla le ramasser, l'épousseta et le cala sur son crâne. Près de la table se trouvait un autre chapeau. Celui d'Albin. Il le ramassa aussi. C'était le seul élément de sa tenue que la métamorphose n'avait pas détérioré.

Un éclat métallique sur le plancher attira son attention. Une montre de gousset. Il la ramassa, l'ouvrit et lut l'inscription gravée dans l'argent : « Charles Appleby, esq. »

Marcus fronça les sourcils. Ce nom lui disait quelque chose. Mais oui, il s'agissait de l'ex-employeur d'Albin.

— Hum… avez-vous besoin des services d'un médecin, monsieur Black ? demanda l'aubergiste, qui fixait ses habits tachés de sang.

— Non.

Marcus glissa la montre dans sa poche. Ce dont il avait besoin, c'était d'une bonne discussion avec Albin.

# 29

Un fiacre l'emmena à Chandlers Street. C'était le seul endroit à sa connaissance où il pouvait espérer retrouver Albin.

Mme Stitchbury poussa un petit cri effaré en le voyant.

— Oh, lord Cosgrove ! Vous saignez !

— M. Albin m'a dit que je pouvais l'attendre dans son appartement, dit-il en montrant le chapeau d'Albin comme si celui-ci pouvait lui servir de laissez-passer.

— Oui, oui, bien sûr.

Après une petite révérence hâtive, la logeuse le précéda dans l'escalier et lui ouvrit la porte du logement.

— Mais votre cou... Vous saignez tellement, milord ! Si vous voulez, je peux aller chercher...

— Non, merci, madame Stitchbury.

Marcus entra dans l'appartement d'Albin et referma la porte d'un geste ferme.

Il attendit que la logeuse s'en soit retournée, puis alla ouvrir la fenêtre. Un moineau s'engouffra dans la pièce et alla se poser sur le tapis, devant la cheminée.

Marcus referma la croisée. Lorsqu'il se retourna, Albin gisait nu sur le tapis.

Marcus ne put s'empêcher de frissonner. Albin pouvait se métamorphoser à volonté. C'était impossible. Inconcevable.

*Et pourtant je l'ai vu de mes propres yeux.*

— Monsieur, votre cou...

— Ah, arrêtez ça ! coupa Marcus, énervé. Je viens de subir les jérémiades de votre logeuse à ce sujet, je ne suis pas d'humeur à en entendre plus. Je veux des explications. Plus de mensonges. Et, pour l'amour du Ciel, habillez-vous !

— Le soir de mon vingt-cinquième anniversaire, une femme m'est apparue. Elle n'était pas humaine, Monsieur. Elle s'est présentée comme... une magicienne. Une fée.

Albin enfilait ses culottes moutarde. Il rougit, tout à fait conscient de l'énormité de ses propos.

— Selon cette fée, une de mes aïeules lui a rendu service il y a fort longtemps, et en remerciement elle était tenue de m'accorder un don particulier. Je pouvais choisir ce que je voulais entre l'invisibilité, la lévitation, la vie éternelle... euh... la téléportation et... ah oui, le don de voir l'avenir, le don de parler aux animaux...

Marcus ne put s'empêcher de secouer la tête. Albin ne s'en aperçut même pas. Tout en continuant à s'habiller, il poursuivit :

— Et donc j'ai choisi le don de métamorphose.

— La métamorphose, répéta Marcus comme s'il découvrait ce mot. C'est ce que vous avez fait cet après-midi ?

— Oui. J'ai pensé que cela pouvait être utile, opina Albin, qui avait enfilé une chemise propre et était en train de la boutonner.

Marcus émit un petit ricanement. *Utile ?* Certes ! Il frôla l'estafilade sur son cou. Le sang avait séché et sa peau le tiraillait désagréablement.

— Si je ne vous l'ai pas dit, Monsieur, c'est parce que... je ne l'ai dit à personne ! Comment le pourrais-je ? C'est trop extraordinaire. Incroyable. Moi-même, je n'y aurais pas cru si ça ne m'était pas arrivé, plaida Albin.

Marcus demeura de marbre. *Je ne suis pas un naïf qu'on peut embobiner avec des sornettes.*

Avec un soupir résigné, Albin attrapa son gilet.

Marcus lui montra alors la montre de gousset qu'il avait ramassée dans le salon de l'auberge.

— D'où sort cette montre ?

— Quelle montre ? Oh... vous l'avez trouvée ? Merci, Monsieur !

— Charles Appleby était votre employeur. Comment se fait-il que vous vous baladiez avec sa montre ?

— Il me l'a donnée. Si je l'avais perdue, je m'en serais terriblement voulu... Je vous suis infiniment reconnaissant de me l'avoir rapportée, Monsieur.

Albin tenait la montre à deux mains, tel un objet précieux. Puis il la rangea dans la poche de son gilet.

— Vous étiez proche de M. Appleby ?

— Il était comme un père pour moi. Pardon, mais... auriez-vous également trouvé une clé ?

Marcus secoua la tête. Albin grimaça.

— Mme Stitchbury ne va pas être contente.

Marcus s'en moquait bien. Il était furieux. Albin lui avait menti. Enfin, pas vraiment. Il avait juste passé sous silence une information capitale le concernant. Mais cela revenait au même. Sa confiance en lui était fortement ébranlée.

— L'aviez-vous fait auparavant ? Vous métamorphoser alors que vous étiez à mon service ?

Albin détourna le regard.

Marcus sentit sa colère flamber.

— Vous l'avez fait !

— Euh... oui, Monsieur. À Hazelbrook. Quand j'ai suivi les Smith. Sinon jamais je n'aurais été capable de courir aussi longtemps.

— Le chien que j'ai croisé dans les bois... c'était vous.

— Oui, Monsieur.

— Et moi qui m'inquiétais pour vous ! Quel imbécile !

— Je vous demande pardon, fit Albin, l'air misérable. Je... Je voulais juste vous aider.

— Vous m'avez trompé.

— Oui, Monsieur.

Albin était au bord des larmes. Tête basse, il cligna des yeux.

— Comment puis-je vous faire confiance maintenant ?

Albin releva vivement la tête.

— Mais, Monsieur... je l'ai fait pour vous !

La fureur de Marcus retomba quelque peu. Machinalement, il toucha le sang séché sur sa gorge. *Sans Albin, je serais mort à l'heure qu'il est*.

— Monsieur, les frères Smith... Je les ai entendus chuchoter... juste avant qu'ils ne vous attaquent.

— Et ?

— L'un d'eux a dit quelque chose comme : « Doit-on le faire tout de suite ou attendre ? » Cela semble indiquer qu'ils avaient pour mission de vous tuer.

Marcus réfléchit. Phillip avait souhaité sa mort. Monkwood voulait peut-être le voir mort, lui aussi. Quant à Brashdon et à Hyde, ils ne le portaient pas dans leur cœur. Mais tout de même, de là à le faire assassiner...

— Il faut vous montrer extrêmement prudent, Monsieur.

Marcus fixait Albin sans vraiment le voir. À présent, il comprenait pourquoi les Smith l'avaient attaqué. Ce n'était pas pour le détrousser, ni parce qu'ils avaient paniqué, mais simplement parce qu'ils avaient été payés pour le faire.

*Quelqu'un veut vraiment ma mort*.

Son esprit rejeta cette pensée et chercha à se focaliser sur autre chose. Il vit qu'Albin était pieds nus dans ses bas et se souvint qu'il avait jeté ses affaires par la fenêtre de l'auberge.

— Vous avez une autre paire de bottes ?

Albin secoua la tête.

— Une autre veste ?

— Non, Monsieur.

Marcus prit un billet dans sa poche et le lui tendit.

— Allez vous acheter de quoi vous habiller. Et, tant que vous y êtes, achetez aussi un manteau chaud.

— Je ne peux pas accepter votre argent, Monsieur.

Marcus remarqua de petites éclaboussures de sang séché sur le billet.

— Vous m'avez sauvé la vie aujourd'hui, dit-il.

*Quelqu'un veut ma mort.*

De nouveau, son esprit se cabra face à cette vérité. Il posa le billet sur la table et se dirigea vers la porte.

— Monsieur ? Euh... suis-je toujours votre secrétaire ?

Marcus se figea. Puis, lentement, il se tourna face à Albin. Celui-ci était livide. Une supplique désespérée se lisait dans son regard.

*Est-ce que je veux toujours de lui comme secrétaire ?*

Il était fâché contre Albin, furieux même, et cependant... en dépit de cette folle histoire de magie, il continuait à lui faire confiance. Pas autant qu'avant, mais... suffisamment.

— Oui, vous êtes toujours mon secrétaire, répondit-il d'une voix bourrue.

Marcus arriva à son rendez-vous avec Mlle Brown à 19 heures précises.

— Bonsoir, la salua-t-il, conscient du poids du pistolet au fond de sa poche.

Tandis qu'elle tirait le verrou, il scruta la pièce pour s'assurer que personne ne se cachait derrière le paravent ou derrière le lit.

Ils s'assirent à la table, une chandelle allumée posée entre eux. Marcus ôta son chapeau et ses gants en s'efforçant d'ignorer le lit tout proche, les draps frais, le matelas douillet et les oreillers rebondis. Ce soir, il n'était pas venu pour le plaisir, mais pour avoir des réponses à ses questions.

— Comment s'est déroulée votre entrevue avec les Smith, Monsieur ?

Marcus résista à l'envie de vérifier que sa cravate dissimulait bien la plaie sur son cou.

— Pas aussi bien que je l'espérais.

— Que s'est-il passé ?

— Tout d'abord, j'aimerais vous poser quelques questions, si vous n'y voyez pas d'inconvénient.

Mlle Brown s'humecta les lèvres.

— Y a-t-il un problème, monsieur ?

— Avez-vous vu les Smith aujourd'hui, avant que je ne les rencontre ?

— Non.

Il plissa les paupières.

— De quelle manière êtes-vous entrée en contact avec eux ? Comment avez-vous organisé cet entretien ?

— J'ai laissé un message à leur intention dans une taverne pour leur proposer une mission.

— Avez-vous cité mon nom ?

— Non, monsieur. J'ai dit que vous vous appeliez Black. Pourquoi ?

— Quel lien y a-t-il entre vous et les Smith ?

— Aucun. S'ils me croisaient, ils ne sauraient pas qui je suis.

— Mais alors, comment avez-vous appris leur nom ? Comment avez-vous su où les joindre ? s'exclama Marcus, partagé entre incrédulité et colère.

— J'ai eu ces informations… par le plus grand des hasards.

— Expliquez-moi.

— Non, je ne peux pas, répondit Mlle Brown en se tordant les mains. Je… Je voulais juste vous aider, monsieur ! J'ai vu ce qu'ils vous ont fait… les fenêtres brisées… les déjections. Vous ne méritez pas cela.

— Je vois. Vous avez agi par pur altruisme.

Elle rougit sous son regard sarcastique. Disait-elle la vérité ? Était-elle aussi sincère qu'elle en avait l'air ?

— Les Smith ont essayé de me tuer cet après-midi.

Mlle Brown demeura silencieuse un instant, les mains crispées l'une sur l'autre.

— Je ne comprends pas pourquoi ils ont fait cela, dit-elle au bout d'un moment.

— À vous de me le dire.

— Moi ?

— Vous en savez plus que moi.

Elle secoua la tête.

— Où habitent-ils ? reprit-il.

— Je n'en sais rien. Mais je peux essayer de le découvrir.

— Comment ?

— Je... Je ne peux pas...

— Oui, vous ne pouvez pas me le dire, acheva-t-il à sa place, excédé.

Il avait envie de l'attraper par les épaules et de la secouer comme un prunier. Il ferma les yeux, se pinça l'arête du nez entre le pouce et l'index. *Du calme*. Comment pouvait-il seulement imaginer s'en prendre physiquement à une femme ?

— L'auberge du *Cochon qui siffle*, à Aldgate. C'est là-bas que je leur ai laissé un message, dit-elle finalement, les yeux embués de larmes. Mais je ne peux pas vous dire comment j'ai su qu'ils étaient des clients réguliers de cet établissement. Si je le pouvais, je le ferais. Je vous donne ma parole d'honneur que je cherche juste à vous aider.

On ne pouvait douter de sa sincérité. Elle était aussi désespérée qu'Albin l'avait été un peu plus tôt. Personne ne jouait aussi bien la comédie, pas même la grande Sarah Siddons.

La colère de Marcus s'éteignit. Il se sentait las, tout à coup. Dans un soupir, il expliqua :

— J'ai offert de l'argent aux Smith, une grosse somme, pour qu'ils me révèlent le nom de celui qui les emploie. Et, plutôt que d'accepter, ils ont essayé de me tuer. Heureusement, nous avons réussi à les mettre en fuite.

Marcus tâta involontairement l'épaisseur de pansement sous sa cravate.

— Vous avez été blessé.

— Légèrement, admit-il en laissant retomber sa main. Mais cela laisse une question : pourquoi ? Pourquoi vouloir me tuer ? Pourquoi refuser autant d'argent ?

— Pensez-vous qu'ils aient reçu une somme encore plus importante pour vous éliminer ?

— C'est une possibilité. Vous comprenez pourquoi je dois absolument les retrouver ?

— Oui.

Elle continuait à se tordre les mains. Ses articulations étaient toutes blanches.

— Monsieur, vous devez faire preuve d'une grande prudence. Si quelqu'un les a payés pour vous tuer... vous ne devez plus sortir seul !

Elle s'était penchée en avant, et sa voix s'était faite pressante.

— Les Smith ne peuvent plus m'atteindre. M. Albin y a veillé.

— Mais leur commanditaire peut toujours engager d'autres tueurs !

Sans doute. Dorénavant, il lui faudrait surveiller ses arrières. Néanmoins, il ne se sentait pas en danger ce soir.

Il jeta un coup d'œil en direction du lit. La veille, quand il avait proposé cette rencontre, il avait certes une arrière-pensée. Et maintenant...

Il n'avait pas envie de retourner à Grosvenor Square, où ne l'attendaient que les domestiques. Il ne voulait pas passer la soirée obsédé par l'idée de la mort. Il préférait de loin un lit moelleux et un corps féminin tout chaud qui se loverait contre le sien.

Mais pas celui de Mlle Brown.

Ce soir, il lui fallait une femme capable de distraire un homme de ses soucis, une courtisane experte dans l'art du plaisir.

Il attrapa son chapeau.

— Vous pouvez rester si vous le souhaitez, dit-elle.

Il se figea dans son mouvement. À la lumière de la bougie, Mlle Brown était... non pas belle, mais indubitablement séduisante avec sa peau douce, ses yeux brillants et sa bouche charnue.

Derrière elle, le lit semblait lui faire une proposition silencieuse.

Il pouvait se rendre au bordel de Mme Cecily, s'enivrer de cognac hors de prix et s'offrir les services d'une belle-de-nuit chevronnée.

Ou bien il pouvait rester ici.

Hésitant, il faisait tourner son chapeau entre ses mains. La veille, leur étreinte avait été délicieuse. Mais Mlle Brown n'avait pas le talent des protégées de Cecily.

— Pourquoi ? demanda-t-il.

Elle rougit.

— J'ai cru que c'était dans ce but que vous me proposiez ce nouveau rendez-vous. Mais si vous n'en avez pas envie, je n'insiste pas. Vous avez sûrement... beaucoup mieux à faire, monsieur.

C'était effectivement ce qu'il pensait quelques secondes plus tôt. Néanmoins, il essaya de ne pas le laisser paraître.

— Aimeriez-vous que je reste, mademoiselle Brown ?

Ses joues devinrent écarlates. Elle baissa les yeux.

— J'ai trouvé la soirée d'hier... très agréable.

Le chapeau tournait toujours entre les mains de Marcus. Mlle Brown ou une professionnelle ? « Et pourquoi pas les deux ? » chuchota une petite voix dans sa tête. Il pourrait toujours se rendre chez Cecily ensuite.

— Êtes-vous toujours... euh... protégée ?

— Je ne peux pas tomber enceinte, monsieur.

Il tourna la tête vers le lit. La veille, son corps l'avait accueilli sans difficulté. Elle était chaude, humide, délicieusement étroite. Il avait eu un orgasme intense, comme il n'en avait pas éprouvé depuis longtemps.

— Très bien. Je reste.

Cette fois, ce fut beaucoup moins gênant. C'était la troisième fois qu'il se déshabillait devant Mlle Brown, la troisième fois qu'il déboutonnait sa robe. Il retrouvait la rondeur de ses seins au creux de ses paumes, l'odeur et le goût de sa peau, la douceur de ses cheveux, la chaleur de son fourreau intime.

Il se montra plus empressé que la veille, non par choix, mais parce que son corps réclamait l'assouvissement dans une pulsion primaire. Mlle Brown réagit avec la même ardeur et fut foudroyée par l'orgasme quelques secondes avant qu'il n'y succombe lui-même.

Ensuite, il l'enlaça spontanément. Puis il songea à Albin. Cet après-midi, ils avaient frôlé la mort. Son secrétaire avait-il lui aussi cédé à ce besoin impérieux de sexe ? En ce moment même, était-il en train de perdre sa virginité dans un bordel ?

Sa main s'égara dans la chevelure de Mlle Brown, et il éprouva une bouffée de tendresse inattendue. Il pressa sa bouche contre son épaule, son cou, ses joues, respira son parfum. Pour la première fois, ses lèvres trouvèrent les siennes, sans qu'il ait vraiment décidé de l'embrasser. Cela lui semblait si naturel de la goûter, de glisser sa langue dans sa bouche pour l'explorer doucement…

Il comprit aussitôt que c'était la première fois qu'elle embrassait un homme. Elle lui rendait son baiser de manière hésitante, maladroite. Ses dents heurtèrent les siennes.

— Oh, pardon…

Elle voulut s'écarter, mais il la retint en riant doucement.

— La seule manière d'apprendre, c'est de s'entraîner !

Il reprit sa bouche, la savoura pour apprendre par cœur son relief, ses contours…

Le désir les cueillit de nouveau.

Cette fois, ils prirent leur temps, mais l'expérience n'en fut pas moins intense. Marcus captura sa bouche au moment où il entrait en elle, l'embrassa encore tandis qu'il la possédait à un rythme régulier, laissant monter le plaisir de manière inexorable. De longues et exquises minutes passèrent. Lorsqu'elle jouit, ses muscles intimes se contractèrent autour de son membre, et pourtant il continua, continua…

Cette fois, son orgasme fut d'une violence inouïe. Il eut l'impression que son cœur s'arrêtait de battre un instant.

Il revint lentement à la réalité, reprit conscience de la douceur du lit, de son pansement à la gorge qui le gênait, de la chaleur de Mlle Brown.

Il la tint serrée contre lui en attendant que les battements de son cœur s'apaisent et que sa peau ne soit plus si brûlante. Les minutes s'écoulèrent. Il n'avait pas envie de quitter son corps, de se lever, de s'habiller et de partir.

Il n'irait pas chez Cecily. Pas ce soir. Pas après ce qu'il venait de vivre.

D'une main, il écarta quelques mèches brunes qui bouclaient sur le front de Mlle Brown, inclina la tête et fit pleuvoir de petits baisers légers sur son visage. L'urgence avait disparu. Il ne restait que la douceur et la tendresse.

Exactement comme avec Lavinia quand il lui faisait l'amour.

Brusquement, il la relâcha et se redressa. Il ne voulait pas de cette tendresse. La tendresse était une émotion dangereuse.

Il se leva et s'habilla en silence avant de se tourner vers le lit.

Mlle Brown avait remis sa camisole et se tenait pieds nus près du lit, les cheveux emmêlés, les lèvres rosies, les yeux immenses.

*J'ai encore envie d'elle.*

Il se détourna, attrapa ses gants et son chapeau.

— Pouvons-nous nous revoir demain soir ? demanda-t-il en évitant son regard pour ne pas lui montrer à quel point il la désirait.

— Si vous voulez.

Oh oui, il le voulait.

# 30

*25 octobre 1805*
*Grosvenor Square, Londres*

Charlotte était plongée dans les comptes du Somerset quand le comte entra dans le bureau. Il traversa la pièce et vint se planter devant elle, la mine fermée, le regard dur, sans prendre la peine de la saluer.

Comme s'il hésitait encore à lui faire confiance.

— Hum... bonjour, Monsieur. Comment allez-vous ?

Cosgrove ignora la question.

— Avez-vous acheté des bottes neuves ?

— Oui, Monsieur.

— Et un manteau chaud ?

Elle hocha la tête.

— Alors venez, suivez-moi.

Charlotte se leva en repoussant sa chaise.

— Où allons-nous ?

— À Aldgate. Chercher les Smith.

À cette heure de la matinée, il n'y avait encore personne au *Cochon qui siffle*. Seule Mme Westrup était présente, occupée à passer la serpillière. Ses cheveux blonds filasse dépassaient de sa coiffe.

— Bonjour, madame, la salua Cosgrove. Pourriez-vous me dire où je peux trouver Abel et Jeremiah Smith, s'il vous plaît ?

Une pièce d'un shilling brillait entre ses doigts.

— Ils sont partis, m'sieur. Avec Hector et Ned. Ils ont quitté Londres hier.

— Quoi ? Ce n'est pas possible.

— C'est la vérité, m'sieur. J'vous le jure. Tout le monde est au courant à Aldgate.

— Au courant de quoi ?

Mme Westrup s'appuya de son bras replié sur son manche à balai.

— Paraît qu'il y a eu une bagarre. Jeremiah était dans un sale état, il saignait de partout et gémissait comme un damné. Abel avait des côtes cassées. Ils sont rentrés chez eux, mais ils ne sont pas restés plus d'une minute. On aurait dit qu'ils avaient le diable à leurs trousses. Ils ont quitté la ville sans demander leur reste.

— Où sont-ils allés ?

— Ma foi, j'en sais rien, dit Mme Westrup en haussant les épaules.

— Qui sont ces types qui sont partis avec eux ?

— Hector et Ned ? Hector est leur cousin. Il a pris un mauvais coup sur la tête il y a quelques semaines, et depuis il n'a pas quitté son lit. Ned, c'est son fils.

— Ned... Un type maigre, excellent à la course ?

— Oui, c'est lui, opina Mme Westrup.

Cosgrove lui tendit la pièce, qu'elle fit promptement disparaître au creux de son corsage.

— Pourriez-vous me communiquer l'adresse des Smith ?

— Abel et Jeremiah louaient un garni à la vieille Martha Hill.

Elle abandonna sa serpillière pour sortir dans la rue donner l'adresse précise au cocher.

Mme Hill vivait sur Buckle Street, dans un immeuble dont le rez-de-chaussée était occupé par la boutique d'un tripier.

Le visage sillonné d'un millier de rides, les bajoues flasques, édentée, elle paraissait aussi vieille que Mathusalem. Elle leur confirma les dires de

Mme Westrup : les Smith avaient quitté Londres la veille en abandonnant la plupart de leurs biens.

— À quelle heure ? demanda Cosgrove.

— Le soir tombait.

— Vous ont-ils dit où ils allaient ?

— Non, je sais juste qu'ils voulaient quitter la ville le plus vite possible. Ils avaient l'air d'avoir sacrément les miquettes.

— Ont-ils pris la diligence ?

— J'sais pas, m'sieur. Mais ils avaient de l'argent. Ces derniers temps, ils étaient plutôt à l'aise.

— Ont-ils parlé de leur employeur ? Ont-ils cité un nom ?

Mme Hill réfléchit un instant. Ses rides se creusèrent et ses yeux disparurent presque dans les plis de sa peau.

— Non. Ils disaient « le rupin ».

— Cette personne est-elle venue leur rendre visite ?

— Non, ils se voyaient en ville.

— Savez-vous où ?

Mme Hill secoua la tête en signe d'ignorance.

Pour un shilling, elle leur permit de visiter le logement des frères Smith, une chambre en désordre meublée d'une table bancale et de deux chaises. Deux matelas étaient jetés sur le sol. Il y avait des taches de sang sur le plancher.

Le comte s'agenouilla pour examiner une pile de vêtements abandonnés.

— Ils ont peut-être oublié quelque chose, un message, des consignes que leur aurait données leur commanditaire, murmura-t-il.

— Ils ne savent ni lire ni écrire, objecta Charlotte.

Elle comprit aussitôt son erreur. Christopher Albin n'avait aucun moyen de savoir ça.

Elle tenta de se rattraper :

— Enfin... je ne crois pas. Qu'en pensez-vous, madame Hill ?

— Oh non, nous autres on va pas à l'école. Ça servirait à quoi ?

Ils fouillèrent la chambre sans trouver d'indice particulier. Le comte finit par déclarer forfait en marmonnant dans sa barbe un juron que Charlotte ne comprit pas.

— On nous a parlé d'un cousin, madame Hill. Un certain Hector, je crois ?

— Oui, m'sieur. Je le connais.

— Pouvez-vous me donner son adresse ? Ou celle de son fils Ned ?

Charlotte se mordit la lèvre. Elle savait où habitait Ned Smith. Sur Crutch Street, là où, sous la forme d'un chien, elle avait suivi sa piste. Baissant la tête, elle se mit à frotter une tache sur le plancher du bout de sa botte, pendant que Mme Hill communiquait l'adresse à Cosgrove.

— Whitechapel ? Est-ce bien prudent, Monsieur ? s'inquiéta Charlotte alors que la voiture s'ébranlait. Vous avez dit vous-même que ce n'était pas un endroit sûr...

— Ne me dites pas que vous avez peur. Si on nous attaque, vous pourrez toujours vous changer en ours.

Son ton sarcastique la fit rougir. Elle se mit à fixer ses mains posées sur ses genoux.

Cosgrove soupira :

— Pardon, Albin. Ce n'était pas très délicat de ma part. Nous sommes si près du but et... nous ne trouverons rien, je le sais déjà. Ils ont fichu le camp. Mais, bon sang, rien ne m'empêchera de suivre cette piste jusqu'au bout !

Sa voix frémissante trahissait sa frustration. Il laissa échapper un soupir et retomba contre la banquette. Puis un petit rire lui échappa.

— La suivre jusqu'au bout... sans me faire trancher la gorge, si possible. Je compte sur vous pour me protéger, mon jeune ami.

Charlotte sentit son cœur palpiter dans sa poitrine.

*Au prix de ma vie s'il le faut, Monsieur.*

Bien que Crutch Street soit un endroit sale, délabré et misérable, il était bien moins effrayant quand on marchait sur deux jambes que quand on trottait sur quatre pattes.

Les caniveaux débordants de détritus et les habitations vétustes étaient toujours là, mais pas les voyous patibulaires.

Alors que la voiture cahotait sur la chaussée déformée par les nids-de-poule, Charlotte ouvrit la fenêtre pour jeter un coup d'œil au-dehors. L'odeur pestilentielle qui s'échappait des tanneries la prit aussitôt à la gorge.

— Il n'y a pas grand monde, Monsieur.

— Les gens sont sans doute encore au lit après une nuit de beuverie.

La voiture ralentit. Charlotte entendit le cocher poser une question. Elle aperçut un gamin pieds nus qui pointait l'index vers quelque chose avant d'attraper une piécette au vol.

Le véhicule dépassa encore trois immeubles, puis s'arrêta. Un valet ouvrit la portière, et Cosgrove descendit.

— Quelle maison, Howard ?

— Celle-ci.

Oui, Charlotte reconnaissait la porte en bois brut. L'odeur de Ned Smith l'avait conduite ici quatre jours plus tôt. Mais, même les deux pieds dans la boue, elle se sentait plus en sécurité que la dernière fois. *Parce que je suis un homme, pas un chien*. Et parce qu'elle n'était pas seule. Cosgrove, les valets et le cocher l'accompagnaient.

— Faites faire demi-tour à la voiture pendant que nous allons inspecter les lieux, ordonna Cosgrove au cocher. Nous serons aussi rapides que possible.

Ils frappèrent et un homme âgé vint leur ouvrir, le visage crasseux, les joues mangées par d'épais favoris. Les relents de Crutch Street – égouts, tanneries – s'accrochaient à ses vêtements, comme s'il ne les avait pas lavés depuis des années.

En échange d'une demi-couronne, il leur montra le garni qu'avaient loué Hector Smith et son fils. Ensuite, Pa Hitching – c'était son nom – leur proposa un petit coup de gin à boire directement au goulot de sa bouteille. Offre généreuse que le comte déclina poliment.

Hector et Ned Smith avaient vécu dans une seule pièce, sale et sombre, aux lattes de plancher disjointes. Ils avaient visiblement quitté l'endroit dans la précipitation. Les draps du lit étaient retroussés comme si quelqu'un était sorti pour aller aux toilettes sur le palier et était susceptible de revenir à tout moment. Sauf qu'il n'y avait pas de toilettes sur le palier, juste un pot de chambre sale dans l'angle de la pièce.

— Hec était au lit depuis des jours avec le crâne défoncé, expliqua Pa Hitching avant de boire une gorgée de gin, ce qui fit remonter sa pomme d'Adam dans sa gorge noueuse.

— Le crâne défoncé ? Que lui est-il arrivé ? s'enquit le comte.

— Ça remonte à deux, peut-être trois semaines. J'me souviens pas au juste.

— Et que s'est-il passé hier, monsieur Hitching ?

— Abel Smith est arrivé en courant. Et dans quel état ! gloussa Pa Hitching en découvrant ses chicots. On aurait vraiment dit qu'il avait le diable à ses basques !

Du bout du pied, Cosgrove inspecta une pile de vêtements abandonnés par terre.

— J'ai cru comprendre qu'Hector et son fils travaillaient pour quelqu'un ces derniers temps. Sauriez-vous qui est cette personne, par hasard ?

Pa Hitching réfléchit en plissant les paupières, puis secoua la tête.

— Non, j'sais pas.

— Abel a-t-il dit où ils allaient ?

— Non, il a juste dit qu'ils devaient quitter Londres le plus vite possible.

— Et par quel moyen ? En diligence ? En voiture de louage ?

— Ils sont partis dans un fiacre, répondit le vieil homme avec un haussement d'épaules.

— Bien, merci.

Ils retournèrent dans la rue, où une petite foule curieuse et ouvertement hostile s'était assemblée autour de la voiture du comte. « Ça pourrait bien mal tourner », pensa Charlotte avec un frisson. Les chevaux eux-mêmes avaient perçu la tension dans l'air. Effarouchés, ils couchaient les oreilles et roulaient des yeux.

La présence de la belle berline laquée de noir et des valets en livrée dans cet environnement sordide semblait presque irréelle, comme si le carrosse doré de Cendrillon s'était échappé des pages d'un livre de contes.

— Ah, milord, vous voici ! s'exclama le cocher, manifestement soulagé.

— Allons-nous-en, Beaglehole. Mais ne foncez pas à toute allure. Il y a des gamins qui traînent un peu partout.

La voiture redescendit la rue défoncée, poursuivie par une poignée d'enfants en haillons qui criaient et se mettaient mutuellement au défi de toucher les portières brillantes. Charlotte entendait leurs paumes claquer contre la portière, malgré les valets qui faisaient leur possible pour les empêcher de trop s'approcher des roues.

La mine sombre, Cosgrove surprit le regard de Charlotte posé sur lui. Il murmura :

— Personne ne devrait vivre dans de telles conditions.

— Non, Monsieur.

Une pierre heurta le flanc de la berline dans un bruit sec qui ressemblait à une détonation. Charlotte sursauta, et Cosgrove se rembrunit davantage.

Alors qu'ils bifurquaient dans Rosemary Lane, une seconde pierre ricocha sur la portière. Le cocher fouetta ses bêtes, qui accélérèrent. Les cris de la foule s'estompèrent derrière eux.

Au bout d'un moment, le comte cogna du poing contre le plafond et la voiture s'immobilisa.

Cosgrove baissa la vitre et demanda au cocher :

— Quelqu'un est-il blessé ? Et les chevaux ?

— Non, juste des dégâts de peinture, milord.

Le comte referma la fenêtre. Il enleva son chapeau, qu'il jeta sur la banquette.

— Dites-moi, Albin... si vous étiez né à Whitechapel, seriez-vous prêt à tuer pour vous en sortir ?

Charlotte ouvrit la bouche pour répondre par la négative, puis la referma, avant de murmurer finalement :

— Je l'ignore, Monsieur.

— Moi, je pense que j'en serais capable, dit le comte en effleurant son cou, là où Jeremiah Smith l'avait blessé.

Charlotte se remémora la chambre insalubre dans laquelle Hector et Ned avaient vécu, le plancher cassé, l'atmosphère viciée. Là-bas, la puanteur n'était pas seulement due aux égouts et aux tanneries. C'était l'odeur de la pauvreté et de la violence, l'odeur du désespoir. *Aucune créature, humaine ou animale, ne mérite de mener une telle existence.*

Tandis que cette phrase résonnait dans sa mémoire, Charlotte fronça les sourcils. Où donc l'avait-elle lue récemment ? Distraitement, elle se mit à jouer avec un bouton de son manteau, jusqu'à ce que la mémoire lui revienne : c'était dans un discours de Cosgrove.

— Monsieur... les Caraïbes... Est-ce pire que Whitechapel ?

Cela lui semblait impossible.

— Pour les esclaves, vous voulez dire ? Oui, bien pire. Mais chaque combat en son temps, mon jeune ami. Patience.

Le regard du comte dévia vers les toits et les filets de fumée noirâtre qui se déroulaient dans le ciel. Il grimaça et, pensif, serra le poing avant de reprendre :

— C'est Hector Smith qui a blessé Lionel.

— Vous l'avez assommé, Monsieur ?

— Oui. Et maintenant, je me demande bien où ils ont pu aller.

— Nous pourrions faire le tour des relais de diligence, suggéra Charlotte.

— Savez-vous combien il y en a dans la région ?

Avec lassitude, Cosgrove ferma les yeux et se laissa aller contre le dossier. Charlotte sentit son cœur se serrer. Elle avait envie de poser la main sur son front pour lisser ces plis soucieux.

— Trois hommes blessés ne passeront pas inaperçus. Je suis certain que si nous...

— Non, c'est peine perdue.

Cosgrove rouvrit les yeux et darda sur elle son regard gris qui parut la transpercer. Pouvait-il deviner qu'elle était une femme et non un homme ? Qu'elle était amoureuse de lui ?

— Ce n'est pas la peine de débusquer les Smith pour savoir qui les a engagés. Après ce qui s'est passé hier, je n'ai plus de doutes.

— Vraiment, Monsieur ?

— Ne soyez pas obtus. Qui a le plus intérêt à me voir mort ?

— Mais... M. Langford n'a pas d'argent. Comment aurait-il pu...

— Il a dû promettre de les payer avec l'argent de son futur héritage.

— Croyez-vous vraiment qu'il irait jusqu'à vous tuer ? Vous faites partie de sa famille.

— Vous pencheriez plutôt pour Brashdon ou Hyde ? Non, je ne pense pas. On ne tue pas quelqu'un pour ses opinions politiques.

— Il y a quand même beaucoup d'argent en jeu. Les propriétaires de plantations...

— Je sais, mais je ne suis pas le seul à me battre pour l'abolition de l'esclavage. S'ils se débarrassaient de moi, ils devraient également éliminer Grenville, Fox, Wilberforce... et une douzaine d'autres.

— Et Monkwood ? Il vous déteste.

— Je ne doute pas qu'il se réjouisse si je venais à trépasser, mais il n'est pas fou au point de commanditer un meurtre. Non. Phillip est le seul à avoir un vrai mobile.

Tandis que la voiture traversait Cheapside, Charlotte, songeuse, continua de triturer son bouton. Finalement, alors qu'ils tournaient dans Newgate Street, elle demanda :

— Si vous trouvez des preuves contre lui, porterez-vous plainte au tribunal ?

Cosgrove garda le silence jusqu'à ce qu'ils atteignent Holborn, puis répondit enfin :

— Je n'en sais rien. Peut-être serait-il envoyé aux colonies. En Australie. Non, je n'en sais rien, Albin. Je n'en sais rien, soupira-t-il en se massant le front.

Ils avaient quitté Grosvenor Square dans une berline rutilante et revinrent de Whitechapel dans une voiture couverte de boue et d'empreintes de mains crasseuses.

Cosgrove resta un instant immobile devant le perron, à regarder le véhicule s'éloigner en direction des écuries.

Le vent cinglant s'engouffrait sous le manteau de Charlotte, glissait ses doigts glacés sous son chapeau pour tenter de le lui arracher. Courbant le dos, elle se cramponna à son couvre-chef. Dans ses bottes, ses orteils étaient gelés.

La berline avait disparu dans la cour arrière, mais Cosgrove, perdu dans ses pensées, ne se décidait toujours pas à bouger.

Une nouvelle rafale balaya la place. Les belles résidences frémirent. Derrière la clôture en fer forgé, les hauts arbres du square frissonnèrent et les nuages gris défilèrent au-dessus des toits. Cosgrove ne s'en aperçut pas. Il semblait dans un autre monde.

— Monsieur ?

Il tourna enfin la tête dans sa direction.

— Un jour, vous m'avez demandé comment j'occuperais mon temps une fois l'esclavage aboli. Vous vous en souvenez, Albin ?

Charlotte hocha la tête, les mâchoires serrées pour s'empêcher de claquer des dents. Elle se rappelait le lieu – St. James's Street, alors qu'ils se rendaient au club de lord Brashdon – et la réaction du comte : amusé, il avait haussé les épaules et rétorqué qu'il n'avait pas d'obligations particulières.

Il lui donna une petite claque dans le dos.

— Eh bien, je crois que je viens de trouver. Mais rentrons, mon jeune ami. Vous grelottez.

# 31

Charlotte, qui compulsait les comptes du Somerset, leva le nez pour observer le comte qui marmonnait dans sa barbe les mots du discours qu'il était en train de rédiger. Elle le vit écrire une phrase, plonger sa plume dans l'encrier, puis griffonner de nouveau à toute vitesse sur le papier.

Charlotte éprouva ce pincement au cœur désormais familier.

Elle s'autorisa à le regarder longuement, à contempler son visage aux traits bien ciselés, ses épais sourcils froncés, sa cravate impeccablement nouée.

Cette semaine, il lui faisait un effet différent. Ce n'était plus du désir qui bouillonnait en elle mais une émotion plus profonde, qu'elle ressentait dans sa moelle, dans ses veines, dans chaque battement de son cœur.

*Je vous aime, Monsieur.*

Elle prit le temps de savourer l'instant présent – le feu qui crépitait dans l'âtre, l'horloge qui sonnait dans le hall, le raclement de la plume sur le vélin... Voilà à quoi ressemblait le bonheur : à de tels moments, complices et tranquilles.

Un valet frappa à la porte du bureau.

— Milord, le baron de Grenville demande à vous voir.

— Grenville ?

Cosgrove posa sa plume.

Charlotte connaissait ce nom. Le baron était l'un des alliés politiques de Cosgrove et un opposant farouche à la traite négrière.

— Voulez-vous le recevoir ici, Monsieur ? Préférez-vous que je vous laisse ? demanda-t-elle.

— Oui, s'il vous plaît.

Charlotte prit son registre et rejoignit la bibliothèque. Elle avait à peine fini d'additionner les chiffres d'une colonne que la porte s'ouvrit.

C'était le comte.

— Albin. Dans mon bureau. Maintenant ! aboya-t-il, les yeux étincelants, la voix vibrante de colère.

— Que se passe-t-il, Monsieur ?

Sans répondre, Cosgrove retourna dans le bureau. Charlotte s'empressa de lui emboîter le pas.

Il referma la porte, la claquant presque, et lui fourra une lettre sous le nez.

— Lisez ça.

La date sur la missive remontait à deux mois.

— Philadelphie ? C'est dans les colonies, Monsieur ?

Cosgrove hocha sèchement la tête.

Charlotte lut rapidement. L'auteur affirmait s'être trouvé aux Caraïbes les deux fois où le comte s'y était rendu et avoir appris récemment l'engagement de Cosgrove en faveur de l'abolition de l'esclavage.

*Je prends la plume pour vous écrire, car il est de mon devoir d'attirer votre attention sur la nature perverse de cet homme. Je ne compte plus les fois où je l'ai vu maltraiter les femmes noires qui travaillent sur sa plantation. Il avait notamment l'habitude de s'imposer à elles par la force, en y prenant manifestement un grand plaisir.*

Charlotte sursauta.

— Quoi ?

— Poursuivez, ordonna le comte.

*Cosgrove est un sadique qui se repaît de la souffrance d'autrui. Il faisait souvent fouetter les malheureuses qui lui résistaient. Parfois il les rouait de coups, parfois il les étranglait jusqu'à leur faire perdre connaissance. Puis il les violait.*

Charlotte était atterrée par ce qu'elle lisait.

Cosgrove arborait une expression féroce qui rendait ses traits encore plus anguleux.

— Continuez, lui dit-il.

*Sa préférence va aux plus fragiles à peine sorties de l'enfance. Il prend plaisir à les mater en leur infligeant les pires sévices pour les faire supplier et crier grâce. Et je sais que plus d'une a préféré mettre fin à ses jours après un tel calvaire.*

L'horreur s'emparait de Charlotte, grandissait dans sa poitrine comme une tumeur maligne. Elle ferma brièvement les yeux. Elle n'avait pas envie d'en lire plus. Mais il le fallait.

*J'estime donc de ma responsabilité de démasquer lord Cosgrove et de le faire connaître pour l'être abject qu'il est en réalité : un monstre lubrique, un violeur totalement dénué de morale qui s'en prend aux faibles femmes. Qu'il embrasse la cause abolitionniste est la pire des hypocrisies ! Il ne mérite pas de siéger à la Chambre des lords. Sa place est dans les flammes de l'enfer.*

La lettre était signée par un certain révérend Jonathan L. Banks.

— Monsieur…

La voix de Charlotte se fêla. Elle ne trouvait pas les mots. Ces accusations étaient trop choquantes.

— Ce sont des mensonges, articula-t-il.

— Bien sûr que ce sont des mensonges ! Ceux qui vous connaissent ne croiront jamais cela ! Le baron de Grenville n'a quand même pas…

— Non. Mais des copies de cette lettre circulent dans toute la ville depuis ce matin. Grenville connaît au moins dix personnes qui en ont reçu !

Frémissant de rage, il s'approcha de la fenêtre et, les poings posés sur l'appui, se mit à fixer la place.

Charlotte ne quittait pas des yeux sa silhouette. Les doigts crispés sur la lettre, elle se sentait impuissante. Elle pouvait protéger le comte des attaques physiques, mais comment le préserver d'un tel scandale ? De quelle manière pouvait-elle contrer ces accusations fielleuses et démontrer leur fausseté ?

— Qui est le révérend Jonathan L. Banks, Monsieur ?

— Oh, je doute qu'il existe vraiment. Le véritable auteur de cette lettre réside très certainement à Londres. Il s'agit de quelqu'un qui cherche à détruire ma carrière politique.

— Vous pensez que cette personne a écrit cette lettre en Angleterre et l'a envoyée à Philadelphie pour qu'elle soit réexpédiée ici ?

— Oui. L'agression d'hier, les Smith... C'est Phillip qui est derrière tout cela. Mais ceci, ces calomnies... non, ce n'est pas lui. Cela ne peut venir que de Brashdon ou de Hyde.

Il revint vers Charlotte, lui prit la lettre et la froissa en boule dans sa main.

— Vous croyez que les deux affaires n'ont rien à voir l'une avec l'autre ?

— Phillip veut le titre, Brashdon et Hyde cherchent à me discréditer. Bon Dieu, je les tuerai !

Cosgrove serra le poing. Ses articulations blanchirent, ses narines palpitèrent et sa lèvre supérieure se retroussa dans une expression carnassière.

La violence qui bouillait en lui effraya Charlotte.

— Monsieur, ce n'est pas si...

— Quoi ? Pas si important ? Pas si grave ? Bon sang, c'est la pire chose qui me soit jamais arrivée !

— Pardon, mais... les Smith ont quand même essayé de vous tuer. C'est pire !

— Je peux me défendre contre de telles agressions. Mais pas quand on attaque mon nom. Ma réputation !

— Que vous a conseillé le baron de Grenville ?

— D'ignorer l'affaire. De la traiter par le mépris, comme s'il s'agissait d'une farce. Une farce ! répéta-t-il en jetant la lettre froissée sur la table.

Charlotte ramassa le papier et le lissa de la main.

Le comte retourna près de la fenêtre.

— Grenville pense que moins je paraîtrai affecté, moins cette histoire provoquera de remous. Et que je ne dois surtout pas perdre mon calme en public.

Il leva le poing comme s'il était prêt à l'abattre contre la vitre, puis laissa retomber son bras.

— Merde… merde, merde, merde ! gronda-t-il.

— Quelqu'un pourrait peut-être identifier l'écriture ? suggéra Charlotte.

— L'auteur l'a certainement modifiée. Ce n'est pas un imbécile.

— Et si vous écriviez aux gens qui vous connaissent aux Caraïbes pour leur demander d'attester de vos bonnes mœurs et…

— Bien sûr que je vais le faire, coupa-t-il avec impatience. Mais il faudra des mois avant que leur réponse n'atteigne Londres.

Charlotte se mordit la lèvre. Alors qu'elle fixait la lettre froissée, une phrase lui sauta aux yeux : « Il avait notamment l'habitude de s'imposer à elles par la force, en y prenant manifestement un grand plaisir. »

Avec une grimace, elle plia le feuillet pour masquer ces mots outrageants. Son regard tomba sur l'adresse de l'expéditeur. Philadelphie.

Ce nom n'évoquait rien pour elle.

Elle retourna le papier. Il n'y avait rien qui puisse lui donner un indice sur l'identité de l'auteur.

Avec prudence, car elle ignorait quelle serait la réaction de Cosgrove, elle suggéra :

— Monsieur, si je me changeais en chien, je pourrais peut-être identifier l'auteur de cette lettre…

Le silence retomba, seulement troublé par le tic-tac de l'horloge en ébène et or posée sur la cheminée.

Cosgrove pivota vers elle. Son regard flamboyant faillit la faire reculer d'un pas.

— Comment ?

— Avec un odorat plus sensible, j'arriverai peut-être à détecter l'odeur qu'il a laissée sur le papier.

— Faites-le ! s'exclama-t-il.

Marcus alla fermer la porte à clé et s'efforça de contenir son impatience tandis qu'Albin se déshabillait.

— Ça ne marchera peut-être pas, le prévint son secrétaire.

— Je sais.

Marcus se tourna pour donner un peu d'intimité au jeune homme. Quand il n'entendit plus de froissement de tissu, il jeta un coup d'œil par-dessus son épaule.

Albin avait disparu. À la place qu'il occupait l'instant d'avant se tenait un chien au pelage marron.

Marcus eut un frisson involontaire.

Il prit la lettre restée sur le bureau, la déplia et la mit par terre.

Albin vint renifler le papier, promena sa truffe sur toute la surface, puis posa sa patte dessus. Marcus se pencha pour retourner le feuillet, exposant le côté où l'adresse était écrite. Partagé entre malaise et incrédulité, il regarda Albin humer de nouveau le papier.

Ce chien était son secrétaire. C'était grotesque. Impossible. Pourtant, il le constatait de ses propres yeux, même si son instinct lui criait que cela ne tenait pas debout.

Le chien retourna près de la table, et Marcus s'obligea à fermer les yeux pour ne pas être témoin de sa transformation. Lorsqu'il les rouvrit, Albin se tenait devant lui sous sa forme humaine.

— Alors ?

— Plusieurs odeurs se mélangent. Je distingue la vôtre, la mienne et... deux autres, me semble-t-il. La plus forte est celle du baron de Grenville, je suppose. Mais l'autre... Je suis désolé, Monsieur, elle est si ténue... Je n'arrive pas à l'identifier, se désola Albin.

Marcus s'efforça de ne pas trahir sa déception.

— Cette lettre a été écrite il y a plusieurs mois. Ce n'est pas votre faute.

— Je pourrais peut-être la reconnaître sur la personne en question si je la croisais, mais… je ne garantis rien.

— Vous voulez bien essayer ?

— Bien sûr.

Marcus se sentit tout excité. Mais il ne devait pas s'emballer. Albin ne lui promettait rien.

— Nous pourrions aller nous promener du côté de chez Brashdon, Hyde, Keynes et Monkwood, Monsieur. Et même M. Langford.

— Maintenant ?

— Pourquoi pas ?

— Oui, allons-y ! décida Marcus avec un brusque sourire.

Albin retira aussitôt ses culottes, qu'il venait de boutonner.

— Pouvez-vous vous changer en n'importe quel type de chien ?

— Oui, Monsieur.

— Alors pourquoi pas un épagneul ?

C'était une race prisée par la noblesse. Personne ne s'étonnerait de le voir accompagné d'un tel chien.

— D'accord, Monsieur.

Marcus récupéra la lettre. À la vue de l'écriture nerveuse, la colère le reprit. « Toi, je vais te coincer ! » promit-il en glissant la missive dans sa poche.

Il baissa les yeux. Un petit épagneul noir était assis à ses pieds.

— Excellent, Albin !

Il rassembla les habits de son secrétaire, les cacha dans un placard, puis alla ouvrir la fenêtre.

— Retrouvez-moi dehors.

Il pivota, mais l'épagneul avait déjà disparu. Un moineau s'envola dans le ciel en direction des grands arbres de la place.

Marcus frissonna de nouveau, mais cette fois une pointe de jalousie se mêlait à la sensation d'étrangeté.

Être capable de voler… quelle chance !

Il se ressaisit, ferma la croisée.

La chasse commençait.

# 32

Marcus descendit Curzon Street, l'épagneul noir sur ses talons.

— La maison de Hyde se trouve à l'angle de la rue, dit-il à mi-voix. Voulez-vous sentir de nouveau la lettre ?

Le chien hocha la tête.

Marcus prit le papier dans sa poche, jeta un regard autour d'eux. Personne ne les regardait. Il se pencha et tendit la feuille au chien, qui la renifla puis s'éloigna d'un pas alerte en remuant la queue.

Marcus remit la lettre dans sa poche et le suivit sans se presser. L'épagneul ressemblait à n'importe quel autre chien. Marcus s'attendait presque à le voir lever la patte contre un mur…

Parvenu devant la maison de Hyde, Albin gravit les marches du perron, renifla le sol, puis se dressa sur ses pattes pour humer le heurtoir et la serrure.

Il revint vers Marcus, secoua la tête.

— Bon, soupira celui-ci. Allons chez Keynes. C'est tout près, sur Half Moon Street.

Il n'avait pas fait dix pas qu'un bruit de voix retentit dans son dos. Il se retourna et aperçut Hyde et Keynes qui sortaient de la maison.

Il les salua poliment :

— Messieurs.

Sans répondre, Hyde rentra le menton dans son cou d'un air belliqueux, ce qui le fit ressembler plus encore à un bouledogue.

— Bonjour, Cosgrove, dit Keynes avec un sourire cordial. Quel beau chien. Il est à vous ?

Albin alla renifler la main que Keynes lui tendait. Puis, comme Keynes lui tapotait la tête, il se mit à grogner en retroussant les babines.

Keynes retira vivement sa main.

— Il a un instinct infaillible pour juger les gens, remarqua Marcus, narquois.

Keynes lui décocha un regard venimeux avant de jeter :

— Venez, Hyde. Nous allons être en retard.

Marcus attendit que les deux hommes aient disparu à l'angle de la rue pour demander à voix basse :

— Avez-vous reconnu l'odeur de Keynes ? Est-ce pour cette raison que vous avez grogné ?

L'épagneul secoua la tête.

Marcus se sentit plutôt soulagé. En son for intérieur, il était persuadé que Brashdon était le coupable.

— Prochaine étape : Little King Street, chez Brashdon, annonça-t-il.

Ils descendirent Half Moon Street, traversèrent Piccadilly, puis longèrent St. James's Street sur les traces de Keynes et de Hyde. Ces derniers entrèrent dans leur club.

— Ils y ont sans doute donné rendez-vous à Brashdon, supputa Marcus. Avec un peu de chance, nous allons le croiser.

Ils poursuivirent leur chemin et, comme ils bifurquaient dans Little King Street, Marcus murmura :

— Tiens, tiens ! Quand on parle du loup… Vous le voyez ?

Une dizaine de mètres plus loin, Brashdon avançait dans leur direction.

Marcus se porta à sa rencontre à pas lents, réprimant le sourire féroce qui naissait sur ses lèvres. *Je te tiens, salopard !*

— Bonjour, Brashdon.

Albin fila renifler les bottes de Brashdon, qui s'écarta avec dégoût.

— Cet animal est à vous, Cosgrove ? Rappelez-le, je ne supporte pas les chiens. Ils empestent.

Marcus claqua des doigts.

— Ici, Dolos !

Au lieu d'obéir, Albin se dressa et posa ses pattes avant sur la cuisse de Brashdon.

— Va-t'en, sale bête !

Remuant la queue, Albin sauta comme s'il voulait lécher la figure de Brashdon. Celui-ci agita les mains comme un gamin affolé.

— Fiche-moi le camp !

— Dolos, au pied ! dit Marcus avec un petit rictus dédaigneux.

Albin revint vers lui et s'assit, la langue pendante, un sourire canin aux babines.

Brashdon épousseta ses culottes tabac avant de jeter un regard venimeux à Marcus.

— Quelqu'un m'a montré une lettre qui parlait de vous ce matin.

*C'est toi qui l'as écrite, hypocrite !*

Marcus haussa les épaules avec indifférence.

— Je sais, la moitié de Londres l'a lue.

— Je prendrai grand plaisir à assister à votre chute.

Sur ce, la mine hautaine, Brashdon poursuivit sa route.

Les poings serrés, Marcus le regarda s'éloigner, puis disparaître dans St. James's Street.

Il baissa les yeux vers Albin.

— Dites-moi que vous avez reconnu son odeur.

L'épagneul secoua la tête.

Marcus émit un son sifflant entre ses dents. Brashdon était forcément l'auteur de la lettre. Lui seul était assez fourbe et malveillant pour cela.

Il inspira profondément, desserra les poings.

— Allons, venez.

Devant le domicile de Brashdon, Albin renifla longuement le perron.

— Alors ?

Marcus ne fut guère surpris de voir le chien secouer la tête une fois de plus.

— Il a pu faire écrire la lettre par quelqu'un. Son secrétaire, peut-être.

Sauf si… Brashdon n'était finalement pas le coupable.

Marcus donna un coup de pied dans la marche la plus basse du perron. Il *voulait* que Brashdon soit le coupable.

— Venez, allons chez Monkwood maintenant, ordonna-t-il à Albin.

L'épagneul courait devant Marcus quand ils atteignirent Hanover Square.

Un vent froid emportait la fumée qui sortait des hautes cheminées pour la diluer dans le ciel grisâtre. Marcus traversa la place en observant Albin qui était déjà en train de renifler le seuil de la maison de Monkwood. Puis le chien se dressa sur ses pattes arrière pour sentir la serrure et le heurtoir.

Le chien revint vers Marcus alors que celui-ci avait parcouru les trois quarts de la distance qui le séparait de la maison.

— Eh bien ?

Marcus ne se faisait pas d'illusions. Mais, au lieu de secouer la tête, Albin laissa échapper un petit jappement et se dressa pour poser une patte sur sa poche.

— Quoi ? Vous voulez sentir la lettre ?

Albin s'assit à ses pieds et opina du museau.

Marcus déplia la missive et la lui tendit. Il résista à l'envie de vérifier que personne ne les regardait. Après tout, un homme avait le droit de promener son chien.

L'épagneul s'élança de nouveau vers le perron.

— Alors ? fit Marcus en s'approchant.

Albin se coucha sur la plus haute marche.

— Hein ? Ne me dites pas que c'est Monkwood ! s'exclama Marcus, incrédule.

L'épagneul s'ébroua dans une curieuse ondulation que Marcus assimila à un haussement d'épaules.

— C'est peut-être Monkwood, mais vous n'en êtes pas sûr ? traduisit-il.

L'épagneul s'assit et hocha la tête.

Marcus soupira. Il avait du mal à y croire. Cette attaque avait forcément un mobile politique.

— Mais pourquoi diable Monkwood aurait-il...

À cet instant, la porte s'ouvrit. Le majordome au visage lugubre apparut.

— Milord ?

— Euh... bonjour, Sprott. Je promenais juste Dolos dans le quartier et...

Le majordome baissa les yeux sur le chien et fronça les sourcils.

— Désirez-vous entrer, milord ?

Albin inclina la tête et leva les yeux vers Marcus.

Celui-ci haussa les épaules.

— Pourquoi pas ? Puisque nous sommes là.

Ils pénétrèrent dans le hall, les griffes d'Albin cliquetant sur les dalles de marbre. Marcus tendit son chapeau et ses gants au majordome.

— Et le chien, milord ?

— Oh, Dolos est très bien élevé. N'est-ce pas, Dolos ?

Albin remua la queue.

Sprott émit un reniflement réprobateur avant de s'engager dans le couloir. Marcus le suivit, Albin sur ses talons. Il était perplexe. Albin devait se tromper. Il n'y avait aucune raison logique pour que Monkwood soit l'auteur de cette lettre.

Sprott les fit entrer dans la bibliothèque. Face à la fenêtre, Monkwood contemplait la place. À leur arrivée, il pivota.

— Ah, je pensais bien vous avoir reconnu, Cosgrove. Vous avez pris un chien ?

— Oui.

Comme toujours, la vue de Monkwood réveilla chez Marcus le souvenir de Lavinia. Gérald était la version masculine de sa sœur, même si ses cheveux étaient d'un blond moins doré, ses yeux d'un bleu moins vif, ses traits moins bien ciselés. Lavinia avait toujours été mince, mais si elle avait atteint son trentième anniversaire, peut-être sa silhouette se serait-elle empâtée comme celle de son frère.

Monkwood se dirigea à pas lents vers la cheminée.

— Asseyez-vous, Cosgrove. Sprott va nous servir un verre de vin rouge.

Le majordome se retira.

Marcus prit place dans un fauteuil face à Monkwood. Cet accueil poli le déconcertait. De la part de Monkwood, il s'attendait plutôt à de l'animosité.

Albin s'allongea entre eux sur le tapis.

— J'ai appris que la serre de Hazelbrook avait brûlé. Quel désastre ! Vous devez être accablé.

Une pointe de jubilation perçait dans la voix apitoyée de Monkwood. La commissure de ses lèvres frémissait, comme s'il se retenait de sourire.

— Bien au contraire, je suis enchanté d'en être débarrassé, rétorqua Marcus.

— Comment ? Mais voyons… cette serre était un bijou !

Marcus haussa les épaules.

— Je ne l'aimais pas. Et maintenant qu'elle est partie en fumée, je suis libre de vendre Hazelbrook.

Monkwood croisa les jambes avec raideur.

— Vendre le manoir ? Mais vous ne pouvez pas !

— J'avais fait une promesse à ma mère, j'en suis désormais dégagé.

— Mais c'est là-bas que Lavinia est morte !

— Désolé, Monkwood, mais je ne vais pas garder Hazelbrook en souvenir d'elle.

Le visage de Monkwood s'empourpra sous l'effet de la colère et du chagrin.

— Vous ne l'avez jamais aimée !

— Bien sûr que si, je l'aimais. Sinon, je ne l'aurais pas épousée.

— C'est votre faute si elle est morte !

— C'était un accident. Elle est tombée.

— Tombée ? Non, Lavinia n'est pas tombée !

Depuis un moment, Marcus prenait sur lui pour ne pas s'énerver. Cette fois, il gronda avec une colère froide :

— Qu'insinuez-vous, Monkwood ? Que je l'ai rendue si malheureuse qu'elle s'est suicidée, ou que je l'ai poussée de mes propres mains ?

Refusant de répondre, Monkwood pinça les lèvres. Le silence retomba et s'étira dans une atmosphère électrique.

*Je n'aurais pas dû venir. Monkwood aimait trop sa sœur.*

Se ressaisissant, Marcus répéta :

— C'était un accident. Lavinia n'a pas sauté, et je ne l'ai pas poussée. Elle est tombée. Cinq jardiniers et trois servantes peuvent en témoigner. N'avez-vous pas lu le compte rendu de l'enquête ?

— Vous avez très bien pu graisser la patte de vos domestiques pour qu'ils mentent en votre faveur.

— Oh, pour l'amour de Dieu ! Pour la dernière fois, je vous assure que c'était un malheureux accident.

Marcus s'était levé. Monkwood l'imita. Albin émit un grognement sourd, mais Monkwood ne lui jeta pas un regard.

— J'ai reçu une lettre qui vous concernait aujourd'hui, dit-il avec un ricanement.

— Vous n'êtes pas le seul. C'est une mauvaise plaisanterie. Vous devriez jeter cette lettre au feu.

— Je crois qu'il est temps que le monde sache enfin qui vous êtes.

— Que voulez-vous dire ?

— Ces accusations de viol, de maltraitance… Lavinia avait si peur de vous qu'elle a préféré se donner la mort !

— Je n'ai jamais maltraité Lavinia. Pas une seule fois. Demandez aux domestiques si vous ne me croyez pas.

— Ils mentiraient…

— Si je les payais ? Si vous pensez cela, c'est que vous êtes encore plus stupide que je ne le croyais ! riposta Marcus, qui faisait un effort surhumain pour ne pas envoyer son poing dans la figure de Monkwood et effacer son insupportable rictus.

Furieux, Marcus avançait d'un pas saccadé sur Brook Street. Combien de personnes à Londres tiraient les mêmes conclusions que Monkwood et étaient persuadées qu'il avait maltraité Lavinia ?

Ses domestiques avaient assisté aux scènes hystériques que faisait régulièrement Lavinia. Dans ces accès de rage, elle fracassait objets et bibelots, balançait des livres, claquait les portes, hurlait des insultes... Pas une fois il n'avait levé la main sur elle. Pas une. Même si la loi lui en donnait le droit.

*La prochaine fois, avant de choisir une épouse, je demanderai leur avis aux domestiques !* Les serviteurs voyaient tout, entendaient tout. Ils connaissaient le véritable visage de leurs employeurs et ne se laissaient pas abuser par le masque qu'ils affichaient en société.

La nuit tombait quand ils atteignirent Grosvenor Square. Marcus laissa échapper un soupir. Il n'avait pas le courage d'aller voir Phillip aujourd'hui. Il en avait assez d'être un objet de haine. Il avait eu sa dose pour aujourd'hui.

Il consulta sa montre. Dans deux heures, il retrouverait Mlle Brown.

Son humeur s'améliora d'un coup.

— Attendez ici, dit-il à l'épagneul. Je vais ouvrir la fenêtre du bureau.

Charlotte enfila les habits d'Albin – bas, culottes et chemise – pendant que le comte leur servait un verre de cognac.

— Alors, quel est votre sentiment ? demanda-t-il.

— L'odeur que je détecte sur la lettre n'est ni celle de Hyde, ni celle de Keynes, ni celle de Brashdon.

Son verre à la main, Cosgrove s'appuya au manteau de la cheminée.

— Et Monkwood ?

— Peut-être.

— Ou peut-être pas.

— L'odeur est faible. Je n'ai pas de certitudes, Monsieur.

— Mon intuition me fait pencher pour Brashdon. Je parie qu'il a payé quelqu'un pour écrire la lettre à sa place. Un employé quelconque.

Charlotte enfilait ses bottes. Elle n'était pas censée contredire son patron, mais...

— Personnellement, je pencherais pour Monkwood, Monsieur.

— Pourquoi ?

— Il vous hait. Bien plus que vous ne le croyez.

— Je sais bien qu'il me déteste, cela saute aux yeux, rétorqua sèchement Cosgrove, avant de boire une longue gorgée de cognac.

— Non, je veux dire que j'ai perçu sa haine dès que nous sommes entrés dans la bibliothèque.

Elle hésita. Comment traduire par des mots ce qu'elle avait ressenti en tant que chien ? Elle n'aurait même pas su dire ce qui l'avait alertée. Une odeur ? L'intonation dans la voix de Monkwood ? Sa posture au moment où il s'était tourné face au comte ? Quoi qu'il en soit, Monkwood voulait la mort de Cosgrove. Elle en était convaincue. À plusieurs reprises, elle avait perçu une envie de meurtre émanant de sa personne, comme si la haine jaillissait par tous ses pores.

— Monkwood veut vous détruire. Voilà mon sentiment, Monsieur.

Elle voyait bien que Cosgrove ne la croyait pas. Néanmoins, il répondit :

— Merci, Albin. J'y réfléchirai.

Charlotte saisit sa cravate et chercha des yeux un miroir. Il n'y en avait pas dans la pièce. Elle glissa le rectangle de mousseline autour de son cou et s'efforça de le nouer correctement en louchant sur sa gorge.

Cosgrove posa son verre et s'approcha.

— C'est un désastre. Laissez-moi faire.

Charlotte lui abandonna volontiers la cravate.

— Je n'ai senti nulle part l'odeur des Smith, Monsieur.

— Je parie que vous la repérerez chez Phillip.

La mine concentrée, Cosgrove s'appliquait à nouer la cravate. La dernière fois, Charlotte avait été infiniment troublée par sa proximité physique. Aujourd'hui elle n'éprouvait pas d'embarras, juste une douce sensation de bien-être. Elle ne rougit pas lorsqu'il lui frôla le menton de ses doigts. Son bidule ne réagit pas. Et ce fut d'une voix parfaitement naturelle qu'elle lui demanda :

— Quand irons-nous chez M. Langford ?

— Demain. Ce soir, j'ai rendez-vous.

*Oui, avec moi.*

Bientôt, elle serait aussi proche de lui qu'une femme pouvait l'être d'un homme.

— Voilà, dit le comte en ajustant le nœud de cravate.

— Merci, Monsieur.

Charlotte enfila sa redingote, avant de tendre les bras pour faire ressortir ses manchettes. Puis elle but une gorgée de cognac qui lui réchauffa la gorge.

Cosgrove lança un regard à l'horloge.

— Il est 17 heures. Je vous libère, Albin. Passez une bonne soirée.

— Merci, Monsieur.

*C'est bien mon intention.*

Elle avait moins envie de faire l'amour avec lui que de reposer entre ses bras ensuite, en écoutant les battements de son cœur alors qu'il était encore en elle. Elle adorait ces moments précieux, sereins, qui suivaient leurs ébats passionnés.

Elle termina son cognac, posa le verre sur la desserte.

— Monsieur… si vous sortez, soyez prudent. Prenez la voiture et faites-vous escorter par des valets.

— Quelle mère poule vous faites, Albin ! se moqua-t-il gentiment.

— Hier…

— Oui, je sais, les Smith, murmura-t-il en reprenant son sérieux. Promis, je ferai attention.

Il leva son verre pour la saluer, comme si c'était elle qui donnait les ordres.

— Et maintenant, fichez-moi le camp !

# 33

Marcus apporta une bouteille de champagne et deux verres en cristal à l'*Earnoch Hotel*.

— Vous fêtez quelque chose ? demanda Mlle Brown en le regardant déboucher la bouteille.

— Pas vraiment, mais disons que la journée a été difficile.

Il avait bien besoin de boire un verre. Ou plusieurs.

— Avez-vous réussi à retrouver les Smith ?

— Non. Ils ont quitté Londres.

Les Smith et Phillip ne l'inquiétaient pas vraiment, contrairement aux lettres qui circulaient en ville.

— Avez-vous entendu parler des lettres ? Votre employeur en a-t-il reçu une ?

— J'en ai entendu parler, oui. Je suis désolée, monsieur.

Marcus crispa les doigts sur la bouteille. Mlle Brown le soupçonnait-elle d'être un violeur ?

— Connaissez-vous les faits dont on m'accuse ?

— Oui. Et je sais que tout cela est faux.

Marcus remplit les verres. La colère l'envahissait de nouveau et, ce soir, il ne voulait pas être en colère. Il voulait se détendre.

Il tendit un verre à Mlle Brown.

— Tenez. À votre santé.

— À votre santé, monsieur.

Il but une gorgée, savourant la fraîcheur du vin qui pétillait sur sa langue. Le champagne n'anesthésierait pas sa colère aussi aisément que le cognac, néanmoins quelques verres le calmeraient.

Il vit que la baignoire sabot à demi dissimulée derrière le paravent était remplie d'eau fumante. La peau de Mlle Brown serait chaude, douce et lisse.

Il reporta son attention sur la jeune femme, qui portait toujours la même robe bleue délavée. Ses cheveux étaient simplement tirés en arrière pour dégager son visage. La première fois qu'il l'avait vue, il l'avait trouvée commune et mal fagotée. Comment avait-il pu être aveugle à ce point ?

Mlle Brown n'avait peut-être pas l'éclatante beauté de Lavinia, pourtant il la trouvait adorable, avec ses délicieuses taches de rousseur et ses grands yeux caramel. Lavinia ressemblait à un ange, mais Mlle Brown avait l'air d'une vraie femme. Il avait envie de lui mordre la bouche, de dénouer sa chevelure et d'enlever ses vêtements pour dévoiler sa peau laiteuse.

Tandis que son désir montait, sa colère fondit et il oublia son envie d'alcool. Il posa son verre, s'approcha d'elle, lui prit le menton et s'empara de sa bouche.

Elle avait un goût de champagne et lui rendit son baiser avec abandon.

Marcus ôta les épingles de ses cheveux, qui retombèrent en vagues douces dans son dos, exactement comme il l'avait imaginé. Il l'enlaça plus étroitement et, les mains enfouies dans sa chevelure soyeuse, l'embrassa avec ferveur.

De longues minutes passèrent. Bientôt, son corps réclama plus qu'un simple baiser. À contrecœur, il la relâcha. Tous deux haletaient.

Il entreprit de dégrafer sa robe tout en faisant pleuvoir des baisers sur sa joue, sur la courbe de sa mâchoire, puis, quand la robe s'affaissa, sur ses seins dévoilés par la transparence de la camisole.

Ses jupons et son corset rejoignirent rapidement la robe par terre.

Il s'arrêta quand il ne lui resta plus que sa camisole.

Il se déshabilla jusqu'à être totalement nu, à l'exception du pansement qui lui protégeait la gorge, et la vit glisser un regard timide vers son érection.

Lui prenant la main, il l'entraîna vers le lit.

« Doucement, s'enjoignit-il en faisant passer la camisole par-dessus sa tête. Pas de précipitation. »

Malgré cela, tout alla très vite. Dès que son corps l'accueillit, il s'emballa, incapable de résister à l'appel du plaisir. Ils firent l'amour avec passion, jusqu'à ce que l'orgasme les emporte dans son tourbillon tumultueux.

Ensuite, il eut honte de ne pas avoir réussi à mieux se contrôler.

— Pardon. Je ne vous ai pas fait mal ?

— Non, pas du tout.

Souriant, elle eut un geste vers lui comme si elle voulait lui lisser les cheveux, puis hésita, serra le poing.

— Puis-je vous toucher ?

Les mots firent à Marcus l'effet d'une gifle. Avait-elle vraiment besoin de sa permission ? Déconcerté, il se remémora leurs précédentes étreintes. Ne l'avait-elle donc jamais caressé ?

Son sentiment de honte s'accentua. Il avait pris sa virginité, il avait couché avec elle quatre soirs de suite, et pourtant elle ne se sentait pas autorisée à le toucher.

— Bien sûr que vous pouvez. Touchez-moi autant que vous le désirez.

Ils n'avaient peut-être pas le même rang social, mais au lit, nus, ils étaient à égalité.

— Vous êtes sûr, monsieur ?

Il lui prit la main, la posa sur son torse en la regardant dans les yeux et se retrouva presque hypnotisé, incapable de parler, le souffle coupé.

Ce n'était pas le contact de sa main tiède qui le paralysait, mais l'acuité de son regard qui semblait le transpercer, comme si elle lisait en lui et que les mots étaient inutiles.

Le silence s'étira tandis qu'ils demeuraient figés dans cette position, les yeux dans les yeux, jusqu'à ce qu'elle détourne enfin la tête.

Proche de l'asphyxie, Marcus relâcha son souffle. Que venait-il de se passer, bon sang ?

Puis il sentit la main de Mlle Brown bouger. Légère, elle descendit sur son ventre, puis remonta, suivit le tracé de la cicatrice rosâtre qui lui barrait le torse au niveau du cœur – le couteau de Jeremiah Smith avait lacéré son manteau, son gilet et sa chemise, mais la lame, fort heureusement, avait à peine entaillé la peau.

— Comment va votre cou ? demanda-t-elle en le regardant dans les yeux.

— La plaie n'est pas profonde. Elle n'a même pas eu besoin d'être recousue. C'est mon valet qui insiste pour me faire un pansement chaque matin, pour ne pas salir ma chemise si jamais la blessure suintait.

Et, quoi qu'en dise Leggatt, d'ici un jour ou deux il refuserait le pansement.

Mlle Brown hocha la tête et baissa les yeux. Ses doigts frôlèrent de nouveau l'estafilade sur sa cage thoracique, puis glissèrent sur ses pectoraux, laissant dans leur sillage une sensation de chaleur et de picotements. Son index traça un cercle autour de son mamelon. La sensation de chaleur s'accentua, et Marcus se mit à respirer plus vite.

— Pincez-le, chuchota-t-il.

Son regard soutint le sien un long moment, puis elle obtempéra, saisit son mamelon entre le pouce et l'index, pinça doucement.

Une onde de plaisir le parcourut. Il ne put s'empêcher de tressaillir.

Un sourire naquit sur les lèvres de Mlle Brown. Elle passa à l'autre mamelon, l'encercla à son tour d'une lente caresse, avant de le pincer également, déclenchant chez lui un frisson incoercible.

Ensuite, elle redessina la ligne de sa clavicule, puis souligna le contour de son biceps. La curiosité timide dont elle faisait preuve était furieusement excitante. Partout où ses doigts passaient, il sentait sa peau s'enflammer.

Elle s'enhardit, fit courir sa main le long de son torse, descendit plus bas, traça un cercle autour de son nombril, descendit encore et s'arrêta au ras des poils sombres.

— Là aussi, vous pouvez me toucher. Si vous le voulez.

Il prit sa main et la posa sur son membre qui commençait à se dresser. Doucement, elle cueillit ses testicules au creux de sa paume pour percevoir leur poids et leur chaleur, puis referma les doigts sur son sexe palpitant.

Elle releva la tête, chercha son regard.

C'était incroyablement intime d'être touché ainsi alors qu'elle le regardait droit dans les yeux.

— Comme ça, dit-il en guidant sa main pour lui montrer comment le caresser.

Le plaisir monta, lui embrasa le bas-ventre. À présent, il était dur comme le marbre. Il aurait pu la laisser continuer ainsi, aller jusqu'à l'orgasme, mais ce n'était pas ce qu'il voulait.

— À mon tour, dit-il en écartant sa main. Allongez-vous.

Elle obéit.

À la lueur des bougies, il contempla la rondeur nacrée de ses seins et le triangle sombre au creux de ses cuisses. L'impatience le gagna. Où allait-il la toucher en premier ?

Son regard remonta sur ses grands yeux caramel, sa bouche rose tendre. Il vit ses joues se colorer sous l'effet de la timidité et se pencha pour l'embrasser.

— Détendez-vous, chuchota-t-il.

Sa bouche voyagea de son menton à son cou, glissa sans hâte sur le petit creux entre les clavicules, puis plus bas. De délicieuses minutes s'écoulèrent tandis qu'il goûtait le corps de Mlle Brown, le butinait, le mordillait. Elle était si douce, si féminine, si belle !

Il explora ses seins, son ventre, ses jambes. Le parfum érotique de sa féminité l'envoûtait, tel un aphrodisiaque qui se serait répandu dans ses veines. Il la sentit frissonner lorsqu'il fit remonter ses doigts à l'intérieur de sa cuisse.

Quand il glissa un doigt en elle, il la trouva humide de désir.

Quel goût avait-elle ?

Incapable de résister à la tentation, il écarta les lèvres de son sexe et inclina la tête pour la lécher.

Elle tressaillit en retenant un petit cri qui l'enflamma.

Il la taquina de la langue et des dents, découvrit ce qui la faisait trembler et gémir. Sa saveur l'enivrait, et il était de plus en plus dur. Bientôt, sous la montée inexorable du plaisir, elle se mit à onduler des hanches. Il la maintint de ses mains, sans lui laisser de répit, jusqu'au moment où l'extàse l'emporta.

Il se redressa alors dans un rire victorieux, plein de fierté.

Mlle Brown haletait, le visage empourpré.

Riant toujours, il goûta sa bouche comme il avait goûté son sexe, et elle l'entoura de ses bras, se cramponna à lui en lui rendant son baiser avec fièvre. Il faillit grogner de dépit lorsqu'elle lui arracha sa bouche.

Il voulait la posséder. Maintenant.

Mais, alors qu'il allait se placer entre ses cuisses, elle l'arrêta.

— Monsieur... puis-je vous toucher... encore ?

Il faillit refuser. Il voulait jouir, pas se lancer dans de nouvelles explorations, si délicieuses fussent-elles. Mais n'avait-elle pas le droit d'exprimer ses désirs elle aussi ?

— Si vous voulez.

Il pouvait bien patienter quelques minutes encore.

Elle se redressa, puis posa les mains sur son torse pour le forcer à s'allonger sur les oreillers. Ses cheveux dénoués masquaient une partie de son visage.

Deux minutes. Pas une de plus, se promit-il.

Mlle Brown s'inclina pour poser la bouche sur son épaule. Submergé par le plaisir, il ferma les yeux tandis qu'elle faisait pleuvoir des baisers le long de sa clavicule, goûtait du bout de la langue la petite veine qui battait à la base de son cou. Le rideau de ses longs cheveux glissa, lui chatouilla le torse. Avec délicatesse, elle saisit un mamelon entre ses dents et le mordilla, lui arrachant un frisson. Puis elle lécha son ventre, avant de descendre encore plus bas…

Marcus rouvrit les yeux sur le plafond noyé d'ombre. Allait-elle le prendre dans sa bouche ? Mais elle n'était pas une prostituée, il ne pouvait pas lui demander de…

Il perdit toute faculté de penser comme elle frôlait son membre dressé du bout des doigts.

— Puis-je ?

Marcus avait la gorge tellement serrée qu'il eut du mal à articuler :

— Si vous voulez…

Il ferma les yeux, agrippa le drap et se força à ne pas bouger.

Sa bouche effleura son gland. Il cessa de respirer et demeura immobile, tremblant. Puis il sentit sa langue et ne put retenir un grognement de plaisir.

Elle le lécha doucement, d'abord hésitante, puis s'enhardit, l'explora plus minutieusement. Lorsqu'elle le prit enfin dans sa bouche, il dut produire un effort surhumain pour ne pas cambrer les hanches. Bien sûr, ce n'était pas la première fois qu'une femme le caressait ainsi. Avant son mariage, il avait eu recours à des courtisanes expertes qui avaient su le mener à l'extase de cette façon, mais jamais il n'avait vécu une expérience aussi intime et érotique.

Les caresses de Mlle Brown allaient le rendre fou.

Finalement, il n'y tint plus.

— Ça suffit, dit-il d'une voix enrouée.

Il roula sur elle, lui écarta les jambes et, tout en prenant sa bouche, la pénétra d'un profond coup de reins. C'était si bon qu'il se figea, les yeux clos, pour savourer les sensations qui l'envahissaient : la chaleur, l'étroitesse de son fourreau intime, les prémices de l'orgasme qui la faisaient trembler…

Il rouvrit les yeux, la saisit par les hanches et se mit à aller et venir à un rythme lent et régulier. Elle jouit presque aussitôt dans un cri sourd, les doigts crispés sur ses biceps. Marcus, les dents serrées, lutta pour se maîtriser. Il voulait faire durer le plaisir.

Le temps parut ralentir. La réalité s'abolit. Il avait perdu conscience de la chambre d'hôtel et du lit. Son univers se réduisait à Mlle Brown, au bonheur indicible qu'il éprouvait à plonger en elle inlassablement, à la sentir réagir et jouir encore sous ses coups de boutoir. Le plaisir montait, montait ; la tension s'accumulait en lui, si forte qu'il avait l'impression que son corps allait exploser...

Puis la jouissance déferla dans une suite de vagues sans fin.

Lentement, il revint à la réalité, reprit conscience de son environnement : le lit entouré de courtines, le paravent dans l'angle de la pièce, ses habits posés sur la table.

Il referma les bras sur Mlle Brown et, toujours en elle, roula sur le flanc. Il voulait prolonger leur contact charnel le plus longtemps possible, sentir son souffle sur sa peau, percevoir les battements de son cœur.

Elle ne chercha pas à se dégager, s'abandonna entre ses bras. *Elle me fait confiance. Elle se sent en sécurité avec moi*. À cette pensée, l'émotion lui noua la gorge.

Lorsque sa peau se rafraîchit un peu, il se retira d'elle, remonta les couvertures et se rendit compte qu'il était affamé.

— Voulez-vous que je fasse monter un repas ?

Sa proposition parut l'alarmer.

— Oh... non. Je ne préfère pas... monsieur.

— Comme vous voudrez.

Il pesta intérieurement contre lui-même. Bien sûr. Mlle Brown travaillait dans une maison respectable, elle ne voulait pas qu'un domestique la surprenne au lit avec quelqu'un.

Ils s'habillèrent devant la petite cheminée. Il l'aida à boutonner sa robe, troublé par la vision de sa nuque gracile. Il avait envie de presser sa bouche contre sa peau, d'inspirer son parfum, de la goûter de nouveau. Ses doigts peinaient sur les boutons. Il n'avait jamais eu de relation aussi intime avec une femme, et pourtant il ne connaissait même pas son prénom. Elle l'avait pris dans sa bouche, il avait léché son sexe, mais ils étaient toujours lord Cosgrove et Mlle Brown l'un pour l'autre.

Son malaise s'accentua alors qu'il enfilait ses bottes. Non, ils ne pouvaient plus continuer à se donner du « monsieur » et du « mademoiselle ». Ils avaient dépassé ce stade.

Mais, s'ils s'appelaient par leurs prénoms, leur relation tout entière serait modifiée. Ils ne seraient plus des étrangers qui partageaient des moments de plaisir.

Souhaitait-il que leur lien devienne plus personnel ? Tant qu'elle restait Mlle Brown, il pouvait s'en aller à sa guise, décider de ne plus revenir, de l'oublier…

Il réprima un ricanement. Pourquoi se voiler la face ? Il n'avait aucune envie de l'oublier. Il voulait la revoir, l'embrasser, la savourer, lui faire l'amour.

Il s'éclaircit la voix, prit une profonde inspiration.

— Mademoiselle Brown… voulez-vous bien me dire votre prénom ?

Aussitôt, une lueur méfiante s'alluma dans son regard caramel.

— Mon… Mon prénom ?

— Eh bien, oui. Je m'appelle Marcus. J'aimerais que vous m'appeliez par mon prénom.

Il se sentait gauche et emprunté comme un adolescent.

Mlle Brown s'humecta les lèvres, et quelques secondes de silence passèrent.

— Je m'appelle Charlotte.

— C'est votre vrai nom, n'est-ce pas ?

Elle hocha gravement la tête.

Effectivement, cela changeait tout. Désormais, ils n'étaient plus des étrangers, mais des amants. C'était grisant… et déstabilisant.

Il enfila son manteau en se demandant s'il ne venait pas de commettre une erreur.

— Pouvons-nous nous revoir demain ?

— Si vous voulez.

Bien sûr qu'il le voulait. Il n'avait pas envie de partir. S'il n'avait pas eu si faim, il l'aurait ramenée dans le lit et aurait passé la soirée avec elle.

— J'apporterai une collation. Cela vous plairait ?

Son visage s'illumina.

— Oui.

Il ramassa son chapeau et ses gants. Il aurait voulu l'embrasser, lui dire au revoir tendrement. La tendresse était pourtant une émotion dont il se méfiait. Il était à l'aise avec la passion physique, mais la tendresse... la tendresse annonçait l'amour, et il ne voulait pas tomber amoureux.

— Bonsoir, Charlotte.

Il se dirigea vers la porte.

— Monsieur... Marcus... S'il vous plaît, soyez prudent. Ne rentrez pas à pied chez vous. Prenez un fiacre.

Il se rendit soudain compte que, depuis qu'il l'avait prise dans ses bras, il n'avait pas accordé une seule pensée aux Smith, à Phillip ou à cette maudite lettre.

— Ne vous en faites pas pour moi.

La mine inquiète, elle posa la main sur son bras.

— Je vous en prie. Il ne faut pas vous mettre en danger.

Il retint un rire. Elle lui rappelait Albin.

— Très bien, je vais prendre un fiacre. Promis.

Elle parut soulagée.

— Merci, monsieur.

— Marcus.

— Marcus, répéta-t-elle en rougissant.

Cédant à la tentation, il lui saisit le menton et déposa un baiser sur ses lèvres douces et sucrées.

*La tendresse est dangereuse.*

Il la libéra, cala son haut-de-forme sur sa tête et ouvrit la porte.

— Au revoir.

# 34

*26 octobre 1805*
*Grosvenor Square, Londres*

Albin attrapait un registre sur l'étagère quand Marcus fit son entrée dans le bureau.

— Rangez-moi ça. Nous sortons.

— Où allons-nous, Monsieur ?

— Chez Phillip.

Marcus jeta un coup d'œil à l'horloge. Il était 8 heures passées de quelques minutes. Si tôt dans la matinée, Phillip ne serait sûrement pas dégrisé, mais on pouvait espérer qu'il serait au moins réveillé.

— Voulez-vous que je me transforme en chien, Monsieur ? Je détecterai peut-être l'odeur des Smith et cela prouvera que votre héritier a eu affaire à eux.

*Je n'ai pas besoin de preuves. Je sais que c'est lui.* Marcus haussa les épaules.

— Si vous voulez. Mais je vous préviens, j'ai l'intention de me rendre chez lui à pied.

— Alors il serait peut-être plus prudent de prendre un pistolet, remarqua Albin, qui était déjà en train d'enlever ses bottes.

Marcus tapota sa poche.

— Dépêchez-vous, mon jeune ami.

Il y avait une bonne trotte pour rejoindre Upper Rathbone Place, où vivait Phillip. Tout en marchant d'un pas vif sous le ciel d'un gris plombé, Marcus dressait son plan de bataille. D'abord régler le problème avec Phillip. Puis l'affaire des lettres.

Pour lui, c'était forcément Brashdon qui avait fait circuler ces calomnies. Si Marcus réussissait à pénétrer chez lui pour fouiller son bureau, il trouverait des preuves, il en était convaincu.

Mais maintenant qu'il avait si mauvaise réputation, oserait-il prendre ce risque ? S'il se faisait surprendre...

L'épagneul noir sur ses talons, il tourna dans Rathbone Place. Le vent s'engouffrait dans la rue étroite bordée de hauts immeubles, et Marcus dut remonter le col de son manteau de laine pour se prémunir contre les bourrasques.

Phillip logeait dans un bâtiment face à une petite église en pierre sombre. Albin fila renifler les marches du perron.

Un rémouleur qui faisait sa tournée interpella Marcus :

— Vous n'avez rien à faire aiguiser aujourd'hui, m'sieur ? Des couteaux ? Des ciseaux ?

Marcus ne lui jeta qu'un regard distrait. Il se creusait la cervelle pour trouver le moyen de s'introduire chez Brashdon.

— Vous sentez quelque chose, Albin ?

Il pivota vers le chien et tressaillit. L'épagneul était devenu un robuste mastiff. Marcus n'avait pas besoin de lui demander pourquoi il avait changé de race.

*Pour me protéger.*

Le chien secoua la tête.

— J'ai un pistolet. Je peux me défendre. Inutile de jouer les molosses.

Mais Albin refusa d'obtempérer et resta sous sa forme de mastiff.

— Et merde, marmonna Marcus, irrité.

Il gravit les marches du perron et toqua à la porte.

Une bonne d'âge moyen vint leur ouvrir. Elle reconnut Marcus, mais ne fit pas la révérence et ne l'invita pas à entrer.

— Milord, M. Langford a du retard dans son loyer. Mon maître veut qu'il quitte son logement dès demain, l'informa-t-elle d'un air pincé.

— Je vous demande pardon ? fit Marcus en haussant les sourcils.

La femme perdit contenance, mais insista :

— M. Langford n'a pas réglé...

— Ça suffit, Jenny ! Filez à l'office, la cuisinière a besoin de vous, fit une voix masculine.

C'était Honeymay, le valet retraité qui était propriétaire de la maison.

La bonne s'éloigna d'un air offensé en précisant :

— Ce chien doit rester dehors.

Honeymay s'approcha et s'inclina dans une courbette obséquieuse.

— Je vous demande pardon, milord. Entrez, je vous en prie.

Marcus ravala son irritation. Il n'avait pas à se défouler sur Honeymay, pas plus que sur Albin, même si ce dernier avait refusé de lui obéir.

— Je vous prie d'excuser le comportement de Jenny, milord, reprit Honeymay, rouge de confusion. Elle me materne et en oublie parfois sa position. Mais ses intentions sont bonnes.

Marcus baissa les yeux sur le mastiff en pensant : « J'ai le même problème, figurez-vous. » Il ôta son chapeau.

— Vous avez des soucis avec M. Langford, apparemment ?

— En effet, admit Honeymay, qui regardait le chien sans oser protester.

— Il ne paie pas son loyer ?

— Il a plusieurs semaines de retard.

— Vous a-t-il dit que je réglerais la note ?

— Non, milord, il a dit que... enfin... ce ne sont pas des choses qu'on peut répéter, milord, bafouilla Honeymay.

— Je n'en doute pas. Est-il là ? J'aimerais lui dire un mot.

— Oui, il est là. Il n'est pas sorti hier soir. Ni avant-hier soir, d'ailleurs.

— Vraiment ?

Voilà qui était pour le moins inhabituel.

Marcus suivit Honeymay dans l'escalier. Le chien leur emboîta le pas. Honeymay frappa à la porte de l'appartement de Phillip. Au bout d'un moment, n'obtenant pas de réponse, il toqua un peu plus fort.

— Son valet n'est pas là ? s'étonna Marcus.

— Il a démissionné il y a quelques jours et est parti en disant qu'il ne percevait pas ses gages et qu'il ne travaillait pas pour rien.

Honeymay frappa de nouveau, puis se décida à ouvrir la porte, qui ne résista pas. Une bouffée d'air vicié les assaillit, mélange de gin, de vomi et d'excréments.

Marcus eut un mouvement de recul.

— Ô Seigneur ! murmura Honeymay.

Marcus prit un mouchoir dans sa poche pour le presser contre son nez. Le mastiff se glissa entre les jambes des deux hommes et entra dans l'appartement. À contrecœur, Marcus le suivit et alla aussitôt ouvrir les rideaux et la fenêtre. Un courant d'air froid bienvenu s'engouffra dans la pièce.

L'endroit était un véritable capharnaüm. Des vêtements abandonnés jonchaient le sol un peu partout : chapeaux, gants, cravates, un manteau… Les vestiges d'un repas et une chope renversée gisaient sur la table.

Phillip avait manifestement passé un bon moment à boire devant la cheminée. Plusieurs bouteilles de gin traînaient par terre. Il y avait du vomi sur le tapis, du vomi sur le fauteuil, et même dans l'âtre.

Marcus passa dans la chambre adjacente, où l'odeur devenait carrément pestilentielle.

— Ô mon Dieu… mon Dieu ! gémissait Honeymay derrière lui.

Son mouchoir plaqué sur le nez, Marcus alla ouvrir la fenêtre. Ici aussi, il y avait des bouteilles un peu partout, du vomi et des vêtements épars. Le pot de chambre était plein. Phillip ne s'était pas donné la peine de le vider et l'urine avait débordé sur le plancher.

Phillip était étalé sur les draps crasseux et chiffonnés, à moitié nu, les joues mangées par une barbe de plusieurs jours. Il ronflait bruyamment, tel un porc dans sa soue.

— Phillip ?

Nullement troublé dans son sommeil, son héritier continua de ronfler.

Marcus se pencha pour le secouer par l'épaule.

— Phillip !

Il fallut presque une minute pour le réveiller. Finalement, Phillip ouvrit ses yeux bouffis injectés de sang.

— Hein ? Quoi ?

Sa voix pâteuse et les relents de gin qui flottaient dans l'air indiquaient qu'il était encore sous l'emprise de l'alcool. Tant mieux. « J'obtiendrai peut-être une réponse honnête de sa part », songea Marcus.

— Je suis venu vous parler des Smith.

Phillip cligna des yeux et vit enfin à qui il avait affaire.

— Cosgrove ?

— Oui, c'est moi. J'ai deux mots à vous dire. Au sujet des Smith.

— Les Smith ? Quels Smith ?

— Les types que vous avez engagés pour m'assommer.

— Hein ? Je n'ai engagé personne !

Phillip tâtonna entre les draps et découvrit une bouteille de gin.

— Norton m'a quitté. Il a volé ma montre, le bougre ! Et mon meilleur manteau. Pour se payer, d'après ce qu'il a dit.

— Vous lui deviez de l'argent.

Phillip déboucha la bouteille et vida ce qui restait de gin, avant de grogner :

— Fichez-moi le camp. Laissez-moi tranquille.

— Avec grand plaisir.

Marcus retourna dans le salon, où Honeymay se tordait les mains, l'air atterré.

— Je vous présente des excuses de la part de M. Langford, lui dit Marcus en prenant plusieurs billets dans sa poche. Je vais revenir dans très peu de temps le chercher pour libérer la place. Je vous serais très reconnaissant de faire nettoyer l'appartement, mais surtout ne touchez à rien avant que mon secrétaire et moi-même n'ayons inspecté les papiers de M. Langford. Combien vous devait-il pour le loyer ?

Marcus tripla le montant que Honeymay lui annonçait. Nettoyer le logement et le rendre de nouveau habitable coûterait cher.

Dans la chambre voisine, les ronflements avaient repris. Conscient qu'Albin était en train de fureter de ce côté-là, Marcus s'excusa de nouveau :

— Pardon, Honeymay, je n'avais pas conscience que la situation avait dégénéré à ce point.

— Merci, milord, dit Honeymay en acceptant les billets. Vous êtes très généreux.

Il raccompagna Marcus au rez-de-chaussée. Au moment où la porte se refermait, ce dernier l'entendit appeler Jenny. Il réprima un sourire. La pauvre servante ne savait pas encore quel désastre l'attendait à l'étage !

— Allez-vous accueillir M. Langford chez vous ? demanda Albin qui se rhabillait dans le bureau.

— Sûrement pas !

Marcus s'approcha de la desserte et tendit la main vers la carafe de cognac. Mais le souvenir de Phillip vautré dans son vomi le fit hésiter. Lui-même avait sérieusement augmenté sa consommation d'alcool depuis un an et demi. Bien sûr, cela n'avait rien à voir avec Phillip, néanmoins…

Il se détourna de la desserte.

— Je vais le renvoyer chez sa mère. Il ne peut pas rester à Londres. Dans cet état, il est incapable de prendre soin de lui-même.

— Je ne pense pas que les Smith se soient rendus chez lui, mais je dois reconnaître que, dans cette puanteur, il était difficile de sentir quoi que ce soit.

— La leçon à en tirer, jeune homme, c'est qu'il faut boire avec modération.

Albin acheva de boutonner son gilet et attrapa sa cravate.

— Et maintenant, Monsieur ?

— Maintenant ? Nous retournons chez Phillip, nous l'expédions dans le Derbyshire et nous fouillons son appartement. Et laissez-moi faire avec cette cravate !

Peu avant 11 heures, Phillip fut transporté hors de son appartement, toujours ronflant. De minuscules flocons de neige tombaient du ciel gris. Sur le trottoir, les flaques d'eau gelaient.

— Il va sans doute piquer une crise quand il sortira de sa torpeur, dit Marcus aux deux valets qui les avaient accompagnés. Donnez-lui un peu d'alcool si cela arrange les choses, mais veillez à ce qu'il soit sobre lorsque vous arriverez dans le Derbyshire.

— Bien, milord.

— Il faudra le laver avant que sa mère ne le voie. Il y a des vêtements de rechange dans la valise et d'autres dans la malle. Mme Langford sera probablement furieuse. Dites-lui que je m'occuperai du cas de son fils aussi vite que possible.

— Entendu, milord.

— Gardez vos oreilles ouvertes, et si jamais M. Langford mentionne des gens appelés Smith, notez tout ce qu'il dit.

Marcus regarda la voiture s'éloigner. Les malheureux valets allaient avoir une rude journée. Il avait un peu honte de ne pas se charger lui-même de rapatrier Phillip. Il aurait dû le faire, par simple courtoisie envers sa mère.

La voiture tourna à l'angle de la rue et disparut. Marcus retourna dans l'immeuble et gravit les marches quatre à quatre. Dès qu'il aurait démasqué l'individu qui avait répandu cette lettre diffamatoire, il se rendrait dans le Derbyshire afin de discuter avec Mme Langford et prendre des mesures pour améliorer la situation.

Albin était en train de vider les tiroirs du bureau, dont il transférait le contenu dans une sacoche en cuir.

— Où est Honeymay ?

Albin désigna la chambre du menton.

Marcus trouva le propriétaire en train de fixer d'un œil morose le lit souillé.

— Si les créanciers de M. Langford se présentent pour réclamer leur dû, envoyez-les-moi, dit Marcus en lui tendant sa carte de visite. Mon secrétaire réglera toutes les factures en souffrance.

— Bien, monsieur.

Bien que le vomi ait été nettoyé et que le pot de chambre ait disparu, les odeurs nauséabondes persistaient.

— Vous estimez-vous suffisamment dédommagé, monsieur Honeymay ?

— Oui, milord. Amplement.

— Je vous présente une fois encore mes excuses pour le dérangement.

Marcus retourna voir Albin.

— En avez-vous terminé ?

— Oui, Monsieur.

— Alors, allons-y.

De retour dans la rue, Marcus inspira profondément pour chasser l'air fétide de ses poumons. De petits flocons se déposaient sur son visage et lui picotaient la peau.

*Déjà un problème réglé*.

Enfin, une partie du problème seulement. Car il n'en restait pas moins que Phillip avait essayé de l'éliminer.

Alors qu'il se mettait en marche, la silhouette sombre de Percy Chapel lui rappela qu'approchait l'anniversaire de la mort de Lavinia.

Un an déjà. Il ralentit le pas et finit par s'arrêter sur le trottoir. Comment commémorer un tel événement ? Certes, il était soulagé que Lavinia ne fasse plus partie de sa vie. Mais jamais il n'avait souhaité sa mort.

— Monsieur ?

Albin le regardait, déconcerté.

— Avons-nous oublié quelque chose, Monsieur ?

Marcus se ressaisit brusquement.

— Non, rien du tout.

# 35

Le comte se servit un cognac, puis changea d'avis, remit le liquide dans la carafe et sonna un domestique pour demander du thé.

Charlotte renversa le contenu de la sacoche sur le bureau et entreprit de trier les papiers de Phillip Langford – factures, réclamations de paiement, courriers divers.

Le thé fut servi et Cosgrove, la mine maussade, sirota une tasse.

— Il n'y a rien ici qui puisse lier M. Langford aux Smith, Monsieur, annonça Charlotte au bout d'un moment.

Cosgrove répondit d'un grognement et se renfrogna davantage en se resservant une tasse de thé.

Charlotte étudia de plus près les réclamations de paiement. Elles émanaient du bottier, du tailleur, du chapelier. Elle jeta un coup d'œil à Cosgrove, nota ses traits tirés, et éprouva la sensation familière au creux de sa poitrine.

— Monsieur... quelque chose ne va pas ?

Elle s'en voulut aussitôt. Question stupide. Évidemment que ça n'allait pas ! Son héritier avait tenté de le tuer, et ses ennemis politiques s'acharnaient à ruiner sa réputation.

Mais Cosgrove répondit :

— Dans deux jours, ce sera l'anniversaire de la mort de ma femme. Je ne sais pas comment réagir. Étant donné nos relations, déposer des fleurs sur sa tombe serait hypocrite, ne trouvez-vous pas ?

Charlotte resta un moment silencieuse, puis secoua la tête.

— Je ne sais pas, Monsieur.

Cosgrove se passa la main dans les cheveux, puis soupira :

— Je dois trouver qui a écrit ces lettres. Je ne peux pas me remarier tant que ma réputation est salie. Or il me faut un héritier. S'il m'arrivait quelque chose... J'ai plus de cinq mille acres de terres, et des centaines d'employés et de métayers dépendent de moi. Il est de ma responsabilité de faire prospérer les domaines et de veiller au bien-être de tous ces gens. Si par malheur Phillip me succédait... Non, c'est une pensée insupportable ! s'exclama-t-il en reposant brutalement sa tasse et la soucoupe, qui s'entrechoquèrent.

— Nous allons trouver l'auteur de ces lettres, Monsieur.

— Mais comment ?

Cosgrove s'approcha de la fenêtre et se mit à fixer la place.

— Je ne vois qu'un seul moyen : s'introduire chez Brashdon et fouiller son bureau, marmonna-t-il.

Charlotte hocha la tête. En son for intérieur, elle avait abouti à la même conclusion.

— Je m'en charge, Monsieur.

— Non, je ne peux pas vous demander ça.

— Ça ne me dérange pas...

— Moi, ça me dérange ! Si on vous surprenait...

— Cela n'arrivera pas. Personne ne me verra. J'ai... un atout.

Cosgrove laissa échapper un rire sec.

— Oui, on peut appeler ça comme ça !

Puis, fermant les yeux, il soupira :

— Bon Dieu, je déteste tout ça...

De nouveau, le cœur de Charlotte se serra. *Je vais trouver le coupable, Monsieur. Je vous le promets !*

Cosgrove retourna se servir une tasse de thé.

— Même si je parviens à rétablir la vérité et à blanchir mon honneur, ce sera difficile de trouver une épouse après tout ça... Les mauvaises langues continueront à dire qu'il n'y a pas de fumée sans feu, lâcha-t-il avec amertume.

Charlotte jouait avec une facture, la pliait, la dépliait. *Je ne veux pas qu'il se remarie.*

Pourtant, il le fallait. Dans l'intérêt des domaines dont il avait la charge.

Elle plia la facture, la déplia. *Cela arrivera bientôt, de toute façon.* Au bout d'un an de veuvage, un homme était libre de se remarier sans subir l'opprobre de ses pairs.

Un an.

Elle releva vivement la tête.

— Monsieur, votre femme... quel jour est-elle morte ?

— Le 28 octobre dernier.

— Et quand vous êtes-vous mariés ?

— Le 22 avril de l'année précédente. Pourquoi ?

— Laissez-moi vérifier quelque chose...

Soudain tout excitée, Charlotte alla récupérer sur l'étagère le registre le plus récent de la résidence londonienne. Elle le feuilleta rapidement, puis annonça :

— La première fois que les vitres ont été brisées, c'était le 22 avril !

— Oui, et alors ?

— Le jour de votre anniversaire de mariage !

— C'est une coïncidence.

Les mots entendus dans la bouche des Smith résonnèrent dans la tête de Charlotte : « ... le faire tout de suite ou attendre ? »

— Monsieur, je crois que quelqu'un les a payés pour vous tuer le jour de l'anniversaire de la mort de votre femme. Dans deux jours.

— C'est un hasard, s'obstina Cosgrove.

Charlotte referma le registre.

— La serre a été incendiée le 20 octobre. Cette date a-t-elle un rapport quelconque avec votre mariage ?

Cosgrove ouvrit la bouche... puis la referma et plissa brusquement les paupières.

— J'ai vu juste, n'est-ce pas ? souffla Charlotte.

— J'ai demandé Lavinia en mariage le 20 octobre. Il y a trois ans. Dans la serre de Hazelbrook.

— Vous voyez ! Tout est lié, Monsieur. Les actes de vandalisme, les agressions dont vous avez été victime... Ce n'est pas Phillip qui a engagé les Smith. C'est Monkwood !

Les yeux du comte se plissèrent un peu plus. Il garda le silence pendant une minute, puis haussa les épaules et les sourcils en même temps.

— Vous avez peut-être raison, Albin.

Charlotte alla remettre le registre à sa place sur l'étagère.

— Et la lettre ? demanda-t-elle. Ne pensez-vous pas que Monkwood puisse en être aussi l'auteur ?

— Non.

« Moi si », songea Charlotte en retournant s'asseoir au bureau.

Ce n'était pas son raisonnement humain qui la guidait, mais son instinct de chien. La haine féroce qu'elle avait perçue chez Monkwood. Et aussi la très faible odeur qu'elle avait détectée sur le papier.

Mais pourquoi Monkwood aurait-il agi ainsi ?

Elle tournait et retournait dans sa tête tous les éléments pour tenter d'en dégager une logique, en vain.

— Qui savait que vous aviez l'intention de demander le divorce ? demanda-t-elle.

— Quelques personnes. J'ai découvert que Lavinia avait une liaison avec Barnaby, et le lendemain je suis rentré à Londres où je devais prononcer un discours à la Chambre des lords. J'en ai profité pour parler à mon homme de loi afin qu'il entame la procédure auprès de l'Église et du tribunal. J'en ai aussi parlé à Grenville, à Fox et à quelques autres. Il le fallait bien. L'affaire allait de toute façon éclater dans la presse. Je me disais que si le scandale se révélait trop pénible à vivre, je me retirerais à la campagne quelque temps. Puis je suis retourné à Hazelbrook pour annoncer à Lavinia que je comptais divorcer.

— C'est à ce moment-là qu'elle s'est précipitée sur le belvédère et qu'elle est tombée ?

— Non. Les semaines suivantes, elle s'est efforcée de me faire changer d'avis, en utilisant toutes les armes à sa disposition : les larmes, le sexe, la colère... Puis, comme rien ne marchait, elle a eu recours aux grands moyens : le belvédère.

— Monkwood savait-il que vous vouliez divorcer ?

— Oui. Il est même venu passer quelques jours à Hazelbrook. Pour soutenir sa sœur dans cette épreuve, a-t-il dit.

Cosgrove émit un ricanement sarcastique.

— Le bruit s'était-il répandu dans Londres ?

— Selon Grenville, les gens ne parlaient que de cela.

Dans l'esprit de Charlotte, les pièces du puzzle s'assemblaient. En divorçant, lady Cosgrove se serait retrouvée au ban de la société. Elle aurait perdu son titre de comtesse et son train de vie, aurait été accusée d'adultère. Et maintenant, elle était morte.

— Monsieur, je crois que Monkwood essaie de vous punir à cause de ce qui est arrivé à sa sœur. C'est lui qui a écrit cette lettre.

— Non, impossible !

— Le déshonneur, puis la mort. C'est ce qui est arrivé à lady Cosgrove... et c'est ce qui est en train de vous arriver.

Le comte secoua la tête en pinçant les lèvres.

— Réfléchissez, Monsieur.

De nouveau, Cosgrove s'approcha de la fenêtre pour contempler la place. Les secondes s'écoulèrent, rythmées par le tic-tac de l'horloge, tandis qu'il demeurait raide et immobile face à la croisée, devant le ciel envahi de flocons blancs.

Une bonne minute passa. La petite aiguille de l'horloge approchait du chiffre douze.

Finalement, Cosgrove tourna vers Charlotte son visage tout en angles, mâchoire et pommettes.

— Je *veux* que ce soit Brashdon !

— Je sais, Monsieur. Mais je crois que vous vous trompez. Je crois que c'est Monkwood le coupable.

Elle lut les émotions qui défilaient sur ses traits – la colère, la frustration, le déni... Puis il lâcha un long soupir. Sur son visage, la lassitude remplaça la colère, et il retomba contre l'appui de la fenêtre.

— Très bien, nous commencerons par le domicile de Monkwood. Et si vous n'y trouvez pas de preuves, nous irons voir chez Brashdon.

— Aujourd'hui ?

Le regard de Cosgrove vola vers le cadran de l'horloge.

— Demain matin. Monkwood se lève tard. Il met une bonne heure à s'habiller et ne quitte pas sa chambre avant midi. Son bureau sera désert toute la matinée. Venez, je vais vous dessiner le plan de sa maison.

Un valet vint frapper à la porte et annonça :

— Une lettre du baron de Grenville, milord.

Renfrogné, Cosgrove prit le pli, arracha le sceau de cire et déplia le feuillet.

— Son domestique attend ma réponse ?

— Oui, milord.

— Alors dites-lui que j'accepte.

Le valet s'inclina avant de se retirer.

Cosgrove croisa le regard de Charlotte et répondit à la question qu'elle n'osait pas formuler :

— Le baron et quelques connaissances m'invitent à déjeuner à leur club. Pour afficher publiquement le soutien qu'ils m'apportent. Du moment que je garde mon sang-froid.

— En serez-vous capable, Monsieur ?

— J'ai eu amplement le temps de m'entraîner depuis un an et demi, rétorqua-t-il avec une grimace.

Il froissa la lettre, la jeta au feu et poursuivit d'une voix atone :

— Aux yeux du monde, je suis cocu... et impuissant. Sinon pourquoi ma jeune épouse aurait-elle eu une liaison adultère ? On m'a soupçonné d'avoir réduit Lavinia au désespoir, voire de l'avoir poussée dans le vide. Et maintenant, voilà que je suis un violeur. Oui, je suis capable de garder mon sang-froid en public.

Charlotte sentit un étau se refermer sur son cœur. Le comte ne méritait pas ce qui lui arrivait. *Je trouverai le coupable, Monsieur. Je vous le jure.*

La grande horloge du hall sonna midi. Une seconde plus tard, celle du bureau l'imita.

— Il faut que je me change, murmura Cosgrove. Pendant mon absence, pouvez-vous mettre au propre ces notes ?

Il prit quelques feuillets dans le tiroir du bureau et les étala sur le plateau. Il s'agissait du discours sur lequel il travaillait depuis plusieurs jours. Les pages étaient noircies de son écriture penchée, pleines d'annotations en diagonale et de ratures.

— Les paragraphes sont un peu mélangés. Je les ai numérotés, vous voyez ? Si vous pouviez les remettre dans l'ordre, cela me ferait gagner du temps.

— Bien sûr, Monsieur.

— Merci, dit Cosgrove en lui donnant une petite tape sur l'épaule.

Puis il quitta la pièce.

Charlotte relut le discours après l'avoir recopié. Il était cohérent et concis, sans digressions, sans expressions pompeuses, sans fioritures inutiles. Néanmoins, c'était un discours puissant, inspiré et passionné. Il y avait du feu dans ces mots-là.

*J'adorerais l'entendre prononcer ce discours à la Chambre des lords*.

Mais aurait-il l'occasion de le faire ? Ses pairs accepteraient-ils de l'écouter… ou le feraient-ils taire ?

Peu après 16 heures, elle entendit la voix du comte dans le couloir et un bruit de pas. Mais il n'entra pas dans le bureau.

Un peu plus tard, une bonne arriva pour allumer les bougies. Elle ferma les volets et se retira.

Enfin, Cosgrove fit son apparition, une serviette de toilette à la main. Il avait ôté sa veste, sa cravate et son gilet, retroussé ses manches et déboutonné son col de chemise, laissant visible le pansement sur sa gorge. Son visage était en sueur.

— Votre déjeuner s'est bien passé, Monsieur ?

Cosgrove haussa les épaules, puis s'essuya le front avec la serviette.

— Plutôt bien, répondit-il.

Néanmoins, il avait éprouvé le besoin de se défouler sur son sac de sable.

Il s'approcha du bureau.

— Vous avez recopié le discours ? Parfait. Qu'en avez-vous pensé ?

Charlotte hésita. Voulait-il vraiment connaître son avis ? Apparemment oui. Il la dévisageait, attendant sa réponse.

— Je l'ai trouvé excellent, Monsieur.

— Pensez-vous que mes arguments soient bons ? Y a-t-il des passages que je devrais revoir ?

Charlotte comprit qu'il ne cherchait pas les louanges. Il voulait une critique honnête de son travail.

— Eh bien, il y a un passage... Laissez-moi vous montrer... Oui, ici. Je pense que vos paroles auraient plus de poids si vous combiniez ces deux paragraphes, en coupant cette phrase... et en plaçant celle-ci au début.

Cosgrove relut le texte en marmonnant dans sa barbe, pendant que Charlotte humait le parfum viril de sa transpiration. Les muscles de son ventre se contractèrent. Il avait exactement la même odeur quand ils venaient de faire l'amour.

Elle aurait voulu se serrer contre lui, écarter les pans de sa chemise, presser son nez contre sa poitrine, respirer son odeur, goûter le sel sur sa peau...

Son bidule réagit, et elle dut recourir à la magie pour l'obliger à rester au repos.

— Vous avez raison, Albin. Merci.

— De rien, Monsieur.

— Vous venez de vous donner encore plus de travail, remarqua-t-il en souriant. Il va falloir recopier le discours dans sa nouvelle version, maintenant.

— Très bien, Monsieur.

Charlotte récupéra les pages et retourna s'asseoir au bureau. Elle saisit sa plume... puis suspendit son geste.

— Monsieur ?

— Oui ? fit Cosgrove, qui se frottait les cheveux à l'aide de la serviette.

— Votre père possédait une plantation et trouvait normal d'employer des esclaves. Comment se fait-il que vous ayez des vues si différentes ?

Cosgrove baissa lentement le bras. Ses cheveux humides se dressaient sur son crâne.

— Vous trouvez ma question impertinente ?

Il secoua la tête, vint s'appuyer au bureau. Ses paupières se plissèrent et son regard se fit lointain, comme s'il se remémorait de vieux souvenirs et faisait le tri parmi eux.

— C'est à cause de l'essai de Clarkson, murmura-t-il enfin. Celui que je vous ai demandé de lire. À l'origine, Clarkson l'a rédigé en latin, quand il était à Cambridge. J'en ai trouvé un exemplaire dans la bibliothèque de l'université et je l'ai traduit pour m'entraîner. J'étais jeune et aisément impressionnable à l'époque et… ce texte m'a remué, conclut-il avec un haussement d'épaules.

*Remué ?* Disons plutôt qu'il l'avait complètement chamboulé !

— Dans une certaine mesure, on peut dire que c'était la faute de mon père. J'ai traduit cet essai dans l'espoir de remporter le premier prix de latin.

Voyant Charlotte manifester son incompréhension par un haussement de sourcils, il expliqua :

— Je voulais l'impressionner.

Charlotte retournait la plume entre ses doigts. Que disait cette anecdote de la relation entre Cosgrove et son père ? Le vieux comte avait-il ignoré son fils ? S'était-il montré trop sévère, trop exigeant ? L'avait-il privé d'affection ?

— Avez-vous gagné le premier prix de latin, Monsieur ?

— Oui.

— Et votre père a été fier de vous ?

— Pas que je sache.

Un valet apparut sur le pas de la porte.

— Milord, votre bain est prêt.

Cosgrove le remercia et se redressa.

— Eh bien, à demain, Albin. Passez une bonne soirée.

# 36

Marcus apporta un panier de pique-nique à l'*Earnoch Hotel* et le déposa sur la table de la chambre.

Frémissant d'impatience, il retira son chapeau et ses gants. Aurait-il autant de plaisir ce soir qu'il en avait eu la veille ? Il se débarrassa de son manteau en essayant de se calmer. Bien sûr qu'il serait déçu. Impossible de revivre un tel éblouissement.

Il secoua son manteau pour faire tomber les flocons accrochés au lainage, le drapa sur le dossier d'une chaise, puis se tourna face à la jeune femme.

Sa vue lui fit le même effet que la veille. Le souffle coupé, il se pétrifia, comme hypnotisé.

« Charlotte. Elle s'appelle Charlotte », se rappela-t-il.

La pièce tout entière semblait retenir sa respiration.

La jeune femme fit un pas vers lui.

Il se porta à sa rencontre, prit son visage entre ses mains, embrassa sa bouche si douce et gourmande. Les minutes passèrent tandis qu'ils s'embrassaient et se déshabillaient. Ils firent l'amour sans hâte, prenant le temps de se toucher, de se goûter, de jouir du corps de l'autre. Et l'orgasme de Marcus fut tout aussi intense que la veille.

Ensuite, il roula sur le dos en entraînant la jeune femme. Plus ils faisaient l'amour, plus elle prenait confiance en elle. D'ici quelques jours, il lui demanderait de le chevaucher. Il laissa glisser sa main dans son dos jusqu'aux rondeurs de ses fesses, s'enchanta de la douceur de sa peau et de la grâce de ses courbes féminines. Le sentiment d'intimité incroyable qu'il avait éprouvé la veille était toujours là.

*Je pourrais facilement m'y habituer.*

Charlotte dans son lit, tous les soirs...

Faire l'amour avec elle lui procurait bien plus de plaisir que Lavinia ne lui en avait jamais donné. Charlotte n'était pas d'une constitution délicate ; il ne se sentait pas obligé de la ménager, de refréner ses ardeurs par peur de lui faire mal. Et, depuis la veille, il ne craignait plus de la choquer. Il se sentait bien plus à l'aise avec elle qu'il ne l'avait été avec toutes les autres femmes de sa vie.

*Pourtant, je ne sais rien d'elle.*

Cette pensée tempéra son euphorie. Il laissa retomber sa main.

— J'ai apporté un en-cas. Avez-vous faim ? demanda-t-il.

Ils s'assirent en tailleur sur le tapis, devant la cheminée, entortillés dans les draps. Dehors, l'obscurité régnait et la neige tombait à gros flocons, mais à l'intérieur, il faisait bon dans l'atmosphère feutrée, à la lueur des chandelles et des flammes qui les réchauffaient.

Marcus ouvrit le panier. Tourte au gibier encore tiède, dorée et croustillante. Pâtisseries saupoudrées de perles de sucre. Grappes de raisins aux grains brillants et bien juteux qui provenaient des serres de ses domaines. Une bouteille de champagne frappé. Assiettes en porcelaine cerclées d'or, couverts en argent et verres en cristal.

— Et ils mangèrent comme des rois, murmura Charlotte.

Marcus eut un petit rire, puis sursauta. Avait-elle dit cela en *latin* ?

— De qui est-ce ? Virgile ?

Elle acquiesça d'un signe de tête.

Ils se mirent à parler des philosophes grecs et des poètes romains. Charlotte était bien plus cultivée qu'il ne l'aurait cru. Il était sidéré par l'étendue de ses connaissances.

Tout en sirotant son champagne, il la regarda croquer du raisin. Ses cheveux coulaient dans son dos. Comme elle tendait le bras pour saisir son verre, le drap glissa et découvrit son épaule nue.

*Je veux voir ça tous les soirs. Je veux cette intimité.*

— Charlotte, accepteriez-vous…

Il s'interrompit. Comment formuler sa phrase sans détruire la confiance fragile qui s'était instaurée entre eux ?

— Accepteriez-vous de me parler un peu de vous ?

Elle ne bougea pas, et pourtant il eut l'impression qu'elle avait un mouvement de recul, comme si elle mettait une distance entre eux.

— Je ne vous demande pas votre nom de famille ni celui de votre employeur, dit-il précipitamment. Je veux juste mieux vous connaître.

Charlotte garda le silence un moment, sans le quitter des yeux.

— Qu'aimeriez-vous savoir ? dit-elle enfin.

*Tout.*

— D'où venez-vous ? Quel comté ?

Après une longue pause, elle répondit :

— J'ai grandi dans le Yorkshire.

*Et ?* Marcus se mordit la langue pour retenir les questions qui se bousculaient.

Le silence se prolongea. Charlotte posa son verre au bord de l'âtre.

— Mon père était un intellectuel. Il devait entrer dans l'armée, comme mon grand-père et mon arrière-grand-père avant lui, mais il a été victime d'un accident à l'âge de quatorze ans. Il a fait une chute de cheval et a souffert d'une mauvaise fracture de la jambe. Il lui a fallu des années pour s'en remettre.

Elle parlait à la cheminée, pas à lui. Son regard restait posé sur les flammes et les braises rougeoyantes.

— Par la suite, il a compris qu'il lui serait impossible d'entrer dans l'armée.

Une famille de militaires. Marcus nota soigneusement cette information dans un coin de son cerveau.

— Papa disait toujours qu'étudier lui convenait bien mieux que faire la guerre. Il adorait se colleter avec les versions grecques. Il disait que cela lui musclait l'esprit.

— Où a-t-il fait ses études ?

— À Cambridge. Il a obtenu deux mentions d'excellence.

Marcus nota également cette information.

— Et votre mère ?

Le regard de Charlotte revint se poser sur lui. Elle se mordilla la lèvre. Visiblement, elle se demandait jusqu'à quel point elle pouvait se confier.

— C'était la fille d'un baronet, dit-elle enfin. Elle a dû attendre d'avoir vingt et un ans pour pouvoir se marier, car son père lui refusait son consentement.

Charlotte était la petite-fille d'un baronet ? Marcus eut du mal à cacher sa surprise.

— Pourquoi ? demanda-t-il. Parce que votre père n'était pas assez bien né ?

— Non, il était d'une bonne famille. Son père était général.

Marcus écarquilla les yeux.

— Un général ? Lequel ?

À son changement d'expression, il comprit qu'il était allé trop loin.

— Je vous demande pardon. Euh... pourquoi votre grand-père maternel désapprouvait-il cette union ?

— Parce que mon grand-père paternel n'était pas riche. Les généraux sont peut-être doués en stratégie et en tactique, mais ils ne sont pas toujours prudents avec l'argent.

— Ah. L'argent...

— Eh oui.

— Néanmoins vos parents se sont mariés ?

— Oui.

— Et ils sont partis vivre dans le Yorkshire ?

— Papa voulait s'installer dans un endroit tranquille pour travailler à sa traduction de l'*Iliade*. Ils ont donc loué une maison en bordure des marais.

Elle reprit son verre, comme si la conversation était terminée.

Marcus s'empressa de poser une autre question pour qu'elle continue à se livrer :

— Vous avez des frères et sœurs ?

Elle secoua la tête.

— Vous deviez vous sentir seule, dit-il, songeant à sa propre enfance et combien il se serait ennuyé sans Barnaby.

Le visage de Charlotte s'illumina.

— Oh non ! Maman disait que papa pouvait se muscler l'esprit toute la matinée s'il le voulait, mais que, l'après-midi, il devait se muscler les jambes et s'aérer les poumons. Nous allions nous promener dans les marais. Et, en cas de mauvais temps, nous restions à la maison pour jouer des saynètes. Cela vous paraît peut-être ennuyeux, mais je vous assure que ça ne l'était pas. Nous nous amusions beaucoup et nous riions comme des fous.

— Vos parents vous faisaient la classe ?

— Papa m'a appris le latin, le grec et les mathématiques ; maman le français et la musique.

Tout à coup, Marcus eut un goût amer dans la bouche : celui de la jalousie. L'enfance de Charlotte avait été très différente de la sienne. Ses parents l'avaient choyée, lui avaient enseigné leur savoir, s'étaient amusés avec elle.

Les parents de Marcus étaient bien trop guindés et distants pour cela. Il avait été élevé par des nounous et des précepteurs, puis envoyé au pensionnat dès qu'il en avait eu l'âge.

Le goût de la jalousie s'accentua. Il but une gorgée de champagne pour s'en débarrasser.

*Quand j'aurai des enfants, je rirai et je jouerai avec eux, je leur offrirai exactement le genre d'enfance qu'a connue Charlotte.*

Il eut l'impression de prononcer un serment et but encore une gorgée de champagne pour sceller la promesse qu'il se faisait.

Son verre cliqueta contre la pierre de l'âtre lorsqu'il le reposa.

— Votre père a-t-il publié sa traduction de l'*Iliade* ?

Il se rendit compte soudain que sa question était sans doute trop indiscrète. Si Charlotte lui répondait par l'affirmative, il lui serait aisé de trouver le nom de son père et de connaître sa véritable identité.

— Non, il est mort avant d'avoir terminé.

— Quel dommage.

— C'était il y a huit ans, dit-elle avec un petit haussement d'épaules.

Mais le ton de sa voix indiquait que sa souffrance était encore vive.

— Et votre mère ?

— Elle est morte quand j'avais douze ans.

Ainsi, Charlotte était orpheline et seule au monde.

— Vous aviez des parents qui vous ont recueillie ?

— La famille de mon oncle, répondit-elle d'un ton sec.

Marcus reprit son verre et but à petites gorgées. Il avait encore tant de questions à poser… Devait-il le faire sans détour ou user de délicatesse ?

Il décida de se montrer direct.

— Vous ne les aimez pas.

— Cela se voit donc tant que cela, monsieur ? demanda-t-elle avec un sourire empreint de tristesse.

Il ignora le « monsieur ». Ce n'était pas le moment de l'interrompre.

— Que vous ont-ils fait ?

Ces gens ne l'avaient certainement pas bien accueillie, sinon Charlotte ne serait pas venue à Londres pour gagner sa vie.

— Oh… plusieurs choses, répondit-elle vaguement.

— Comme ?

Elle baissa les yeux sur son assiette de raisins. Son front se plissa.

Il patienta.

— Il y a quelque chose que je ne leur pardonne pas, admit-elle en détachant les grains de raisin de la grappe. Enfin... deux choses, en réalité, mais une en particulier. Cela a empoisonné nos relations.

— Dites-moi.

Sans le regarder, elle se mit à aligner les grains dans son assiette.

— Ma mère disposait d'une petite rente. Chaque année, elle mettait de l'argent de côté pour financer mes débuts dans le monde.

Un grain s'échappa et roula sur la porcelaine. Charlotte l'attrapa et le remit en place.

— Ma mère a rencontré mon père pendant sa première saison, et mes parents m'ont toujours dit que je rencontrerais mon futur mari en faisant mes débuts dans le monde.

— Mais cela n'a pas été le cas ?

— Ma tante a promis à mon père, sur son lit de mort, de me faire faire mes débuts dans le monde. Mais elle n'a pas tenu parole. Tout d'abord, elle a dit que je devais attendre ma cousine, qu'il était plus logique que nous fassions nos débuts ensemble. Mais ensuite elle a dit qu'il n'était pas juste que ma cousine partage la gloire de sa première saison, que je devais patienter. Et puis... Et puis elle a dit que je lui coûtais cher en entretien et qu'elle avait dépensé tout l'argent que mes parents avaient mis de côté.

Fronçant les sourcils, elle poursuivit :

— Pourtant, j'ai fait classe aux garçons jusqu'à ce qu'ils aillent au collège, et j'ai tenu le rôle de gouvernante auprès des filles quand elles étaient jeunes. Sans moi, mon oncle aurait été obligé d'engager une gouvernante et un précepteur. Alors comment ma tante pouvait-elle prétendre que je lui coûtais de l'argent ?

— Ce sont des radins, voilà tout ! s'insurgea Marcus avec indignation.

— Pourtant, mon oncle est très riche, remarqua Charlotte avec un petit rire.

— Il est riche ? Mais alors pourquoi...

— Parce qu'il ne s'entendait pas avec mon père. Mon oncle a acheté une plantation aux Caraïbes il y a longtemps, et papa ne s'est pas gêné pour lui dire qu'il était immoral d'exploiter des esclaves, qu'il aurait dû avoir honte. Ils ont eu une violente altercation. Quand ma mère est morte, mon oncle n'a même pas daigné se déplacer pour assister aux funérailles.

Tout en parlant, elle avait bougé les grains de raisin, qui formaient maintenant un cercle approximatif dans l'assiette.

— Il est donc logique que mon oncle et ma tante n'aient pas été ravis de devoir m'accueillir chez eux.

— Leur différend ne justifiait pas qu'ils trahissent la promesse faite à votre père.

— Je sais, dit-elle, l'index posé sur un grain de raisin. Toutefois, je ne pense pas que j'aurais trouvé un mari si j'avais fait mes débuts dans le monde. Je ne suis pas jolie et j'ai une dot très modeste.

Elle haussa les épaules, comme si elle s'était résignée à cette vérité depuis longtemps.

— Je me serais facilement consolée, sauf que... c'était le souhait de mes parents, leur rêve. Ils avaient économisé tout cet argent pour moi. Et ma tante et mon oncle se le sont approprié.

Avec un geste fataliste, elle reprit :

— Je n'arrive pas à leur pardonner, ce qui est sans doute très ingrat de ma part. Ils m'ont quand même nourrie et logée alors que je n'avais nulle part où aller.

— Non, vous ne leur devez rien !

Marcus avala d'une traite ce qui lui restait de champagne, sans parvenir à calmer la colère qui bouillonnait en lui.

Charlotte lui sourit.

— Je ne suis pas sûre de partager ce point de vue.

— Et la deuxième chose ?

— La deuxième chose ?

— Vous avez dit qu'il y avait deux choses que vous ne parveniez pas à leur pardonner.

— Ah. Ils m'appelaient Charity, pas Charlotte.

Marcus reposa son verre dans un tintement sec.

— Comment ? Décidément, je ne m'étonne plus que vous ayez fui leur maison !

Elle déplaça un grain de raisin dans l'assiette, et le cercle devint presque parfait.

— Oui, c'est ce qui a fini par arriver, acquiesça-t-elle. Pendant des années, j'ai eu trop peur pour partir. Mon oncle disait que si je quittais sa maison, ce serait pour de bon, qu'il se laverait les mains de mon sort. Je savais pouvoir trouver un emploi de gouvernante, mais j'avais peur. Que se passerait-il si je tombais malade ou si j'étais renvoyée ? Je ne voulais pas finir à l'hospice. Alors je suis restée à West... chez mon oncle, se reprit-elle.

Mais Marcus avait entendu et grava ce renseignement dans sa mémoire.

— Qu'est-ce qui vous a fait changer d'avis ?

— Mon vingt-cinquième anniversaire. Je n'ai plus supporté l'idée de rester là-bas. Alors... je suis partie.

— Il vous a fallu beaucoup de courage.

— Oh non, je ne suis pas courageuse !

*Oh si.*

— Vous avez été engagée dans une bonne maison ?

— Oui, dit-elle, les yeux brillants. C'est encore mieux que je n'osais l'espérer. Mille fois mieux !

Son enthousiasme le fit rire. Sa colère s'estompa, sans s'éteindre toutefois.

— Vous appréciez votre patron ?

— Il est très gentil. Très généreux.

— Un parangon de vertu, plaisanta-t-il.

— Non, rétorqua-t-elle avec sérieux. Mais c'est un homme patient et bon.

Mentalement, Marcus passa en revue les résidents de Grosvenor Square. Lequel de ses voisins pouvait correspondre à cette description ?

— Je sais que j'ai pris la bonne décision en partant de chez mon oncle. Même s'il devait m'arriver quelque chose... si je perdais mon emploi...

— Je vous promets que vous ne finirez jamais à l'hospice. Jamais ! affirma Marcus.

Elle lui sourit.

— Nul ne peut être absolument sûr que l'avenir…

— Charlotte, je suis très riche. Quand je dis que cela n'arrivera pas, il faut me croire.

Son sourire s'effaça.

— Je ne veux pas de votre argent, monsieur.

— Marcus.

Elle rougit, mais redressa le menton d'un air buté.

— Je vous remercie, mais je ne peux pas accepter d'argent de votre part.

— Je ne m'en apercevrai même pas ! protesta-t-il, exaspéré par son entêtement.

— Ça ne change rien.

Lavinia lui avait sans cesse réclamé de l'argent, et Charlotte refusait celui qu'il lui offrait. L'ironie de la situation aurait dû l'amuser, mais il avait juste envie de la secouer comme un prunier.

Il ferma les yeux un instant. Il ne voulait pas se disputer avec elle. Il voulait lui offrir de l'argent, la sécurité, un toit.

Il rouvrit les yeux et la dévisagea. Ces cheveux bruns. Ces joues et ce nez semés de taches de rousseur. Le creux délicat à la base de sa gorge, où battait une petite veine. Il éprouvait envers elle le même élan protecteur qu'il avait ressenti pour Lavinia. Un élan viscéral, irrépressible.

L'espace d'un instant, il songea au mariage… avant de chasser résolument cette idée. Il ne voulait pas épouser Charlotte. Non, bien sûr que non. Il n'avait passé que quelques heures en sa compagnie. Elle éveillait en lui de fortes émotions, mais elle restait une étrangère pour lui.

D'ailleurs, le mariage n'était pas le seul moyen dont il disposait pour la protéger des vicissitudes de l'existence.

Il tendit le bras pour lui prendre la main.

— Charlotte… que diriez-vous si je vous proposais de vous acheter une maison ? Vous y seriez chez vous.

Vous pourriez y vivre à votre guise. Nous ne serions plus obligés de nous retrouver à l'hôtel.

Elle se figea, comme une colombe surprise à picorer dans une clairière. Puis elle souffla :

— Marcus… êtes-vous en train de me demander de devenir votre maîtresse ?

Était-il en train de le faire ?

Il adorait lui faire l'amour, mais ce qu'il ressentait pour elle allait bien au-delà de la passion physique. Cette tendresse dangereuse… ce besoin de la protéger… Il était bien près de tomber amoureux d'elle. S'il n'y prenait garde, il chavirerait.

Serait-ce si terrible ? Entretenir une maîtresse qu'il chérirait… dont la compagnie adoucirait son quotidien… avec qui il pourrait se détendre, discuter et rire, pas seulement faire l'amour.

Il prit une profonde inspiration.

— Oui.

# 37

Sa maîtresse.

L'imagination de Charlotte s'envola. Pas quelques heures volées dans une chambre d'hôtel, mais de vraies soirées, des nuits entières, dans une maison qui serait la leur.

Mais seulement les soirs où Cosgrove serait libre, quand il n'aurait pas d'engagements par ailleurs. Il resterait peut-être parfois faire la grasse matinée, ou à l'occasion passerait l'après-midi avec elle, mais jamais des journées entières. Il avait un emploi du temps chargé, et elle ne ferait pas vraiment partie de sa vie. Il lui rendrait visite à sa guise, quand il en ressentirait le besoin. Le reste du temps, elle serait seule, à l'attendre.

*Je deviendrai lentement folle*. Comme Ophélie.

Mais c'était si tentant...

Charlotte fixait Cosgrove, ses cheveux sombres, ses yeux gris, ses traits affirmés. Un homme de principes, qui n'avait pas peur de se battre pour affirmer ses opinions. Qui la faisait rire. Qui lui faisait l'amour.

Quel affreux dilemme...

Si elle acceptait de devenir sa maîtresse, elle ne pourrait plus le voir sous la forme d'Albin. Le comte exigerait qu'elle soit là chaque fois qu'il lui rendrait visite, de jour comme de nuit.

Elle pouvait être sa maîtresse ou son secrétaire, mais pas les deux.

Que préférait-elle ? Travailler avec lui, l'aider à mener ses combats idéologiques ? Ou partager son lit, goûter ce plaisir intense qui la faisait vibrer, lorsque le monde se limitait à leurs deux corps unis à la lueur des chandelles ?

*Je veux les deux.*

Elle eut du mal à déglutir tant sa gorge était nouée.

— Et... quand vous vous remarierez ?

— Ce sera un mariage de raison, qui n'altérera pas notre arrangement.

*Pour vous, peut-être. Mais pour moi...*

Elle ne pourrait pas coucher avec Cosgrove s'il était marié.

Ses idées s'éclaircirent. Il ne s'agissait pas de choisir entre le statut de maîtresse ou celui de secrétaire. Il s'agissait de savoir si elle acceptait d'être sa maîtresse pour un temps limité, ou si elle préférait continuer à travailler pour lui pendant de longues années.

Vu sous cet angle, la décision était facile à prendre.

Elle dégagea sa main.

— Merci, monsieur... Marcus. Mais je ne peux pas quitter mon emploi.

C'était la seule excuse qui lui soit venue à l'esprit.

Il se rembrunit.

— Est-ce donc si important à vos yeux ?

*C'est mon employeur qui est important à mes yeux.*

— Je suis venue à Londres pour gagner ma vie. Je ne veux plus jamais dépendre financièrement de quelqu'un.

— Vous ne dépendriez pas de moi. La maison serait à votre nom et, si nous décidions de nous séparer, vous la garderiez.

Charlotte secoua la tête.

— Vous ne seriez plus obligée de travailler, insista-t-il.

*C'est bien ce qui me fait peur.*

De nouveau, elle secoua la tête.

— Je suis désolée, monsieur.

Cosgrove la considérait, la bouche pincée, comme si son refus le heurtait profondément. Bien plus qu'elle ne l'aurait imaginé.

— Et si nous continuions à nous voir... comme maintenant... jusqu'à votre mariage ? suggéra-t-elle.

— Très bien. Mais, dorénavant, je paierai la chambre. Ne me dites pas que vous gagnez suffisamment pour payer l'hôtel tous les soirs.

Charlotte se mordit la lèvre. Les cinq nuitées avaient presque épuisé la somme que Cosgrove lui avait avancée sur son salaire.

— Je louerai une suite. Cela vous convient-il ?

Elle hocha la tête. Manifestement, il était contrarié.

— Je suis navrée, je ne voulais pas vous fâcher.

Les traits de Cosgrove se détendirent.

— Non, ne vous excusez pas. C'était présomptueux de ma part. C'est moi qui devrais implorer votre pardon.

Il reprit sa main, pressa sa bouche contre sa paume. Charlotte eut l'impression que son cœur se retournait dans sa poitrine.

Puis il l'entraîna vers le lit.

Il écarta les cheveux de son visage, inclina la tête pour l'embrasser. La tendresse qu'il mit dans son baiser la fit chavirer, lui donna envie de changer d'avis, d'accepter son offre.

Mais c'était impossible.

*Je vous aime, monsieur, mais je ne peux pas être votre maîtresse.*

Elle avait fait son choix. Albin, pas Charlotte.

# 38

*27 octobre 1805*
*Grosvenor Square, Londres*

Penché sur le bureau, Albin étudiait le plan de la maison de Monkwood.

— Alors ?

— Je n'aurai pas de mal à trouver le bureau, Monsieur.

Marcus jeta un coup d'œil vers l'horloge en ébène et or. 8 h 30. Monkwood ne serait pas levé.

— C'est le moment.

Il alla verrouiller la porte, puis pivota vers la fenêtre pour permettre à Albin de se dévêtir en paix. Il s'était presque accoutumé aux métamorphoses de son secrétaire.

*On s'habitue décidément très vite au surnaturel.*

Dehors, il neigeait doucement. Les pensées de Marcus dérivèrent sur Charlotte. Il crispa les mains sur l'appui de la fenêtre.

Qu'aurait-elle répondu s'il l'avait demandée en mariage ? Aurait-elle accepté ? Ou refusé ?

Il serait bien obligé de se remarier un jour. C'était son devoir. Cette fois, il ferait un mariage de pure convenance, même s'il ne voulait pas d'une union froide et formelle comme celle de ses parents. Il lui faudrait trouver une femme pour qui il éprouverait du respect et de l'affection, une femme sensée et sérieuse, qui ne lui ferait pas de scènes, qui ne le tromperait pas, et avec qui il aurait des relations sexuelles cordiales.

C'est ce qu'il voulait. Il le savait. Et pourtant une part de lui-même désirait plus. Des rires, de la complicité, de la passion. Des étreintes fougueuses.

Comme avec Charlotte.

*Si je lui demandais de m'épouser, accepterait-elle ?*

Le regard qu'elle posait sur lui quand ils faisaient l'amour... Il aurait presque pu croire qu'elle était amoureuse de lui.

Morose, il contemplait la place enneigée. Il avait envie de protéger Charlotte, de lui offrir un toit et la sécurité matérielle. Mais l'épouser ? Il la connaissait à peine. Quelques heures passées ensemble, quelques orgasmes... Cela ne suffisait pas pour prendre une décision aussi cruciale.

Mais, bon sang, il ne voulait pas la perdre ! Si seulement elle avait accepté...

— Je suis prêt, Monsieur, annonça Albin.

— Bien, alors allons-y.

— Vous n'êtes pas obligé de venir, vous savez.

— Je viens.

— Il neige...

— Je viens, trancha Marcus d'un ton sans réplique.

Il n'allait pas rester bien au chaud dans son bureau pendant qu'Albin risquait sa peau pour lui.

Il ouvrit la croisée. Un tapis de neige de plusieurs centimètres recouvrait le rebord.

— Envolez-vous.

Sur la place, un vieux chien blanc s'approcha de lui.

— Vous n'avez pas froid ? s'inquiéta Marcus.

Albin était nu, alors que lui-même était emmitouflé dans un manteau chaud et une écharpe.

Le chien remua sa queue touffue et Marcus en déduisit que tout allait bien.

Le vieux chien blanc sur ses talons, il s'engagea dans Brook Street. Ses semelles crissaient dans la neige, et les flocons dansaient dans l'air avant de se déposer sur son visage comme autant de petits baisers glacés.

Sur Hanover Square, il s'arrêta devant la maison de Monkwood.

— Vous vous rappelez où se trouve le bureau ?

Le chien hocha la tête.

Marcus balaya du regard la rangée de fenêtres du premier étage, fixa son attention sur la troisième. Celle du bureau. Où Monkwood et lui avaient négocié les termes du contrat de mariage.

— Je vais faire le tour de la place et je repasserai devant la résidence toutes les cinq minutes.

Il plongea la main dans sa poche et en ressortit un caillou pas très gros, de forme ovale.

— Tenez.

Albin saisit délicatement la pierre dans sa gueule.

— Soyez prudent.

Le chien remua la queue, puis s'éloigna en trottinant sous le regard anxieux de Marcus. Il se sentait impuissant, inutile. *Je le laisse prendre tous les risques*.

Frustré, il donna un coup de pied dans un tas de neige. Lorsqu'il releva la tête, le chien avait disparu.

Il fit le tour de la place d'un bon pas, tout en surveillant la façade de la résidence. Était-ce un oiseau qui venait de s'envoler vers la troisième fenêtre de l'étage pour se percher sur le rebord ? Était-ce un singe qui était en train de briser la vitre à l'aide du caillou ?

Le vent lui soufflait des flocons au visage. Il s'essuya la figure. Quand il rouvrit les yeux, la petite silhouette sombre avait disparu.

Marcus allongea le pas, les yeux rivés à la fenêtre du bureau. Il n'était plus qu'à cinquante mètres maintenant... trente... vingt...

Il constata que le carreau inférieur avait disparu.

Albin était dans la place.

Charlotte disposa les tessons de verre et la pierre sur le sol, pour faire croire que quelqu'un avait brisé la vitre en lançant un projectile de la rue.

Puis elle jeta un regard autour d'elle. Un bureau en acajou. Une cheminée. Des fauteuils. Dans la vitrine d'une étagère, elle entrevit son reflet : Albin, nu.

La pièce ne devait pas servir souvent. Il n'y avait pas de papier brouillon, pas de registre ouvert sur le bureau, pas de plume tachée d'encre qui traînait.

Charlotte s'approcha du bureau sur la pointe des pieds. Même si Monkwood dormait encore, les domestiques n'étaient sûrement pas loin. Elle ouvrit un tiroir du côté gauche, passa rapidement son contenu en revue – des reçus – tout en tendant l'oreille, à l'affût du moindre bruit de pas. *Si jamais quelqu'un entre, je me changerai en souris*.

Mais l'on n'entendait que le tic-tac de l'horloge posée sur le manteau de la cheminée.

Le vent glacé s'engouffrait par le carreau cassé. Frissonnante, Charlotte inspecta les deux autres tiroirs. Elle trouva des feuilles de papier, des plumes neuves et un canif pour les tailler, des encriers, de la cire à cacheter et une bobine de ruban rouge.

Elle passa du côté droit. Le tiroir du haut contenait des lettres auxquelles elle jeta un rapide coup d'œil. Il y avait là des courriers professionnels et personnels, mais aucun ne mentionnait Cosgrove, ni le révérend Banks, ni la ville de Philadelphie.

Charlotte les remit en place et regarda l'horloge. Cela faisait dix minutes qu'elle était là. Cosgrove allait bientôt passer sous les fenêtres.

Le tiroir du dessous renfermait lui aussi du courrier. Des dizaines de lettres parfumées, regroupées en petites liasses nouées d'un ruban rouge.

Charlotte en prit une pour l'examiner. Elle était affranchie. L'adresse était rédigée dans une écriture ronde, un peu enfantine. Celle de lady Cosgrove, très certainement.

Charlotte eut un temps d'hésitation et ses bras nus se couvrirent de chair de poule. *Ai-je le droit de lire ?*

Mais, hormis la pure curiosité, elle n'avait aucune raison de lire le courrier personnel de la défunte comtesse.

Elle remit les lettres dans le tiroir.

Le troisième tiroir contenait d'autres lettres parfumées nouées par un ruban rouge. L'écriture était la même. Monkwood avait donc gardé toute la correspondance de sa sœur, mais elle ne voyait rien ici qui puisse le lier aux Smith ou au perfide révérend Banks.

*Me serais-je trompée ?*

Elle referma le tiroir et s'approcha d'une vitrine à petits carreaux en forme de losanges. Elle contenait une collection de petits livres reliés en cuir, qui remplissait quatre étagères et la moitié d'une cinquième.

*On dirait les carnets d'un journal intime.*

Elle essaya d'ouvrir la porte vitrée, mais celle-ci était fermée à clé. Toutefois, le système de fermeture était un simple loquet qu'elle pourrait aisément soulever en glissant la main à l'intérieur après avoir brisé un carreau.

Mais Monkwood saurait alors que quelqu'un avait fouillé dans ses affaires...

Sauf si elle faisait croire qu'une bonne avait donné un malencontreux coup de coude dans le carreau en faisant la poussière...

Le regard de Charlotte vola vers l'horloge. Vingt minutes s'étaient écoulées. *Je dois me dépêcher !*

Vivement, elle brisa un carreau à l'angle inférieur, se changea en moineau et se glissa dans la vitrine. Autre métamorphose, et elle redevint un petit singe. Des odeurs assaillirent ses narines : cuir, papier, encre... et une odeur particulière qu'elle identifia comme celle de Monkwood.

Était-ce la même odeur qui imprégnait la lettre de Philadelphie ?

De ses longs doigts agiles de singe, elle souleva le loquet, puis sauta sur le sol et reprit l'apparence d'Albin.

Elle choisit le dernier carnet sur la cinquième étagère. De taille moyenne, il pouvait tenir dans la poche d'un manteau. Le cuir rouge était doux et patiné sous ses doigts.

À l'intérieur de la couverture, elle lut : *5 avril 1805 – 14 octobre 1805*.

Elle se rendit directement à la dernière page.

*14 octobre – Réveil à 10 h 23. Tenue : culottes moutarde, gilet ivoire et or, redingote bordeaux. Nœud de cravate en cascade, épingle rubis. Canne en ébène à pommeau doré.*

L'écriture ne ressemblait pas à celle du révérend Banks. Elle était plus arrondie, moins nerveuse.

Charlotte feuilleta le carnet pour voir s'il était fait référence à Cosgrove ou aux Smith. Chaque jour, Monkwood notait scrupuleusement tout ce qu'il mangeait, le nombre de pages lues dans son roman du moment, le détail des lettres qu'il écrivait...

Quand donc le comte avait-il été agressé dans St. James's Park ? Ah oui, le 10 octobre.

L'entrée du 11 octobre décrivait la tenue que portait Monkwood ce jour-là et la composition de son petit déjeuner. Puis il avait écrit :

*Victoire ! Cosgrove blessé ! Hector Smith blessé aussi, mais sans importance.*

— Oui ! souffla Charlotte, tout excitée, avant de refermer le carnet d'un geste vif.

Elle alla récupérer dans la vitrine les six derniers carnets, réarrangea la disposition des autres carnets pour donner l'illusion qu'il ne manquait rien, puis inversa les étapes précédentes : singe, moineau, Albin.

Elle emballa les carnets dans du papier, puis noua le paquet avec du ruban rouge. L'air glacé qui entrait par la fenêtre brisée lui engourdissait les doigts. Si un domestique entrait à cet instant et la surprenait...

*Dépêche-toi !*

Elle alla ouvrir la croisée, et un tourbillon de flocons s'engouffra dans la pièce. De l'autre côté de la place, elle distingua une silhouette masculine. Cosgrove ?

Elle se pencha, laissa tomber le paquet un étage plus bas, au pied du mur, puis se changea en moineau.

*Vite, vite !* Elle sautilla sur l'appui, prit son envol et atterrit sur le trottoir.

L'instant d'après, elle se transformait en chien. Ses pattes s'enfoncèrent dans le tapis de neige. Baissant la tête, elle attrapa le nœud du ruban entre ses dents.

Le piéton approchait. S'agissait-il de lord Cosgrove ? Cette haute stature, ce port de tête altier, cette foulée nerveuse… Oui, nul autre au monde n'avait cette allure.

La queue battante, le paquet bringuebalant sous son museau, elle trottina à sa rencontre.

# 39

Un quart d'heure plus tard, de retour dans le bureau de Cosgrove, Charlotte se réchauffait devant le feu de cheminée.

Le comte lui tendit un verre de cognac.

— Ça va mieux ?

— Oui, Monsieur, merci.

Charlotte avala une gorgée de cognac qui lui brûla le gosier. La chaleur de l'alcool se répandit dans son ventre.

— J'ignorais que Monkwood tenait un journal, remarqua Cosgrove.

— J'ai même l'impression qu'il le fait depuis l'enfance. Vous êtes cité dedans, et les Smith aussi.

Lentement, les doigts de Charlotte revenaient à la vie, la picotaient. Elle entreprit de boutonner son gilet.

— Est-il fait mention de la lettre calomnieuse ?

— Je ne sais pas, je n'ai lu que quelques pages.

Après s'être installé dans le fauteuil, Cosgrove déballa les carnets. Il en prit un et l'ouvrit.

— Seigneur, il y a tellement de détails ! Écoutez ça : « Réveil à 10 h 36. Tenue : culottes crème, gilet vert amande et crème, queue-de-pie vert sapin, nœud de cravate à l'orientale et épingle émeraude. »

Cosgrove semblait partagé entre l'amusement et la consternation. Il tourna quelques pages.

— Vous dites qu'il parle des Smith ?

— Dans le dernier carnet, à la date du 11 octobre. Le lendemain de votre agression dans St. James's Park.

Charlotte but une autre gorgée de cognac, et la douce chaleur se répandit dans ses entrailles.

Le comte tria les carnets en vérifiant les dates, avant d'en sélectionner un. Pendant ce temps, Charlotte se battait avec sa cravate. Cette fois, Cosgrove ne proposa pas de l'aider. Il était plongé dans sa lecture.

Charlotte noua la cravate à la diable, puis enfila sa veste.

— Voulez-vous que je lise de mon côté, Monsieur ?

Il répondit d'un vague grognement, sans relever la tête. Charlotte prit cela pour un oui. Elle choisit un carnet parmi les moins récents. Il était daté de 1803.

« Je les ai volés. Je suis une voleuse », songea-t-elle. Pourtant, elle ne se sentait pas coupable. Et d'autant moins si Gérald Monkwood projetait de faire assassiner le comte.

Elle s'installa au bureau et ils lurent en silence. Charlotte termina son verre de cognac en parcourant d'interminables listes de vêtements et d'aliments. Elle apprit que Monkwood avait une maîtresse qu'il voyait régulièrement, une femme qu'il appelait sa Belle Hélène. Hormis ce détail, il n'y avait là rien d'intéressant.

— Ici ! s'exclama soudain Cosgrove.

Charlotte sursauta.

— Le 17 mai. Il dit qu'il va écrire une lettre pour me discréditer. Et il en donne ensuite la transcription, mot pour mot !

Cosgrove tourna la tête vers Charlotte, un large sourire aux lèvres.

— C'est la preuve que je cherchais !

Charlotte lui rendit son sourire.

— Vous êtes une perle, Albin. Un vrai bijou ! Je double votre salaire.

— Oh, Monsieur, ce n'est pas...

— Que vaut la réputation d'un homme ? coupa-t-il. Le savez-vous, Albin ?

Lentement, elle secoua la tête.

— Vous aviez raison, c'est bien Monkwood le coupable. Vous étiez plus objectif que moi. J'étais obnubilé par Brashdon. Je vous félicite, mon jeune ami. Vous avez fait merveille !

Charlotte rougit sous le compliment. Embarrassée, elle préféra changer de sujet :

— Monkwood précise-t-il pourquoi il vous en veut tant, Monsieur ?

— Je vais vous le lire : « Cosgrove va connaître lui aussi les affres de l'humiliation publique. Il a détruit ma chère Lavinia et a fait de ses derniers jours un enfer. Il subira le même sort. »

— La vengeance, murmura Charlotte, avant de demander : Dit-il aussi qu'il va engager des mercenaires pour vous tuer ?

— Je n'ai rien trouvé là-dessus pour le moment.

Charlotte reprit sa lecture. Le silence retomba dans le bureau, et l'on n'entendit plus que le sifflement des braises dans l'âtre et le froissement des pages qui se tournaient.

Quelques minutes plus tard, Cosgrove annonça :

— Ici. Le 12 avril. Monkwood a assisté à un combat de coqs. Écoutez : « J'ai trouvé les candidats parfaits. Deux frères et leur cousin, de vraies brutes. Ils sont ravis de tuer en échange de quelques billets. Rendez-vous avec eux demain. »

Cosgrove tourna la page et poursuivit :

— « Abel, Jeremiah et Hector Smith acceptent d'exécuter mes ordres. À présent, tout est organisé. Je déclencherai l'opération le 22 avril, comme prévu. »

— Détaille-t-il son plan ?

— Non, mais nous le connaissons déjà. Actes de vandalisme, incendie, diffamation et enfin meurtre.

— Sans oublier les agressions.

— Oui, les agressions, grogna Cosgrove, avant de reporter son attention sur le carnet.

Charlotte lut les entrées de mars 1803, puis passa au mois d'avril. Monkwood continuait à décrire ses tenues et ses menus. Il parlait aussi de sa maîtresse.

*21 avril – Aujourd'hui, ma Belle Hélène et moi avons goûté au plaisir pour la dernière fois sous ce toit. Demain, elle rejoindra Cosgrove. Dorénavant, il me faudra partager avec lui les délices de son corps. Cette pensée m'est insupportable !*

Perplexe, Charlotte relut le passage. Est-ce que cela voulait bien dire ce que… Non, impossible !

Elle tourna la page. L'entrée suivante était datée du 22 avril 1803, le jour du mariage du comte.

*Je n'ai rien pu avaler ce matin. Comment pourrais-je avoir de l'appétit alors que j'ai perdu mon amour ? Pourtant, ma Belle Hélène n'a jamais été plus belle qu'aujourd'hui. Cela me rend malade de savoir que Cosgrove va poser ses mains sur elle. Mais ma petite chérie est contente. Cosgrove est un mari digne d'elle ; il va lui donner le rang et la fortune qu'elle mérite. Elle régnera sur la haute société de tout l'éclat de sa beauté. Et, pour elle, j'endurerais des épreuves bien pires.*

Monkwood terminait par ce paragraphe :

*J'ai donné à ma Belle Hélène un mouchoir taché de sang de poulet afin qu'elle puisse prouver sa virginité ce soir. Alors que c'est moi qui ai pris ce trésor il y a bien longtemps.*

Charlotte fixa la page un long moment avant de relever la tête.

— Monsieur… savez-vous si Monkwood donnait un surnom à sa sœur ?

— Pardon ?

— Sa sœur, votre femme… Lui donnait-il un petit nom affectueux ?

— Je crois qu'il l'appelait « mon ange ». Et parfois « mon bijou ».

— Vous ne l'avez jamais entendu l'appeler « Hélène » ?

Cosgrove ricana.

— Si. Hélène de Troie, la plus belle femme du monde. Oui, il l'appelait parfois ainsi. Lavinia se rengorgeait, cela flattait sa vanité.

Charlotte baissa les yeux sur le journal.

*Aujourd'hui, ma Belle Hélène et moi avons goûté au plaisir pour la dernière fois sous ce toit.*

— Monsieur... soit Monkwood écrit n'importe quoi, soit...

— Soit quoi ?

— Il couchait avec sa sœur.

Prononcer ces mots lui laissa un goût horrible dans la bouche.

— Montrez-moi ça.

Cosgrove s'était levé. Charlotte lui tendit le carnet ouvert à la date du 21 avril. Il lut rapidement, fronça les sourcils, tourna la page, puis relut le passage.

— Ça ne peut pas être vrai, n'est-ce pas ? murmura-t-elle, atterrée.

— Je crois que... si, c'est possible.

— Non !

— Lavinia n'était pas vierge quand je l'ai épousée. Je ne m'en suis pas rendu compte à l'époque, mais récemment... j'en ai acquis la conviction.

*À cause de moi ?* Charlotte posa la main sur le bureau et, du bout de l'index, suivit le dessin d'un nœud dans le bois.

— Je me suis demandé à qui elle s'était donnée avant de m'épouser, mais jamais je n'ai imaginé que ce puisse être son frère ! souffla Cosgrove avec écœurement.

Il montra la fin du dernier paragraphe.

— « C'est moi qui ai pris ce trésor il y a bien longtemps. » Qu'est-ce que cela signifie ? Quel âge avait Lavinia quand tout cela a commencé ? Était-elle encore... une enfant ? Ô Seigneur ! Je savais que Monkwood avait l'amour des belles choses, mais bon sang... sa propre sœur !

Avec dégoût, il jeta le carnet sur le bureau.

— Que dit-il d'autre ? Est-ce que cela se passait... régulièrement ?

— Apparemment, plusieurs fois par semaine, Monsieur. Il l'appelle Hélène, et au début j'ai cru qu'il parlait de sa maîtresse...

Cosgrove se dirigea vers la desserte et se servit une bonne rasade de cognac.

— Veuillez noter les dates importantes, dit-il d'une voix sourde.

— Est-ce que vous avez l'intention de... de rendre public ce... cet inceste ?

— Non. Mais, bon Dieu... il va payer pour ce qu'il a infligé à Lavinia !

Il était en colère, mais surtout bouleversé. Charlotte en eut la gorge nouée. Même si son mariage avait été un échec, Cosgrove avait sincèrement aimé sa femme.

Son verre à la main, il retourna s'asseoir dans le fauteuil pour reprendre la lecture du premier carnet. De son côté, Charlotte lisait et prenait des notes. De temps en temps, elle jetait un coup d'œil au comte. La mine impassible, il tournait les pages.

Finalement, il abandonna sa lecture.

— Avez-vous appris quelque chose ? s'enquit Charlotte.

— Il parle des Smith, des fenêtres brisées, des seaux de merde, et de l'attaque de St. James's Park. Tout y est. À la fin, il s'inquiète des lettres : « Toujours rien en provenance de Philadelphie. Le temps presse. Si les lettres n'arrivent pas bientôt, il sera trop tard. »

Trop tard... parce que Cosgrove aurait déjà été mort ? Charlotte réprima un frisson.

— Dit-il comment il comptait... vous éliminer ? demanda-t-elle, prononçant avec peine ce dernier mot tant il lui faisait horreur.

— Non.

— Il nous faudrait le journal qu'il écrit en ce moment. Oh, Monsieur... l'anniversaire de la mort de votre épouse... c'est demain !

— Je sais.

— Monkwood a très bien pu engager des assassins pour...

— Stop, coupa-t-il d'une voix irritée.

Charlotte baissa la tête en silence.

Le comte lâcha un soupir.

— Je vous demande pardon, je suis d'humeur exécrable.

*Je tuerais Monkwood de mes propres mains plutôt que de le laisser s'en prendre à vous.*

Cosgrove saisit un autre carnet, l'ouvrit à la première page et commença à lire.

Charlotte l'observa un moment avant de reprendre sa propre lecture. L'horloge émettait son tic-tac régulier. Midi approchait.

— Le 11 octobre 1804, dit soudain Cosgrove. Il a reçu une lettre de Lavinia qui prétendait que je la battais. Mais... je n'ai jamais levé la main sur elle !

— Quel intérêt avait-elle à mentir ?

— Vous ne me croyez pas ?

— Bien sûr que si. Mais pourquoi raconter de telles fariboles ? Qu'avait-elle à y gagner ?

— Je l'ignore. À moins que... À cette époque, je venais tout juste de lui annoncer mon intention de divorcer. Peut-être voulait-elle apitoyer son frère pour gagner son soutien.

Il attrapa un autre carnet, qu'il feuilleta rapidement.

— Ce passage m'avait intrigué. Écoutez : « 10 octobre 1805 - Aujourd'hui, Cosgrove va recevoir la monnaie de sa pièce. Œil pour œil, dent pour dent, coup pour coup. » Je comprends maintenant. Il était persuadé que j'avais maltraité Lavinia et il voulait la venger.

— Et l'attaque dans Charles Street ? La date correspond-elle à un événement particulier ?

— Charles Street ? C'était... le 22, non ?

Cosgrove chercha la date dans un carnet, lut rapidement l'entrée du jour, secoua la tête, puis consulta un autre carnet. Des plis amers marquaient le coin de sa bouche.

Charlotte se rendit compte qu'elle retenait son souffle. Elle s'obligea à respirer lentement et à patienter au son de l'horloge qui égrenait les secondes.

— Ici. 22 octobre 1804. Il a reçu une lettre de Lavinia qui affirmait que je l'avais rouée de coups. Bon sang, comment a-t-elle pu lui raconter toutes ces sornettes ? Et il y a ici un commentaire que je ne comprends pas, qui fait référence à une conversation entre eux. On dirait qu'ils dressaient un plan. Je me souviens que Monkwood est venu à Hazelbrook… oui, le 12 octobre. Le lendemain du jour où il a reçu la première lettre parlant de maltraitances.

Il poursuivit sa lecture en silence pendant un moment. Puis il releva la tête, une expression sidérée sur les traits.

— Qu'y a-t-il, Monsieur ?

— Lavinia lui a avoué avoir eu une liaison avec Barnaby. Elle dit qu'elle s'est tournée vers lui pour se consoler, parce que j'étais un mari violent.

— Une excuse ? Pour que Monkwood ne lui fasse pas une crise de jalousie ?

Le comte ne parut pas l'entendre.

— Monkwood ajoute… Il dit…

— Quoi, Monsieur ?

Il ferma les yeux et se frotta le front, si fort que ses doigts laissèrent des marques blanches sur sa peau.

Puis il rouvrit les yeux.

— Il dit qu'il lui a proposé d'organiser mon assassinat… pour qu'elle soit débarrassée de moi. Et… elle a accepté.

# 40

Charlotte fixait le comte, bouche bée.

Face à sa stupeur, il laissa échapper un rire rauque.

— Oui, je ressens exactement la même chose !

Il repoussa le carnet d'un geste brutal, se leva dans un mouvement rageur et s'approcha de la fenêtre. Le poing contre le montant, il se mit à fixer la place.

Charlotte retrouva enfin sa voix :

— Mais pourquoi...

— Réfléchissez : elle avait le choix entre un divorce infamant et le veuvage, qui lui aurait garanti une belle rente.

Charlotte essayait de se mettre à la place de la défunte comtesse. Veuve, celle-ci aurait sans doute été poursuivie par des rumeurs d'adultère, mais elle aurait conservé son titre et ses privilèges. Et seuls les membres les plus intransigeants du beau monde lui auraient fermé leur porte.

En revanche, un divorce aurait déclenché un énorme scandale. Elle aurait perdu toute respectabilité et aurait été mise au ban de la bonne société.

En effet, le choix était facile... pour quelqu'un de totalement immoral ! Car, après tout, lady Cosgrove était la seule responsable de ce qui lui était arrivé.

Cosgrove se tourna face à Charlotte.

— Lavinia voulait ma mort.

Il n'était pas en colère, mais livide, choqué. Comme le père de Charlotte le jour où il avait perdu sa femme.

Dévasté.

Charlotte sentit ses yeux s'embuer. Elle eut toutes les peines du monde à ne pas courir vers lui pour le prendre dans ses bras. Elle ravala ses larmes. Que pouvait dire en de telles circonstances le pragmatique Albin ?

Elle s'éclaircit la voix.

— Monkwood éprouvait un amour pervers pour sa sœur. S'il a cru à ses mensonges, il n'est pas étonnant qu'il vous haïsse, Monsieur. Et qu'il souhaite votre mort, lui aussi.

— Oui.

— Nous devons mettre la main sur son journal actuel. Il faut savoir ce qu'il mijote ! Je peux aller fouiller dans sa chambre...

— Non. L'heure est venue d'avoir une bonne explication avec lui.

— C'est trop dangereux, voyons !

Cosgrove eut un rire dédaigneux.

— Gérald Monkwood est peut-être capable d'engager quelqu'un pour me liquider, mais il n'aura jamais le courage de le faire lui-même. C'est un faible, un esprit veule.

— Mais...

Un coup frappé à la porte interrompit Charlotte. Un valet entra et annonça :

— Le déjeuner est servi, milord.

Marcus fixait sa tourte à laquelle il n'avait pas touché. L'odeur de la viande de bœuf et de la pâte feuilletée lui soulevait l'estomac.

Monkwood n'était pas seulement le frère de Lavinia, il avait également été son tuteur. Il était censé la protéger, et il l'avait séduite. Quel âge avait-elle quand il avait commencé à abuser d'elle ? N'était-elle encore qu'une enfant ? *Ô Seigneur, non, je Vous en prie !* C'était trop horrible à imaginer.

Marcus s'efforça de chasser les images révoltantes qui le hantaient. Il fixait toujours la pâte croustillante et dorée et les tendres morceaux de viande qui baignaient dans une sauce crémeuse. Lavinia lui avait menti, elle l'avait trompé, avait souhaité sa mort... Mais elle était aussi une victime. Orpheline innocente et vulnérable, elle avait été pervertie par son propre frère.

Il prit sa fourchette, mais se contenta de déplacer la nourriture dans son assiette. Quelle personne serait devenue Lavinia si Monkwood ne l'avait pas ainsi dévoyée ? Aurait-elle été moins frivole ? Moins manipulatrice ? Moins capricieuse et vénale ?

*Elle aurait peut-être pu m'aimer. Et notre mariage aurait été heureux.*

Il abandonna sa fourchette, et l'argent cliqueta contre la porcelaine.

— Bon sang, comment a-t-il osé ? explosa-t-il en se passant la main dans les cheveux. Je n'arrête pas de me demander quel âge elle avait quand il s'est imposé à elle !

— Si vous voulez absolument le savoir, je peux voler les carnets plus anciens, proposa timidement Albin.

*Est-ce que je le veux réellement ?*

Marcus repoussa son assiette.

— Vous ne mangez pas, Monsieur ?

*Non, sinon je vais vomir.*

— Monsieur, Monkwood garde dans son bureau une multitude de lettres que sa sœur lui a envoyées. Voulez-vous que je vous les apporte ?

Marcus se leva et s'approcha de la fenêtre. Désirait-il vraiment lire de ses propres yeux les mensonges que Lavinia avait écrits à son sujet ?

*Ce que je veux, c'est détruire Monkwood !*

Ses mains se crispèrent sur l'appui de la fenêtre tandis qu'il s'imaginait en train d'étrangler Monkwood, de lui serrer la gorge jusqu'à ce que toute vie le quitte... Il pouvait presque entendre le bruit sifflant de sa respiration, voir son visage enfler, devenir violet...

Puis son regard se focalisa sur le paysage de l'autre côté de la vitre, les giboulées de neige qui tournoyaient au-dessus de la place et semblaient avaler les arbres.

Il pivota vers Albin. Celui-ci le regardait, la mine anxieuse.

— Nous n'irons pas chez Monkwood dans ce blizzard.

Albin parut soulagé.

*Il a peur que Monkwood s'en prenne à moi*. Marcus réprima un élan de colère. « Vous êtes mon secrétaire, pas ma nounou ! » se retint-il de crier.

Il revint s'asseoir à table, empoigna sa fourchette et se força à manger quelques bouchées de sa tourte au bœuf. Mais cela ne passait pas, et il finit par se rabattre sur une grappe de raisin. La saveur des grains bien mûrs réveilla un souvenir en lui : Charlotte assise près de lui sur le tapis, devant le feu de cheminée ; Charlotte nue sous le drap chiffonné ; Charlotte refusant d'être sa maîtresse.

Le goût sucré se changea en amertume dans sa bouche.

*Pense à autre chose*.

Il se concentra sur Albin. Il l'avait embauché deux semaines plus tôt en se demandant s'il ne commettait pas une erreur. Mais, en réalité, il avait pris la meilleure décision de toute sa vie. Même si Albin n'était pas un secrétaire ordinaire.

— Que ressent-on quand on vole ?

Albin cligna des yeux et posa ses couverts sur son assiette.

— Voler… c'est extraordinaire, mais aussi… terrifiant. C'est difficile à expliquer, mais quand je suis un oiseau, je me sens très vulnérable, à la merci d'un chat qui serait tapi dans un coin ou d'un faucon qui me fondrait dessus. Je me sens bien plus en sécurité sous ma forme humaine.

— Vous m'avez dit que votre mère était elle aussi capable de voler. C'est elle qui vous a appris ?

— Non, Monsieur. Elle est morte lorsque j'étais jeune. Sans doute avait-elle l'intention de me révéler tout cela quand je serais plus âgé.

Albin avait pris une grappe de raisin. Un à un, il détacha les grains de la tige, puis entreprit de les disposer en cercle dans son assiette.

— J'ai appris cette histoire de magie il y a seulement quelques semaines. Je ne pense pas que mon père ait été au courant, sinon il m'en aurait parlé avant de mourir. Je doute fort que ma mère l'ait mis dans le secret.

Du bout du doigt, Albin poussa le dernier grain de raisin pour refermer le cercle. Cette vision parut familière à Marcus. Où diable avait-il vu cela récemment ? Des grains de raisin dans une assiette... en cercle...

La mémoire lui revint soudain. Oui, c'était juste la veille. Charlotte avait fait exactement la même chose.

Il eut l'impression que le monde basculait, que les murs de la pièce se mettaient à tourner autour de lui.

Pris de vertige, il ferma les yeux, tandis que d'autres souvenirs l'assaillaient : des gestes, des attitudes, des tics verbaux. Albin. Charlotte.

— Monsieur ?

Il rouvrit les yeux. Les pièces du puzzle s'étaient enfin assemblées.

*Albin était Charlotte.*

# 41

La fureur monta en lui, contracta ses muscles, bouillonna dans ses veines. Tout s'embrasait, sa chair, son sang, ses os, son souffle.

Il se leva si brutalement que sa chaise se renversa.

— Qu'y a-t-il, Monsieur ? fit Albin, alarmé.

*J'ai fait l'amour à un homme*. Il avait embrassé Albin. Il avait couché avec lui.

— Monsieur…

— Vous êtes Charlotte.

Albin se figea, bouche ouverte. Le silence de mort qui retomba dans la salle à manger rugit aux oreilles de Marcus, couvrit les battements désordonnés de son cœur.

Albin referma la bouche. Sa pomme d'Adam remonta dans sa gorge.

— Je… Je ne vois pas ce que vous voulez dire, Monsieur.

— Ne mentez pas ! cria Marcus, furibond.

C'était encore pire que la trahison de Lavinia et de Barnaby. Albin l'avait piégé pour l'attirer dans son lit. Il avait couché avec un homme !

Il attrapa le coin de la nappe, tira violemment dessus. Le fracas de la porcelaine et du cristal qui se brisaient décupla encore sa rage.

— Vous êtes Charlotte ! Charlotte… est un homme ! gronda-t-il en abattant son poing sur la table.

— Non, Monsieur… vous vous trompez ! balbutia Albin en se levant maladroitement.

Marcus ne l'écoutait pas. Ivre de colère, il hurla :

— Sortez !

— C'est Albin qui n'est pas réel ! Je ne suis pas un homme. Je m'appelle Charlotte Christina Albinia...

— Sortez ! mugit Marcus.

Albin s'étrangla dans ses protestations. Il était livide. Des larmes plein les yeux, il tourna les talons et se dirigea vers la porte.

— Et ne vous avisez pas de remettre les pieds dans cette maison... sous quelque forme que ce soit ! cria encore Marcus, vibrant de fureur et de haine. Restez loin de moi, sinon... je jure devant Dieu que je vous tuerai !

Albin sortit et referma la porte derrière lui.

Marcus haletait. Sa colère ne retombait pas. Il avait envie de renverser la table, de briser les chaises, d'arracher les tentures. Et surtout il avait envie de faire couler le sang. Celui d'Albin.

La porte se rouvrit doucement sur la figure circonspecte du majordome.

— Milord ?

Marcus serra les poings sur la nappe bouchonnée qu'il tenait encore contre sa poitrine.

— M. Albin ne doit plus jamais, sous aucun prétexte, être admis dans cette maison, articula-t-il. Et... si jamais quelqu'un que vous ne connaissez pas... demande à me voir dans les prochains jours... ne le laissez surtout pas entrer !

— Bien, milord.

Marcus lâcha la nappe et se dirigea vers la porte. Le majordome s'écarta promptement de son chemin.

— Je descends à la cave. Que personne ne me dérange, aboya-t-il.

Marcus passa le reste de l'après-midi à bourrer de coups de poing son sac de sable.

*J'ai couché avec un homme*. Une voix scandait ces mots dans sa tête. *Couché. Avec. Un. Homme*.

La soif lui desséchait la gorge. La transpiration trempait ses cheveux, ruisselait sur son visage, dégoulinait de son menton. À présent, le sac de sable était taché de sang. Chaque nouveau coup de poing déclenchait une vive douleur dans ses phalanges, mais il n'enfila pas ses gants de boxe. Sa colère avait besoin de cette souffrance et de ce sang. *J'ai couché avec un homme.*

— Milord... que s'est-il passé ? s'exclama son valet, horrifié, quand Marcus retourna dans sa chambre.

Marcus ignora la question.

— Faites-moi couler un bain.

Il enleva sa chemise et s'en servit pour s'essuyer le visage.

— La baignoire est presque pleine, milord. M. Fellowes m'a dit que vous étiez descendu vous entraîner, alors j'ai pris la liberté de faire monter de l'eau chaude. Mais... vos mains, milord. Elles sont toutes écorchées !

Marcus passa dans le dressing sans répondre. De la vapeur s'élevait de la baignoire en cuivre posée sur le tapis. Il se baissa pour ôter ses bottes.

— Laissez-moi faire, milord.

Leggatt s'agenouilla et, en deux temps trois mouvements, le déchaussa. Marcus marmonna un remerciement, puis acheva de se dévêtir. Ses habits étaient trempés de sueur, tachés de sang.

— Jetez-moi tout ça, ordonna-t-il, avant de se glisser dans la baignoire.

— Milord, vos mains...

— Cessez de me materner !

Albin avait fait la même chose, avait tenté de le protéger. De le séduire.

— Et apportez-moi un verre de cognac. Un grand !

Le cognac lui fit du bien. Peu à peu, sa colère s'apaisa. La nuque calée contre le rebord de la baignoire, il ferma les yeux. Il entendait Leggatt aller et venir dans la chambre voisine afin de préparer sa tenue pour la soirée. Le vent secouait les volets et s'infiltrait en sifflant dans le conduit de la cheminée.

La voix d'Albin résonnait dans sa tête : « C'est Albin qui n'est pas réel ! Je ne suis pas un homme. Je m'appelle Charlotte Christina Albinia... »

Il rouvrit les yeux dans un regain de colère. Comment Albin avait-il osé lui mentir encore en le regardant en face ? Il cherchait à se justifier, à minimiser sa trahison !

Marcus engloutit une autre gorgée de cognac.

Un flot de souvenirs lui revint : la nervosité d'Albin quand il l'avait accompagné au bordel, son expression horrifiée lorsqu'ils avaient fait irruption dans la chambre occupée par Phillip et les deux putains, et cette remarque cocasse : « Vous dites qu'elle lui "taillait une pipe". Je ne vois pas bien le rapport. Personne ne fumait dans cette chambre. »

Tout en sirotant son cognac, Marcus se remémora diverses anecdotes. Il lui fallut du temps pour que le jour se fasse dans son esprit. La vérité se construisit, un indice après l'autre. Albin ne savait pas se battre. Il ne savait pas monter à cheval à califourchon, il ne savait pas nouer sa cravate. Il ne connaissait pas les mots d'argot qui désignaient le sexe masculin. Il ignorait ce qu'était un préservatif...

Ces fragments d'information s'organisaient dans sa tête pour dessiner une toute nouvelle image.

Albin n'était pas un homme. Il était Charlotte. Non, *elle* était Charlotte.

Charlotte Christina Albinia. Christopher Albin.

Il vida son verre d'une traite et faillit s'étrangler. Sa colère remontait en flèche.

Albin était une femme.

Il avait juré devant elle. Avait employé des mots tels que « bite » et « merde ». Il avait parlé de sexe avec elle. Il lui avait appris à se battre. Il l'avait emmenée dans un bordel.

Il siffla entre ses dents, posa le verre par terre et se leva, ruisselant d'eau. Puis, à gestes saccadés, il se sécha à l'aide d'une serviette.

Lavinia. Barnaby. Albin. Charlotte. Combien de fois sa confiance avait-elle été trahie ? Combien de fois avait-il été berné ?

*Quatre fois. Imbécile !*

Albin n'était pas son ami, Charlotte n'était pas son épouse. Pourtant, il se sentait affreusement blessé. Il avait été tout près d'éprouver de l'amitié pour Albin. Tout près de tomber amoureux de Charlotte.

De nouveau, il siffla entre ses dents et serra les doigts sur la serviette tachée de sang. Il avait de nouveau envie d'aller frapper le sac de sable.

— Milord, laissez-moi soigner vos mains, implora Leggatt du seuil de la porte.

Charlotte ne méritait pas qu'il soit si affecté. Elle ne méritait pas une seule goutte de son sang.

Il relâcha ses mains, posa la serviette.

— Faites de votre mieux, Leggatt.

Il s'était habillé et en était à son troisième verre de cognac quand un valet vint frapper à la porte de sa chambre.

— Un message urgent pour vous, milord.

Marcus se renfrogna. La lettre émanait certainement de Charlotte.

— Jetez-le au feu.

— Euh… vraiment, milord ? bredouilla le valet, décontenancé.

Ou bien le mot venait de Grenville ou de Fox.

— Donnez-le-moi.

*SA SEIGNEURIE LE COMTE DE COSGROVE. URGENT.* Les lettres capitales déguisaient l'écriture. Ce n'était donc ni Grenville ni Fox.

Il décacheta le pli.

*Cher lord Cosgrove,*

*Je détiens une information qui, je le crois, vous intéressera. Il s'agit de l'identité de la personne qui a fait circuler ces lettres diffamatoires à votre sujet. Je vous prie de me faire l'honneur de me retrouver à Hyde Park, devant le monument Britannia, à 9 h 30 demain matin. C'est avec grand plaisir que je vous communiquerai ce renseignement.*

*Cordialement,*

*Un ami*

Marcus émit un grognement. Monkwood pensait-il donc le piéger si facilement ?

Il relut les quelques lignes. 9 h 30. Un horaire bien matinal pour Monkwood. Pour mieux éloigner les soupçons de sa personne ?

Marcus replia la lettre. Le monument Britannia était situé dans une zone plutôt isolée du parc. Monkwood avait-il engagé d'autres tueurs pour l'éliminer ? Des ruffians allaient-ils l'attendre là-bas et lui sauter dessus, sous les yeux de Monkwood qui se cacherait pour assister à la scène ?

*Comment vais-je mourir ? Assommé à coups de matraque ? Ou lacéré de coups de couteau ?*

Charlotte avait pleuré à la mort de sa mère, puis à la mort de son père. Mais jamais elle n'avait pleuré si éperdument, avec un tel désespoir. Jamais elle ne s'était sentie aussi seule qu'aujourd'hui.

*Tout est ma faute.*

Elle avait trompé le comte, avait abusé de sa confiance, l'avait blessé. Exactement comme sa défunte épouse.

Et, comme Lavinia, elle était responsable de sa propre chute – même si, contrairement à cette dernière, elle n'avait pas voulu sciemment faire du mal à Cosgrove, pas plus qu'elle n'avait souhaité tomber amoureuse de lui.

Pelotonnée devant le feu de cheminée, tremblante, elle sanglotait.

Onze jours. C'était tout ce qu'il lui avait fallu pour faire la connaissance de Cosgrove, l'aimer et le perdre.

Les larmes coulaient. L'avenir s'étirait devant elle, lugubre, désolé. Elle ne le reverrait jamais. Elle ne lui adresserait plus la parole. Elle ne verrait plus son visage s'illuminer, ses paupières s'étoiler quand il riait, son front se plisser dans un effort de concentration.

*Comment vais-je survivre ?*

La réponse était simple. Elle pouvait devenir valet. Ou servante. Elle pourrait ainsi voir Cosgrove de loin, et peut-être échanger quelques mots avec lui de temps à autre.

Relevant la tête, elle se mit à fixer les flammes. À quel genre de vie cela la condamnait-il ? L'apercevoir, entendre des bribes de sa conversation, le regarder mener sa vie – poursuivre sa carrière politique, fonder une famille – sans jamais y participer…

Une telle existence finirait par la priver de sa santé mentale. Elle finirait folle, incarcérée à Bedlam. Au lieu de jouir de son indépendance, elle se retrouverait enfermée dans une prison qu'elle aurait elle-même bâtie.

En outre, en le côtoyant sous une autre apparence, elle lui mentirait une fois de plus.

Non. Elle avait commis une erreur et elle en assumerait les conséquences. Elle quitterait Londres, s'éloignerait de Cosgrove.

*Il faut d'abord que je lui demande pardon.*

Non. Elle lui devait une explication, mais elle ne lui présenterait pas d'excuses. Ce qu'elle avait fait était impardonnable.

Il lui fallut trois heures pour écrire la lettre. Ceci fait, elle contempla son brouillon taché d'encre et maintes fois raturé.

*Voilà, c'est fini.*

Elle se bassina le visage, lava ses doigts noircis, puis recopia la lettre au propre, sans pâtés, sans ratures ni traces de larmes. Enfin, elle signa et cacheta le pli.

Après avoir mis son manteau, son chapeau et ses gants, elle sortit. Dehors, la nuit était tombée. Une épaisse couche de neige recouvrait le sol. Quelques flocons flottaient encore dans l'air.

Elle se rendit à Grosvenor Square. Les rideaux étaient tirés aux fenêtres de la résidence, mais quelques rais de lumière étaient visibles.

Les deux pieds enfoncés dans la neige, Charlotte, frissonnante, leva les yeux vers la façade. Elle avait voulu être indépendante, mais aujourd'hui elle se sentait plus liée à Cosgrove qu'elle ne l'avait jamais été aux Westcote.

Elle s'obligea à gravir les marches du perron, à soulever le heurtoir. Fellowes vint lui ouvrir. Son visage se ferma dans une mimique réprobatrice quand il la reconnut.

— Vous n'êtes pas le bienvenu dans cette maison, monsieur Albin.

— Je sais.

Charlotte lui tendit la lettre.

— S'il vous plaît, pouvez-vous remettre ceci au comte ? Pas forcément ce soir, mais… demain, peut-être ?

Fellowes hésita, puis se saisit finalement de la missive.

— Merci, Fell…

La porte s'était déjà refermée.

Charlotte appuya son front contre le battant gelé et ferma les yeux pour retenir les larmes qui montaient. *Je vous aime, Monsieur*.

Demain serait l'anniversaire de la mort de sa femme. Une date dangereuse. Que Cosgrove accepte ou pas son aide, elle ferait en sorte de le protéger. Mais ensuite…

*Je partirai. Il le faut. Pour prendre un nouveau départ*.

En quittant Londres, elle laisserait le bonheur derrière elle. Mais elle pourrait encore se battre pour préserver son indépendance.

# 42

*28 octobre 1805*
*Grosvenor Square, Londres*

Marcus lisait son courrier en prenant le petit déjeuner. Il avait mal chaque fois qu'il prenait ses couverts ou dépliait une lettre. Les écorchures sur ses doigts meurtris menaçaient de se rouvrir au moindre geste. Et, en prime, il avait la gueule de bois – trop de cognac et trop de colère la veille.

La troisième lettre était un pli épais dont l'adresse était rédigée dans une écriture familière. Il brisa le cachet de cire avant de reconnaître soudain cette calligraphie particulière. Albin. Charlotte.

La fureur explosa dans sa poitrine. Il referma le poing sur le papier, en fit une boule qu'il lança dans la cheminée. Elle heurta la grille et rebondit, avant de retomber dans le coin du foyer.

Fellowes apparut.

— La voiture sera prête d'ici une demi-heure, milord.

— Il me faut deux… non, trois valets pour m'accompagner. Howard, Félix et Arthur.

Ces trois-là étaient jeunes et costauds. Ils feraient l'affaire.

Marcus se leva et alla récupérer la boule de papier froissé, qu'il jeta dans les flammes.

— Dites-leur de s'habiller chaudement, reprit-il. Ils devront peut-être rester longtemps dehors à m'attendre.

Ah, et prévenez-les aussi qu'il faudra peut-être faire le coup de poing.

Dans l'âtre, le papier s'était enflammé. Rapidement, il fut réduit en cendres.

— J'y vais de ce pas, milord, acquiesça le majordome.

Charlotte était tapie dans le couloir, près de la chambre de Monkwood, transformée en souris. Plusieurs odeurs lui chatouillaient le nez : cire d'abeille, poussière de charbon, bacon, café. Ainsi qu'un léger relent d'urine en provenance d'un pot de chambre.

Il était à peine 8 h 30, pourtant un rai de lumière filtrait sous la porte. Charlotte percevait un murmure de voix. Monkwood était donc réveillé ?

L'interstice sous le battant était trop étroit pour qu'elle puisse se glisser dans la pièce. Elle se métamorphosa en lézard. Les odeurs s'atténuèrent ; les couleurs de son environnement devinrent plus vives, les sons moins audibles.

Elle passa sous la porte.

Oui, Monkwood était réveillé.

La pièce était illuminée par un grand candélabre et par plusieurs chandelles glissées dans leurs appliques murales.

Le tapis se déroulait devant elle, aussi vaste qu'un océan. Le lit drapé de ses vertigineuses courtines rouge et or se dressait telle une île immense.

Quelqu'un se déplaça de l'autre côté du lit, et Charlotte sentit les vibrations du parquet.

— Voulez-vous une redingote noire, milord ?

La voix était étouffée, comme si quelqu'un avait plaqué ses mains sur les oreilles de Charlotte.

— Oui. Aujourd'hui je ne mettrai que du noir.

Charlotte se faufila sur le tapis et se glissa sous les franges du cache-sommier. Elle courut jusqu'à l'autre bout du lit et pointa son museau entre les franges. Des pieds de chaise, des pieds de table, des pieds de bureau.

Le parquet vibra de nouveau.

— Veste droite ou croisée, milord ?

— Croisée, avec des boutons en nacre, répondit la voix de Monkwood.

Charlotte hésitait. Que devait-elle faire ? Elle s'était attendue à trouver Monkwood endormi et à pouvoir explorer la pièce à sa guise sans craindre de se faire repérer.

*Je dois trouver un point d'observation.*

Elle avisa les hautes tentures qui masquaient la fenêtre, inspira un bon coup, puis fila le long du mur, au ras du sol. Les lattes tremblaient à chaque pas du valet qui allait et venait entre la chambre et le dressing.

Elle se réfugia dans les épais rideaux de brocart écarlate garnis de franges dorées, se cacha au creux d'un pli. Puis elle se hissa à la force de ses petites pattes, ses griffes pointues accrochées dans le tissu.

Parvenue à mi-hauteur, elle jeta un coup d'œil vers le bas et son ventre se serra de peur. Seigneur, c'était si *haut* !

Son bonnet de nuit posé sur le crâne, les joues hérissées de barbe naissante, Gérald Monkwood était assis dans son lit, un plateau posé sur les genoux. Il écrivait dans son journal. Les vestiges de son petit déjeuner étaient abandonnés sur la table de chevet : le bacon et le café que Charlotte avait sentis un peu plus tôt.

Elle se concentra sur Monkwood. La première fois qu'elle l'avait vu, elle l'avait comparé à Cupidon, et il avait effectivement un peu l'air d'un chérubin avec son visage joufflu, sa bouche charnue, presque féminine, et ses boucles blondes qui dépassaient du bonnet de nuit.

Pourtant, cette apparence angélique cachait une noirceur diabolique.

Le valet ressortit du dressing.

— Voulez-vous que je vous rase, milord ?

— Oui.

Monkwood referma le journal et le posa sur la table de nuit, puis se leva et alla s'asseoir devant le meuble de toilette.

Doucement, Charlotte redescendit le long du rideau, comme elle serait descendue d'une falaise.

Le valet plongea une petite serviette dans la cuvette d'eau chaude afin d'humecter le visage de son maître.

Haletante, Charlotte atteignit enfin le sol.

Le valet saisit le blaireau.

C'était le moment. Pendant que Monkwood avait les yeux fermés et que son valet était penché sur lui...

Elle s'élança, courut sur le tapis aussi vite que le lui permettaient ses pattes de lézard... puis, en un clin d'œil, se changea en singe et attrapa le journal. Son cœur battait à tout rompre. Le valet allait la voir... Monkwood allait rouvrir les yeux et crier...

Silence.

Charlotte s'aplatit derrière le lit, le journal plaqué contre sa poitrine velue. Et maintenant, que faire ? Elle ne pouvait pas courir jusqu'à la porte. Le domestique la verrait fatalement...

Il lui fallait pourtant rejoindre la chambre voisine, dont elle avait cassé un carreau un peu plus tôt.

Son regard se posa sur la porte du dressing restée entrebâillée.

Elle s'élança, se glissa dans l'interstice.

Les bougies des appliques étaient allumées. Charlotte aperçut une rangée de chemises blanches, une rangée de bottes bien cirées, une rangée de gilets brodés en satin et brocart, déclinés dans toute une palette de couleurs : vert olive, vert émeraude, bordeaux, et au moins une dizaine de nuances de bleu. Il flottait dans l'air une odeur de linge, de cuir, de laine. Et l'odeur distincte de Monkwood.

Il y avait une porte à l'autre bout du dressing.

Charlotte l'ouvrit de ses longs doigts et jeta un coup d'œil au-dehors.

Le couloir était désert.

# 43

Charlotte entra dans sa chambre par la fenêtre ouverte, survola la table et, battant de ses ailes de faucon en vol stationnaire, laissa tomber dans le fauteuil le carnet qu'elle tenait entre ses serres.

Puis elle se changea en Albin.

Sans prendre le temps de fermer la fenêtre ni de s'habiller, elle attrapa le journal et l'ouvrit.

*28 octobre. Aujourd'hui, Cosgrove va mourir !*

Monkwood avait souligné trois fois la phrase. En dessous, il avait noté l'heure de son réveil – 7 h 45 – et précisé ce qu'il avait mangé au petit déjeuner, ainsi que les vêtements qu'il avait l'intention de porter.

*Culottes noires, gilet noir, redingote noire.*

Charlotte revint en arrière d'une page.

*Toujours pas de nouvelles des Smith. Je vais régler l'affaire moi-même. C'est encore mieux si Cosgrove meurt de ma main. Ma Belle Hélène l'aurait voulu.*

Charlotte sauta plusieurs paragraphes dans lesquels Monkwood s'inquiétait de la neige qui ne cessait de tomber.

*Il faut absolument que ce soit fait demain.*

« Absolument » avait été souligné si férocement que le papier était déchiré. Au bas de la page, Monkwood avait ajouté :

*20 heures. Il ne neige plus. Dieu m'a entendu.*

Elle revint en arrière d'une page, manquant arracher le feuillet dans sa hâte, et trouva le brouillon d'une lettre :

*Cher lord Cosgrove,*

*Je détiens une information qui, je le crois, vous intéressera. Il s'agit de l'identité de la personne qui a fait circuler ces lettres diffamatoires à votre sujet. Je vous prie de me faire l'honneur de me retrouver à Hyde Park, devant le monument Britannia, à 9 h 30 demain matin. C'est avec grand plaisir que je vous communiquerai ce renseignement.*

*Cordialement,*

*Un ami*

Le cœur de Charlotte manqua un battement. 9 h 30 ? Les cloches de l'église sonnaient 9 heures en ce moment même !

Fébrile, elle s'habilla plus vite qu'elle ne l'avait jamais fait – chemise, culottes, bottes –, ignorant les vêtements qui n'étaient pas strictement indispensables comme le gilet, la cravate et les bas. Elle ne s'embarrassa même pas d'une veste.

Elle attrapa le journal, son manteau, ce qui lui restait de monnaie, et courut dans la rue.

Quelques flocons tombaient du ciel grisâtre.

Quelle direction fallait-il prendre pour se rendre à Hyde Park ? Et où se trouvait le monument Britannia ?

Elle devait héler un fiacre, mais Chandlers Street était déserte. On ne voyait que quelques traces de roues dans la neige.

Une centaine de mètres plus loin, sur Oxford Street, un fiacre passa lentement. Charlotte s'élança.

— Cocher... arrêtez !

Le fiacre la déposa dans Hyde Park. La neige tombait maintenant plus fort.

— On voit le haut du monument à travers les arbres, dit le cocher en désignant quelque chose derrière les bosquets d'ifs enneigés. Il y a une allée cavalière à l'autre bout. Si vous voulez, je peux faire le tour et...

— Non, merci ! coupa Charlotte en lui jetant quelques pièces.

Au loin, les cloches d'une église sonnaient la demie.

Elle se mit à courir, ralentie par ses bottes qui s'enfonçaient dans le tapis de neige. La panique la gagnait. *Plus vite !* L'air glacé sifflait dans sa gorge, les flocons lui cinglaient le visage et les yeux. *Plus vite !*

Les ifs avaient été plantés en cercles concentriques. Les branches giflaient Charlotte, s'accrochaient dans son manteau pour tenter de la retenir. *Plus vite. Mon Dieu, faites que je n'arrive pas trop tard. Faites qu'il ne meure pas. Plus vite. Plus vite !*

Elle jaillit à découvert, haletante. Son souffle précipité formait de petits nuages blancs devant sa bouche.

La haute statue de marbre représentait Britannia[1] armée de son trident et de son bouclier, coiffée d'un casque de centurion. Un lion de marbre était couché à ses pieds tel un chien.

Charlotte aperçut deux silhouettes masculines devant le monument. Cinq ou six mètres les séparaient.

Cosgrove et Monkwood.

— Monsieur... c'est un piège ! hurla-t-elle.

---

1. Personnification féminine de la Grande-Bretagne et de l'Empire britannique. *(N.d.T.)*

Les deux hommes pivotèrent vers elle. Les flocons de neige tourbillonnaient dans l'air.

— Il veut vous tuer ! cria-t-elle encore en pataugeant dans la neige, à bout de souffle.

Monkwood eut un rictus méprisant.

— Votre secrétaire perd la tête, Cosgrove !

— Il n'est plus mon secrétaire, rétorqua le comte d'une voix dure.

Son regard traversait Charlotte comme si elle n'existait pas.

Elle sortit le journal de sa poche.

— Monsieur… tout est écrit là-dedans !

Le comte ne fit pas un geste pour s'emparer du carnet.

— Je suis peut-être idiot, mais pas au point d'être venu seul. Bien sûr que c'est un piège.

Le rictus de Monkwood se mua en un grondement rageur qui découvrit ses dents comme celles du lion de marbre.

— Salopard !

Le poing levé, il fondit sur Cosgrove, prêt à le frapper.

Charlotte s'interposa par réflexe et reçut le coup dans l'épaule droite. Sous le choc, elle tomba, mais eut le temps d'agripper Monkwood, qu'elle entraîna dans sa chute.

Comme ils roulaient dans la neige, elle se cramponna à lui de toutes ses forces. *Je ne vous laisserai pas le tuer !*

Monkwood se débattit sauvagement, la griffant et cherchant à la mordre. Un grognement presque bestial s'échappait de sa gorge.

Quelqu'un les sépara, souleva violemment Monkwood. Charlotte retomba sur le sol, pantelante, et vit deux valets robustes remettre Monkwood sur ses pieds et le ceinturer.

Les flocons lui tombaient dans les yeux.

— Levez-vous, ordonna le comte.

Leurs regards se croisèrent une demi-seconde avant qu'il ne se détourne en rempochant son pistolet.

Clignant des yeux sous la neige, Charlotte reprit son souffle avant de se redresser lentement. Elle avait très mal à l'épaule, comme si Monkwood l'avait frappée avec un maillet.

Le carnet gisait quelques mètres plus loin. La couverture de cuir écarlate se détachait sur la blancheur de la neige. Machinalement, elle alla le ramasser. Elle ne pensait pas au journal, ni à Monkwood qui hurlait des obscénités à l'adresse de Cosgrove, mais à ce qu'elle avait lu dans le regard gris du comte.

De ses doigts tremblants, elle essuya les flocons qui parsemaient le cuir rouge. *Il me déteste*.

Elle l'avait bien mérité.

La voix sonore du comte couvrait les jurons et invectives de Monkwood :

— ... plainte pour diffamation, et je gagnerai, nous le savons tous les deux. Votre journal contient toutes les preuves.

— Fumier ! vociférait Monkwood, le visage boursouflé de fureur. Salopard ! Ordure !

Chaque injure jaillissait de sa bouche dans un tourbillon de vapeur blanche.

Le comte restait immobile, aussi figé que la statue de Britannia qui les dominait de toute sa hauteur. Pas un muscle ne frémissait dans son visage. Il attendit que Monkwood reprenne son souffle pour déclarer :

— Vous avez engagé des hommes pour me tuer, et comme cela a mal tourné, vous avez tenté de m'éliminer vous-même. Savez-vous quelle peine on réserve aux meurtriers ?

— Et vous ? Vous avez tué Lavinia ! Quelle peine méritez-vous pour cela ? cria Monkwood, que les valets devaient retenir pour l'empêcher de se jeter sur Cosgrove.

— Je n'ai pas tué Lavinia. Je ne l'ai jamais battue ni violée. Vous n'auriez pas dû croire à ses mensonges.

— Salaud !

Le visage cramoisi, Monkwood tenta encore de se jeter sur lui.

— Savez-vous ce que m'a encore appris votre journal intime, Monkwood ? Devinez...

Une grimace déforma les traits de Monkwood, dont les halètements se transformèrent presque en sanglots.

— Devinez ! tonna Cosgrove, dans une injonction qui claqua comme un coup de fouet.

Monkwood secoua la tête. Les larmes coulaient sur ses joues.

— Vous étiez un frère incestueux.

Un silence de mort retomba, comme si le monde retenait son souffle.

À travers les flocons de neige, Charlotte vit les deux valets sursauter et leurs narines palpiter, tandis qu'une expression choquée s'inscrivait sur leurs traits.

Le silence se prolongea, les submergea de ses ondes, comme des vagues concentriques à la surface de l'eau. On pouvait presque entendre les flocons glisser dans l'air.

Puis Monkwood grinça :

— Ce n'était pas de l'inceste. Nous nous aimions. Il y avait un lien particulier entre...

— Lavinia était votre pupille ! *Votre sœur !* cria Cosgrove d'une voix qui fit frémir Monkwood. Je devrais vous tuer pour ce que vous lui avez infligé. Dieu sait que j'en ai envie ! Néanmoins, en souvenir de Lavinia, je vais vous donner le choix. Vous pouvez embarquer sur le prochain navire en partance pour l'Australie et ne jamais remettre les pieds en Angleterre. Ou bien vous pouvez rester et assumer les conséquences de vos actes face au tribunal. À vous de décider, Monkwood. Voulez-vous que vos pairs de la haute société apprennent quel lien *très particulier* vous entreteniez avec votre sœur ?

Monkwood secoua la tête. Il n'essayait plus de se dégager de la poigne des valets. Le visage défait, les épaules voûtées, il laissait les larmes couler sur ses joues poupines. La neige s'accrochait à son chapeau et son manteau noirs.

— Quittez l'Angleterre. Si vous vous dépêchez, vous serez en mer avant que je ne porte plainte pour diffamation. Je vous laisse une semaine.

Le comte recula d'un pas et ajouta à l'intention des valets :

— Libérez-le.

Les domestiques obéirent.

Monkwood chancela. Alors même qu'il était vaincu et pleurait comme un veau, sa vue fit courir un frisson dans le dos de Charlotte. *Il est toujours dangereux*.

Monkwood pivota et s'éloigna sur le sentier qui rejoignait l'allée cavalière. Ses pieds glissaient dans la neige, et il titubait comme un homme soûl.

— Monsieur...

— Gardez vos distances, coupa le comte sans la regarder.

— Le carnet. Il pourra vous servir de preuve.

Cosgrove tourna la tête dans sa direction. Sa haine n'était pas brûlante et déchaînée comme celle de Monkwood, mais froide, implacable. Son regard anthracite était aussi dur que de la pierre dans son visage anguleux.

Charlotte lui tendit le carnet.

Cosgrove pinça les lèvres. Il parcourut en quelques pas la distance qui les séparait, lui arracha le journal.

— Tenez-vous éloignée de moi, siffla-t-il entre ses dents.

Incapable d'articuler un mot, Charlotte hocha la tête.

Le regard du comte se durcit encore, s'assombrit, puis il se détourna d'elle.

À travers le rideau de neige, elle le regarda s'éloigner, escorté des deux valets. *Je vous aime, monsieur*. Les larmes lui brûlaient les yeux. À chaque battement de son cœur, un élancement atroce lui déchirait l'épaule.

Lorsqu'il eut disparu, elle se décida à bouger et, d'un pas chancelant, les bras croisés sur sa poitrine, glacée, elle repartit par où elle était venue. Ses doigts s'engourdissaient.

*C'est ma faute. Je ne peux m'en prendre qu'à moi-même.*

Comment avait-elle pu penser qu'il avait besoin de son aide ? Comment avait-elle pu le croire assez bête pour tomber dans le piège tendu par Monkwood ?

La colère de Marcus augmentait à chaque pas. Il n'était pas stupide, il n'avait pas besoin de sa protection !

Sa voiture l'attendait là où il l'avait laissée un peu plus tôt. Le cocher avait drapé des couvertures sur le dos des chevaux qui soufflaient par les naseaux dans l'air gelé.

Marcus se tourna vers les deux valets qui l'avaient suivi.

— La relation entre Monkwood et lady Cosgrove...

— On ne dira rien, milord ! assura Howard, le plus âgé. Ce ne sont pas des choses qu'il faut répéter.

— Merci.

Alors qu'ils approchaient de la voiture, le troisième valet se porta à leur rencontre et annonça :

— La voiture de M. Monkwood vient de partir, milord.

— Tant mieux. Je vous félicite tous, vous avez fait du bon travail, les complimenta Marcus.

Pourtant, il n'avait pas l'impression d'avoir remporté une victoire. La colère bouillonnait en lui. Comment Charlotte avait-elle osé se montrer à lui aujourd'hui ?

Il monta en voiture et jeta le carnet rouge sur la banquette. Celui-ci glissa, laissant une trace sombre sur le velours.

Marcus fronça les sourcils. Était-ce du sang ?

Il reprit le carnet. Oui, en effet, il y avait du sang sur le cuir écarlate. Et aussi sur son gant droit.

D'où provenait-il ?

La portière se referma. La voiture rebondit sur ses suspensions au moment où les valets se juchaient à leur poste.

Marcus revit mentalement la scène qui venait de se dérouler devant le monument : Albin debout dans la neige, tête nue, le carnet à la main. Il ne l'avait pas vu saigner, mais Albin… enfin, Charlotte était la seule personne en dehors de lui-même à avoir touché ce carnet.

La voiture s'ébranla.

Marcus rouvrit la portière et cria :

— Stop ! Je dois vérifier quelque chose.

Il retourna en courant jusqu'au monument, se maudissant à chaque foulée. Charlotte lui avait menti, avait trahi sa confiance. Que lui importait si elle était blessée ? Il s'en moquait éperdument. Elle pouvait bien mourir, cela ne lui faisait ni chaud ni froid.

À l'endroit où elle était tombée avec Monkwood, il n'y avait rien d'autre que de la neige piétinée. Mais là où elle s'était tenue en retrait pendant qu'il disait ses quatre vérités à Monkwood, il repéra de petites taches rouges sur le sol.

Du sang.

Il crut que son cœur s'arrêtait de battre un instant avant de repartir dans des palpitations affolées.

*Elle est blessée.*

Un objet sombre à moitié enfoui dans la neige attira son attention. Une branche ? Il se pencha pour la ramasser.

Ce n'était pas une branche, c'était la poignée d'une arme. La lame fine et terriblement tranchante mesurait presque vingt centimètres de long. Un stylet, manifestement ancien à en juger par l'état du métal terni… et rougi de sang.

Les valets revenaient en courant.

— Monsieur ?

Marcus brandit l'arme et s'exclama :

— Un stylet !

Puis son incrédulité s'évapora tandis que la réalité s'imposait à lui. Il eut l'impression que sa cage thoracique se refermait d'un coup sur son cœur.

— M. Albin a été poignardé !

*Charlotte. Poignardée.*

# 44

Marcus se mit à courir en suivant les traces laissées par Charlotte dans la neige : des empreintes de bottes éclaboussées de sang.

Il plongea sous les ifs, émergea de l'autre côté du bosquet. Le parc s'étendait devant lui. À travers les flocons qui continuaient à tomber, il entrevit l'allée cavalière, des arbres, et la grande grille derrière laquelle se profilaient les hautes résidences londoniennes.

Mais pas de Charlotte.

Où était-elle ?

Il courait, ses semelles crissant sur la neige, de petits nuages blancs s'échappant de sa bouche. Derrière lui, les valets peinaient à le suivre. *Charlotte. Poignardée.*

La piste était facile à suivre avec tout ce sang. Elle s'arrêtait au niveau de l'allée. Charlotte était montée à bord d'un véhicule, vraisemblablement un fiacre.

« Pourquoi te soucies-tu d'elle ? » se demanda-t-il, à bout de souffle, en essuyant son visage plein de neige.

Mais il avait peur, bon sang. Il était même au bord de la panique.

Un fiacre approchait péniblement. Les sabots des chevaux patinaient dans la neige. Marcus s'élança dans cette direction, puis se souvint du stylet qu'il tenait toujours dans la main et le glissa vivement dans la grande poche de son manteau.

— Cocher !

— Désolé, m'lord. J'ai un passager, rétorqua le cocher en désignant l'habitacle d'un coup de pouce.

Marcus plongea la main dans sa poche et en retira plusieurs guinées en or.

— Elles sont pour vous si vous m'emmenez à Chandlers Street aussi vite que possible.

Le cocher stoppa ses bêtes.

Marcus ouvrit la portière. À l'intérieur se trouvait un bonhomme moustachu qui sursauta face à cette intrusion.

— Je vous demande pardon, mais c'est une question de vie ou de mort ! lui dit Marcus.

Le type se hérissa.

— J'étais le premier...

Marcus lui fourra quelques guinées dans les mains.

— Tenez.

— Milord ! cria une voix au-dehors.

Marcus jeta un regard en arrière. Les deux valets arrivaient, le visage rougeaud. Le troisième pataugeait dans la neige un peu plus loin.

— Howard, venez avec moi. Arthur, emmenez la voiture à Chandlers Street. Dépêchez-vous ! leur cria Marcus.

Sur Chandlers Street, un fiacre stationnait devant l'immeuble de Mme Stitchbury. Debout sur le perron, cette dernière était en train de se disputer avec un cocher. Elle gesticulait et parlait avec animation, faisant voleter les volants de sa robe et de sa coiffe.

La portière du fiacre était ouverte. Le cocher se tenait devant, la mine butée.

— Payez le cocher ! dit Marcus en lançant quelques pièces à son valet, avant de sauter sur le trottoir.

Mme Stitchbury l'interpella :

— Milord ! M'sieur Albin est mort !

Le cœur de Marcus cessa de battre.

Il poussa brutalement le cocher et jeta un coup d'œil à l'intérieur du fiacre. Albin était effondré dans un coin, les yeux clos, le teint blême. Il y avait du sang sur la banquette, sur le plancher...

Marcus plongea dans l'habitacle. *Seigneur, faites qu'elle ne soit pas morte. Faites qu'elle ne soit pas morte !*

Respirait-elle ? Son cœur battait-il encore ?

— Regardez-moi ce travail ! grommela le cocher, dépité.

Si Charlotte respirait, Marcus n'entendait rien. Si sa poitrine se soulevait, il ne le voyait pas. Il arracha son gant droit et, de ses doigts tremblants, tâta sa carotide.

Il perçut une faible pulsation.

— Elle... Il est en vie !

Il se tourna vers son valet.

— Howard, allez chercher le docteur Baillie et ramenez-le chez moi. Vite ! Vous savez où se trouve son cabinet, n'est-ce pas ?

— Oui, milord.

Le valet prit ses jambes à son cou.

— Et vous, ramenez-nous à Grosvenor Square, dit Marcus au cocher.

— Hé, pas question que j'emmène ce type où que ce soit !

— Bon sang, ne discutez pas ! Il va mourir !

— Mais on va me mettre une amende s'il crève dans ma voiture !

Marcus plongea la main dans sa poche et en ressortit sa dernière guinée.

— Pour l'amour de Dieu, faites ce que je vous dis !

— Alors ? demanda anxieusement Marcus quand le docteur Baillie eut examiné la profonde blessure d'Albin. Il va s'en sortir, n'est-ce pas ?

— Combien de sang a-t-il perdu ?

— Euh... trois ou quatre pintes, peut-être plus.

— Hum. Je ne vais pas le saigner. Quelques points de suture... Si vous voulez bien le tenir, lord Cosgrove, au cas où il se débattrait.

Marcus se pencha sur le lit et saisit Albin au niveau des biceps pour le plaquer au matelas. Le jeune homme ne réagit pas lorsque l'aiguille lui transperça la peau. Il était livide et respirait si faiblement que sa poitrine bougeait à peine.

Marcus fixait son visage. C'étaient les traits d'Albin, le corps d'Albin... mais c'était Charlotte à l'intérieur.

*Je vous interdis de mourir.*

— Vous pouvez le lâcher, milord.

Marcus obtempéra mais demeura près du lit, sans quitter Albin des yeux. Le médecin banda l'épaule du blessé à gestes sûrs et précis.

— Je ne peux pas faire grand-chose de plus, milord. Maintenant, il faut attendre.

— Il vivra, n'est-ce pas ?

Le docteur Baillie eut une moue dubitative.

— Je ne peux pas l'affirmer, milord. Si la blessure s'infecte, il peut succomber à la fièvre ou au tétanos... Mais M. Albin est jeune et en bonne santé, ce qui joue en sa faveur.

Une fois le médecin parti, Marcus resta au chevet d'Albin en essayant de faire le tri dans ses émotions.

Pourquoi était-il si désespéré ? Parce que Charlotte avait été blessée en s'interposant pour le défendre, bien sûr, et parce que ce coup porté pour tuer lui était destiné.

Et dire qu'il avait tourné les talons sans un regard...

— Milord ?

Il releva la tête. Leggatt et un des valets se tenaient sur le seuil de la chambre.

— Vos habits sont tout tachés de sang, milord.

— Je ne veux pas laisser M. Albin tout seul.

— Howard peut rester avec lui.

— Il faut le garder bien au chaud...

— Ne vous inquiétez pas, milord, je vais attiser le feu, assura Howard.

Marcus se pencha pour remonter les couvertures sur Albin.

*Je vous interdis de mourir, bon sang !*

Marcus nettoya le sang coagulé sur sa peau et se changea avant de retourner dans la chambre bleue.

— Du changement ?

Le valet secoua la tête.

— Je sors une demi-heure, je vais à Chandlers Street. Si jamais il se passe quelque chose...

— J'enverrai quelqu'un vous prévenir tout de suite, milord.

Lorsque Marcus arriva, Mme Stitchbury s'était alitée. Elle avait « ses vapeurs », lui apprit-on. Une des petites bonnes conduisit Marcus dans l'appartement d'Albin.

— Comment va le pauvre M. Albin ? demanda-t-elle.

— Il résiste.

— Madame sera contente de l'apprendre. Elle est complètement bouleversée. Nous le sommes tous ! C'est la première fois qu'il arrive quelque chose de ce genre à un locataire. C'est terrible, milord... terrible !

Marcus hocha poliment la tête avant de lui fermer la porte au nez. Puis il balaya la pièce du regard. Pourquoi était-il venu ici ?

Parce qu'il avait besoin de comprendre.

Pourquoi Charlotte s'était-elle rendue à Hyde Park ? Pourquoi s'était-elle interposée entre lui et Monkwood ?

Son souffle formait de la vapeur dans l'air glacé de la pièce. La fenêtre était restée ouverte. Marcus alla la fermer, puis examina l'endroit pour tenter de cerner la personnalité de Charlotte.

L'appartement n'avait pas changé depuis qu'il l'avait visité une semaine plus tôt. Il y avait toujours une table, des chaises, un secrétaire, une étagère, deux fauteuils et un tapis devant la cheminée. Le salon typique d'un célibataire.

Il passa dans la chambre. Des vêtements étaient abandonnés sur le lit : un gilet, une cravate, des bas. Les habits que Charlotte n'avait pas pris la peine d'enfiler avant de se précipiter à Hyde Park.

*Elle voulait se dépêcher. Pour me sauver.*

Le lit, le meuble de toilette, la coiffeuse, l'armoire et la commode n'avaient rien de particulier. Des tas de célibataires dormaient dans une chambre similaire. Tout cela ne lui apprenait rien sur la personne qu'elle était.

Il ôta ses gants et se mit à fouiller méthodiquement la pièce. Sous le lit, il trouva une valise qui contenait des effets féminins. Une robe, un jupon, une camisole, des bas et un corset pliés avec soin, des chaussures. Marcus les connaissait. C'étaient les habits de Mlle Brown.

Dans l'armoire et la commode étaient rangés des habits masculins. Quelques chemises, deux cravates, deux paires de bas. Marcus fronça les sourcils. Même ses valets avaient plus de vêtements. N'avait-elle pas les moyens de s'en acheter plus ?

Sur la coiffeuse, il trouva une brosse, un peigne, mais ni blaireau ni rasoir. Comment diable Albin faisait-il pour se raser ? se demanda-t-il, perplexe.

Un bout de papier plié était coincé dans l'angle du miroir. Marcus le récupéra. Il s'agissait de la gravure représentant Orphée, tirée des pages de l'encyclopédie Swiffen. Il se souvint de sa stupeur quand il avait remarqué l'incroyable ressemblance entre le héros grec et Albin.

Froissant le dessin, il le jeta dans l'âtre froid de la cheminée.

Sur la table de chevet, il trouva une montre de gousset et une paire de lunettes. La montre était celle qu'il avait récupérée au *Matelot Joyeux*. Il inspecta les lunettes. Albin n'en portait pas, Mlle Brown non plus. À qui étaient-elles ?

Il s'agenouilla, ouvrit la porte de la table de chevet. Hormis un pot de chambre, il n'y avait rien là-dedans.

Il retourna dans le salon. Il ne remarqua aucun objet personnel sur la table ou sur le manteau de la cheminée, seulement quelques livres dans l'étagère. Il les passa en revue.

Le premier était un vieil exemplaire de l'*Iliade* en grec, trois volumes usés par le temps et bourrés d'annotations. Le nom « Charles Appleby » était inscrit à l'intérieur de la couverture.

Il y avait aussi l'édition latine de l'*Énéide*, tout aussi délabrée et annotée, sur laquelle figurait le même nom, ainsi qu'un petit livre de poésie en français. Sur la page de garde en papier marbré étaient inscrits un nom et une date : « Albinia West-quelque chose, 1776 ».

Marcus s'efforça de déchiffrer l'écriture délavée. Westcole ? Westcott ? Westcolt ?

Le dernier livre était également en français : les *Contes* de Perrault. Le nom de sa propriétaire était écrit dans une calligraphie ronde et enfantine : « Charlotte Appleby ».

Charlotte Appleby. Fille de Charles et Albinia ?

Marcus referma le livre et le rangea sur l'étagère. Puis il ouvrit le tiroir de gauche du secrétaire.

Il trouva d'autres objets personnels qui lui en dirent un peu plus sur Charlotte. Une chevalière en argent. Un collier torsadé en perles de corail, assez banal, mais qui devait avoir une grande valeur sentimentale, soigneusement rangé dans un carré de mousseline. Deux portraits miniatures en pied d'un homme et d'une femme. Ses parents ?

Marcus étudia les portraits en essayant de trouver des similitudes avec Charlotte. La forme du menton de la femme, peut-être ? Le nez de l'homme ?

Il remit les portraits dans le tiroir.

Dans le tiroir du milieu, il trouva deux billets d'une livre. Marcus écarquilla les yeux. Les économies de Charlotte se résumaient-elles à cela ? Deux livres et les quelques pence qui restaient dans les poches de son manteau ?

Le tiroir de droite contenait du papier, de l'encre, des plumes. Rien de particulier par ailleurs. Pas de lettres, de notes ou de carte de visite. Apparemment, elle n'avait eu de contact avec personne depuis son arrivée à Londres.

Marcus ouvrit l'abattant du secrétaire pour jeter un coup d'œil à l'intérieur. Une dizaine de feuilles de brouillon noircies et pleines de pâtés.

Il prit la première.

*Cher lord Cosgrove,*

*Je vous dois des excuses et une explication.*

Marcus s'assit sur la chaise et commença à lire.

Charlotte racontait son histoire de manière chronologique, en commençant par le jour de son vingt-cinquième anniversaire. Elle finissait par son renvoi. Expliquait ce qu'elle avait fait. Pourquoi elle avait agi ainsi.

Marcus lut le brouillon jusqu'à la fin. C'était déroutant de voir se dérouler ces deux dernières semaines à travers les yeux de quelqu'un d'autre. Cela le déstabilisait un peu, comme s'il portait des lunettes qui n'auraient pas été à sa vue. Il y avait tant de choses qu'il n'avait pas remarquées, dont il n'avait pas eu conscience.

*Suis-je donc aveugle ?*

Il replia les feuillets. Ce brouillon était certainement celui de la lettre que Charlotte lui avait adressée et qu'il avait jetée au feu sans la lire. Ce n'était pas du tout ce à quoi il s'était attendu. Elle ne se confondait pas en excuses, ne quémandait pas son pardon. Elle s'exprimait avec simplicité et une grande franchise, sans chercher à éveiller sa pitié. Néanmoins, les émotions transpiraient de ces pages. Il les sentait jusque dans ses doigts, comme si le papier en était imprégné.

Du chagrin. Du désespoir.

Il se racla la gorge, glissa le brouillon dans la poche de sa veste. Tout à coup, les mensonges de Charlotte, sa trahison, ne lui semblaient plus si impardonnables. Il ne doutait pas de la sincérité de ses mots. On voyait bien qu'elle avait déversé tout son cœur dans cette lettre.

Il consulta sa montre. Il avait quitté la maison depuis presque une heure. Beaucoup trop longtemps.

Il se releva, jeta un dernier coup à la pièce. Il était venu découvrir qui était vraiment Charlotte. Et qu'avait-il appris ?

Qu'elle vivait pratiquement dans le dénuement.

Qu'elle était seule.

Que ses motivations étaient tout autres que ce qu'il avait cru.

*Qu'elle l'aimait*.

Il referma la porte et regagna Grosvenor Square par les rues silencieuses tapissées de neige. De retour chez lui, il monta directement dans la chambre bleue et, pendant un long moment, regarda Albin dormir.

Il aurait voulu ressentir la colère bouillonnante qui l'avait submergé la veille.

Mais il n'y arrivait pas.

# 45

Marcus passa la nuit dans le fauteuil, à veiller Charlotte. Par deux fois, il crut qu'elle avait cessé de respirer. Par deux fois, il se leva d'un bond pour se pencher sur elle et, par deux fois, il perçut son pouls et sa respiration légère, avant de se rasseoir, le cœur battant la chamade.

Il relut le brouillon de la lettre, sauta le début pour se concentrer sur les raisons qu'elle avançait pour expliquer pourquoi elle était devenue Mlle Brown.

*Vous trouviez Albin prude et empoté, mais si je rougissais, si je bafouillais quand vous vous approchiez de moi, c'était simplement à cause d'une réaction physique que j'étais incapable de contrôler. Cela empirait chaque jour, et je savais que, tôt ou tard, vous vous en apercevriez.*

Marcus releva la tête pour considérer la forme inerte sur le lit. Charlotte avait surestimé son sens de l'observation.

Il reprit sa lecture :

*Vous m'auriez renvoyée, et je ne supportais pas cette idée. Travailler pour vous était encore mieux que ce que j'avais espéré. Je ne peux imaginer trouver un employeur que j'admirerais et respecterais plus que vous.*

Marcus fit la grimace en se frottant le front. Elle le plaçait sur un piédestal qu'il ne se sentait pas du tout en droit d'occuper. Dieu sait qu'il avait d'énormes défauts.

*Quand je vous ai vu combattre chez Gentleman Jackson, j'ai eu une telle réaction physique que j'ai failli perdre tout contrôle. Je voulais que cela s'arrête et je vous ai demandé conseil. Je sais bien que ce n'est pas celui que vous auriez donné à une femme, néanmoins cela a fonctionné.*

Il se remémora le soir où il avait fait la connaissance de Mlle Brown. Lorsqu'il lui avait demandé si elle était certaine de vouloir se donner à un étranger, elle avait acquiescé, la mine déterminée : « Je ne peux pas vous dire pourquoi, mais c'est important. *Très* important. »

Il s'était interrogé sur cette raison impérieuse.

*C'était moi, la raison.*

De nouveau, il grimaça.

Il changea de page, survola le passage qui racontait sa visite au *Cochon qui siffle* et la bagarre évitée de justesse, puis se concentra sur le récit de leur deuxième soirée.

*J'aurais dû refuser de vous revoir. En acceptant, j'ai commis une erreur. Mais vous avez tellement insisté, et vous vous sentiez si coupable… Je n'ai pas eu le cœur de vous repousser. Et ensuite, vous avez été si doux et si gentil… Comment aurais-je pu ne pas vous aimer ?*

Marcus leva les yeux sur Albin, toujours immobile sur le lit.

Sa respiration n'était-elle pas devenue irrégulière ?

Il se leva vivement pour vérifier. Le souffle d'Albin lui caressa faiblement la joue, presque imperceptible, mais bien présent et régulier. Inspiration. Expiration.

Rassuré, Marcus se rassit et se servit une tasse de thé qu'il but à petites gorgées en attendant que les battements de son cœur s'apaisent dans sa poitrine.

Finalement, il reprit sa lecture des événements passés qu'il voyait désormais à travers les yeux de Charlotte : l'attaque des Smith au *Matelot Joyeux*, leur visite à Whitechapel, leur intimité croissante…

Il s'arrêta sur le passage dans lequel Charlotte expliquait pourquoi elle avait refusé de devenir sa maîtresse, relut trois fois le paragraphe.

*Je voulais passer le reste de ma vie près de vous. Ce qui était envisageable si je restais votre secrétaire, mais impossible si je devenais votre maîtresse, car vous vous seriez remarié un jour et je ne veux pas avoir une relation adultère.*

Ces mots lui firent honte. Ils répondaient à la question qu'il s'était posée deux jours plus tôt. S'il avait demandé Charlotte en mariage au lieu de lui proposer de l'entretenir, elle aurait accepté.

Il revint à la première page, relut le passage où elle parlait de sa rencontre avec la fée.

*Je lui ai demandé quels étaient les dangers éventuels, et elle m'a répondu qu'il n'y en avait qu'un : je ferais une fausse couche si je me métamorphosais en étant enceinte. Elle m'a dit également que si je mourais, je retrouverais ma forme initiale. À mes yeux, c'est juste un désagrément. Pas vraiment pour moi, puisque je serai morte, mais pour la personne qui me trouvera.*

Il laissa échapper un petit rire. Un désagrément. Certes. De nouveau, son regard se porta vers le lit. Que ferait-il si Charlotte mourait ? Si Albin redevenait Charlotte ? Comment expliquer la présence d'une femme morte chez lui ?

Il relut une dernière fois la lettre, du début à la fin, partagé entre la colère que provoquaient toujours chez lui ses mensonges successifs et l'admiration que lui inspirait son courage.

*Je vous demande pardon pour le mal que je vous ai fait*, concluait-elle. *Pour m'être fait passer pour quelqu'un d'autre, pour vous avoir menti, pour avoir trahi votre confiance. Ne craignez pas que j'essaie d'entrer en contact avec vous sous l'apparence d'une autre personne. Cela n'arrivera pas, je vous en donne ma parole – si vous pouvez y accorder un peu de crédit.*

Oh oui, il la croyait !

Il replia la lettre et la glissa dans sa poche. Il ne cautionnait pas toutes les décisions qu'elle avait prises, néanmoins il pouvait les comprendre. Et il lui pardonnait, même si ce n'était pas vraiment un choix de sa part. Comme avec Barnaby, c'était son cœur qui parlait.

Il alla nourrir le feu, puis reporta son attention sur les sept carnets que Charlotte avait volés chez Monkwood. Les lire éveillait diverses émotions chez lui. Le dégoût. La fureur. Un affreux sentiment de culpabilité.

Il n'avait pas été à la hauteur avec Lavinia. Pas un instant il ne s'était douté que l'affection fraternelle de Monkwood était en réalité un sentiment dévoyé. Il n'avait pas réussi à la sauver.

Il avait eu cette laideur odieuse sous les yeux, et il n'avait rien vu.

Un paragraphe lui sauta aux yeux :

*Aujourd'hui, j'ai reçu une lettre de ma Belle Hélène. Elle me réclame d'autres éponges. Elle veut profiter d'une autre saison londonienne avant d'être engrossée par Cosgrove. J'en achèterai demain et je les apporterai à Hazelbrook la semaine prochaine.*

Marcus eut un sursaut indigné. Si ces deux-là n'avaient pas comploté dans son dos, il aurait peut-être eu un héritier ! Pourtant, une partie de sa colère était dirigée contre lui-même : il avait été aveugle et stupide, trop amoureux pour se rendre compte que sa femme prenait ses précautions pour ne pas tomber enceinte.

Pourquoi n'avait-il rien vu ?

Et la camériste de Lavinia ? Les domestiques étaient toujours au courant de tout. Avait-elle pu ignorer la relation incestueuse entre sa maîtresse et Monkwood ?

Il posa le carnet sur ses genoux. Bien sûr que la camériste devait savoir. Et être complice.

*J'aurais dû parler avec les domestiques de Monkwood avant de demander la main de Lavinia.*

Son regard dévia sur Albin.

Que lui auraient dit les domestiques de Westcote Hall à propos de Charlotte ?

Était-elle la personne qu'il croyait connaître – Albin, Mlle Brown, la Charlotte de la lettre –, ou avait-elle encore un autre visage qu'il ignorait ?

Peu avant l'aube, une bonne vint frapper à la porte de la chambre. Elle sentait la cire d'abeille et la poussière de charbon.

— Milord, M. Plaistow vient d'arriver de Hazelbrook. Il demande à être reçu.

— Plaistow ? Vous êtes sûre ?

Que venait faire son régisseur à Londres ?

— Oui, milord. Il a dit que cela avait un rapport avec M. Monkwood.

Marcus se leva aussitôt.

— Veuillez rester auprès de M. Albin, Lucy.

Il gagna le rez-de-chaussée et rejoignit M. Plaistow dans le bureau. Le régisseur, qui portait un manteau poussiéreux et des bottes cavalières, était en train de se réchauffer devant le feu qui venait d'être allumé.

— Que faites-vous là, Plaistow ?

— Ah, milord ! Il s'est produit quelque chose de terrible à Hazelbrook. Terrible !

— Monkwood ?

— Oui, milord. Il... Il s'est suicidé !

— Ah.

On ne pouvait pas se réjouir de la mort d'un homme, mais Marcus n'était certainement pas désolé par cette nouvelle.

Il s'approcha de la desserte, se servit un verre de cognac et en offrit un à son régisseur.

— Racontez-moi.

Plaistow but une longue gorgée avant de répondre :

— M. Monkwood est arrivé hier, à la nuit tombée. Il a demandé qu'on le laisse monter sur le belvédère. M. Gough n'a vu aucune raison de le lui refuser. Après tout, c'était le frère de la comtesse...

— Et il a sauté ?

— Oui, milord. Exactement au même endroit. Il est mort sur le coup.

— Avez-vous prévenu le juge de paix ?

— Sur-le-champ, milord. Puis je suis venu tout droit vous avertir. J'ai fait au plus vite, mais avec ces routes enneigées...

— Vous avez très bien fait, Plaistow.

— M. Gough est tout chamboulé, le pauvre...

— Il n'a rien à se reprocher, coupa Marcus d'un ton ferme.

La seule personne à blâmer était Monkwood. Il avait séduit sa propre sœur et déclenché une avalanche de désastres.

Le docteur Baillie se présenta vers 10 heures. Il examina la blessure d'Albin et fit claquer sa langue d'un air satisfait.

— Bien, bien. L'hémorragie s'est arrêtée, il n'a pas de fièvre et l'infection n'a pas l'air de se développer. Il s'en sort bien.

— Mais il n'a toujours pas repris conscience, docteur.

— Donnez-lui un peu de temps, milord. Et j'ai l'impression que vous avez bien besoin d'un peu de repos vous-même, remarqua le médecin en lui jetant un regard appuyé.

Marcus balaya le conseil d'un geste agacé et demanda :

— Pensez-vous qu'il vivra ?

— Je ne peux me prononcer avec certitude, néanmoins j'ai bon espoir. Très bon espoir.

Tout en refaisant le pansement d'Albin, Baillie insista :

— Il faut vous reposer, milord. Laissez quelqu'un d'autre le veiller.

Marcus se frotta les yeux. La fatigue lui piquait les paupières.

— Ce coup de stylet m'était destiné, dit-il.

— Vous ne l'aiderez pas en vous privant de sommeil.

*Je sais.*

Pourtant, Marcus ne retourna pas dans sa chambre, ne demanda pas à un valet de le remplacer auprès du blessé.

Si Charlotte mourait, si elle retrouvait son apparence normale... il ne fallait pas qu'un domestique en soit témoin.

Mais ce n'était pas l'unique raison pour laquelle il restait à son chevet, incapable d'aller se reposer.

Charlotte l'aimait. Et elle allait peut-être succomber à sa blessure. Il n'était pas question qu'il la quitte.

Le docteur Baillie revint à 18 heures.

— Vous ne m'avez pas écouté, milord.

Marcus répondit d'un grognement. Il se redressa dans le fauteuil et eut l'impression que toutes ses articulations craquaient, comme s'il avait vieilli de trente ans en l'espace d'une journée.

Baillie ausculta Albin, puis donna son verdict :

— Pas de fièvre. Pas d'infection. À mon avis, il est hors de danger.

— Mais pourquoi ne se réveille-t-il pas ?

— Patience.

Baillie remonta les couvertures sur Albin avant de se tourner vers Marcus.

— Faut-il que je demande à vos domestiques de glisser un peu de laudanum dans votre verre à votre insu ? demanda-t-il en croisant les bras sur sa poitrine d'un air sévère.

Marcus réprima un sourire.

— Essayez un peu, pour voir !

— Allez vous coucher, sinon je vais être obligé de prendre ce genre de mesure extrême, répliqua le médecin avec un rire bourru.

— M. Albin va s'en tirer ?

— À mon avis, oui.

Après son départ, Marcus resta immobile un moment. Il était tellement soulagé qu'il en avait presque le vertige. À moins que ce ne soit l'épuisement.

Il sonna Fellowes.

— Faites installer un lit de camp ici.

— Pour un valet, milord ?

— Non, pour moi.

Marcus avait l'intention de vérifier toutes les heures que Charlotte allait bien, mais il s'endormit la tête à peine posée sur l'oreiller et ne se réveilla que quand quelqu'un vint ouvrir les volets.

Une pâle lumière envahit la chambre.

Marcus bâilla, frotta ses joues râpeuses.

— Quelle heure est-il ?

— 9 heures, milord, répondit Leggatt.

— 9 heures !

Marcus repoussa la couverture et se précipita vers le lit à baldaquin.

Albin avait bougé dans la nuit. Il ne gisait plus les bras le long du corps, tel un cadavre. Sa tête était tournée de côté. Il avait une jambe repliée, et sa main gauche glissée sous la joue. Sa respiration était régulière et tranquille.

Leggatt s'approcha à son tour et commenta :

— On dirait qu'il ne va pas tarder à se réveiller, milord.

— Oui, je l'espère.

Et une fois que Charlotte aurait repris conscience… que se passerait-il ?

Marcus relut la lettre de Charlotte en prenant son petit déjeuner. Mais, lorsqu'il eut fini, il ne savait pas plus ce qu'il devait faire.

Charlotte l'avait trompé, mais sa trahison était sans commune mesure avec celle de Lavinia. Elle n'avait pas été motivée par la vanité, la cupidité ou la volonté de le blesser. Bien au contraire, elle avait tout fait pour le protéger. Elle avait risqué sa vie pour lui, et à plusieurs reprises.

Elle disait l'aimer.

Mais c'était aussi ce qu'avait dit Lavinia.

Il se frotta le front. Que faire ? Les différents visages de Charlotte semblaient donner un reflet cohérent de sa personnalité, mais comment être sûr – vraiment sûr – qu'il ne s'agissait pas d'une façade trompeuse ?

Un valet pénétra dans la salle à manger avec une théière en argent.

— Voulez-vous du thé, milord ?

— Oui, merci.

En le regardant remplir sa tasse, Marcus pensa : « Les domestiques sont toujours au courant de tout… »

Il emporta sa tasse dans la bibliothèque et chercha le nom de Westcote dans le fameux *Debrett*, qui répertoriait les patronymes de la noblesse. Il trouva une famille originaire du village de Halstead, dans l'Essex.

Il localisa Halstead sur la carte, puis sonna Fellowes.

— Milord ?

— Je pars dans l'Essex. À Halstead. Faites en sorte que ma voiture soit prête d'ici une heure. Ou plutôt non… commandez une voiture de louage.

Mieux valait ne pas débarquer à Halstead à bord de la berline qui arborait ses armoiries.

— Quelqu'un doit rester au chevet de M. Albin en permanence, ajouta-t-il. Si jamais son état empire, faites venir immédiatement le docteur Baillie et envoyez quelqu'un m'en informer sur-le-champ. Je résiderai à l'auberge de Halstead sous le nom de Langford.

— Bien, milord.

Si le majordome était surpris de le voir entreprendre ce voyage imprévu, il n'en montra rien.

— Je pense être absent trois jours. Quand M. Albin sera réveillé, ne le laissez quitter la maison sous aucun prétexte. Dites-lui d'attendre mon retour.

Un peu plus tard, alors que son valet était en train de ranger des chemises et des cravates bien amidonnées dans une valise, Marcus lui répéta ces instructions en ajoutant une consigne supplémentaire :

— Prenez soin de M. Albin comme vous prendriez soin de moi.

— Bien sûr, milord, acquiesça Leggatt. Ne vous inquiétez pas, je serai aux petits soins.

# 46

*2 novembre 1805*
*Grosvenor Square, Londres*

Marcus avait quitté Londres immaculée sous son manteau de neige. À son retour, il trouva la ville crasseuse et détrempée. Des congères grisâtres jonchaient Grosvenor Square. La neige fondue débordait des caniveaux et l'eau dégoulinait des corniches.

Il gravit quatre à quatre les marches du perron.

— Comment va M. Albin ? demanda-t-il en se débarrassant de ses gants.

— Il est faible comme un chaton nouveau-né, milord, mais M. Leggatt a réussi à le faire s'asseoir ce matin, lui répondit Fellowes.

— Tant mieux, fit Marcus avec un soupir de soulagement.

— Frederick et Oliver sont rentrés du Derbyshire il y a deux heures. J'ai pris la liberté de leur donner leur journée, car je ne vous attendais pas si tôt, mais si vous souhaitez leur parler...

— Inutile. Demain sera bien assez tôt.

Marcus avait du pain sur la planche : il lui fallait sauver sa réputation politique, annoncer le suicide de Monkwood, s'occuper du cas de Phillip...

Mais tout cela attendrait.

— Je monte voir M. Albin.

— Je crois qu'il dort, milord.

*Damnation.*

— Désirez-vous déjeuner, milord ?

Ce qu'il voulait surtout, c'était parler à Charlotte. L'impatience qui l'avait tenaillé toute la nuit ne s'était pas apaisée maintenant qu'il était rentré chez lui. Bien au contraire.

— Milord ? Désirez-vous déjeuner ?

*Et merde.*

— Oui.

Leggatt la maternait. Il l'avait lavée, peignée et rasée, lui avait brossé les dents, coupé les ongles, bref l'avait pomponnée comme il aurait pomponné son maître.

— Et voilà, déclara le valet après un dernier coup de peigne.

— Merci, Leggatt.

— De rien, monsieur. Nous sommes tous ravis de voir que vous allez mieux.

Leggatt l'aida à s'habiller en lui passant une chemise de nuit propre, une robe de chambre en brocart et des pantoufles. Avec d'infinies précautions, il glissa son bras droit dans une attelle, avant de l'installer dans le fauteuil, devant la cheminée. Il drapa encore un grand châle en cachemire sur ses jambes, puis plaça un autre fauteuil à côté du sien.

— Je vais chercher lord Cosgrove.

Charlotte sentit l'appréhension lui nouer l'estomac. « Non, n'en faites rien ! » avait-elle envie de protester. Mais il lui faudrait bien affronter le comte avant de partir, au moins pour le remercier de ce qu'il avait fait pour elle.

Elle baissa les yeux sur le châle à franges brun brodé de fils d'or.

Les domestiques qui avaient pris soin d'elle ces trois derniers jours n'avaient pas fait allusion à sa brouille avec le comte, mais ils devaient se poser des questions. Cosgrove avait chassé Albin et lui avait interdit de revenir. Puis il l'avait ramené chez lui et avait ordonné qu'on lui témoigne les plus grands égards.

Pourquoi ?

Pourquoi était-il resté à son chevet deux jours et deux nuits ?

L'esprit était prompt à tirer des conclusions stupides. Mais, si le comte l'avait recueillie et veillée, c'était uniquement par sens du devoir.

Charlotte ferma les yeux pour chasser de sa mémoire l'image du visage de Cosgrove dans Hyde Park, ses traits durcis, son regard haineux, sa voix vibrant d'une colère froide et implacable.

Un bruit de pas s'éleva dans le couloir.

Lorsqu'elle rouvrit les yeux, le comte entra dans la chambre. À sa vue, son estomac se noua de plus belle.

Il la dévisagea sans émotion apparente, impassible, distant.

Charlotte voulut déglutir, mais sa gorge était trop serrée.

— Bonjour, monsieur.

— Bonjour, répondit-il en fermant la porte. Je vois que vous allez mieux. Comment vous sentez-vous ?

— Bien, prétendit-elle, faisant fi de l'épuisement et de la douleur dans son épaule.

— Je vois aussi que vous portez une attelle.

— Le docteur Baillie a dit que je pourrais retourner à Chandlers Street d'ici un jour ou deux.

Les mots avaient du mal à sortir. Le revoir ici, dans cette chambre, lui dire des banalités... Elle était presque aussi embarrassée que le jour où elle l'avait rencontré pour la première fois sous l'apparence de Mlle Brown.

*Nous jouons tous deux la comédie.*

Mais ses mensonges et la colère de Cosgrove étaient bien là, juste sous la surface des choses et derrière les paroles polies.

— Vous resterez ici jusqu'à ce que vous soyez totalement remise. Je ne sais pas si vous en avez conscience, mais vous avez frôlé la mort.

Cosgrove s'était assis dans le fauteuil placé à côté du sien. Il croisa les jambes dans une attitude nonchalante, mais il n'avait pas l'air franchement détendu. Ses mouvements étaient raides, son visage crispé.

Un silence gênant s'installa. Charlotte baissa les yeux, compta les secondes qui s'égrenaient. Quatre. Cinq. Six...

— Je dois vous remercier pour ce que vous avez fait lundi, reprit Cosgrove. J'avais prévu une attaque, mais... pas ce qui s'est passé. Je ne pensais pas Monkwood capable de violence physique. Votre intervention m'a sans doute sauvé la vie.

— Vous auriez sûrement paré le coup...

— Peut-être. Mais peut-être pas. Et je vous dois des excuses pour mon comportement dans Hyde Park. Je me suis montré extrêmement grossier.

Il tirailla sur sa cravate, comme si le nœud était trop serré.

Charlotte secoua la tête.

— Vous m'avez traitée comme je le méritais. Je me suis conduite de manière déplorable.

— Vous étiez blessée...

— Mais vous ne le saviez pas, monsieur. Moi-même, je ne m'en étais pas rendu compte.

Cosgrove s'était rembruni, mais ce n'était pas de la colère qu'elle lisait sur ses traits anguleux. N'était-ce pas plutôt de la honte ? Il culpabilisait parce qu'elle avait été poignardée.

Machinalement, elle jouait avec les franges du châle.

— Charlotte ?

Elle releva la tête.

— Voulez-vous bien reprendre votre apparence normale ?

Elle tressaillit.

— Oh... euh... je préfère rester comme ça, si... si ça ne vous fait rien, monsieur.

Le visage d'Albin était un masque, une barrière érigée entre elle et le comte. Si elle lui dévoilait son vrai visage, il pourrait lire en elle comme dans un livre.

Cosgrove pinça la bouche, sans qu'elle sache vraiment comment interpréter cela. Il croisa de nouveau les jambes, tira sur sa cravate.

— Leggatt vous a-t-il dit où je me suis rendu ces jours derniers ?

— Non, monsieur.

— Dans l'Essex. À Westcote Hall.

Charlotte se figea d'horreur. Elle dut se forcer à respirer avant de pouvoir articuler :

— Vous… Vous avez demandé à mon oncle de me reprendre chez lui ?

— Je ne l'ai pas rencontré. J'ai simplement parlé aux domestiques.

— Aux domestiques ? Mais pourquoi ?

— Pour les questionner à votre sujet.

— Mais… *pourquoi ?*

— Pour être certain que vous êtes bien celle que vous paraissez être.

— Oh…

Charlotte lissait les franges du châle du plat de la main. Avait-elle envie de savoir ce que les domestiques de son oncle pensaient d'elle ?

Qu'éprouvaient-ils à son endroit ? De la pitié ? Et peut-être aussi…

— J'ai discuté avec la gouvernante, le majordome et deux servantes. Ils ont tous été soulagés d'apprendre que vous étiez en sécurité à Londres. La gouvernante a même pleuré.

Charlotte écarquilla les yeux.

— Mme Heslop ? Vraiment ?

— Elle s'inquiétait beaucoup pour vous. Elle voulait même vous envoyer un peu d'argent.

— De l'argent de ses économies ? Oh, mais je n'aurais jamais accepté !

— Je l'ai convaincue que vous n'aviez besoin de rien.

— Vous avez bien fait. Je… Je vais tout de suite lui écrire une lettre de remerciements.

Le comte remua sur son siège, comme s'il avait la bougeotte. Il décroisa les jambes, les recroisa.

— Charlotte, ne voulez-vous pas reprendre votre apparence, s'il vous plaît ? Je... J'aimerais vous dire quelque chose.

Charlotte frémit intérieurement. Si elle lui montrait son vrai visage, elle aurait l'impression d'être nue devant lui.

— Un domestique pourrait me voir, argua-t-elle.

— J'ai donné l'ordre qu'on ne nous dérange pas.

Charlotte baissa la tête et se remit à triturer les franges du châle.

Cosgrove se leva. Il s'approcha d'elle, posa une main sur le bras du fauteuil et se pencha. Il n'y avait rien de menaçant dans son attitude, bien au contraire.

— Charlotte... je vous en supplie.

Elle ferma les yeux. Comment refuser quand il lui parlait comme ça, d'une voix implorante ?

Elle prit une inspiration et souhaita retrouver sa forme initiale. Des picotements la parcoururent. Lorsqu'elle rouvrit les yeux, elle voyait flou. Elle ne corrigea pas sa vision. Elle n'avait pas envie de voir le comte avec netteté.

— Merci, Charlotte.

D'une main légère, comme si elle était un objet fragile, il écarta une mèche de cheveux sur son front. Puis il lui saisit doucement le menton pour lui relever la tête.

Avec une grande douceur, il posa sa bouche sur la sienne.

Charlotte eut l'impression que le monde basculait.

— Mais... vous me détestez !

— Non, Charlotte.

Il l'embrassa de nouveau, puis se redressa en glissant la main dans sa poche.

— Tenez, j'avais oublié que vous aviez besoin de ceci...

Il lui tendit ses lunettes.

Charlotte s'en saisit maladroitement de la main gauche. Des pensées confuses valsaient dans sa tête. Cosgrove ne la détestait pas ? Il l'avait embrassée ?

Elle mit les lunettes. Le visage du comte devint net dans tous ses détails : les yeux gris anthracite, le nez fort, les sourcils noirs.

Il s'agenouilla devant elle.

— Charlotte, vous avez été très franche dans votre lettre. Et je vais essayer de me montrer tout aussi honnête avec vous.

Il lui prit la main.

— J'aimais beaucoup Christopher Albin. Et... Mlle Brown aussi. Si je vous ai demandé de devenir ma maîtresse, c'était parce que je ne voulais pas vous perdre.

Ses pommettes s'étaient empourprées, comme si cet aveu l'embarrassait.

— Je pense bien vous connaître en tant que personne et... j'aime cette personne. Alors...

Il déglutit, prit une profonde inspiration et acheva :

— Voulez-vous bien m'épouser ?

Charlotte le dévisagea fixement.

Cosgrove ne lui donnait pas le choix entre devenir sa maîtresse ou rester son secrétaire. Il lui demandait sa main.

*Impossible*.

— Vous voulez... que je devienne... votre *femme* ? articula-t-elle.

— Oui. Nous serions heureux, ne pensez-vous pas ?

— Mais, monsieur...

— Marcus.

— Je... Je ne suis pas du même monde que vous ! Vous êtes comte et... je ne suis personne.

— La petite-fille d'un baronet et d'un général ne peut pas dire cela. Vous êtes parfaitement respectable.

Charlotte se mordit la lèvre. Peut-être avait-elle mal compris sa proposition ?

— Vous m'offrez... un mariage de convenance ?

Cosgrove eut un brusque sourire.

— Non, petite bécasse ! Un mariage d'amour.

— Mais... vous ne m'aimez pas.

Le sourire du comte s'effaça. Sa main se resserra sur la sienne dans une prise presque douloureuse.

— Bien sûr que je vous aime. Ç'est ce que j'essaie de vous dire.

De nouveau, elle eut l'impression que le monde basculait. *Il m'aime ?*

— Mais je vous ai menti, monsieur...

— Je m'appelle Marcus.

Elle rougit.

— Je vous ai menti... Marcus.

— C'est vrai. Mais je me suis rendu compte que j'avais toujours confiance en vous. Ai-je tort ?

Ses yeux anthracite la fixaient, semblaient lire jusqu'au fond de son âme. Les larmes brouillèrent la vue de Charlotte.

— Non, souffla-t-elle.

— Alors... acceptez-vous de m'épouser ?

À l'intensité douloureuse de son regard, à la tension qui raidissait son corps, à la façon dont il retenait son souffle, elle voyait bien à quel point sa réponse comptait à ses yeux.

*Il veut vraiment m'épouser.*

Sa gorge serrée l'empêchait de parler. Elle ne put que hocher la tête.

Cosgrove relâcha son souffle.

— Merci.

Le monde ne s'était pas tout à fait remis sur son axe habituel. Il semblait encore penché. Charlotte baissa les yeux sur leurs deux mains unies. Épouser Cosgrove. C'était un rêve, un fantasme irréalisable, aussi incroyable que la présence d'une fée dans sa chambre.

Et pourtant c'était vrai.

Sur les phalanges du comte, elle aperçut des ecchymoses et écorchures récentes.

— Votre main... Que s'est-il passé ?

— Le sac de sable.

La mine solennelle, il se pencha vers elle.

— Charlotte, je vous demande de ne plus user de votre magie tant que nous n'aurons pas d'héritier. Je suis désolé, mais je dois penser au comté…

— Je ne me servirai plus jamais de mon don ! Je vous le promets. Enfin… sauf pour vous protéger, le cas échéant, rectifia-t-elle en songeant à Monkwood. Votre beau-frère est un homme dangereux. Même s'il part pour l'Australie, il pourra toujours payer quelqu'un pour…

— Monkwood est mort. Il s'est jeté du toit de Hazelbrook. Personne ne vous l'a dit ?

Charlotte écarquilla les yeux.

— Il s'est suicidé ? Non, on ne m'a rien dit. Mais… il est quand même possible qu'avant de mourir il ait engagé un tueur pour se venger et…

— Non. Il est mort lundi soir. Il a forcément quitté Londres immédiatement après notre altercation. Il n'a pas eu le temps d'engager qui que ce soit.

Charlotte poussa un soupir de soulagement.

— Oh… eh bien, je suis contente qu'il soit mort !

— Moi aussi. Il a failli vous tuer.

La main du comte se resserra sur la sienne. Sous son regard farouche, Charlotte eut du mal à rassembler ses idées et à trouver ses mots :

— Je vous donne ma parole que je ne me servirai plus de ma magie.

— Ne dites pas cela. Je dois avouer que je vous envie parfois. J'aimerais beaucoup pouvoir voler, admit-il avec un sourire.

— En tout cas, je vous promets de ne pas m'en servir sans vous prévenir. Et pas tant que nous n'aurons pas d'enfants. Beaucoup d'enfants !

— Merci, ma chérie. Vous êtes ravissante avec vos lunettes.

Charlotte s'empourpra sous son regard malicieux. Elle secoua la tête. Cosgrove déposa un baiser sur le dos de sa main, puis lui caressa la joue avec tendresse.

— Vous allez rester ici pour reprendre des forces, puis Christopher Albin cessera d'exister. D'accord ?

— D'accord.

— Ensuite, je me rendrai à Ramsgate ou à Brighton, enfin, où vous voudrez. Et là-bas, je ferai la connaissance d'une jeune femme nommée Charlotte Appleby qui deviendra mon épouse. Qu'en pensez-vous ?

*J'en pense que je dois rêver.*

Charlotte était venue à Londres chercher son indépendance, se forger une carrière dans la peau d'un homme. Mais ce que lui offrait Cosgrove dépassait tout ce qu'elle avait espéré. C'était... magique !

L'avenir lui paraissait si radieux qu'elle en était presque éblouie. Elle allait partager la vie de Cosgrove. L'aider à mener ses combats politiques. Construire une famille avec lui. Rire avec lui. L'aimer.

— Je pense que c'est parfait, monsieur.

— Je m'appelle Marcus. Dites-le.

Souriant, il lui pinçait doucement le menton.

— Marcus.

Cette fois, elle prononça son prénom d'une voix ferme, le plus naturellement du monde.

— Oui, c'est parfait, Marcus. Nous aurons des dizaines d'enfants et nous vivrons heureux.

— *Très* heureux, acquiesça-t-il en souriant.

# Épilogue

Le 6 novembre 1805, Londres apprit la victoire décisive de l'Angleterre à la bataille de Trafalgar. Alors que soufflait sur la ville un vent d'excitation – en dépit de la mort de l'amiral Nelson –, Christopher Albin donna sa démission et quitta sans bruit Grosvenor Square.

De son côté, le comte de Cosgrove partit en villégiature passer l'hiver dans la petite ville balnéaire de Ramsgate. Sa folle histoire d'amour et son mariage précipité avec une jeune inconnue firent totalement oublier aux domestiques le départ inattendu de son secrétaire.

Les prédictions de la nouvelle comtesse se révélèrent exactes : ils vécurent heureux dans une maison emplie de rires d'enfants.

Quant au comte, il devait lui aussi posséder un don de voyance car, comme il l'avait pressenti, la traite négrière fut abolie dans l'Empire britannique le 25 mars 1807.

# Note de l'auteure

Thomas Clarkson a écrit *Essai sur l'esclavage et le commerce d'êtres humains, en particulier les Africains* en 1785, alors qu'il était étudiant à l'université de Cambridge.

Rédigé en latin, l'essai a ensuite été traduit en anglais. Thomas Clarkson est devenu l'un des principaux opposants à la traite des esclaves.

D'autres abolitionnistes célèbres sont cités dans ce roman : William Wilberforce, William Grenville (premier baron du nom) et l'honorable Charles Fox.

Bien sûr, d'autres hommes et femmes ont milité pour l'abolition de l'esclavage et, Dieu merci, ils ont gagné leur combat.

# Remerciements

Merci d'avoir lu ce livre. J'espère qu'il vous a plu !

Si vous souhaitez être prévenu à chaque publication, n'hésitez pas à rejoindre mon groupe de lecteurs en vous inscrivant à l'adresse suivante : www.emilylarkin.com/newsletter.

Toute critique sincère est la bienvenue. Les avis et le bouche-à-oreille sont une aide précieuse pour les auteurs, aussi prenez un peu de votre temps pour donner votre opinion via Internet.

Ce roman est le premier d'une série sur les fées maléfiques. Viennent ensuite *Resisting Miss Merryweather, Trusting Miss Trentham, Claiming Mister Kemp, Ruining Miss Wrotham* et *Discovering Miss Dalrymple*. D'autres suivront. J'espère qu'ils vous plairont tous !

Ceux parmi vous qui tiennent à suivre une série de manière strictement chronologique voudront peut-être lire le préquel, *The Fey Quartet*, un ensemble de quatre nouvelles qui racontent l'histoire d'une veuve et de ses trois filles aux prises avec une méchante fée. Ce préquel en anglais est disponible gratuitement si vous vous abonnez à mon groupe de lecteurs en suivant ce lien : www.emilylarkin.com/free-tfq.

# AVENTURES & PASSIONS

**3 mars**

## Mary Balogh

***La saga des Westcott - Celui qui me respectera***

*Inédit*

Lorsque Abigail Wescott découvre l'illégitimité de sa naissance, elle comprend que son avenir ne tiendra pas les promesses auxquelles elle rêvait. À cause de cette faute paternelle doit-elle renoncer à l'amour et être condamnée au célibat ? Quand elle rencontre Gil Bennington, d'origine modeste, qui s'est engagé dans l'armée et a gravi les échelons jusqu'à devenir lieutenant-colonel, elle est choquée par son cynisme à l'égard des femmes. Si, de prime abord, Abigail et Gil n'ont rien en commun, les circonstances les mèneront à comprendre que les premières impressions peuvent être trompeuses.

✦

## Kate Bateman

***Les célibataires de Bow Street - Les meilleurs ennemis***

*Inédit*

Un voleur sévit dans les résidences chics de Mayfair. Celui que l'on surnomme L'Engoulevent ne s'intéresse qu'aux joyaux de la Couronne de France. Alexander Harland, comte de Melton, est secrètement mandaté par Bow Street pour enquêter et appréhender l'impudent cambrioleur. Sa piste le conduit rapidement à Mlle Emmy Danvers, une jeune fille de bonne famille qui n'est peut-être pas si respectable et si innocente que cela et qui lui inspire les pensées les plus inconvenantes.

Darlene Marshall

***Tourmentes - Le forban au grand cœur***

*Inédit*

Quand il ne sillonne pas les mers, le capitaine Robert St. Armand mène une joyeuse vie de célibataire. C'est dans une taverne de Saint-Martin que le débusque Lydia Burke, une jeune gouvernante accompagnée d'une gamine de huit ans qu'elle lui présente comme sa fille. Sa mère est morte, c'est donc à lui de s'en occuper désormais. Robert est paniqué. Il ne connaît rien aux enfants. Il ne pourra jamais s'en sortir seul. Qu'à cela ne tienne, il enlève la jeune fille à bord de son navire qui cingle bientôt vers l'Angleterre. La prude Lydia l'aidera de gré ou de force. Et, avec un peu de chance, il mettra à profit le temps de la traversée pour la séduire...

✦

Kinley MacGregor

***Les MacAllister - Le champion du roi***

*Inédit*

Afin de préserver des enjeux stratégiques, Henri Plantagenêt a la solution idéale : unir le comte de Blackmoor à Rowena de Vitry. Mais comment faire ? Le comte, surnommé Le faiseur de veuves, a guerroyé en Terre sainte et abhorre l'idée du mariage. Rowena est une poétesse qui déteste la violence. Jamais ces deux-là n'accepteront une alliance ! C'est compter sans le plan malicieux de la reine Aliénor qui entend les piéger pour mieux les réunir.

## Heather McCollum

***La jeune fille au loup***

*Inédit*

1535. Au sortir d'une échauffourée avec les Anglais près de la frontière écossaise, Caden Macbain fait une rencontre inattendue dans la forêt : une femme accompagnée d'un énorme loup ! Guérisseuse, Meg Boswell est douée de pouvoirs extraordinaires. Vouée au bûcher par des fanatiques, elle fuit vers les Highlands pour se réfugier chez son oncle qui n'est autre que le voisin de Caden. Aussi, lorsqu'il, l'enlève pour servir ses intérêts, Caden ignore que cette étrange fille, dont la beauté ainsi que le courage l'impressionnent, va bouleverser le destin de son clan et assiéger son cœur.

✦

## Loretta Chase

***Le prince des débauchés***

*Bibliothèque idéale*

« Un démon ! » C'est ainsi qu'on décrit le marquis de Dain. Enfant, il était chétif et laid. Son père, qui le détestait, voyait en lui l'œuvre du diable. Adolescent, il a fait les quatre cents coups avant de devenir celui qu'il est aujourd'hui : un libertin avide de sensations fortes. Et ce dépravé tenterait d'entraîner dans la débauche Bertie, le jeune frère de Jessica Trent ? Pas question ! Aussi résolue que son frère est faible, la jeune femme part en guerre contre le marquis et, à sa grande stupeur, est vite désarmée par son charme.

Patricia Rice

***La garçonne en dentelle***

Samantha rêve d'étrangler Stan Talbott ! Quelle malchance d'avoir parcouru les trois mille kilomètres qui séparent le Tennessee de la Californie pour tomber sur un tel rustre… Depuis l'arrivée de Samantha dans ce village, Stan ne cesse d'user de son pouvoir pour la chasser. Allant jusqu'à exiger qu'elle troque son habituel pantalon contre cette ridicule robe de taffetas et de dentelle. Comme si c'était la tenue la plus pratique pour une pionnière ! Pour avoir la paix, la jeune femme s'est pliée aux caprices de ce macho. Que veut-il de plus ?